O livro de SANGUE e SOMBRA

O livro de SANGUE e SOMBRA

UMA GAROTA. UMA NOITE.
SÉCULOS DE SEGREDOS.

ROBIN WASSERMAN

TRADUÇÃO
Dilma Machado

Fantástica
ROCCO

Título original
THE BOOK OF BLOOD AND SHADOW

Esta é uma obra de ficção. Todos os incidentes e diálogos, e todos os personagens, com exceção de alguns historicamente conhecidos e figuras públicas, são produtos da imaginação da autora e não foram construídos como reais. Onde fatos históricos reais são relatados ou figuras públicas aparecem, as situações, incidentes e diálogos concernentes às pessoas são totalmente ficcionais e sem intenção de retratar acontecimentos reais ou alterar a natureza ficcional da obra. Em todos os outros aspectos, qualquer semelhança com pessoas vivas ou não é mera coincidência.

Copyright © 2012 *by* Robin Wasserman

Arte de miolo cortesia de Beinecke Rare Book and Manuscript Library, Yale University

Todos os direitos reservados.

Tradução para a língua portuguesa das poesias de Elizabeth Jane Weston a partir da tradução para a língua inglesa de Susan Reynolds.

Copyright edição brasileira © 2017 *by* Editora Rocco Ltda.

Esta edição foi publicada mediante acordo com Barry Goldblatt Literary LLC e Sandra Bruna Agencia Literaria S.L.
Todos os direitos reservados.

Direitos para a língua portuguesa reservados
com exclusividade para o Brasil à
EDITORA ROCCO LTDA.
Av. Presidente Wilson, 231 – 8º andar
20030-021 — Rio de Janeiro — RJ
Tel.: (21) 3525-2000 — Fax: (21) 3525-2001
rocco@rocco.com.br
www.rocco.com.br

Printed in Brazil/Impresso no Brasil

preparação de originais
MONIQUE D'ORAZIO

CIP-Brasil. Catalogação na fonte.
Sindicato Nacional dos Editores de Livros, RJ.

Wasserman, Robin
W287L   O livro de sangue e sombra / Robin Wasserman; tradução de Dilma Machado. – Primeira edição. — Rio de Janeiro: Fantástica Rocco, 2017.

Tradução de: The book of blood and shadow
ISBN 978-85-68263-46-4 (brochura)
ISBN 978-85-68263-47-1 (e-book)

1. Ficção americana. I. Machado, Dilma. II. Título.

16-36813   CDD – 813
                                                          CDU – 821.111(73)-3

Para Susan Curry e um idioma perdido

Tudo o que se move entre os dois polos imóveis
Terei ao meu dispor. Imperadores e reis
São apenas obedecidos em suas províncias;
Não podem erguer ventos, nem rasgar nuvens...
Porém seu domínio, que isto excede,
Alcança tão longe quanto a mente humana,
Um mágico impecável é um deus poderoso.

A história trágica do doutor Fausto
Christopher Marlowe

Parte I

O Sangue – Maré Cinzenta

Agora quero
espíritos para compelir; arte para encantar
E meu fim é desespero
A menos que auxiliado por um rezar

∴ *A Tempestade*
William Shakespeare

1

Talvez eu devesse começar com o sangue.

Se sangra, dá audiência e tudo mais, certo? De qualquer maneira, é tudo que todos sempre querem saber. Como era? Qual era a sensação? Por que estava espalhado em minhas mãos? E o sangue misterioso, todos aqueles anticorpos sem explicação, todas aquelas espirais de DNA anônimas — quem os deixou para trás?

Mas começar com aquela noite, com o sangue, significa que Chris jamais passará de um cadáver, sangrando sobre o mármore travertino de sua mãe; Adriane não será nada além de uma maluca inexpressiva, tremendo e lamentando, suas roupas encharcadas com o sangue dele, seu rosto pálido com aquele corte vermelho de uma lâmina em sua bochecha. Se eu começasse aí, Max não passaria de uma lacuna. Espaço vazio; vácuo e vento.

Talvez essa parte fosse apropriada.

Mas não o resto. Porque esse não foi o começo, e muito menos foi o fim. Foi — veja aqui o raciocínio conclusivo e brilhante em ação — o meio. O centro de gravidade ao redor do qual todos nós espiralamos, mas nenhum de nós podia ver. O centro não pode se manter, Max gostava de dizer, naquela época em que as coisas eram novidade, e citar poesia parecia uma maneira irônica e adequada de declarar seu amor. As coisas desmoronam.

Mas as coisas não desmoronam simplesmente. As pessoas as quebram.

2

No começo era o Livro.

— Setecentos anos de idade. — O Hoff o bateu com tanta força sobre a mesa que a fez estremecer. — Imaginem isso.

Aparentemente notando nossa falta de temor, deu um soco com sua mão cheia de manchas senis no livro, usando quase a mesma força.

— Imaginem agora. — Girou a cabeça para olhar cada um de nós, as veias do pescoço saltando com o esforço. — Fechem os olhos. Imaginem um escriba em uma sala escura e sem janelas. Imaginem sua pena de escrever raspando no papel, transcrevendo seus segredos: seu Deus, sua mágica, seu poder, seu sangue. Imaginem, só por um momento, que *vocês* serão aqueles a viver muitos anos e fazer este manuscrito revelar seu tesouro. — Retirou um lenço azul-bebê do bolso do paletó e jogou uma bola compacta de catarro no meio dele. — Imaginem como seria se suas vidinhas tristes na verdade valessem alguma coisa.

Fechei os olhos, como mandado. E imaginei, em detalhes magníficos, as torturas que imporia a Chris, assim que escapássemos daquele calabouço mofado de professores loucos e livros antigos.

— Confie em mim — Chris havia dito, prometendo-me um velho genial com olhos cintilantes de avô e um riso de Papai Noel. O Hoff era, de acordo com Chris, um marshmallow barbudo, pairando à beira da senilidade, com uma leve tendência a obrigar seus assistentes de pesquisa a chegarem na hora ou para que a maioria simplesmente comparecesse. Aquele era para ser meu presente de último ano para mim mesma; uma fuga, três vezes na semana, das salas sempre apertadas do colégio Chapman, para o recesso distraído da academia coberta de heras, uma série de tardes ociosas que incluíam lanches, lazer e um cochilo eventual. Sem falar no detalhe sobre o qual Chris havia chamado minha atenção enquanto minha caneta pairava sobre o formulário de inscrição: "a oportunidade de passar um tempo valoroso com sua pessoa favorita de todos os tempos, geralmente conhecida como eu." Não que o visse pouco, já que o dormitório de calouros dele ficava a uns cem metros do meu armário do colégio. O único problema com o dormitório era ter que aguentar a presença do colega de quarto dele, que, de modo decidido, ficava no seu canto do cômodo enquanto mantinha o olhar apalermado sobre a gente.

E agora o mesmo colega de quarto olhava para mim do outro lado da mesa, o último membro da "nossa intrépida equipe de arquivo". Outro detalhe que Chris tinha convenientemente esquecido de mencionar. Chris me garantiu que Max não tinha a *intenção* de ser assustador e era, quando ninguém estava olhando, quase normal. No entanto, por outro lado, Chris gostava de todo mundo, e sua credibilidade estava se esvaindo minuto a minuto.

O Hoff — Chris havia inventado o apelido no ano passado, quando foi escolhido para passar seu último ano numa boa com o ingresso gratuito saia-da-cadeia, geralmente conhecido como estudo dirigido supervisionado — fez o Livro circular.

— Há décadas, especialistas tentam decifrar o código — disse ele, enquanto folheava as páginas de símbolos incompreensíveis. Mais de duzentas páginas assim, separadas apenas por ilustrações de flores, de animais e de fenômenos astronômicos que, pelo jeito, não tinham equivalentes no mundo real. — Historiadores, criptógrafos, matemáticos, os melhores decifradores de códigos da Agência Nacional de Segurança Americana se dedicaram ao máximo a isso, mas o manuscrito Voynich se recusou a sucumbir. *Sr. Lewis!*

Todos nós hesitamos. O Hoff rosnou, revelando uma boca cheia de dentes pontudos, afiados como presas e — a julgar pela expressão dele — prestes a serem usados para um propósito semelhante.

— *Não é assim que alguém segura um livro valioso.*

Max, que estava procurando freneticamente nas páginas como se o Livro fosse um folioscópio, repousou as mãos abertas sobre a mesa. Por trás dos óculos, seus olhos estavam arregalados.

— Desculpem — disse ele, baixinho. Com exceção do "Oi" gentil que havia me dito quanto fomos apresentados, era a primeira vez que eu o ouvia falar.

Limpei a garganta.

— Não é um livro valioso — falei para o Hoff. — É uma *cópia* de um livro valioso. Se ele o estragasse, tenho certeza de que poderia conseguir as vinte pratas para pagar o senhor de volta.

O verdadeiro, com suas páginas de setecentos anos de idade desintegrando-se, e com sua tinta de setecentos anos de idade desbotando, estava a salvo, escondido numa biblioteca de Yale, a cento e trinta quilômetros ao sul, onde o corpo docente não precisava se contentar com pesquisadores em idade escolar ou fac-símiles baratos. O Hoff fechou os olhos por um momento, e desconfiei que estivesse testando a própria imaginação, fingindo afastar fosse qual fosse o escândalo que o havia despojado de seu título em Harvard e o jogado ali, para apodrecer numa instituição de terceira categoria, numa cidade universitária de terceira categoria, para o resto de sua vida acadêmica.

Obrigado, Max mexeu com a boca, pouco antes de o Hoff abrir os olhos e retomar seu olhar fulminante.

— Todos os livros são valiosos — disse o professor, mas não insistiu no assunto.

Concluí que o colega de quarto não era dos piores quando sorria.

A reunião durou mais uma hora, mas o Hoff desistiu de sua divagação fantástica e, em vez disso, seguiu a logística, explicando sua pesquisa significante e a nossa mínima, "porém totalmente essencial", participação nela. Ele havia acabado de escapar com uma coleção de cartas de uma viúva rica, e estava convencido de que continham o segredo para decodificar o Livro. (Era sempre o *Livro* quando falava dele, com L maiúsculo implícito em sua voz abafada, e seguíamos o exemplo, no início ironicamente, depois por hábito e relutante respeito.) Max e Chris trabalhariam na indexação e na tradução da maior parte da coleção, procurando pistas. Eu, por outro lado, fui designada a um projeto "especial" totalmente meu.

— A maioria das cartas é escrita por Edward Kelley — explicou o Hoff. — Alquimista particular do Sacro Imperador Romano. Muitos acreditam que ele é o autor do Livro, mas creio que sua contribuição é ao mesmo tempo menor e mais importante. Acho que o pegou e o *solucionou*. Agora vamos seguir os passos dele. Srta. Kane. — Apontou para mim.

— Nora — respondi.

— Srta. Kane, a senhorita vai cuidar das cartas escritas pela filha de Kelley, Elizabeth Weston, que parecem ter ido parar na coleção por engano. Duvido que contenham algo útil; todavia, precisamos ser meticulosos.

Inacreditável. Podia traduzir o dobro mais rápido e com o triplo de precisão do que o Chris, e se o Hoff ao menos tivesse se incomodado em olhar as recomendações do meu professor de latim, ele saberia disso.

— Só porque sou mulher?

Chris bufou.

— Posso ficar com as cartas de Elizabeth, se a Nora não quiser — comentou Max. — Por mim, tudo bem.

Obrigada, gostaria de ter gesticulado com a boca, retribuindo o favor, mas o Hoff estava olhando. E o rosto dele parecia uma nuvem tempestuosa.

— *Eu* me importo. Esse tipo de trabalho requer certa... maturidade. As cartas de Elizabeth darão à srta. Kane uma prática mais do que suficiente em tradução histórica, enquanto vocês dois me ajudam com a investigação em si.

Era bem verdade que, se tivessem me perguntado cinco minutos antes, eu teria dito que não me importava se estivesse traduzindo cartas importantes, cartas inúteis ou uma lista de compras do século XVI. Mas daí o Hoff abriu aquela boca grande, gorda, machista, *velhista* e todos os *istas* que pudesse me reduzir à inutilidade.

— Então é porque estou no ensino médio? — acrescentei. — Quer saber, não é justo me julgar com base em...

— Quer fazer parte desta equipe ou não, srta. Kane?

Eu poderia ter esclarecido a ele a diferença entre *querer* e *precisar*, como em *querer* estar na casa de Adriane exterminando seu último microdrama, ou no dormitório do Chris assistindo à TV (ou pelo menos tentando, enquanto fingia não notar o Chris e a Adriane namorando atrás de mim, e o Max dando aquela olhada assustadora do outro lado do quarto), basicamente *querendo* estar em qualquer outro lugar, mas *precisando* dos créditos para a graduação e do ponto mais importante para meus requerimentos de admissão para a faculdade.

— Quero, professor Hoffpauer.

— Ótimo. — Levantou-se e, com contorções totalmente desajeitadas, vestiu um sobretudo de lã volumoso. — A coleção estará esperando aqui por você amanhã à tarde. Christopher tem a chave do escritório e mostrará a você o protocolo adequado para a manipulação do documento.

— O arquivo não está guardado na biblioteca de livros raros? — perguntou Max.

— Até parece que eu deixaria aquela sanguessuga pôr as mãos nisso — disse o Hoff. Estreitou os olhos. — Nem uma palavra com ela sobre isso. Aliás, nem a ninguém. Não vou deixar que alguém tire isso de mim. Eles estão em todos os lugares, sabe.

— Quem? — perguntou Max. Chris apenas disse não com a cabeça, ciente das coisas.

— Meu jovem... — O Hoff baixou a voz e inclinou-se para Max, fazendo uma sombra no Livro. — Você não vai querer saber.

Foi por um triz, mas conseguimos segurar a gargalhada até ele sair da sala.

3

Era engraçado como uma coisa levava a gente para outra e mais outra, até que acabássemos no lugar exato onde não deveríamos estar. Se não fosse pelo Chris, eu jamais teria ido parar no covil do Hoff, encarando o Livro; se não fosse pelo colégio Chapman, não haveria Chris ou, pelo menos, Chris-e-eu. E se não fosse pelo "delinquente selvagem Andy Kane" ter ficado bêbado, roubado um carro e o batido contra uma árvore com a "beldade local muito querida Catherine Li" e, "em um momento trágico", transformado os dois em animais bêbados e mortos de beira de estrada (reportagem de cortesia daquela fortaleza de objetividade, o *Mensageiro Chapman*), eu jamais teria posto os pés no colégio Chapman. Em outros termos: se meu irmão tivesse conseguido manter as mãos longe de Catherine Li, da bebida de Catherine e da Mercedes do pai de Catherine, Chris provavelmente não estaria morto.

Engraçado.

4

Chris está morto.
É absurdamente fácil de se esquecer. Ou pelo menos de imaginar.
Às vezes, pelo menos.

5

Até o setembro em que fiz quinze anos — o setembro em que me matriculei no colégio Chapman —, minha vida podia ser dividida de modo impecável em duas épocas. Antes da Morte do Irmão; Depois da Morte do Irmão. AMI, eu era a caçula de uma família com quatro pessoas, meu pai era professor de latim, e minha mãe, gerente de livraria, trabalhando meio período, os dois oscilando na beira de um divórcio, mas continuando juntos, dentro daquela nobre tradição da burguesia nascida no pós-guerra: *pelos filhos*. DMI, ainda havia nós quatro, só que aquele — o único com quem todos se importavam mais — por acaso estava morto.

Não que meus pais tivessem pirado. Sem alcoolismo, sem santuários intocáveis, sem jogos de pratos abandonados na mesa de jantar, sem fortunas gastas em sessões espíritas e em linhas diretas mediúnicas, e, com certeza, sem loucuras góticas elaboradas de alucinações fantasmagóricas, choros à meia-noite, batidas de madrugada ou qualquer coisa do tipo. Houve uma época, poucos meses após o ocorrido, em que minha mãe tomou o remédio. Mas não tocamos no assunto.

Não, na maior parte do DMI, éramos uma família decididamente normal, sem nem mesmo a provável algazarra residual da loucura. Visitávamos seu túmulo com uma frequência adequada. Adaptamos seu quarto dentro do número adequado de meses. Relembrávamos com um nível apropriado de olhos enevoados de lágrimas pelo pesar. E não falávamos da época dos remédios mais do que falávamos sobre meu pai ter perdido o emprego, por ter se recusado a sair de casa, ou de minha mãe ter se tornado assistente administrativa, a única do estado de Massachusetts que trabalhava vinte e quatro horas por dia, porque, ao que parecia, até mesmo digitar pedidos de empréstimo para um gerente de banco obeso, que gostava de brincar de pique-agarre a secretária, era preferível a ficar em casa. DMI, tornei-me extremamente perita em ouvir por trás das portas, que foi a única maneira pela qual descobri sobre a terceira hipoteca que tinham feito da casa. Aquilo confirmou minhas suspeitas: AMI, estavam ficando juntos pelo bem dos filhos; mas, DMI, estavam ficando juntos pelo Andy. Mais, especificamente, pelo Andy morto que morava nas paredes rebocadas que ele havia arranhado com sua bicicleta do sexto ano escolar e pelos pisos de madeira de lei que havia mutilado com seu kit de fazer velas do terceiro ano, e todos os desgastes, feridas e cicatrizes de quinze anos de destruição que ele havia deixado. Falência iminente e discórdia doméstica ou não, nenhum dos pais corujas jamais o esqueceria. Eu vinha junto com o pacote.

Por mais que fosse divertido em casa, DMI, o colégio era ainda melhor. De acordo com as melhores circunstâncias, o ensino fundamental era uma situação de sexto círculo do inferno, imprensado em algum lugar entre túmulos flamejantes e harpias carnívoras. Era o tipo de situação que não precisava de gasolina no fogo, ainda mais quando a tal gasolina vinha na forma de seu irmão mais velho matando a irmã mais velha da terceira garota mais popular do colégio. O sofrimento de Jenna Li era glamoroso. Ela era uma imagem trágica de olhos brilhantes, uma donzela em perigo com garotas brigando para ver quem acariciaria seus cabelos ou seguraria sua mão e a empanturraria com biscoitos duplamente recheados. Enquanto eu não chorava, não tinha cabelos sedosos, e meu irmão era um assassino. Um assassino idiota e bêbado que não estava por perto para ser acusado. Isso, na verdade, não me impulsionava a subir na escala social.

Somente uma constante transpunha o abismo entre as duas épocas, e era o latim. Outras garotas de cinco anos de idade praticavam piano ou faziam aulas de balé; eu memorizava declinações e recitava mnemônicas. Andy se rebelou quando tinha nove anos e falsificou a assinatura de nossos pais em uma autorização para jogar futebol depois da aula, mas dei uma de garota boazinha e segui em frente, três tardes por semana, *amo, amas, amat*. Se era porque gostava de atenção, se era por ser fraca demais para dizer não ou porque não conseguia resistir à oportunidade de deixar meu irmão na pior, não me lembro. Mas com certeza não era porque eu gostava de latim.

Daí Andrew fez aquilo. E meu pai parou de sair de casa. Parou, em grande medida, de sair do escritório, onde, de forma hipotética, refugiava-se com projetos nebulosos de tradução. Porém, com mais frequência — sabíamos, mas nunca admitimos —, fazia palavras cruzadas, ignorava as contas ou colocava a cabeça entre as mãos e olhava, sem enxergar, a foto da família no canto de sua mesa. Era raro ele sair e mais raro ainda nos deixar entrar, mas a porta continuava aberta para as aulas de latim, e, durante aquela uma hora do dia, três vezes por semana, o homem invisível se tornava visível — ou talvez eu me tornasse invisível e, por isso, tolerável. Nos curvávamos sobre as traduções, não falando sobre nada mais do que um indicativo traiçoeiro ou um ablativo que devesse ter sido um locativo e, às vezes, ainda mais depois que fiquei boa o suficiente para competir com ele sobre a resposta e de vez em quando vencer, ele repousava a mão sobre o meu ombro.

Teria sido patético se eu tivesse permanecido naquilo só para arrancar algumas migalhas de cuidados paternais de meu querido, velho e ausente pai, então disse a mim mesma que a questão não tinha nada a ver com ele, com nós ou com o Andy, que assistia a todas as nossas aulas daquela foto no canto da mesa, com sua boca presunçosa de coringa, parecendo dizer que sabia o que eu estava fazendo, mesmo que eu não admitisse. Disse a mim mesma que era o idioma que me atraía, a satisfação de organizar as palavras como construções matemáticas, adicionando e subtraindo até surgir uma solução. Minha ilusão ou não, ficou ali. O latim tornou-se meu refúgio, até o mês de setembro em que fiz quinze anos, o setembro em que acordei e me encontrei com a mesma idade que meu irmão mais velho, quando isso se tornou minha salvação.

6

Chapman ainda é, de forma genuína, uma cidade pequena o suficiente para ter um lado certo e um errado dos trilhos, se bem que, nesse caso, os trilhos são um supermercado. Nossa casa, junto com o posto de gasolina desprezível, a financeira e o suposto parque, que tinha mais camisinhas usadas e cachimbos de metanfetamina quebrados do que árvores, ficava na zona sul. O colégio Chapman — um paraíso suntuoso de pedra próximo ao campus universitário, e a uma distância que dava facilmente para ir a pé até duas sorveterias certificadas pela Itália, três papelarias sofisticadas, quatro lojas de roupas infantis yuppies e uma loja de fazer velas com duas demonstrações diárias de faça-você-mesmo nos fundos

— escondia-se confortavelmente no norte. E a dupla jamais teria se conhecido, se não fosse pelo requerimento que enviei em desespero, pela bolsa de estudos para alunos locais com extrema necessidade e pelas notas do exame de proficiência em latim que — descobri mais tarde — fez o professor de filologia clássica babar sobre a cópia dele de *A Eneida*, e o decano da disciplina se convencer de que eu havia achado uma maneira de rabiscar o conteúdo do dicionário de latim-inglês na sola do meu tênis. A aprovação chegou em abril, o dinheiro da bolsa de estudos aportou em julho e, em setembro, meus pais fingiram estar orgulhosos quando saí para meu primeiro dia como aluna do segundo ano do colégio Chapman.

Então eu era a novata em um colégio onde não chegava uma novata havia dois anos, e tudo correu como seria de se esperar. Felizmente, eu não estava interessada em fazer amigos. Tudo o que queria era um lugar onde ninguém conhecesse a mim nem ao Andy — e devia ser por isso que, durante a primeira conversa informal obrigatória com uma garota da minha aula de química, eu havia dito que era filha única.

Simplesmente escapou.

Vi minha mãe passar por isso uma vez, não muito tempo depois do que aconteceu. Era um cara na fila do banco, tentando ser educado.

— Quantos filhos você tem?

Por alguns segundos, minha mãe fez aquela boca de peixe: abre, fecha, abre e, depois, as lágrimas começaram a cair. O cara se sentiu tão culpado que ofereceu a ela um emprego, e o resto é história de secretária.

Eu não chorei. Sorri para a garota loira, cujo nome não conseguia me lembrar, e disse:

— Nem irmãs, nem irmãos, só eu.

E então ela começou a reclamar de suas irmãs, bebês gêmeas, que costumavam babar sobre o dever de casa dela, e terminou por aí. As pessoas não faziam perguntas porque se importavam com as respostas. Só ficavam conversando para preencher o silêncio.

Não notei o rapaz sentado à mesa do laboratório atrás de nós — isto é, notei, porque, mesmo no primeiro dia, era óbvio que ele era o tipo de cara que a gente notava, mas não percebi que ele estava ouvindo.

Notei-o de novo, me seguindo pelo corredor enquanto eu tentava encontrar o caminho entre a sala de química e a de latim e, mais uma vez, entrando na sala junto comigo e se sentando ao meu lado. Era bem verdade que as probabilidades estavam agindo a meu favor naquele quesito, já que o amplo semicírculo continha apenas cinco cadeiras, mas as outras estavam vazias, então ele poderia ter se sentado em qualquer lugar. Era necessário um esforço consciente e vagamente incompreensível para se instalar ao lado da novata de jeans baratos, sem peitos e com cabelos que desafiavam qualquer descrição diferente de marrom cor de rato. Disse a mim mesma que merecia um pouco de boa sorte, omitindo o fato de que isso iria requerer, de forma considerável, mais do que sorte para me empurrar para dentro de uma dessas narrativas onde a novata sem graça cruzava o olhar com o inexplicável e solteiro Príncipe Encantado, porque, de alguma forma, o novo colégio revelou sua beleza selvagem e irresistível, da qual ela nunca havia se dado conta.

Alerta estraga prazeres: Chris tinha namorada. Na verdade, uma série interminável delas. Que deduzi, pelo jeito que inclinou para trás em sua cadeira, jogando o braço comprido sobre a cadeira vazia do lado, ser a postura de um cara que estava acostumado a ter alguém para agarrar. Então adaptei o conto de fadas para acomodar um Príncipe Encantado danificado que se distraía da dor, namorando garotas indignas dele, resguardando-se de forma inconsciente para seu verdadeiro amor, sua salvadora — ou seja, eu —, e ele sorriu.

— Nora, certo? — perguntou ele.

Assenti. Seus olhos eram castanho-escuros, vários tons mais escuros que seu rosto, e suspeitei que fossem bem apropriados para o propósito de encarar de forma carinhosa, se, hipoteticamente, tal necessidade um dia surgisse.

— Irmã de Andrew Kane?

Parei de sorrir.

— Chris. — Deu um tapinha no peito, depois esperou, como se tivesse esquecido sua fala e esperasse que eu a completasse para ele. Quando não completei, acrescentou: — Chris Moore? Colégio JFK? Eu estava no sexto ano quando você estava no quinto. — Pausou outra vez. — Andy ajudou a treinar meu time de futebol.

Fiz um ruído, um *hum* ou um *ahn*, e fiquei imaginando quanto tempo conseguiria ficar sem ter de responder. Lembrei-me dele naquele momento, vagamente, como um dos vários a ficar com a Jenna Li atrás da cantina, e, de repente, pareceu possível que ela tivesse espalhado seus lacaios pelo mundo — ou ao menos pela cidade —, com ordens para executar a vingança dela.

— Ele era legal — disse Chris. E depois: — Sinto muito. Sobre o que aconteceu. Deve ter sido péssimo.

Outro *hum*.

— Eu me mudei para o outro lado da cidade naquele ano — explicou ele. — Deve ser por isso que não se lembra de mim. Estou no Chapman desde então. O que está achando do colégio até agora?

Dei de ombros.

— Aí. Escuta. Provavelmente não é da minha conta, mas...

Fiquei rígida.

— Soube do que você disse para Julianne. — Ele deve ter me visto enrugar a testa com o nome. — Da aula de química? — acrescentou. — Quando ela perguntou sobre irmãos ou irmãs? Foi quando reconheci você. E você disse a ela... — Ele hesitou, tocando no punho engomado de sua camisa de colarinho abotoado, bem-vestido até mesmo para o colégio. — Na verdade, eu tinha razão na primeira vez. Não é da minha conta. — Estendeu a mão. — Tenho uma ideia melhor. Colégio novo, começo novo, certo? Estamos nos encontrando novamente pela primeira vez. Chris Moore.

Peguei a mão dele, sacudindo-a com firmeza.

— Nora Kane.

Ainda estávamos de mãos dadas quando uma garota absurdamente bonita — cabelos negros e longos, olhos amendoados, pernas compridas aparecendo sob uma minissaia, perfeita — saltou pela porta, dobrou joelhos diante de nós e apoiou os cotovelos sobre a mesa de Chris.

— Então, do que estamos falando?

— Informando a novata sobre os altos e baixos da vida no colégio — respondeu Chris. Percebi que eu estava prendendo o fôlego. Mas ele passou no teste. — Avisei a ela que ainda dá tempo de voltar para o lugar de onde veio, mas ela se recusa a ouvir. Quer tentar você?

A garota riu.

— Acho que acabou de conhecer um ponto baixo. — Ela deu o tipo de empurrãozinho em Chris que a gente dá quando está procurando uma desculpa para tocar em alguém. — Agora conheça o ponto alto.

Nunca entendi garotas iguais a ela; ou seja, realmente não conseguia entender como alcançavam a perfeição às sete da manhã, cabelos macios e secos, brilho labial e máscara para os cílios, base e uma variedade de cosméticos cuja existência eu permanecia ignorando, aplicados com destreza, acessórios combinando com as roupas que combinavam com as unhas recém-feitas. Ao passo que eu, de forma inevitável, chegava tarde ao colégio, com os cabelos embaraçados, molhados e, em vários meses do ano, congelados, presos em um coque torto, com as meias descombinadas, e, em ocasiões muito especiais, uma base comprada na farmácia e aplicada com pressa, que não disfarçava o fato do meu nariz ser levemente grande demais para o meu rosto. Minha mãe uma vez tinha achado que seria confortante explicar que a beleza — e a graça e a confiança que a nutrem — requeria dinheiro. Não acrescentou nenhuma promessa maternal sobre a beleza natural, a beleza verdadeira ou a beleza interior que eu pudesse vir a ter, enquanto escolhi não pontuar que dinheiro não era a única coisa que eu não tinha. Uma mãe que se importasse em me mostrar como passar sombra nos olhos também poderia ser útil.

— Adriane Ames — disse Chris, enquanto os dois alunos restantes entravam na sala e se sentavam. — Sinta-se à vontade para ignorar noventa por cento de tudo o que ela disser.

— E os outros dez? — perguntei.

— Pura genialidade. Isso é o que ela me diz.

— Também falo para ele cortar os cabelos — disse ela, passando as unhas bem-cuidadas pelos cachinhos que se transformavam em um penteado afro. — Mas ele escuta?

Eu gostava dos cabelos dele.

— É obvio que isso caiu nos noventa por cento — respondi. — A vantagem não está mesmo a seu favor.

Ela riu outra vez, um som surpreendentemente ofensivo para uma estrutura tão delicada. A voz dela era musical, mas seu riso era puro barulho.

— Ela é fofa — disse Adriane. — Podemos ficar com ela?

Eles podiam; eles ficaram.

7

Chris nunca contou a ninguém sobre o Andy, e nem eu. Como se saber que ele sabia significasse que eu poderia fingir que aquilo nunca tinha acontecido, porque não era realmente mentira se o Chris sabia da verdade.

Ele não estava com a Adriane, não naquela época. Mas era o primeiro da lista dela e, como logo tornou-se claro, itens de uma lista nunca ficavam desaproveitados por muito tempo. Acabou que ele era o motivo por ela fazer latim avançado, para começo de conversa; eu era o motivo por ela ter passado. Foi aí que aconteceu, em algum lugar entre declinações, solilóquios lucrecianos e paródias grosseiras sobre "Os Antigos Romanos Vão ao Mercado", Chris e eu nos gostamos, e Chris e Adriane — com minha ajuda de Cyrano — se apaixonaram. Então eu tinha um melhor amigo e logo, em virtude da qualidade transitiva da adição social (garota tem melhor amigo, adicionado ao melhor amigo que tem namorada nova é igual à garota tem nova melhor amiga, *quod erat demonstrandum*), eu tinha dois. Chris e eu conseguimos fazer a Adriane passar em latim avançado; Adriane e eu conseguimos fazer o Chris passar em química terapêutica; e os dois conseguiram me fazer passar pela fase de novata, com um mínimo de confusão e exagero. Durante dois anos, nós, se não fomos mais felizes do que a média dos alunos do ensino médio que faziam malabarismos com cursos de colocação avançada, testes de avaliação de conhecimento para entrar em um curso superior nos Estados Unidos, atividades extracurriculares e pais imperfeitos, pelo menos não fomos infelizes nem solitários. Depois, Chris foi para a faculdade (ainda que, pelo caminho de menor resistência, na rua de baixo), encontrei o Max, todos nós encontramos o Livro, e tudo foi para o inferno.

8

E. I. Westonia, Ioanni Francisco Westonio, fratri suo germano S.P.D., começava a primeira carta. *E. J. Weston, ao irmão dela, John Francis Weston, saudações.* Havia em torno de trinta delas, com páginas de pergaminho esfarelando e amarradas juntas com barbante esfiapado. Estavam em ordem aleatória, algumas datadas, outras não, todas para a mesma pessoa. Imaginei se havia sido ele a dar-lhe a edição empoeirada de *O Cancioneiro*, de Petrarca, que tinha sido guardada com as cartas, deteriorando em algum sótão de Boston durante um século e supostamente em um sótão europeu durante séculos antes disso. Foi a primeira vez que vi algo tão antigo, sem falar em ter tido permissão de tocá-lo. O papel era áspero em meus dedos, mas delicado, e percebi o quanto poderia rasgá-lo com facilidade — ou amassá-lo ou queimá-lo; podia destruí-lo de várias formas. Eu havia sentido o mesmo ímpeto no Grand Canyon — a primeira e última vez que tentamos umas férias em família em nossa mais nova forma de família reduzida —, parada na beirada do nada, sabendo o que poderia acontecer se desse mais um passo. Não que estivesse tentada, mas havia força na possibilidade. Não era sempre que tínhamos a oportunidade de destruir por acidente algo de valor. Quando se era criança, sempre havia uma nova torre de blocos para derrubar, outra boneca para colocar no micro-ondas. Quando crescíamos, sumiam com nossos brinquedos.

Descobri que Elizabeth Weston tinha dezessete anos em 1598, quando escreveu a maioria de suas cartas — que já era mais da metade do caminho de sua vida. Havia perdido o pai quando ainda era bebê e ganhado um novo em Edward Kelley, alquimista, acadêmico, charlatão e uma pessoa de má reputação em todos os aspectos. Ele a havia arrastado da Inglaterra para Praga, relegando-a a alguns anos de luxúria e divertimento na corte imperial, depois ferrado a pessoa errada e tinha acabado confinado entre as paredes de uma torre de pedra no meio do nada, pelo breve resto de sua vida — e mais uma vez, a sortuda da Elizabeth foi na onda. Passou o resto da infância em uma casa imunda perto da base da torre da prisão, transportando, por balsa, mensagens, presentes e, ao que tudo indicava, a eventual afeição de filha ao seu padrasto aprisionado.

Todo o caso tinha um ar suplicante de intriga gótica, com todas as qualidades essenciais a uma tragédia shakespeariana ou pelo menos — se fosse acrescentado um solitário cavalariço ou um guarda de prisão digno de confiança — um romance de amor ruim. Mas isso não mudava o fato, na opinião do Hoff, de Elizabeth ter sido uma pessoa sem importância, o que tornava minhas traduções um trabalho inútil, me deixando de alguma forma menos ansiosa para, como ele havia dito, mergulhar na história.

Mas fiz o que me cabia fazer. Segui o protocolo ao pé da letra, tocando-as o mais raramente possível para preservá-las do óleo de minha pele, tomando cuidado para nunca torcer, dobrar ou amassá-las, trancando-as todas as noites no cofre particular do Hoff, com quinze centímetros de aço que as protegia dos diabólicos bibliotecários, ou seja lá quais fossem os outros inimigos que ele imaginava espreitarem do outro lado de suas paredes. E com um *mi frater* e *magnifico Parente* de cada vez, traduzi.

> *Saudações. Temo que minhas cartas ultimamente estejam muito cheias de pesar e mágoa, mas esses meses têm sido difíceis, querido irmão. Mais difíceis do que eu possa lhe contar. Achará estranho que sinto falta de um lar tão hostil, da torre de nosso pai, escura e úmida, e de suas dependências, das paredes tão finas que temia que meu sangue se transformasse em gelo. Mas até mesmo uma prisão pode ser um lar quando há comida, quando há paredes para protegê-lo da noite, quando há um pai como o nosso, cuidando de nós. Agora ele se foi e, com ele, nosso triste lar. Ainda que possa ser loucura, sinto falta dos dois.*

Eu deveria ter levado menos de uma hora para fazer a tarefa, inclusive os vinte minutos necessários para transcrever o latim para meu caderno e marcar as palavras desconhecidas e formas verbais confusas

— o aquecimento maçante, porém tranquilizante, para a tradução em si, como praticar as escalas no piano antes de passar a tocar Mozart. Mas a transcrição levou duas horas, e o único parágrafo mais duas horas depois disso. Culpei o Chris e a tragédia do déficit de atenção dele, mas era bem verdade que ninguém havia me obrigado a ajudá-lo a trapacear no jogo de paciência ou a tramar uma pegadinha para o último ano do ensino médio ou a lembrar da letra de todas as trilhas sonoras das séries de TV de sextas à noite em nossa juventude.

— As guerras de polegares foram ideia *sua* — pontuou ele, quando o chamei de má influência. — E agora? Estou sentado aqui, morrendo de trabalhar, e é você quem fica *me* distraindo com essas reclamações ridículas sobre...

— Morrendo de trabalhar? — Espiei sobre os ombros caídos dele. — Você está fazendo aviõezinhos de papel.

Ele deu de ombros.

— É um trabalho sujo, mas alguém tem que fazê-lo.

O escritório do Hoff não parecia nada com o cubículo bege superdimensionado que meu pai um dia havia habitado no prédio de ciências humanas do outro lado do pátio interno. A estabilidade no emprego do Hoff significava que o colégio jamais poderia demiti-lo; mas poderiam, e foi o que fizeram, passá-lo à condição de emérito, privando-o de luxos como fotocopiadoras, conexões Wi-Fi e portas. Com penitência por sua senilidade que passava dos limites, eles o meteram numa capela lateral da decadente catedral Trinity, que não era usada desde que a petulante igreja moderna e igualitária havia sido construída do outro lado do pátio principal. Agora a nave e o coral da Trinity eram usados para a admissão ocasional dos Phi Beta Kappa ou uma festa do chá da faculdade, enquanto suas capelas subsidiárias tinham sido divididas em um excesso de salas professorais. Até o momento, o Hoff era o único excedente.

Nosso espaço de trabalho era uma mesa grande de mogno no meio da sala, somente a alguns centímetros de distância da mesa geralmente abandonada do Hoff, amontoada com pilhas oscilantes de jornais, documentos de conferências e memorandos de departamentos que, de forma inevitável, não eram lidos. Não havia porta, apenas um túnel estreito e longo que levava à principal área de oração. As cartas de Elizabeth e Kelley, junto com a coleção de materiais que o Hoff havia "liberado" da biblioteca e de seus supervisores implacáveis, estavam guardadas em um cofre enorme no canto mais distante, do qual Chris, de alguma forma, o havia convencido a nos dar a combinação. Além do cofre, havia um sofá cinza esfiapado, com almofadas moles e um leve cheiro de cachorro, e era ali que o Hoff, quando resolvia aparecer, geralmente se sentava e, depois, de imediato, tirava uma soneca. Com a ausência frequente do Hoff, Chris tinha reivindicado o controle, geralmente prestando uma homenagem com sua própria soneca.

Mas naquele primeiro dia, Chris conseguiu ficar acordado enquanto tudo durou, me distraindo e atraindo eventuais olhares de reprovação de Max, que estava sentado na ponta da mesa, de ombros curvados, olhos cerrados por trás dos óculos de armação de metal, dedo indicador traçando cada frase apertada, cheia de besteiras sobre alquimia. Parou um pouco antes de nos mandar calar, mas, de qualquer forma, a meticulosa imitação de bibliotecário estava completa. Peguei um suspiro de alívio bem claro quando Adriane apareceu para levar Chris embora dali, afirmando ser para fazer a redação dela de admissão na faculdade, mas provavelmente era para tirar um proveito mais interessante do quarto vazio dele.

— Larguem os lápis, acabou o tempo — disse Chris, fechando meu caderno para mim. — Você vai também.

Neguei com a cabeça.

— Esta noite, não.

— Tem uma oferta melhor?

— Ah, vejamos, uma noite exótica e glamorosa na casa dos Kane, completa com cálculo, física e algumas aventuras emocionantes na tradução de latim, porque graças a alguém, esta tarde foi uma total perda de tempo.

— "Alguém" soa covardia. Mostre-me quem é que vou bater nele para você.

— Ele não é dos piores — falei.

Chris piscou.

— Se bem que reajustar o rosto dele poderia melhorar as coisas um pouco. Assim, se você pensar em tentar dar um soco...

Ele virou-se para Adriane.

— Está vendo como ela fala comigo? Tenho culpa se sou bonito, charmoso e irresistível e nenhuma garota consegue dizer não para mim?

— Nora não parece ter problema com isso — disse Adriane. Depois o beijou, no capricho, ficando na ponta dos pés e jogando a perna para trás, como uma ávida donzela de um filme em preto e branco. — Sorte a minha.

— Vamos testar. *Não*, não vou sair com vocês esta noite. — Pausei, avaliando. — Isso não foi especialmente traumático. Acha que foi uma casualidade de sorte? Não, não, não, obrigada, não. Muito fácil.

Chris agarrou-me pela cintura, me puxando sem esforço da cadeira e me levantando. Ficou me girando enquanto eu esperneava, abanava os braços e sacudia de gargalhar.

— Ajude a mostrar para esta aqui o quanto ela está errada — falou para Adriane.

— Chris, deixe-a. Se ela quer ir para casa...

— Como ela poderia querer ir para casa quando tem uma opção melhor? — Ele ainda estava me balançando a alguns centímetros do chão, apesar de meus esforços sem entusiasmo de me soltar. Eu estava rindo demais para servir para alguma coisa. — Anda, pegue as pernas dela, vamos carregá-la de volta com a gente.

Adriane ficou parada.

— Agora é hora de me colocar no chão — falei para ele, tentando recuperar o fôlego.

— Como desejar, milady. — Colocou-me delicadamente no chão. — Viu? Não é difícil dizer: "Sim, tudo o que desejar."

— Então, pelo jeito, sou *mesmo* irresistível.

— Sabia que tínhamos algo em comum — disse ele.

— Sabe que ele só vai parar depois que você desistir — observou Adriane. — Você devia vir. Podemos assistir a um filme ou sei lá.

Era tentador — claro, uma cirurgia oral poderia ter sido tentadora em comparação ao que me aguardava naquela noite e em todas as noites: a casa vazia, as portas fechadas, as pessoas invisíveis e as palavras não ditas. Havia um motivo para eu passar tanto tempo indo e vindo entre a casa de Adriane e o dormitório de Chris. Mas havia uma coisa chamada exagero. Ele era meu melhor amigo; ela era minha melhor amiga. Então, talvez eu passasse tempo demais com eles, preocupando-me que os dois estivessem esperando que eu fosse embora. Mas, às vezes, a título de prevenção, eu passava.

— Não posso mesmo — disse a ele. — Não esta noite.

— Você trabalhou muito — disse Chris, me dando um empurrãozinho.

Sacudi o caderno quase vazio para ele.

— Tudo prova o contrário.

— Tem certeza? — perguntou ele.

Assenti e, enquanto os dois entrelaçavam os dedos e me deixavam, tentei parecer que havia vencido algo, por mais que sentisse o contrário.

— Deve ser estranho para você. — Eram as primeiras palavras que Max dizia no dia inteiro. Sua voz era baixa, aguda e não de todo desagradável.

— O quê? — A minha foi hostil. Uma coisa era eu me sentir uma grudenta indesejável. Outra era alguém, um total estranho, confirmar a suspeita.

— Nada. — Voltou para seu trabalho e não olhou enquanto eu pegava minhas coisas e me agasalhava contra a noite fria de outubro. Nem olhou quando respondeu, como se estivesse falando com as páginas antigas: — Chegue bem em casa.

Eu sempre chegava.

9

Chris estava certo, eu trabalhava muito, mas só porque era uma maneira eficaz de fazer o tempo em casa passar com o mínimo possível de reflexão, de lembranças, de arrependimentos e de uma variedade de outras atividades repulsivas que a visão das pinturas desbotadas feitas no jardim de infância por meu irmão, os recados rabiscados com pressa sobre não chegar para o jantar ou a porta fechada de meu pai podiam provocar. Mesmo que não tivesse me sentido ao menos marginalmente culpada por pegar leve a tarde inteira, deveria ter começado com o latim, porque traduzir reduzia o mundo a uma única página, uma frase, uma palavra de cada vez. Era exatamente tão cativante quanto eu precisava que fosse.

Não contarei a você sobre nossa viagem.

Sobrevivemos, é tudo o que precisa saber. Escondemo-nos quando foi preciso nos esconder, comíamos quando podíamos e passávamos fome quando não podíamos. Chegamos cansados e sem um tostão, sujos e fracos, cobertos com a vergonha de nossa condição e necessidade. Mas chegamos, querido irmão. Nós voltamos. Tinha começado a pensar que Praga não passava de um sonho. Agora sei que é real, e acredito que seja um novo começo.

Juro para você agora que o medo e o pesar não vencerão. Nossa mãe precisa de mim, e não falharei com ela nem fugirei à responsabilidade. Não há necessidade para o pesar que você expressa em suas cartas, já que sua educação escolar tem mais importância. Cabe a você conservar o nome e a honra da família, e a mim, administrar os problemas domésticos, nossa propriedade, nossa casa, nossa mãe. Conseguimos

alojamento temporário e com certeza é só uma questão de tempo até podermos convencer o imperador a abdicar de nossos bens. Em momentos de grande desespero, tenho suas cartas para me manterem autossuficiente e tenho minha poesia. Claro que sei que ela é um pouco mais do que uma bagatela. Mas você sabe mais do que qualquer um como minha alma se abandona nos sonhos, e vou admitir, somente para você, que há noites em que fico acordada e me imagino renascendo como Ovídio. Os poemas não passam de palavras, como suas cartas não passam de palavras; tinta em papel pergaminho, e mesmo assim as palavras continuam a me salvar. Creio que lê isto em boa saúde e com total conhecimento do meu amor constante por você.
Adeus.
Praga, 15 de agosto de 1558.

Ela não o culpava por tê-la abandonado; não se permitia culpá-lo, porque abandonar era dever de um irmão. Eu entendia mais do que queria das coisas que passavam dentro da cabeça de uma garota. Um lar que parecia uma prisão, um exílio que, simultaneamente, era castigo e alívio. A determinação, apesar ou por causa do fato de ela não ter mais nada — uma mãe inútil, um pai invisível, um irmão ausente —, de seguir em frente e de fazer o que precisava ser feito.

Permiti-me durante quase uns três minutos me entregar àquele triste melodrama de identificação. Não existiam fotos da jovem Elizabeth, então era fácil imaginar minha cabeça aparecendo no meio de um vestido de trapos da Renascença, vagando ao redor de uma torre, puxando minha mãe pela lama e pelo vale do rio, floresta e deserto e o que mais alguém encontrasse a caminho de Praga. Três minutos, depois parei com aquilo.

A prisão dela não era uma metáfora, era um castelo de pedras onde seu pai desgraçado havia demarcado os últimos três anos de sua vida. Os problemas financeiros dela não podiam ser resolvidos com uma bolsa de estudos — para uma escola que, sem dúvida, teria sido proibida de frequentar — e um vale-presente anual de aniversário do shopping de outlet mais próximo. O pai dela era invisível, estava morto; o irmão não estava. Não éramos iguais.

Esse era o lance estranho sobre a tradução, falar as palavras de outra pessoa em uma voz que, de alguma forma, era e não era a sua. Você podia se enganar acreditando que entendia o significado por trás das palavras; mas, como meu pai tinha explicado muito tempo antes de eu ter idade suficiente para entender, as palavras e os significados eram inseparáveis. A linguagem formava o pensamento; falo, logo penso, *logo* existo. Nesse caso, as cartas de Elizabeth, escritas em uma linguagem que havia morrido séculos antes de ela nascer, já estavam a alguma distância de sua vida. Transformá-las, palavra por palavra aprovada pelo dicionário, para o inglês moderno significava que, de forma inevitável, haveria um pouco de mim em Elizabeth. Não significava que havia nada dela em mim.

10

Ela era poetisa. Uma razoavelmente famosa, ou uma até mesmo que eu ou qualquer outra pessoa já tinha ouvido falar. E, apesar do fato de ter nascido na Inglaterra, passado a maior parte da vida em Praga, e, só como um extra, falar alemão fluente, ela escrevia exclusivamente em latim. Talvez, para uma mulher da Europa do século XVI, com esperanças de ser levada a sério por algo além de com quem tivesse dormido ou de sua descendência, fosse necessário cultivar um complexo de superioridade linguística. Ou talvez a língua sem povo simplesmente apelasse para a garota sem lar.

Quanto mais eu lia as cartas dela, mais queria saber sobre ela, mas não havia muito que descobrir. Famosa ou não, Elizabeth Weston era uma sombra histórica oscilando pelas vidas oficialmente importantes de Edward Kelley e do imperador Rodolfo II, emergindo de vez em quando em histórias feministas ou em maçantes pesquisas de literatura neolatina, mas não tinha uma biografia própria, e — a julgar pela pobreza de informações em sua página da Wikipédia — tampouco amadores obcecados, acumulando curiosidades de Westonia e fazendo lobby para que a colocassem sob os holofotes da bolsa de estudos. A única maneira de conhecer Elizabeth era através de suas cartas.

E assim os dias se transformaram em rotina. Três vezes por semana, eu saía do colégio mais cedo e me juntava a Max e Chris no escritório mofado do Hoff. Fosse a aparência austera de Max, fosse a preguiça de Chris dominando até mesmo sua tendência à distração, ou minha própria curiosidade relutante, as corridas de aviões de papel e as guerras de dedões diminuíam, e geralmente as horas passavam com nada mais do que algumas palavras sendo trocadas entre nós; a maioria, pedidos meio articulados por um dicionário ou aquela lista de conjugação, xingamentos resmungados, gemidos de frustração e os murmúrios ondeados de passagens desconhecidas, lidas com cuidado em voz alta, procurando os ritmos do passado. Mais de uma vez quando cheguei, Max me esperava com um cappuccino, com canela e dois cubos de açúcar, do jeito que eu gostava.

— Você está mesmo se envolvendo nisso, não está? — perguntou Chris uma vez, enquanto me acompanhava até a saída. Era tarde, e ele se ofereceu para colocar minha bicicleta no carro dele e me dar uma carona até em casa, mas respondi que gostava de pedalar no escuro.

Nunca deixava ninguém me levar para casa.

— Vai pegar bem no meu requerimento de admissão para a faculdade — disse.

— Uh-hum.

— Tudo bem. É interessante. Ler algo que ninguém tocou em quatrocentos anos? Não é a pior maneira de passar uma tarde.

— Cuidado — disse ele. — Está começando a falar igual ao Max.

Não parecia mais o insulto que um dia poderia ter sido. E quando cheguei em casa naquela noite, voltei direto ao trabalho.

E. J. Weston, para seu querido irmão John Fr. Weston, saudações.

O sonho é sempre o mesmo. Nosso pai salta da torre, seu manto branco ondula atrás dele como as asas de um anjo. Ele acreditava que os anjos o levariam a um lugar seguro e, sempre, por um momento infindável, acredito na crença dele. Espero que ele voe, mas, como sempre, ele cai. O sangue mancha a seda branca. Acordo e ainda ouço sua voz, gritando meu nome. Em vida, ele nunca gritou por mim, nenhuma vez. Ele caía no chão em silêncio. Os guardas deviam ficar à espreita, pois o pegavam em um instante e o arrastavam de volta para sua cela. Ele retorcia, sangrava, mas nenhuma vez chamou por mim.

Você me diz que eu tinha razão em ficar escondida em meu buraco, encolhida na base oca da árvore. Sente furor contra nosso pai por ele pedir a uma garotinha indefesa que o ajude a escapar. Mas estou longe de ser indefesa e teria dado minha vida para salvar a dele, com boa vontade. Ou assim eu acreditava até o momento estar diante de nós, e eu falhar com ele.

Não falharei de novo.

Basta dessas reflexões infelizes. Você pede notícias de Praga, talvez na esperança de aliviar as lembranças de nossa juventude mais feliz. O Castelo de Praga está mais majestoso do que nunca, suas torres afiladas arranhando o céu. Muitas manhãs, caminho pela Ponte de Pedra ao nascer do sol, observando o rio Vltava correndo debaixo. As tílias parecem mais altas para mim, mais robustas do que antes. Incluo uma folha nesta carta, para que você também possa sentir o cheiro de nossa infância.

Não havia folha: provavelmente esfarelada séculos antes. Mas entendi o impulso. Um dia, dois anos antes, um dia perfeito em março, cinco graus mais quente e mais ensolarado do que a primavera da Nova Inglaterra tinha algum direito de ser, um dia de se deitar no gramado com Adriane e Chris, ouvindo o rio borbulhando ali perto, a água era mais um riacho do que um rio e tinha mais lama do que água, mas parecia limpa e profunda na luz do sol, um dia de procurar nuvens em formato de animais, de desfiles de elefantes brancos, coelhos e dragões marchando pelo céu, um dia em que Adriane havia explicado com grandes detalhes como livrar meus cabelos do frisado horroroso e depois fez uma transição ininterrupta e classicamente adrianesca daquele assunto para um debate dos inveterados problemas culturais e raciais embutidos em qualquer avaliação dos estilos de cortes de cabelo e das formas nas quais nossos três penteados, respectivamente meio-judaico, meio-asiático, meio-afro, poderiam registrar a história das relações raciais americanas nos últimos duzentos anos; tudo isso enquanto Chris fingia, de forma ruidosa, roncar; um dia em que Chris, embriagado de tanta limonada e grama recém-cortada, pegou minha mão e a dela e disse, sem gracejo na voz para variar, que tudo era diferente agora que tínhamos uns aos outros e que tudo estava melhor. E naquele dia, enquanto os dois estavam dormindo, de verdade dessa vez, nocauteados pelo sol, perambulei ao longo da água lamacenta e coloquei no bolso uma pedra cinzenta e aplainada que jogávamos para saltitar na água, que tinha o cheiro do rio e isso, como aquele dia, eu guardaria.

Só na manhã seguinte Chris me contou um segredo sobre o que havia acontecido enquanto eu estava na água, sobre a maneira como as mãos deles se entrelaçaram pela primeira vez, e seus lábios logo se uniram, sobre os olhares e sorrisos secretos que tinham roubado durante o resto da tarde, nas minhas costas e por cima de minha cabeça, sabendo o que eu não sabia, deleitando-se indolentemente com o prazer da expectativa, do que aconteceria quando eu fosse embora. Ele estava muito feliz — e, depois, perto do meu armário, sorrindo enquanto traçava com a ponta do dedo um coração no aço enferrujado, ela também estava — por eu estar feliz por eles, e eu tentava não me importar que, enquanto havia tido meu dia perfeito, eles tiveram um totalmente diferente, juntos. Disse a mim mesma que era uma coisa boa eu não ter notado que tudo estava parecendo o mesmo — que aquilo predizia coisas boas para o futuro, e era verdade.

Eu ainda tinha a pedra, mas não era a mesma coisa.

Lá fora, o céu noturno se transformava num cinza-perolado, sugerindo que eu dormisse enquanto ainda tinha a chance. Mas continuei.

Os padres em Strahov abriram a biblioteca deles para mim e, por várias manhãs, me perdi nas palavras dos mestres. Naquela sala silenciosa, sinto-me em casa como não me sinto em nenhuma outra parte desta cidade, talvez porque consiga visualizar com facilidade você ao meu lado, apressando-me pelas páginas. Parece quase impossível você nunca ter conhecido este lugar, pois seu espírito o habita com tanta plenitude. Se pudesse me envolver em seu silêncio aconchegante pela eternidade, embriagar-me nas palavras, ideias e perguntas que jamais pensei em fazer, prometo-lhe que não lamentaria nada da vida que deixei para trás. Mas a biblioteca em uma colina não passa de um refúgio temporário. Abaixo, nossa mãe aguarda. A cidade aguarda, seu povo, eu temo, tanto quanto você se lembra dele, entusiasmado com histórias de deslealdades nobres e insignificantes traições do coração. Nosso magnífico genitor ainda permanece na mente deles. No mercado esta manhã, por acaso ouvi duas esposas de pescadores trocando ideias baixinho sobre o mago que vivia em uma torre, amaldiçoando aqueles que passavam abaixo dela. Ele conversava com os anjos, elas disseram, e na sua ira, certa vez transformou uma criança que gritava em um asno que zurrava. Sorri ao saber de quem falavam. O poder e a lenda dele viviam em sua ausência.

O imperador permanece surdo aos meus pedidos, e nossos bens materiais continuam reféns dos caprichos dele. O procurador da corte, Johannes Leo, ofereceu-se a nos prestar serviço, e estou inclinada a aceitar sua ajuda. Suas suspeitas sobre ele podem ser bem-fundadas, mas sua baixa apreciação ao meu desejo é injusta. Apesar de não ser tão perspicaz, ele aprendeu a linguagem da corte e, como uma cobra, arrastou-se para dentro das boas graças imperiais. Não precisa temer que ele se arraste para dentro da minha.

Deixo-o agora e imploro, em troca, notícias dos seus estudos. Minha mente está em chamas, imaginando sua vida em Ingolstadt.

Viver sem uma preocupação além das preocupações da mente: existe um paraíso mais verdadeiro na terra? Dê notícias, e quem sabe também possa mandar suas orações e sua força. Se eu for realizar o último desejo de meu pai, vou precisar dos dois.
Adeus.
Praga, 30 de setembro de 1598.

Gostava do fato de ela não se lamentar. Um pai psicótico exigindo ajuda com algum plano de fuga psicótico; a mãe que parecia ter abdicado de todas as responsabilidades de um adulto e, pelo menos em minha imaginação, passava os dias olhando pela janela, enrolando os cabelos, de bobeira, e lembrando Elizabeth de se casar com um homem rico; o irmão mais velho que, aparentemente, era o Pequeno Príncipe encarnado, bom demais para o trabalho doméstico da vida familiar — ela entendia tudo sem perder o equilíbrio. Menos impressionante era o fato de que parecesse aceitar aquilo como dívida dela. Não havia feministas no século XVI, isso eu entendia, mas ela precisava servir a todos os caprichos do pai, de modo inquestionável, até depois de ele estar enterrado? Ele nem era seu pai, não tecnicamente, e por mais que afirmasse que eram do mesmo sangue, eu não podia deixar de perceber: ela manteve o próprio nome.

11

Comecei a aguardar ansiosa pelas tardes no escritório do Hoff, por Chris e Max e pelas horas de silêncio. Era menos importante do que estudar para os cursos de colocação avançada ou terminar requerimentos de admissão, menos ainda do que as noites em que Chris, Adriane e eu preenchíamos as horas até de madrugada com filmes, passeios de carro à meia-noite, investigações sobre o estudo urbano das cavernas de túneis abandonados e telhados esquecidos, até mesmo, quando ficávamos desesperados, os jogos de tabuleiro empoeirados no porão de Adriane, qualquer coisa para evitar falar do toque do relógio e do dia, a certa altura depois da colação de grau, em que o resto de nossas vidas começaria separadamente. As cartas importavam menos do que tudo isso, mas por isso mesmo, por serem uma fuga de tudo o que importava — ou que tivesse sido importante para qualquer um em quatro séculos —, de alguma forma, elas eram mais importantes.

E. J. Weston, ao seu querido irmão John Fr. Weston, saudações.

Você sabe que eu lhe contaria qualquer coisa, mas apesar de seu questionamento insistente, não posso revelar a promessa que fiz ao nosso pai. Você não pode entender como ele estava naqueles últimos dias, consumido por aquele livro infernal, determinado a terminar sua maior obra antes que a morte o levasse. Havia noites em que ele delirava de tanta febre, que eu temia vê-lo incendiar diante de meus olhos. Lavava sua testa ardente enquanto ele se enfurecia com os céus, com os anjos, com o imperador, comigo. As forças conspiravam contra ele, alegava, tanto neste mundo quanto no outro. Ele estava tão enganado assim? Há boatos de que o assassino dele estava em uma missão do próprio imperador. É claro, nenhum subalterno leal jamais suspeitaria do imperador cometer um crime daqueles. E ninguém pode questionar minha lealdade.

O "livro infernal" podia ser o precioso manuscrito Voynich do Hoff, mas mesmo que ele estivesse presente para dizer — e não estava havia quase uma semana —, eu teria guardado segredo. Se Elizabeth estava escrevendo sobre o Livro, isso significava que as cartas dela não eram tão inúteis no final das contas, e eu não estava na iminência de convidar o Hoff para tirá-las de mim.

É a lealdade que me conduz agora. A última e maior obra de nosso pai me aguarda e, finalmente, reuni coragem para completá-la. Há um homem a quem devo pedir ajuda e cujo nome não posso divulgar. As coisas que ouço sobre ele me dão arrepios, sobre as estranhas criaturas mecânicas com as quais ele se cerca e que possuem olhos brilhantes com vida demoníaca. Mas nosso pai confiava nele. Só posso esperar que o homem não traia essa confiança.

Dói-me saber de sua doença recente e desejo que zele por sua saúde. Sei de seu medo infantil por sanguessugas, mas precisa seguir o conselho de seus médicos. Somente uma vez fui obrigada a suportar as criaturas, mas a secreção delas em minha pele, e aquela dor intensa enquanto meu sangue era drenado para seus corpos inchados, é uma experiência que não esquecerei tão cedo. Todos nós fazemos o que é preciso para sobreviver.

Praga, 24 de outubro de 1598.

12

— "Todos nós fazemos o que é preciso para sobreviver"... mas não havia nada que explicasse o que ela estava prestes a fazer. O que seria tão secreto que precisasse esconder da única pessoa para a qual contava seus segredos?

— Sexo — disse Adriane. — Sempre é sexo. — Ela se deitou, estendida de costas no tapete branco e felpudo, depois rolou calmamente para uma posição de ioga, jogando as pernas estendidas sobre a cabeça, a ponta dos pés tocando o chão.

Sacudi a cabeça.

— Não é um cara. Tem algo a ver com o pai deles, e ela fica falando sobre esse *livro*, que tenho certeza de que é o mesmo que...

— Nora. Sério. Ninguém liga para as cartas da sua garota morta. — Adriane passou para uma parada de mãos, pernas bem estendidas. — Ainda mais se não são sobre sexo.

— Então o que você está procurando é alguma carta pornô de uma garota morta? É isso que está me dizendo?

— Você tem que admitir que seria mais interessante.

— Diz isso como se estivesse mesmo ouvindo.

— Você não me disse que eu deveria *ouvir*.

— Suposto consentimento — falei a ela. — Sabe o que o sr. Stewart disse, sobre como todas as vezes em que a gente pisa no aeroporto e dá ao governo o suposto consentimento para ser revistada? Todas as vezes que você me convida para vir aqui, me dá seu suposto consentimento para incomodá-la com os detalhes da minha vidinha mundana.

Adriane foi caminhando com as mãos até a parede, depois apoiou os pés descalços contra o papel de parede antigo, descendo-os até o chão. Fez uma ponte com o corpo, a cabeça pendurada para trás e os cabelos jogados no tapete.

— A: a vida não é *sua*, é dela. B: talvez sua vida fosse fracionariamente menos mundana se você passasse menos tempo obcecada pelo seu dever de casa e mais tempo vivendo-a de verdade. E C: consentimento cancelado.

— Talvez seu conselho parecesse mais incisivo se eu ficasse de cabeça para baixo também.

Ela voltou a ficar em pé, como se a gravidade estivesse temporariamente suspensa no lado dela da sala.

— E tem outra coisa — disse ela. — Não custa nada ir para a academia de vez em quando. Não temos mais quinze anos, e todos aqueles milk-shakes...

— Mais uma palavra e leio outra carta da garota morta para você — preveni-a, mostrando meu caderno que continha minhas traduções. — Palavra por palavra. *Bem devagar.*

No passado, quando eu ainda era uma visitante no Mundo de Acordo com Adriane, em vez de ser uma residente permanente, havia suposto que o alongamento constante fosse para o benefício daqueles membros do sexo oposto que sempre estavam na vizinhança quando Adriane tinha um de seus desejos repentinos de fazer a posição de meio-lótus ou do cachorro olhando para baixo. Podia e acontecia em qualquer lugar — aguardando na fila do cinema, estudando para a prova de química, fazendo a decoração para uma reunião de antigos alunos do colégio. A gente virava para dizer alguma coisa e Adriane estava no chão, com aquelas pernas compridas afastadas ou arqueando sobre a cabeça, com as panturrilhas firmes e pés em ponta. Levei alguns meses para perceber que ela não fazia aquilo para chamar a atenção — embora não ignorasse essa vantagem. Era apenas o modo de piloto automático de seu corpo, assim como não parava de reclamar de meus hábitos alimentares e da minha vida social nada aventureira.

Jogou-se sobre o enorme pufe azul enfiado no canto da sala, cruzando as pernas debaixo do corpo. O tapete grosso aos seus pés estava coberto de livros espalhados que seriam jogados fora. Com o dom inato da leitura dinâmica e de uma boa memória repugnante, Adriane era uma tagarela literária, passando os olhos pelos russos em uma semana e pelos pós-modernistas na outra, com pausas esporádicas para as revistas de tecnologia moderna e os últimos lançamentos de Nora Roberts. Fugia de história e de política — "Sabe o que dizem, faça amor, não faça pactos" —, mas qualquer outra coisa era alvo fácil. Felizmente para sua capacidade de concentração, seu cartão de crédito tinha um limite quase inesgotável que mal era desafiado pelo excesso semanal de compras no site da Amazon; e felizmente para seu precioso status social, ela se sobressaía em agir como a preguiçosa superficial, legal demais para qualquer coisa do colégio ou relacionado a ele. Os troféus da feira de ciências do ensino fundamental ficavam — tanto metafórica como literalmente — guardados a sete chaves.

A típica nerd enrustida. Isso era o que ela e Chris mais tinham em comum.

— Então, podemos começar oficialmente a contagem regressiva — disse ela, começando do nada como sempre, ou *in medias res*.

— Para...?

— A Europa. Minha mãe falou com a mãe da Cammi, que está no Clube dos Apoiadores do Colégio com um cara do comitê de planejamento de viagens, e ele disse que Paris é ponto pacífico. Dá para imaginar?

— Mais ou menos.

— Porque você nunca esteve lá. — A voz dela era calma, como se estivesse falando de uma peregrinação à Terra Santa. — A Champs-Elysées, o Bon Marché, a Galeries Lafayette...

— É um shopping, não é?

— Pense na catedral da moda. E ainda tem as comidas, o *pain au chocolat*, os crepes de Nutella...

— Você não come chocolate desde o Incidente da Barra de Chocolate na primavera do segundo ano do ensino médio — lembrei-a.

— Qual é o seu *problema*?

Adriane tinha estado ansiosa, esperando pela viagem de férias da primavera do último ano do ensino médio por, basicamente, a vida inteira. Eu preferia ter a ilusão de que a viagem nunca chegaria, principalmente porque minha bolsa de estudos não cobria as aventuras europeias, e o mais próximo a Paris que meus pais podiam pagar para eu ir era uma saída para tomar o café da manhã no Au Bon Pain.

— Só estou tentando descobrir o que tem de mais — falei.

Tanto Adriane quanto Chris sabiam que eu tinha uma bolsa de estudos, como também sabiam que, ao contrário deles, não tinha meu próprio carro, cartão de crédito, ou fundo fiduciário. Mas eles, de alguma forma, ainda não entendiam o que significava nunca ter o suficiente, e eu estava contente em deixá-los sem saber, porque não precisava da compreensão deles, nem da pena que viria associada.

— Alguns de nós não passaram os três últimos feriados de Natal bebendo ruidosamente o *chocolat chaud* à beira do Sena — disse, mas pegando leve. — Se fosse tão incrível, por que desperdiçar metade da viagem me enviando mensagens sobre o quanto estava enlouquecida de tédio?

— Foram só *dois* feriados de Natal. E tudo é chato quando você está presa com seus pais. Desta vez seremos *nós*. Falei que não existe idade mínima para beber na Europa?

— Só umas cento e seis vezes.

— Precisa ser tão pessimista assim o tempo todo?

— Não é pessimismo — respondi por hábito. — É realismo. E você sabe que é o que você mais gosta em mim.

— Sabe o que dizem sobre ter demais de algo que é bom.

Então ela se animou.

— Tudo bem. Eu a desafio a ser realisticamente sórdida sobre isso: o Chris vai. Eles sempre precisam de universitários como guias, e vou fazê-lo se inscrever.

— Para eu poder ficar segurando vela para vocês em sua fuga parisiense ultrarromântica? — resmunguei. — *Magnifique*.

— Carrinho de mão — disse ela com voz firme.

— Tá. Tá. Carrinho de mão. — Suspirei, mas foi mais para causar sensação.

Reclamar que três era demais era *pro forma* àquelas alturas, já que eu não podia mais imaginar isso de outra forma. *Carrinho de mão* era a fala de Adriane para *pare de se lamentar*, porque — como ela gostava de dizer — a porcaria da coisa seria inútil sem a terceira roda.

— Além disso, desta vez temos uma para você também.

— Uma o quê? — perguntei, suspeita.

— Uma roda — respondeu ela. — Um *cara*, sua idiota. Chris vai convencer o Max a se inscrever como monitor também, e aí...

— E aí...?

Ela sacudiu as sobrancelhas.

— *Parlez-vous la* linguagem do amor?

— Adriane! Isso não vai rolar.

— Fala que não acha ele bonito.

— Estou ignorando você a partir de agora.

— Ou ao menos aceitável — disse ela. — Olhos bonitos, se ignorar os óculos. E ele tem um sorriso interessante, mais ou menos. Além do sotaque. É sempre um bônus.

— Como pode dizer que ele tem sotaque? Ele nunca fala.

Se bem que isso, claro, não era mais uma verdade total. Devido às longas tardes e mais do que algumas noites hibernados no covil do Hoff — o próprio Hoff ausente, tirando uma soneca, ou bebendo, ou ocupado com quaisquer abluções diárias que o impedissem de trabalhar mais do que uma hora ou duas por semana, e Chris aproveitando cada vez mais da ausência dele para passar umas boas horas com a namorada e com seu PlayStation 3 —, Max tinha começado a prestar mais atenção em mim. Não como o tímido colega de quarto do Chris ou o acessório de encontro de dois casais de Adriane, mas como o cara quieto que sempre estava equipado com um lápis extra, um dicionário de latim extra, um cappuccino extra, tudo o que eu precisasse, geralmente antes de eu pensar em pedir. E ela estava certa sobre o sotaque. Era sutil e impossível de definir — um indício de fala mansa do sul com um som nasal e monótono do centro-oeste e um meio-tom de surfista despreocupado da Califórnia.

— Por que está tão obcecada com isso?

— É tão errado assim querer que você seja feliz? — perguntou ela, com doçura.

Apenas a encarei.

— Posso ser altruísta — disse ela.

— Desde quando?

— Tá. Talvez eu sinta um pouco a falta.

— Do quê?

— Você sabe. Do cara novo. Daquele momento em que ele olha para você e você não sabe o que vai acontecer a seguir, mas sabe que *algo* vai acontecer. Daquele primeiro beijo...

— Você está com o Chris há dois anos, não vinte — lembrei-a. — Está falando igual a uma dona de casa de meia-idade entediada, sonhando em ter um caso com o piscineiro.

— Não! O Chris é... você sabe. Ele é o Chris.

— E tenho certeza de que ele ficaria estupefato ao ouvir um elogio tão extravagante.

Ela jogou uma almofada na minha cabeça.

— Você me entendeu.

Decidi não salientar a ela que, por nunca ter passado anos, feliz e apaixonada, com um cara perfeito que venerava o tapete felpudo por onde ela caminhava com as mãos, eu não entendia.

— Escuta, não sou eu que estou sempre reclamando por não ter um namorado — observou ela.

— Não, é você que sempre reclama por *eu* não ter um namorado.

— De qualquer forma, problema resolvido.

— Da última vez que verifiquei, Max não estava jogando pedrinhas na janela do meu quarto, implorando para fugirmos juntos rumo ao pôr do sol.

— Só me prometa que quando ele fizer isso, você dirá sim.

— Ele vai aparecer em um cavalo ou um conversível nesta cena? — perguntei.
— Qual é.
— O quê? Rumo ao pôr do sol é uma viagem longa. Eu ia querer estar confortável.
— Nora...
— Diria sim para um café — admiti para ela. — Talvez até um cineminha. *Se* ele pedisse. No entanto, não vai.
— Mas...
— Mas se ele pedisse, então sim. Um filme. Contanto que não seja um ruim.
— Combinado.

13

O Hoff havia me dado a chave do escritório dele, e todas as vezes que me cansava de ficar na casa de Adriane ou no dormitório do Chris, o calabouço dos livros era sempre um refúgio mais tentador do que a biblioteca pública ou a Starbucks mais próxima — as quais eram mais hospitaleiras do que minha casa. Chris ainda aparecia para cumprir as nove horas semanais que precisava para completar seu requisito de história, mas, na maior parte do tempo, encontrava-me sozinha com Max, os dois rabiscando em nossos cadernos até bem depois do pôr do sol. Não fazia ideia de por que ele passava tanto tempo ali, ou por que, quando tinha de terminar tantos trabalhos dele, continuava a se oferecer para me ajudar com os meus. Podia ouvir a voz de Adriane em minha cabeça, frisando que *nenhum* cara era tão interessado no próprio dever de casa. Por outro lado, falando historicamente, nenhum cara também jamais havia se interessado por mim.

Recusava a oferta de Max, todas as vezes. Cabia a mim resolver o mistério de Elizabeth, e tinha certeza de que, apesar de até o momento ela não ter feito nada além de enrolar o irmão com vagas referências sobre o segredo obscuro e perigoso dela, por fim, ela teria de contá-lo.

Ela contou-lhe tudo.

E. J. Weston, ao seu irmão John Francis Weston, saudações.
Há aqueles que fariam o que fosse preciso para saber de meu segredo, e mesmo revelando tão pouco como faço nestas cartas, isso

pode se provar um engano. Muitas manhãs, decido jamais tocar no assunto novamente. Mas a noite chega e, com ela, as sombras, e mais uma vez desejo que sua mão forte me guie pela escuridão. Não somos mais crianças, e não posso mais procurar refúgio em você para me socorrer das feras que um dia ameaçaram meu sono. Mesmo que essas feras agora tenham renascido na vida real. Atraí um aliado perigoso, como nosso pai mandou. Minha própria presença parece enfurecê-lo, e suspeito de que, se não fosse pela grande recompensa que nós dois procuramos, meu tempo seria curto. É esse o homem no qual nosso pai mais confiou neste mundo? É essa que deve ser nossa salvação?

Basta. Pararei com isto agora, desculpando-me por minha aflição. Não me esqueci, como nosso pai enfatizou, de que a razão é a última e a melhor arma do homem fraco. Ele ensinou-me bem as várias utilidades da emoção, a espada que pode facilmente voltar-se para aquele que a possui. As lições dele estão entalhadas em minha alma, então procure se tranquilizar e confie que, como sempre, posso zelar por mim mesma.

Irei, no entanto, admitir, querido irmão, que suas suspeitas sobre Johannes Leo eram bem fundadas. Ele começou a me fazer os elogios mais absurdos e insistentes, como se eu fosse acreditar que meus cabelos cheiravam a folhas de tília ou que meus lábios eram rubis e meus olhos, safiras. Se ele falasse a verdade, eu teria joias suficientes para cobrir nossa mãe como uma rainha. Ele fala de minha beleza como se eu fosse um vaso ou um quadro que ele cobiçasse ter como espólio. Para o que penso, o que digo, ele mal dá atenção. Imagina-me como sua Galateia, uma boneca mecânica de beleza lustrosa e cabeça oca. Pior, começou a falar do futuro como se fosse um destino que compartilhássemos. Ontem me ofereceu um buquê de lilases, e o aroma asqueroso quase me fez desmaiar. A fraqueza, principalmente a minha, causa-me repulsa, mas para Johannes é um afrodisíaco. Não posso dizer nem imaginar o que poderia ter sucedido se Thomas não tivesse aparecido quando assim o fez. Este é o poder de Thomas, sempre aparecendo quando e onde é mais necessitado, ainda mais quando sou eu em necessidade. Johannes, é claro, o ameaçou como se ele fosse um besouro de estrume, simplesmente por causa de sua posição inferior na corte. Johannes tem trabalhado de forma incansável a favor de nossa família, intercedendo por nós junto ao imperador quando minhas próprias súplicas foram ignoradas, e sou grata. Mas por outro lado, já me decidi. Apesar do que nossa mãe possa acreditar, os limites da gratidão não passam disso.

Sei que seu tempo é precioso, meu adorado irmão, então não vou mais incomodá-lo com meus pequenos problemas. Como sempre, as orações por sua boa saúde estão em meus lábios e em meu coração.

Praga, 15 de novembro de 1598.

— Ela nunca havia mencionado esse tal de Thomas — falei. — Porém, há muitas cartas desaparecidas. Não entendo o que ela fala metade do tempo.

— Mas ela termina com o outro cara? — perguntou Max.

Assenti. Havia se casado com Johannes em 1603, com quem teve sete filhos, e morreu no parto do último. Qualquer perigo apresentado pelo misterioso "aliado perigoso", pelo jeito, não era nada comparado a ir em busca de um "felizes para sempre" numa época em que não existiam epidurais, antibióticos e o principal: controle de natalidade.

— Ela disse que a razão era sua melhor arma — ressaltou Max.

— Sei disso. — Era minha parte favorita. Ela havia passado muito tempo naquelas cartas, obcecada com sua fraqueza, mas dava para ver que, no fundo, ela sabia que era forte.

— Não seria muito racional abandonar o advogado rico pelo besouro de estrume — disse ele.

— Também sei disso, mas...

Ele concordou com a cabeça.

— Mas você acha triste.

Alguma coisa na forma com que ele disse isso — não bem condescendente, mas apenas um pouco compreensivo demais — me fez sentir como uma fã de novela de má qualidade desejando uma fusão dos nomes de Thomas e Elizabeth. (Thozabeth? Elizamas?)

— Entendo que o amor romântico é um conceito moderno e tudo o mais, e o casamento naquela época era apenas um acordo contratual, então é obvio que faria sentido ela ficar com o cara para não acabar no meio da rua. Só estou dizendo que... — Engoli o resto da frase.

— O quê?

— Esqueça. Vou parar agora.

— Parar o quê?

— De falar alto, feito uma maluca, sobre a vida amorosa de uma garota que está morta há quatrocentos anos.

Max ofereceu um sorriso cauteloso.

— Você está aqui para cumprir algum tipo de requisito escolar, certo?

Afirmei com a cabeça.

— E estou aqui voluntariamente — disse ele. — Em uma sexta à noite, nada menos do que isso. Então qual de nós é o maluco?

— Acho que deveria ser você?

— Está me chamando de maluco?

Levei um segundo para ter certeza de que ele estava brincando. E outro para decidir que estava começando a gostar dele mesmo. Não do jeito da Adriane. Era bem verdade que os olhos com manchas verdes eram bonitos e, ao contrário de Adriane, eu o preferia com óculos, que marcavam seus traços indistintos do rosto. Os cabelos, loiro-acastanhados e quase longos o suficiente para cobrir os olhos quando ele baixava a cabeça para evitar atenção, eram, como ela dizia, aceitáveis. Mas, de alguma forma, isso era irrelevante.

— O que você ia dizer? — perguntou ele.

— Quando?

Ele deu um tapinha nas cartas.

— Sobre Elizabeth.

Disse o nome dela como se fosse alguém que conhecêssemos e que havia acabado de sair para comer uma fatia de pizza, mas que voltaria em dez minutos.

— É estranho ler as cartas particulares de alguém — respondi. — Não é como a história, como Lincoln ou Hitler ou algo do tipo. Ela é... — Não conseguia encontrar as palavras.

— Real?

— Eu sei, parece ridículo, sem dúvida.

— Não é ridículo — negou ele, com uma intensidade atípica. — Ela é real. Todos eles são.

Ficamos calados. Max se levantou e abriu a janela — uma das poucas que realmente abriam, pois a maioria era de vitrais selados, bons para um arco-íris tremeluzindo em um dia de sol, menos úteis quando os aquecedores antigos e retinindo ficavam malucos e transformavam o local em um forno — soltando uma rajada de ar bem-vinda ali dentro. Depois de tanto tempo, parecia quase normal trabalhar em uma igreja, talvez porque o Hoff houvesse colonizado com sucesso o sagrado com o profano. Caixas gigantes de papelão enchiam o altar vazio, e prateleiras inclinadas repletas de livros bloqueavam vários dos vitrais, transformando as cenas conhecidas. Golias permanecia de pé sem um Davi; Daniel nunca entrou no covil do leão. A cabeça de João Batista ainda olhava fixo sobre o prato, mas o orgulho de Salomé com sua oferenda estava escondido por uma prateleira de *Estudos da História Medieval e da Renascença*, 1987 a 1991.

Max sentou-se outra vez, ajeitando sua já arrumada pilha de traduções.

— Alguma sorte aí? — perguntei. — Sabe, com o trabalho "de verdade"?

— Tudo é trabalho de verdade.

— Sei.

— Nenhuma sorte, se isso faz você se sentir melhor — respondeu ele. — Kelley está sempre falando sobre o Livro, mas ele é vago. O Hoff está convencido de que estamos chegando a algum lugar. Ele acha que Kelley está prestes a nos levar até as páginas que faltam. Você sabe que faltam doze páginas no Livro, certo?

— Ele deve ter falado nisso milhares de vezes.

Max sorriu. Eu gostava do jeito com que suas sobrancelhas ondulavam as pontas para cima, sempre acompanhando os lábios.

— E continuamos encontrando essas referências a algo chamado *Lumen Dei*. Você vê alguma coisa parecida com Elizabeth?

Neguei com a cabeça, apesar de a expressão soar estranhamente familiar.

— *Lumen Dei*. A luz de Deus? — perguntei. — O que é?

Ele deu de ombros.

— Poderia ser qualquer coisa. Kelley era um cara estranho. Achava que podia ressuscitar os mortos, transformar as pessoas em animais. Alquimia. Magia negra. Coisa boa.

Ele me disse mais — como Kelley tinha viajado a pé pela Europa durante décadas, ludibriando as pessoas para comprarem seus números mágicos, como ele havia juntado forças com John Dee, o acadêmico mais bem conceituado e, ao que parecia, enlouquecido o homem, como diziam que as orelhas dele tinham sido cortadas por uma transgressão havia muito tempo esquecida, como alguns acreditavam que ele tinha sido preso somente porque o imperador quis que ele revelasse o segredo da pedra filosofal e, quando recusou mais uma vez, o imperador castigou seu leal alquimista da corte com a morte. Com isso, Max saiu pela tangente, falando sobre o imperador excêntrico e o grupo de artistas, filósofos e místicos que ele havia reunido em sua corte imperial. No entanto, parou de forma brusca, enrubescido, talvez percebendo, de repente, que estava fazendo um monólogo havia uns bons dez minutos.

— Desculpe.

— Não, é interessante. — Ouvi-lo era estranhamente reconfortante, assim como as aulas de meu pai sobre os aquedutos de Roma tinham me feito dormir em vez das histórias de ninar.

Sua encolhida de ombros era quase um calafrio.

— Duvido muito disso.

— É verdade. Juro. É muito mais interessante do que penhores de bens e propostas de casamento. — Percebi que estava irritada de novo por ter sido designada para um trabalho totalmente de garota.

— Tudo é importante — insistiu ele.

— Só porque estou no ensino médio não quer dizer que sou idiota.

— Tudo bem, talvez nada disso seja importante — consentiu ele. — Andei perguntando por aí, e a maioria das pessoas acha que o Hoff é um maluco. Sabia que ele já foi o especialista mundial sobre a era pós-hussita e sobre o início do protestantismo tcheco?

Decidi não admitir que não fazia ideia do que ele estava falando.

— Jura? Ah.

— Ficou obcecado com o Livro logo depois de chegar aqui e não trabalhou em mais nada desde então.

— Não parece que ele está trabalhando em muita coisa mesmo esses dias.

— É, ele não publica há anos, nem mesmo nas revistas informais. É como se ele agora estivesse só indo junto com a maré. Acho que enfim pode ter desistido de um dia encontrar alguma coisa. É triste.

— Se você pensa assim, o que está fazendo aqui?

— Bem... — Max ajeitou-se na cadeira. — Disse a ele que era porque admirava mesmo o trabalho dele sobre o sectarismo religioso em Praga durante o reinado de Rodolfo e queria aprender com o melhor.

— Mas é sério?

— Sério, é quase impossível conseguir uma boa posição como assistente de pesquisa quando se é calouro. Então, ou você escolhe um professor com quem ninguém mais perderia tempo... ou serve aquela gororoba do refeitório. E, bem... quer saber um segredo?

— Sempre.

Nos debruçamos sobre a mesa, nossas cabeças quase batendo.

— Odeio redinhas de cabelo — sussurrou ele. Depois riu.

— Estou alucinando, ou você realmente fez uma piada?
— O quê? — Pareceu ofendido. — Sou engraçado.
Tem aparência engraçada, eu devia ter retrucado se fôssemos amigos de verdade.
— Prove — desafiei-o em vez disso.
— É...
Bati com o lápis na mesa.
— Tique-taque.
— Não me apresse! Tudo bem. Tudo bem, hum. O que o ladrão disse quando entrou na peixaria?
— Não sei. O quê?
— Eu quero roubar.
Esperei o fim da piada, mas ele apenas olhou para mim na expectativa.
— Então?
— Eu quero *roubar* — repetiu ele.
— Não entendi.
— É que, ele... Espere, não, é isso, eu quero *robalo*. É um trocadilho. Robalo, roubá-lo. Entendeu agora?
Soltei um riso de deboche antes que pudesse evitar.
— Viu? — disse ele. — É engraçado.
— Acho que essa palavra não significa o que você acha que significa.
— Então... não é engraçado?
— Não é engraçado.
Ele ergueu as sobrancelhas.
— Digamos, então, que tenho outras habilidades para compensar.
A pausa foi, suspeitei, mais estranha do que nós dois havíamos tencionado.
No silêncio, ouvimos um ruído. Um som farfalhante, do outro lado da entrada. Depois um ruído leve de passos.
— Chris? — chamei, mas baixinho. — Professor Hoffpauer?
Nós dois observamos o túnel escuro que ia dar na nave, mas nada surgiu de lá. E suas sombras eram impenetráveis.
— Ouviu isso, não foi? — perguntei quase sussurrando. — Não deveria ter ninguém aqui à noite.
Max concordou com a cabeça.
— Talvez um zelador? Ou algum tipo de animal?
Ficamos parados no lugar, esperando que algo confirmasse ou negasse a dedução dele. Não houve nada.

— É melhor verificarmos — sugeri.

— Provavelmente.

Não nos mexemos.

— Poderia ser aquelas forças sombrias com as quais o Hoff está sempre preocupado — provocou Max —, que vieram roubar os arquivos e silenciar as testemunhas.

Meu riso soou falso.

— Eu sei — disse ele. — Não tem graça, mas como eu disse, tenho outras habilidades. — Ficou parado. — Este sou eu sendo corajoso.

Também fiquei parada.

— Sim, vamos corajosamente pegar um zelador assustado. Cuidado com os esfregões do mal.

Max me deu uma olhada de cima a baixo.

— Sabe, você também não é muito engraçada.

Dessa vez, meu riso foi sincero, mas não me fez ficar mais animada para entrar no escuro.

14

— Você ouviu isso? — sussurrei. A nave estava escura, apesar de eu ter certeza de que tinha acendido as luzes ao entrar. — O que foi isso?

— Isso foi meu pé.

— Ah. Desculpe. — Dei um passo para trás.

— Agora foi meu outro pé.

— Certo.

Avançamos devagar pelas fileiras de bancos em direção ao interruptor de luz. À medida que minha visão se ajustava, podia distinguir as colunas de pedra se erguendo no escuro, e a cruz gigantesca que aparecia de forma gradual acima do altar.

Por fim, chegamos até a parede oposta. Movi o interruptor, mas a igreja permaneceu escura.

— Tudo bem, é estranho.

— Acha que acabou a energia?

— Só aqui?

Do outro lado do túnel, a luz do escritório brilhava.

— Talvez tenha queimado um fusível.

— É, talvez.

A igreja estava em silêncio. Se havia tido um zelador, um gato de rua ou qualquer outra coisa, já tinha ido embora. Estávamos sozinhos.

Os tetos sumiam no escuro, fazendo parecer como se quase estivéssemos parados debaixo de um céu sem estrelas. A luz ofuscada do luar se infiltrava pelo vitral, mas só iluminava as sombras.

— Isso é ridículo — sussurrei. Então, cheia de força de vontade, mais alto: — Estamos sendo ridículos. — Meio que esperava um eco, mas minhas palavras não voltaram para mim. E nada arremeteu da escuridão. Era apenas uma igreja vazia com um fusível queimado e, na pior das hipóteses, um ninho de morcego na abside.

— Nunca imaginei que passaria tanto tempo em uma igreja — acrescentei, só para quebrar o silêncio.

— Eu já quis ser padre — disse ele.

— *O quê?* — Foi quase o suficiente para me fazer esquecer a escuridão.

— Disse que já quis — respondeu ele. Não podia ver sua expressão.

— Eles sempre pareciam ter as respostas.

— Para quê?

Ele pausou.

— Não sei. Para tudo, eu acho.

— Então... você ia muito à igreja? — Não que houvesse algo de errado nisso, lembrei-me. Só não era algo com que eu me deparasse com frequência. Meus pais eram meio judeus, meio metodistas, meio católicos, algumas partes unitaristas e totalmente ateus. Se bem que menos militantes no assunto do que os amigos deles, na época em que costumavam ter os amigos que, às vezes, apareciam para jantar e ficavam por conta das várias garrafas de vinho e dos discursos de bêbados sobre os excessos da América evangélica.

— Meus pais são... — Ele hesitou. — Crentes, digamos assim. Então, sim, passávamos muito tempo em muitas igrejas.

— *Igrejas,* no plural? É certo passear por tantas assim?

— Passear, não — respondeu ele. — Mudar-se. Uma vez ao ano, às vezes duas. Todo ano uma nova cidade, novas pessoas, nova escola. Mas sempre havia uma igreja, e sempre era quase a mesma coisa, sabe?

— Às vezes, a pessoa precisa de estabilidade.

— É.

Eu sabia mesmo.

— Por que se mudavam tanto?

— Meus pais diziam que era por causa do emprego deles, mas acho que gostavam mais do jeito que as coisas eram. Sempre tinham certeza de que na próxima cidade, na próxima vida, seria onde encontrariam o que estavam procurando.

— O que *estavam* procurando?

Ele deu de ombros.

— O que qualquer um está procurando? Enfim, seja lá o que for, estou começando a pensar que não existe.

Não sabia o que dizer e esperei demais para imaginar alguma coisa.

— Vamos verificar as fechaduras e a entrada da frente e ter certeza de que tudo está bem — sugeriu ele, com rigor. — Depois, é melhor eu sair daqui. Está tarde.

Talvez dizer a coisa errada teria sido melhor do que ficar calada, mas não era o tipo de coisa pela qual a gente pudesse pedir desculpas. Avancei devagar atrás dele no meio da escuridão, apalpando meu caminho em direção à enorme porta de madeira do outro lado da nave, e fazendo o melhor possível para não roçar nele. Uma vez, rapidinho, alguma coisa alisou as costas da minha mão, mas, se foi um dedo, obviamente foi por acaso e não aconteceu de novo.

— A porta ainda está trancada — disse ele, sacudindo a maçaneta. — A maçaneta também está para baixo. Talvez só estivéssemos imaginando coisas.

— Acho que não. — Abri meu celular para iluminar o vidro quebrado na porta. O buraco irregular tinha o tamanho suficiente para a mão de alguém alcançar o outro lado, erguer a maçaneta e girar a fechadura. — Alguém esteve aqui.

Estremeci.

— Pode ter sido o vento — disse Max.

— Por que as pessoas sempre dizem isso? É o *vento*. Como é que o vento pode quebrar o vidro?

— Talvez tenha atirado um galho contra a janela. Ou alguém jogou uma pedra. Sei lá. — Ele estava começando a parecer irritado.

— Não foi o vento. — Aproximei o celular, iluminando o que desejava não ter visto.

Os cacos de vidro estavam sujos de sangue.

15

Alguém estivera na igreja; alguém a havia arrombado.

Um sem-teto, sugeriu Max. Um pássaro idiota, Chris deduziu mais tarde. Adriane concluiu que era alguém causando um início precoce da guerra ao Natal. O Hoff não ganhou a possibilidade de votar, porque o Hoff nunca sabia. Estávamos com medo — com isso quero dizer que Chris e Max estavam com medo, e seja lá qual fosse o motivo, deixei que ficassem — de que o fantasma de intrusos sangrando levasse o professor a uma paranoia total. Penso nisso, às vezes, no que poderia ter acontecido se não tivéssemos ficado calados.

Mas ficamos.

16

Lumen Dei. Apesar de Max não ter perguntado sobre isso novamente, as palavras ficaram na minha cabeça. Eu as associei com aquela noite, com os ruídos no escuro e com o vidro com sangue, mas sabia que já tinha visto elas antes. O Google não mostrou nada além de algumas referências aleatórias nos textos da Renascença dos quais eu nunca tinha ouvido falar, com nomes de pessoas que nem haviam chegado à Wikipédia, muito menos ao meu livro de história europeia. Então voltei para as cartas, na dúvida se queria a resposta com o propósito de impressionar o Max ou de vencê-lo.

Era uma tarde nublada, o tipo do dia de final de outono na Nova Inglaterra, quando o céu cinza-escuro fazia a gente começar a procurar o inverno no horizonte. Chris e Max estavam debruçados sobre uma cópia do *O Acordo Renascentista*, discutindo sobre a origem de uma referência a Maquiavel. O Hoff na verdade havia aparecido; mas, a julgar pelos roncos emitidos por trás do último volume da *Revista de Estudos Medievais e do Início da Era Moderna*, a presença dele era um detalhe técnico.

Folheei com cuidado as cartas antigas, sem certeza alguma do que estava procurando até que encontrei algo perto da base da estante.

E. I. Westonia, Ioanni Francisco Westonio, fratri suo germano S.P.D.
Forsitan hoc dicere blasphemia est, sed Lumen Dei *non est donum divinum.*

Devia ter passado o olhar por cima da frase quando eu estava indexando as cartas. Quando terminei de traduzir o resto, o céu cinzento estava roxo, e o Hoff havia muito tempo já tinha se recolhido no sofá esfarrapado.

— Continue — murmurou ele, os olhos meio fechados enquanto cruzava a distância entre um lugar de tirar soneca e outro. — Tem trabalho a ser feito.

E. J. Weston, ao seu irmão John Francis Weston, saudações.

Pode muito bem ser uma blasfêmia dizer, mas a Lumen Dei não é um presente divino. As promessas de poderes inenarráveis, de respostas sagradas, de habilidades divinas e de verdade suprema são poderosas tentações; mas com certeza existe tal coisa como sacrifício exagerado. Aqueles que abdicaram de suas vidas para nos deter, que previram o fim do mundo, agora têm a satisfação impassível da justificação além-túmulo. Pois a Lumen Dei pode, de fato, dar fim ao mundo. É um presente, mas assim como o presente dos gregos, ele disfarçou o inimigo em seu interior.

Odeio-o. Palavras que nunca pensei que diria e agora desejo gritar no meio da noite. Odeio nosso pai. Odeio-o por inventá-la, assim como odeio o imperador por roubar dele, como também odeio a Lumen Dei por roubar todo o resto. Perdoe-me, irmão! Minhas palavras são tão verdadeiras quanto nocivas e, mesmo assim, são incompletas, pois não odeio ninguém mais do que a mim mesma.

A proeza está feita, o mundo está partido, e não vejo nenhum caminho adiante. Não posso e não devo reunir as páginas ao livro do qual elas foram rasgadas em pedacinhos. A mente de Deus deveria permanecer para sempre além do alcance do homem. Disso, no mínimo, agora tenho certeza. E mesmo assim a Lumen Dei me convoca. A máquina é a promessa, termina um pacto do diabo com o divino, e temo que minha força não se iguale à tentação.

Isso é tudo o que resta de nosso pai: a máquina que sua genialidade inventou e as palavras com as quais ele guiou minhas mãos para fora do além-túmulo. Estudo-as com frequência, pensando nele estendido no chão de sua cela, a pena voando enquanto traduzia as palavras de Deus. Os anjos deram a ele seus nomes, e ele os deu a mim, este significando água; aquele, ar; este, perigo; aquele, transgressão. Em algum momento você o inveja, querido irmão, e deseja que pudesse ouvir os anjos com tanta clareza? Inveja é fraqueza, nosso pai nos ensinou, e, no entanto, sei que ele invejava Bacon, apesar de jamais admitir. Nosso pai falou com os anjos, mas Bacon falou com Deus.

Mesmo na ausência de nosso pai, aquelas páginas ainda parecem pertencer a ele. Todas menos uma. Aquela que detalha a tarefa designada a Thomas e, por um tempo, ele a carregou com ele aonde quer que fosse. Ela ainda tem o aroma familiar do laboratório dele, *fumaça pungente, metais queimados, vapores amargos. Esta página, a página de Thomas, é minha. É tudo que permanece de um futuro perdido, e fará sua casa com Petrarca, aquele que me ensinou a conhecer que o amor permanece para sempre com aquele que me ensinou a expressá-lo.*

O tempo está acabando, e preciso tomar uma decisão. Recomendo com insistência a você, como sempre faço, que não se preocupe comigo, mas desta vez não aponto para minha força ou minha coragem, mas para o simples fato de que alguém não pode ter precauções quando não lhe resta mais nada a perder. Parece que tudo que me restou foi você, meu adorado irmão, então deve poupar suas preocupações para si mesmo.

Praga, 27 de abril de 1599.

Nada daquilo fazia sentido. Não havia nenhuma referência para "o presente dos gregos", que eu reconhecia, de anos de tradução, como o Cavalo de Troia. A *Lumen Dei*, fosse o que fosse, seja lá o que aparentemente tinha prometido aos incontáveis ricos, havia trazido o oposto. Caos e tragédia, um mundo de ruínas.

Não conseguia nem começar a imaginar a natureza de uma máquina que prometia "respostas sagradas" e "verdade suprema" — ou até mesmo, quando tentei, não consegui evitar imaginar uma daquelas máquinas de parque de diversões de "Adivinhe seu futuro", mas entendi muito bem o que havia restado em sua trilha: pesar. Aquela combinação prazerosa de confusão, culpa, insegurança, dúvidas, arrependimentos sobre o passado imutável e paralisia no rosto de um futuro não promissor. Ela havia perdido ao extremo, e com isso, havia perdido o pai mais uma vez. Eu também sabia como aquilo funcionava. Era simples física: perdas atraíam perdas.

Basta, disse a mim mesma, soando igual a *ela*. A carta não era um chamado de socorro através das gerações, de uma donzela do século XVI em busca de um analista do século XXI. Era uma pista.

Tirei a coleção de Petrarca da bolsa onde eram guardados os arquivos e procurei com delicadeza nas páginas amareladas. O texto estava desbotado, quase ilegível. Havia alguns poemas sublinhados ou circulados, sem anotações na margem para indicar por que eles seriam importantes. Eu não falava italiano, então não tinha como tentar adivinhar.

Trovommi Amor del tutto disarmato
et aperta la via per gli occhi al core,
che di lagrime son fatti uscio et varco.

Talvez uma pista menor do que um beco sem saída. Sentindo-me vagamente idiota, fechei o livro outra vez. Ao fechar, senti algo. A capa de couro era lisa de maneira inacreditável, amaciada com a fricção do tempo. Mas meu polegar passou por um ponto áspero do lado interno da primeira capa. Não, não era um ponto, percebi, olhando com mais atenção. Uma costura. Um remendo quadrado marrom-claro levemente desbotado sobressaía contra a escuridão, com uma costura fina ao redor das extremidades, um conserto impressionante, mas imperfeito, como se fosse para disfarçar um furo na capa. Ou algo mais.

Havia um abridor de garrafas no meu chaveiro, com uma ponta afiada o bastante para cortar a costura desgastada do século XVI. O Hoff ainda estava roncando; Chris e Max ainda estavam absortos em sua batalha de inteligência e pedantismo. Ninguém estava observando.

Não que eu pensasse em desfigurar um livro de quatrocentos anos. Isso seria loucura. Provavelmente não era o tipo de coisa pela qual a gente iria presa, mas eu não tinha dúvidas de que o Hoff faria o melhor possível. Claro que o sensato a fazer seria levar o livro para ele, mostrar-lhe os pontos na capa e a área levemente elevada debaixo dela, como se alguma coisa tivesse sido colocada ali dentro. Mas:

Esta página, a página de Thomas, é minha.

Os pontos soltaram-se de forma impecável e rápida, e o remendo de couro fino caiu. Quase fiquei sem fôlego. Um pedaço de papel bem dobrado estava escondido na capa. Eu o cutuquei de leve com um dedo, meio com medo de que se transformasse em pó se eu o movesse, que dirá tentasse desdobrá-lo. Elizabeth o havia dobrado e costurado em um livro adorado, onde havia permanecido despercebido e intocado por quatro séculos. Ela foi a última pessoa a segurar isto, pensei, e agora o segredo dela era meu.

Com cuidado, muito cuidado, desdobrei a página. Na verdade, eram duas páginas, uma escondida dentro da outra — então fiquei realmente sem fôlego ao perceber para o que estava olhando. Uma folha estava abarrotada de latim denso, termos que nunca tinha visto, *acqua fortis, sal ammoniac*, nomes que pareciam substâncias químicas acompanhadas de medidas, algum tipo de fórmula elaborada. Ao lado, havia um esboço grosseiro de uma planta esquisita, seis folhas pontudas emoldurando uma sétima redonda, com um talo espiralado. Mas não era a fórmula ou o desenho que chamava minha atenção. Era a outra página, que não era latim de forma alguma, ou nenhuma outra língua. Era uma página de símbolos, incompreensíveis, mas *familiares*. Porque eu não estava olhando para aqueles símbolos todas as vezes em que passava o fac-símile imenso de uma página do manuscrito Voynich exposto sobre a mesa do Hoff?

A ordem do texto era a mesma nas duas páginas, assim como era o estranho desenho.

— Rapazes? — Engoli seco, tentando acabar com a irritação na garganta. — Acho que encontrei alguma coisa.

17

O manuscrito Voynich tornou-se público em 1912 e, desde então, frustrou o equivalente a um século de historiadores, linguistas e criptógrafos, levando no mínimo um deles à loucura. São 240 páginas repletas com uma linguagem de vinte a trinta hieróglifos distintos, que aparentam ser uma ordem aleatória de marcas de tintas insignificantes desenhadas para confundir e humilhar os leitores, mas a análise linguística sugere com veemência que os símbolos formam uma língua — possivelmente uma que ainda está para ser descoberta.

Alguns acreditam que o manuscrito Voynich seja uma farsa, inventado no século XX, embora a datação por carbono diga que sua origem é do século XV. O Hoff suspeitava que fosse ainda mais antigo que isso. Ele era um tradicionalista no que dizia respeito ao Voynich, aderindo a uma teoria pela qual a maioria já havia perdido as esperanças. Acreditava que o alquimista louco Edward Kelley possuíra o livro, mas que Roger Bacon, um monge, filósofo, acadêmico e místico do século XIII, o havia escrito. As cartas estavam começando a reconhecê-lo. Kelley se referiu a um livro, escrito por Bacon na linguagem de Deus, e Elizabeth parecia insinuar que — fosse graças à interseção de seus supervisores angelicais, um ataque epilético ou simplesmente um gênio por enganar coroinhas ingênuos — ele havia desvendado o código e transcrito seus segredos sacros.

Agora tínhamos a prova.

18

Por alguns instantes, achamos que o Hoff poderia mesmo estourar uma coronária, mas, aos poucos, o vermelho foi diminuindo de seu rosto e ele parou de falar descontroladamente sobre como mostraria a eles todos e sairia daquele buraco do inferno e morreria em Harvard, onde era seu lugar. Quando, por fim, se deu conta de nossa presença, foi apenas para dar ordens sobre nossa servidão contratual; a hora da soneca havia acabado.

— Se trabalharmos manhã, tarde e noite, talvez *possamos* estar prontos com uma tradução integral até a próxima conferência da Associação Histórica Americana — disse ele para Chris e Max. Quando eles balbuciaram algo sobre aulas, dever de casa e, não casualmente, ter uma vida, ele fez um ruído como um pneu esvaziando. — Estamos falando sobre a perseguição do *conhecimento* — disse a eles. — Isto poderia mudar o mundo. Isto poderia ser seu *legado*. E estão preocupados com algumas tabuadas de multiplicação?

Chris limpou a garganta.

— Na verdade, são cálculos multivariados com...

— É inútil. — O Hoff bufou. — Meu jovem, ninguém mais vai lhe dizer a verdade, então me permita. Sua educação é uma piada. Suas aulas carecem de qualidade e de profundidade, e mesmo que você estivesse aprendendo com os próprios mestres atenienses, acha mesmo que o mundo ainda precisa de outro trabalho de conclusão de semestre sobre os temas da fúria protofeminista em *Macbeth* ou das causas estruturais da Primeira Guerra Mundial? É uma atividade improdutiva, filho. É um golpe para trocar o dinheiro de seus estudos por um pedaço de papel que o deixará ir trabalhar em um banco ou alguma *empresa* pelo resto de sua vida, como pretexto de que, como você um dia leu Platão, pode se considerar um homem instruído. — Tocou de leve as páginas secretas de Elizabeth, depois apontou para a porta. — Aquilo, lá fora, é um fac-símile do conhecimento. *Isto* é real. A escolha é sua, é claro. Suponho que não seja o único aluno capaz de fazer tradução, se bem que, neste quinto dos infernos, ninguém pode ter certeza.

Chris olhou sem defesa para Max, que tinha olhos somente para o Hoff.

— Faremos o possível — disse ele, firme.

O Hoff assentiu.

— E você — disse ele.

Eu.

— Você tem aula, é claro, e suponho que não preciso lhe dar uma aula sobre o desperdício que *essa* armadilha de areia da burocracia e dessa atividade inútil, por fim, vão ser, mas suas obrigações são suas obrigações, apesar de tudo. No entanto, espero que enquanto estiver aqui...

— Na verdade — interrompi, com a voz mais fraca do que gostaria —, estava pensando que, talvez, eu pudesse ficar com as cartas de Elizabeth. Por um tempo. Se não for problema.

As sobrancelhas grossas dele quase chegaram à linha do cabelo. Não podia culpá-lo. Aquela era a minha chance de fazer algo que realmente *importasse*, e eu ia rejeitá-la por causa de um medo oculto de adolescente aspirante a poeta?

Eu ia.

O Hoff estava assentindo.

— Sim. Sim, sim. Quem sabe o que mais pode estar escondido nessas cartas. Siga seus instintos, Nora. Você é milagreira.

Nem tinha certeza de que ele sabia meu nome.

— Você mudou a história — disse ele. — Melhor, você *revelou* a história. Suas traduções de Elizabeth sem dúvida serão dignas de publicação, talvez até um pequeno volume delas. Então, sim, pode levar.

Depois, com um movimento lento e desajeitado, ele abriu os braços e veio em minha direção. Antes que eu pudesse ter a chance de me afastar, ele me abraçou, sua pele de lixa esfregando em minha bochecha. Permaneci imóvel, resistente.

— *Gratias tibi ago* — disse ele. *Obrigado.* — Tudo será diferente agora.

— Por nada — murmurei e esperei que aquilo acabasse.

19

— Tudo bem, estou aqui. — Adriane entrou bruscamente na igreja com duas caixas de pizza e uma garrafa de vodca. — Agora, quem quer me dizer por quê? Porque cruzes gigantes e estátuas sinistras da Virgem Maria não são motivo de comemoração.

— Serão quando forem a cena do nosso triunfo. — Chris a pegou no ar e a girou com pizza, vodca e tudo o mais. — Algum dia você sonhou em beijar um historiador mundialmente famoso? Faça biquinho.

Adriane soltou-se dos braços dele.

— Quanto à minha opinião sobre mundialmente famoso, minhas expectativas giram em torno de um astro do rock. Ou talvez de um astronauta. — Colocou a comida comemorativa sobre um banco vazio. — Explicação? Alguém?

— Fizemos uma descoberta brilhante — disse Chris.

— Nora fez uma descoberta — disse Max.

Adriane arqueou a sobrancelha.

— Pornô da garota morta? Eu sabia!

— Ignore-a — falei rapidamente, vendo a expressão no rosto de Max. — Ela não consegue se segurar. É uma doença.

— Mentesujitis — disse Adriane. — Se quiser usar o termo técnico em latim. Como sei que você quer.

O santuário, que tinha parecido um mau presságio na escuridão total, brilhava na luz suave dos candelabros acima, claros o suficiente para iluminar os anjos esculpidos em pedra, serpenteando as colunas e velas douradas ao redor do altar, obscura o bastante para disfarçar a tinta descascando, a madeira lascada, a ferrugem, a corrosão e a deterioração. Não era o lugar mais apropriado para uma festa da vitória, mas quando Chris tinha uma daquelas coisas que ele chamava de monções cerebrais, era quase impossível que resistisse. O Hoff já tinha saído havia um bom tempo para sonhar com a glória acadêmica, com tortura de bibliotecária ou fosse lá o que estimulasse suas fantasias. Ele havia nos deixado para comemorarmos nosso triunfo com "uma exuberância comensurável com sua juventude".

Devoramos a pizza, bebemos a vodca — ou pelo menos Chris, Adriane e Max beberam, enquanto eu suportava a zombaria deles e tomava água, argumentando que, como "milagreira" residente, provavelmente era parte da descrição do meu serviço permanecer pura — e especulei de modo desenfreado sobre os futuros brilhantes que poderíamos ter acabado de nos garantir. Chris previu uma recomendação entusiasmada para a faculdade de Direito dali a três anos, pavimentando a estrada de tijolos amarelos até chegar à Suprema Corte; eu só queria garantir minha saída do Chapman e entrar para a faculdade, fosse um fac-símile inútil do conhecimento ou não; Adriane, não convencida de que nada daquilo fosse algo sério o suficiente para uma pizza de dez dólares, muito menos para uma noite de bêbados viajando na maionese, apesar de tudo, estava preparada para escrever, produzir e cuidar do figurino de nossa inevitável aparição na televisão (se bem que, ao que tudo indicava, no canal de TV educativo); Max ficou calado.

— Agora podemos sair daqui e comemorar de verdade? — perguntou Adriane, quando a comida e a bebida acabaram.

Chris levantou-se do banco e pegou a mão dela.

— Só depois que eu tiver o que quero de você, bela donzela.

— O que você quer não é bem condizente com a igreja — ressaltou Adriane, mas aguentou enquanto ele dançava com ela ao redor da nave, em uma valsa de pé esquerdo, girando com uma graciosidade cômica.

Max e eu observamos.

— "Encontrei aquela imagem de marfim ali, dançando com seu jovem escolhido" — disse ele. Depois, notando que eu estava olhando para ele, enrubesceu. — É um poema. Yeats.

— Eu sei.

Ele pareceu surpreso.

— Sério?

Claro que não era sério — a única poesia que sabia de cor era a primeira e a última estrofe de "A Canção de Amor de J. Alfred Prufrock" de T. S. Eliot, e isso era só porque havíamos sido obrigados a memorizá-las para a aula de inglês do segundo ano — mas não gostava daquela expressão de choque, como se fosse tão fora de questão que eu soubesse uma frase aleatória de Yeats, se não me falhava a memória. Fiquei imaginando se ele estava tentando me impressionar, depois afastei aquela ideia. Max não me soava como o tipo que se esforçava.

Por outro lado, eu também não.

— "Demoramo-nos nas câmaras do mar, junto às sereias envoltas em algas vermelhas e castanhas" — citei, embora não trouxesse relevância a nada, nem mesmo nos termos poeticamente metafóricos mais livres.

— "Até vozes humanas nos acordarem, e nos afogarmos." — Foi o próximo verso.

— Estamos competindo agora? — perguntei. — Sobre quem sabe mais poemas de cor? Porque se for, esta é, oficialmente, a conversa mais nerd da minha vida.

Ele ficou tenso e, mais uma vez, vermelho.

— Brincadeira — garanti a ele. — Lembre-se, eu sou a engraçada, não sou?

Ficamos em silêncio outra vez e os observamos dançando. Chris se movia com a melhor das intenções e uma falta de ritmo inata, mas

Adriane — fisicamente incapaz de um movimento desajeitado — girava e se inclinava como uma princesa da Disney em um baile, faltando apenas um vestido cintilante e uma tiara de diamantes.

— Ela é linda. Não acha?

Max deu de ombros.

— Ela inspirou você a fazer poesias — ressaltei.

— Os sapos sarapintados também. E o churrasco ocasional. A beleza realmente não é um critério necessário.

— *Sapos* sarapintados? Você recita poesia sobre sapos?

Max parou de repente e estendeu a mão.

— Vamos dar uma volta.

Olhei para Chris e Adriane, que tinham dispensado a atitude teatral de salão de baile e estavam dançando devagar para a frente e para trás. Ficando cada vez mais juntinhos, de forma inevitável e nada condizente com a igreja.

— Vamos. — Peguei a mão dele. Carrinho de mão ou não, às vezes três era um número desagradável.

Sem discutir, Max me levou para a escada caracol estreita que ia dar no coral da igreja. Era uma sacada baixa com vista para a nave, completa com estrados para coral e um órgão de tubos à beira da ruína.

— Nunca estive aqui — disse, me inclinando sobre o parapeito e vendo Chris e Adriane dançarem e girarem abaixo de nós. O corrimão de madeira rangeu com meu peso, sinal suficiente para me afastar e esquecer os rituais de sedução acontecendo lá embaixo.

— Venho muito aqui — disse Max. — Gosto do jeito como as coisas ficam daqui de cima. Pequenas.

Houve uma ventania repentina e tremi com a rajada de vento frio.

— Está com frio? — Max aproximou-se um pouco com a mão na lapela do blazer, como se quisesse oferecê-lo, mas, para falar a verdade, ele não conseguia juntar coragem. Ele quase sempre usava um blazer, cáqui no início do outono, veludo cotelê agora no frio que passava dos limites. Não era um uniforme raro entre o mar de tweed da Nova Inglaterra no colégio Chapman, mas eu gostava da maneira como Max ficava bem naquele estilo, combinando seus casacos com camisetas *vintage* desbotadas que pareciam — ao contrário das camisetas irônicas de cores vivas exibidas pelo hipster casual e inadequado — genuinamente desgrenhadas, como se tivessem sido puxadas de uma pilha de roupas sujas em seu quarto de infância.

— Gosto disto — falei, apertando o algodão fino de sua camiseta desbotada dos Simpsons e o puxando para perto de mim. Depois, embora jamais tivesse pensado em fazer algo daquele tipo e, tecnicamente, não *pensei* mesmo, não de alguma maneira que formasse um pensamento consciente em contraste com uma ação involuntária, desmotivada e totalmente irracional, eu o beijei.

Ele deixou. Por alguns segundos. Depois se afastou e ajeitou os óculos, olhando para mim como se eu fosse um cachorrinho que acabara de executar um passo de dança especialmente complicado e depois fez xixi na perna dele.

Eu queria morrer.

— Desculpe.

— Por que você fez isso?

Porque eu queria beijar alguém. Porque meus dois melhores amigos eram melhores amigos um do outro, uma dupla perfeita que provavelmente passava a maior parte do tempo esperando que eu fosse embora. Porque os olhos dele eram castanhos em uma luz e verdes em outra, magnéticos nas duas. Porque eu havia feito um milagre — ou talvez porque tivesse feito isso somente imaginando que eu era outra pessoa, alguém intrépido, intenso e morto havia muito tempo, e não estava muito preparada para voltar a ser eu mesma.

— Não sei.

Ele riu. Agora eu queria matá-lo e *depois* morrer.

— Então foi um motivo horrível — disse ele.

— É? Você tem um melhor?

Ele inclinou-se para a frente. Colocou meu rosto entre suas mãos, uma palma quente sobre cada bochecha. Ele me beijou.

— Porque eu quis — disse ele, quando me soltou. — Isso teria sido o suficiente.

20

Nós nos beijamos só mais uma vez naquela noite, nos degraus da igreja, antes de ele ir por uma direção e eu por outra. E sim, fiquei acordada metade da noite, repassando os detalhes em minha cabeça, imaginando que ainda podia sentir as mãos dele em meu rosto, meu pescoço, na curva de meus quadris, seus dedos entrelaçados nos meus, seus lábios e a maneira como, por alguns segundos, pareceu que estivéssemos respirando juntos. Relembrei da despedida, do momento estranho debaixo do poste de luz, do ar branco de nossa respiração desaparecendo na noite, dele não me pedindo para ir ao quarto dele, de mim murmurando algo sem sentido sobre poder usar o carro do meu pai quando eu pedia com educação; mas, às vezes, preferindo minha bicicleta e, às vezes, não, e depois um último beijinho na bochecha, o toque suave dos meus dedos enluvados nos dele. Acordei convencida de que se não tivesse sido um sonho, teria sido uma aberração, e eu não só o tinha convencido a me dar um beijo de compaixão — *Max*, entre todos os garotos, um *universitário*, e, sendo mais específica, um universitário que nunca havia mostrado ter nenhuma inclinação romântica para o meu lado —, como de maneira nenhuma poderia voltar ao escritório do Hoff. Seria uma tortura, fingir estar traduzindo enquanto imaginava se Max estava olhando para mim e que tipos de pensamentos desdenhosos e compassivos estariam passando pela cabeça dele enquanto me olhava. Ou pior, perceber que ele não estava olhando, porque não dava a mínima.

Era suficiente dizer que não estava esperando um final feliz mais do que esperava meu celular vibrar com uma mensagem de texto. Dele:

Pensando em você.

21

Max tinha sardas em forma de meia-lua no ombro esquerdo.

Max era quase tão ruim em entender piadas quanto em contá-las, mas sentia cócegas, principalmente na sola do pé esquerdo, e quando ria ficava com o rosto rosado.

Max gostava de deitar de bruços, me deixar traçar mensagens sobre suas costas nuas e adivinhar o que eu estava tentando dizer. *X marca o lugar*, escrevi. *Max e Nora, sentados na árvore*, escrevi. *Amo você*, escrevi. Ele sempre adivinhava errado e, quando adivinhava, virava debaixo de mim, se apoiava nos cotovelos e me beijava, um beijo para cada mensagem secreta.

— Agora adivinha o que quer dizer — dizia ele, sempre.

Max e eu ficávamos em seu quarto sempre que sabíamos que Adriane e Chris estariam fora. Trancávamos a porta, nos enroscávamos em seu colchão mole e assistíamos a filmes, comíamos biscoitos recheados, ouvíamos um indie rock melancólico e, algumas vezes, quando avisava a meus pais que ia dormir na casa de Adriane, ficávamos lá, juntos, no escuro, até amanhecer.

Max nunca foi à minha casa. Nunca conheceu meus pais. E nunca falou sobre os dele, a não ser para dizer que moravam em San Diego e que tinha sido o lugar no qual moraram mais tempo, como se tivessem esperado ele sair de casa para, enfim, criarem um lar.

Max nunca soube do meu irmão.

Max odiava Adriane, e o sentimento era recíproco. Ela o provocava sobre os óculos, sobre os cabelos despenteados e sobre o jeito que ele corria para o meu lado e pegava minha mão assim que entrava em um cômodo, e ficava pálido todas as vezes que ela descrevia algum aspecto da vida sexual dela, fazendo isso apenas para deixá-lo constrangido. Ele a achava burra e desesperada; ela o achava chato. Os dois tomavam cuidado para nunca me fazerem escolher.

Max enrubescia. Quando pensava em me beijar, quando me arrastava em suas costas e eu beijava sua nuca, e sempre quando mentia, e isso ele fazia raramente, muito mal e quase de maneira exclusiva era para poupar os sentimentos de alguém e nunca para mim. Enrubesceu quando, três meses após nosso primeiro beijo, tirou os óculos, piscou feito uma coruja por alguns segundos, depois disse que me amava.

— Você me diz isso *aqui*? — falei, sacudindo-o, porque estávamos em frente ao Walmart, um lugar que agora eu seria obrigada a considerar como sagrado, e depois ri, beijei-o e disse, não pela primeira vez, mas pela primeira vez desse jeito:

— Também amo você.

22

Apesar das aparências, não ficávamos juntos o dia todo, todos os dias. A vida seguia em frente. A neve caía, meus pais continuavam a ignorar a mim e a si mesmos, Adriane organizava nossas aventuras parisienses enquanto eu continuava fingindo que alguma fada madrinha apareceria para fornecer a passagem aérea que eu nunca poderia pagar, mas agora precisava, porque ir a Paris significava ir a Paris com o Max. Chris e Max passavam mais e mais tempo trancados no covil do Hoff, olhando atentamente o Livro, trabalhando para combinar símbolo com palavra e palavra com significado. Usando o fragmento da fórmula de alquimia — pois foi isso que as páginas escondidas acabaram se tornando —, tinham conseguido juntar os pedaços de uma linguagem rudimentar de hieróglifos.

Aplicá-la ao Livro era meticuloso, pois página por página desafiava uma tradução significativa e depois, sempre, logo quando estavam prestes a desistir, os símbolos revelavam uma frase que quase fazia sentido: *Deus in natura se obscurat et celata eius corripimus*. Deus se esconde na natureza, e nós lucramos com seus segredos. Max, não sabendo lidar com a frustração, surtava sempre que surgia o assunto, então parei de perguntar-lhe sobre sua pesquisa e parei de incomodá-lo com a minha. Tinha voltado para as cartas que levaram à revelação de Petrarca — eu só não era o tipo de pessoa que pulava para o fim do livro para descobrir o que havia acontecido —, e retroceder acabou se mostrando o certo a fazer. Porque, como até mesmo Adriane admitia, as coisas enfim estavam ficando boas.

E. J. Weston, ao seu irmão John Fr.Weston, saudações.

Como você riria ao me ver! Estrelas cintilam em meus olhos, melodias vibram em meus ouvidos, uma brisa suave estimula meus passos. O amor, que por muito tempo pensei não ser nada além de uma tolice de poeta, tomou conta de mim, e estou transformada. Não posso mais negar a verdade nas palavras de Petrarca:

Benditos o lugar, o tempo e a hora do dia
em que meus olhos se fixaram em sua altura.

Perguntará de que adianta um amor sem um final honroso. Chamará Thomas de mero aprendiz, mas nada sobre ele poderia ser mero. Seu toque com as poções é ágil e certo. Apesar de sua falta de escolaridade, o latim flui de sua caneta, pois estava tão determinado a penetrar nos segredos dos antigos que aprendeu sozinho a língua deles. Chamá-lo de ignorante seria uma ignorância. Seus escolásticos o fizeram esquecer, querido irmão, que há muitas maneiras de se instruir.

Talvez o amor tenha me tornado frívola, mas há tanta escuridão aqui. Certamente você pode me conceder alguns momentos de luz? Esta felicidade não durará, assim como nada dura. Nosso pai nos ensinou isso. O céu pode ser imutável, mas aqui em nossa esfera terrestre, a vida está em constante fluxo e decadência. Ou podemos observar o mundo mudar ao redor de nós, como nosso pai antes de nós, ou podemos mudá-lo para satisfazer nossos desejos.

Deste modo, tenho uma decisão a tomar. Ore para que eu escolha com sabedoria.

Praga, 16 de janeiro de 1599.

Então Elizabeth estava apaixonada.

Eu não era do tipo de escrever cartas de amor piegas ou canções de amor inspiradoras e triviais, cujas letras fúteis de repente parecessem profundas, verdadeiras e destinadas somente para mim — mas estava feliz o suficiente por ela para fazer isso em meu lugar. *Estrelas cintilam em meus olhos*, pensei, tentando imaginar o que Max faria se me expressasse desse jeito para ele, complementando com melodias vibrantes e passos amortecidos, a luz afugentando a escuridão.

Provavelmente ficaria vermelho e mudaria de assunto.

As várias cartas seguintes falavam das tentativas de Elizabeth de recuperar sua propriedade do imperador, sua poesia, seu aliado misterioso e o perigo que ele representava, as decisões que enfrentava e a forma com que o rio Vltava congelado cintilava ao sol; porém, mais do que tudo, falavam de Thomas.

O laboratório tem o cheiro dele, uma mistura rica de enxofre e cinzas. Um sinal de sua posição inferior, diz ele, mas vi de relance o orgulho por trás de sua modéstia. Ele me contou seu sonho de descobrir a pedra filosofal, não para a própria glória, mas para a glória de Deus.

E, embora, nós dois estivéssemos com medo, ele pegou minha mão. Mãos dadas, nada mais, mesmo assim foi mais que tudo o que já conheci.

Sombras tremeluziam na luz da vela. Irmão, você nunca soube o quanto as salas de alquimia me aterrorizavam na infância. Corria para trás do manto preto de nosso pai enquanto ele se arrastava pela sala, enquanto seus homens olhavam para mim por cima de seus caldeirões, com seus rostos turvos pelas nuvens de fumaça negra. Tinha medo dos demônios que nosso pai poderia acordar com suas invocações sinistras, mas Thomas me libertou do medo, revelando a verdade essencial. A alquimia não é uma procura pelas trevas. É uma busca pela luz.

Eu tentava ir ao escritório quando sabia que Max estaria lá e Chris não, algo estranho de forma intrínseca — querer ver o Chris *menos*, para variar, querer ficar com o Max para mim (um impulso que só me deixava com mais certeza de que eu estava certa todos aqueles anos sobre o Chris e a Adriane me quererem longe deles para que pudessem ficar sozinhos). No entanto, mais estranho ainda era o que eu sentia ao me sentar à mesa ao lado de Max, olhando sem interesse para meu caderno, perdida no ritmo invariável da respiração dele, o cheiro de seu xampu, o peso de sua mão em minha perna, a pressão de seu pé contra o meu, os centímetros entre nossos ombros ou o cabelo desarrumado que ele sempre tirava da testa antes de se inclinar para me beijar. Não era propício para conseguir fazer muita coisa. Poderia ter escrito uma tese sobre o cotovelo dele, ou sobre como sua clavícula projetava-se de suas camisetas desbotadas, mas o verdadeiro trabalho ia devagar, e pior quando ele se curvava em minha direção, tocava a bochecha dele na minha e observava as palavras de Elizabeth fluírem em minha caneta.

— Você precisa parar com isso — disse a ele por fim.

— O quê? — Ele beijou minha bochecha. — Isso? — Traçava meu queixo com o dedo, depois o pressionava em meus lábios. — Ou isso?

Sorri. Havia outras vantagens em ir ao escritório quando Max e eu podíamos ficar a sós.

— Ficar me observando enquanto eu trabalho — respondi. — Causa distração.

— Não preciso observar. Disse a você que poderia ajudar...

— E eu disse a *você* que sou melhor em latim, então não sou eu que preciso de ajuda. Pelo menos, não em latim. — Inclinei-me para beijá-lo, mas ele se afastou.

— Tudo bem — disse ele, com rigor. — Esqueça que perguntei.

— Max...

— Não, tem razão. Isso causa distração. — Arrastou a cadeira para o outro lado da mesa. — Melhor?

— Você está sendo ridículo.

— Só estou fazendo o que você quer.

Engoli um suspiro.

— Tem razão — comentei. — Estou sendo ridícula. — Arrastei minha cadeira para perto da dele. — Distraia-me.

— Esquece.

Tomei a caneta da mão dele e entrelacei seus dedos nos meus.

— Também posso ser uma distração — disse e, por fim, vi, no canto de sua boca e no enrugar de seus olhos, um sinal de sorriso. Tirei o cabelo dos olhos dele e o beijei, depois ficamos nos distraindo o resto da noite.

Ele era muito sensível; era temperamental. Eu jamais poderia argumentar as reclamações de Adriane sobre aquele aspecto, assim como jamais poderia contar a ela a verdade, de que não me importava. Não só porque era uma das coisas que o fazia ser o *Max*, mas porque era uma das coisas que me fizeram querer que ele fosse meu.

Tive amigos antes de Adriane e Chris, amigos que combinavam perfeitamente comigo porque éramos iguais. Tivemos preocupações; tivemos obsessões; encontramos nuvens negras; compartilhamos segredos e guardamos vários para nós mesmos. Fomos melhores amigos até o acidente de meu irmão, depois deixamos de ser amigos mesmo, porque depois de Andy, eu não conseguia mais lidar com as nuvens negras e não queria compartilhar mais segredo algum. Depois de Andy, eu queria tranquilidade, e assim era Adriane, e assim era Chris. Eles acreditavam na aparência exterior e em levar as coisas como pareciam ser. Acreditavam que a vida era simples e boa — e determinaram que aquilo fosse verdade. Eles riam, contavam seus segredos como se não fossem nada, porque era assim, e não faziam perguntas. Foram tranquilos quando precisei de tranquilidade, e se eu não conseguia ser igual a eles, pelo menos me ensinaram a fingir.

Max, por outro lado, era difícil. Convoluto e confuso, cheio de coisas que eu não deveria questionar e de lugares em que eu sabia muito bem que não deveria me meter.

Com Max, eu não precisava fingir.

Tola? Egoísta? Suas palavras magoam, sobretudo porque sei que as tomou emprestado de nossa mãe. É tolice rejeitar Johannes Leo, quando ele poderia fazer tanto por nós? É egoísmo não conceder à nossa mãe a vida na corte com a qual um dia ela se acostumou, e que os crimes de nosso pai fizeram com que perdesse? Talvez devesse pouco importar que Johannes fede a óleo de tabaco que esfrega em vão na pele, que suas mãos são viscosas como escamas de peixe e que ele gosta tanto de Cícero ou de Dante quanto um cão raivoso gosta de água. Mas, importa, sim.

Ofereço a você argumentos racionais, mas minha escolha vai além da razão. Não há escolha. Thomas pertence a mim, e eu a ele. E se nossa situação precária preocupa tanto nossa mãe, então talvez ela devesse secar as lágrimas e contribuir para que essa situação melhorasse. É o dever de uma filha servir à mãe, e tenho feito isso com orgulho. Mas se nossa sobrevivência é minha responsabilidade, então, certamente, a decisão de nosso caminho também cabe a mim. Honro nossa mãe, mas não posso ceder aos desejos dela. Não quando o sacrifício é tão grande.

Era o problema da tradução outra vez, ou talvez o inverso dela — porque usamos a mesma palavra, todo mundo a usava, não importava o idioma, *amour, amo, amore, Liebe, love*, mas era impossível acreditar que o que ela sentia por Thomas guardasse qualquer semelhança com o que Max e eu tínhamos juntos. Como poderia, levando em conta os séculos que nos separavam — e não apenas séculos, mas carros, computadores, cinemas, celulares, sexo seguro, Oprah, feminismo, casamento gay, camisinhas, amor livre, revoluções sexuais e em outros contextos. Como o *amor* poderia, de qualquer modo, ter algum significado, se significava a mesma coisa em tudo isso? Os cantos de triunfo ao amor de Elizabeth eram datados de alguns anos após a primeira publicação de *Romeu e Julieta*, meio continente de distância. Dissessem o que quisessem sobre todos os suicídios mal-humorados, obsessivos e inúteis nos supostos grandes casos de amor da literatura, mas o que o *amor* poderia significar antes de *Romeu e Julieta*? Sem falar de *Orgulho e preconceito*, ...*E o vento levou*? Eu odiava romances românticos, comédias românticas e canções de amor sonhadoras com a mesma paixão — mas não era idiota o suficiente para achar que poderia ignorar tudo. Acreditava em "felizes para sempre" tanto quanto qualquer um, porque Jane Austen, o Príncipe Encantado e Hugh Grant haviam me prometido que aquilo poderia acontecer.

Mas talvez aquela ilusão em especial fosse universal.

E. J. Weston, ao seu querido irmão John Fr. Weston.

Aristóteles nos ensina que a natureza abomina um vácuo. Porém desconta o vazio deixado na ausência do amor. Nada preencherá o buraco que Thomas deixou, nem o ar, nem o éter, nem Deus.

Você me avisou do que aconteceria se eu desse a ele meu coração. Aviso que ignorei, pois sou uma tola.

Não resta mais nada agora, nada além da máquina, confirmando, sem dúvida alguma, que a justiça partiu deste mundo.

E, apesar de me doer dizer, estou tentada a acreditar que Deus também partiu. Com certeza ele me abandonou, e para isso talvez a justiça sirva.

Eu...

Minhas palavras também me abandonaram, ao que parece.

Adeus.

Praga, 23 de março de 1599.

Então Thomas a havia deixado para trás, sozinha. Ela havia lhe entregado seu coração, ao que parecia, e ele o havia levado como um presente de despedida. Abandonando-a assim como o pai, como Deus, como sua esperança. E ela se culpava.

Ao meu lado, Max folheava o dicionário dele, os olhos semicerrados em concentração, cabelos despenteados como o de um louco. Cutuquei o braço dele, leve o bastante para me convencer de que ele era concreto e ainda estava ali.

— O quê?

— Nada. — Estava cansada daquele jogo, comparando-me a uma garota morta. Não queria mais pensar no significado por trás das palavras, como era, o que havia sido deixado para trás. — Só, oi.

— Oi. — Max afastou um cacho de cabelo do meu rosto e deixou sua mão parada na minha têmpora, sem tocar minha pele. Seu sorriso era tão irritante quanto confuso. — Posso voltar ao trabalho agora?

— Pode.

Observei-o trabalhar. Depois, embaralhei meus papéis, folheei meu caderno, produtividade com pantomima, observei Max um pouco mais.

Elizabeth ficou em silêncio durante semanas. Quando escreveu outra vez, foi somente para saber da saúde do irmão ou dos estudos dele, tudo sobre a vida dele, nada sobre a dela. Nada sobre Thomas, ou sobre a "máquina" e o que estava pretendendo fazer com ela. Não até a carta que eu já havia lido, a que levou às páginas escondidas de Petrarca. Depois daquilo, no decorrer de mais de um ano, havia somente alguns fragmentos de correspondência, descrições chatas de problemas legais e uma informação superficial do que viria a seguir.

Johannes Leo prometeu paciência e concordou que o casamento será, pelo menos, daqui a dois anos. É difícil imaginar que possa ter restado felicidade no mundo, mesmo assim o rosto de Johannes Leo se enche de brilho em minha presença. Sei que nossa mãe sentirá grande alegria com a segurança de nossa união. Talvez você também sinta. Quanto a mim, aprendi a tolerar o perfume das lilases, assim como aprenderei a tolerar o toque da mão dele. Descobri o que preenche o vácuo deixado pelo amor. Chama-se necessidade, e não será rejeitada.

Desta vez, quando cutuquei Max, ele não olhou.

23

Guardei a última carta até ficar a sós. Já fazia muito tempo desde que tinha vindo à igreja sozinha à noite. Max não gostava que eu fosse sem ele. Não precisava dizer por quê. Nunca conversamos sobre a noite da janela quebrada e com sangue, mas nenhum de nós havia se esquecido dela. A atitude protetora era amável, porém valia mais na teoria do que na prática; ele não conseguia nem mesmo receber um soco de mentira sem recuar.

Felizmente, eu podia me cuidar.

A luz do lampião revestia o escritório com um brilho levemente alaranjado, e um silvo constante do aquecedor era emitido pelos canos que retiniam. Apesar do gelo incrustado nas janelas, o escritório estava quente. Havia dito a mim mesma que só queria me despedir dela sozinha, um gesto sentimental bobo por uma garota que, de certo modo, havia unido Max e eu. Mas a verdade era que eu tinha visto a biografia de Elizabeth. Sabia onde a história terminava.

Começou, como todas as outras:

E. J. Weston, ao seu querido irmão.

Você disse uma vez que me concederia qualquer coisa, e agora peço-lhe que me conceda seu perdão por meu longo silêncio. Em troca, concedo-lhe meu perdão pelo seu. As respostas que almeja o aguardam em Praga, assim como a própria Lumen Dei. *É seu direito por nascimento, e não desejo que ele envenene mais a minha vida.*

Isso é mentira. Desejo que seja parte de mim para sempre, mas preciso acabar com isso, se quiser sobreviver. Johannes fala de filhos, ainda que, esgotada e vazia, eu não tenha mais nada a dar. Mas não posso privá-lo, mesmo que ele me desse permissão para fazê-lo. E se é necessário ter filhos, preciso deixar que isso morra antes que eles possam viver.

Três por três é onde me encontrará.

Verifiquei duas vezes minha tradução da última frase, mas não havia cometido um erro — só não fazia sentido. Muito menos as estranhas estrofes de poesia que vinham a seguir. Elizabeth já havia mandado para o irmão exemplos de seu trabalho, mas seus poemas eram rigorosos na rima e na métrica, e coerentes no conteúdo, evocando a poesia da Roma clássica, não da noite do microfone aberto para competição de poemas da cafeteria local. Aquilo era diferente.

Os invernos conhecem as sombras naquela palavra.
A menos que a lei do mal também deva procurar o ladrão
E a justiça do bem adquira sua cidade
Para aqueles fora da palavra.

Em toda a nossa era, Ele que está abaixo
Com ignorância merece uma oração ignóbil
Ó meu espírito guardião
Ó quando o puro néctar do incrédulo viver com você.

Minha lei é um padrão tépido
Deste modo, entreguei o cão de caça às trevas
Reviva sua alma em minha casa
O sol prenunciará todas as coisas nesse caminho.

Lembre-se das lições que nosso pai nos ensinou debaixo da tília, e saberá por onde começar.

Depois as palavras foram interrompidas, deixando vários centímetros de espaço vazio. Quando ela recomeçou, foi com uma tinta mais escura, com a mão mais trêmula.

Meu querido irmão. Meu irmão mais adorado. Meu irmão. Estava preparando-me para enviar-lhe a carta, quando a sua chegou. Sua carta, inacabada, com o pós-escrito anexado por seu diretor.
  Agora vejo que menti antes, pois não posso perdoar seu silêncio, não quando sei a causa.
  Escrevo como se você ainda pudesse me escutar, porque escrever para você tornou-se meu sustentáculo, e minha mão continua pela página, embora minha alma saiba que não adianta. Você foi o único que compreendeu além de minhas palavras e que viu o que era real. Tendo perdido você, pergunto-me, perdi o pouco que restou de mim mesma?
  Sua saúde, sempre tão frágil, apesar de tudo, parecia que ia durar para sempre, porque deveria. Estivemos conectados durante toda a

vida, e agora, essa conexão foi cortada, flutuo livre. Deveria flutuar para longe, no entanto estou afundando.

Você amava Praga nesta época do ano, o gelo cobrindo o Vltava, crianças tropeçando e dançando na neve, como um dia fizemos. Prometeu que voltaria e que caminharíamos juntos pela Ponte de Pedra. Nunca quebrou suas promessas antes.

Está com o Senhor agora, e Ele lhe dará sua recompensa, como diz nossa mãe. Aquela fé a protege, mas não tenho nenhuma fé reservada para me suprir e nenhuma convicção de que Deus o recompensará melhor na morte do que Ele o fez na vida.

Sempre penso em nossa primeira viagem juntos, quando mal tínhamos idade suficiente para entender. Fomos tirados de nossa terra natal e levados para a Boêmia, nosso novo pai assustador com seu manto negro e seus olhos negros ameaçadores. Não se lembraria, como eu não me esquecerei, da noite em que acampamos fora de Erfurt, e ali, ao lado da fogueira, você jogou seu sangue e o meu, e fez o juramento de sempre me proteger. O sangue quente e grudento entre nossas palmas, você jurou nunca me deixar.

Posso perdoá-lo por quase tudo, meu irmão, mas não posso perdoar isso.

Praga, 23 de dezembro de 1600.

Depois do que aconteceu com Andy, houve uma terapeuta. Na terceira sessão, depois de eu ter passado uma hora em seu divã de colcha de retalhos, caixa de lencinhos no colo, me recusando ou incapaz de falar, ela me deu um dever de casa: escrever uma carta ao meu irmão falecido. Ela queria que eu dissesse ao Andy que o amava, ou odiava, ou que o culpava por ter morrido, ou sei lá, que eu havia pegado emprestado o agasalho dele dos Patriots sem pedir e que, por acaso, o tinha esquecido no ônibus. Não escrevi a carta; não voltei mais.

Mas, às vezes, falava com ele. Deitada na cama, no escuro, no aniversário dele ou na data de sua morte, ou às vezes num dia como qualquer outro, enquanto nossa mãe, agora só minha mãe, dormia no escritório dela, e meu pai, no dele, um assombrando o outro, e isso me fazia sentir... não melhor, exatamente. Fazia com que eu me sentisse completa. Mas não porque eu achava que ele pudesse mesmo me ouvir. Nunca me enganei para acreditar nisso. Não havia mais o Andy.

Acabou e pronto.

Aquelas conversas no escuro eram um segredo. E se tivesse escrito a carta, ela também teria sido um segredo. Não seria para minha terapeuta, nem para os meus pais — nem mesmo para ele. Teria sido para mim. Como essa carta era para Elizabeth.

A morte significava o fim da privacidade. Eu sabia disso. Tinha entendido quando meus pais desmontaram o quarto do Andy, procurando nas gavetas e nos armários que ele havia trancado para proteger suas coisas, lendo e-mails, pegando e escolhendo os pedaços dele que queriam reivindicar, jogando fora o resto. Meus pais o deixaram sem nada, e talvez ele merecesse isso, porque também não era nada. Mas aquilo não endireitou as coisas. E não fazia da carta de Elizabeth uma propriedade pública, não importava quantos séculos houvesse passado. Lembrei-me do que o Hoff havia dito sobre publicações, e sobre como as cartas de Elizabeth faziam parte de um legado histórico precioso, um arquivo público inestimável.

Você foi o único que compreendeu além de minhas palavras e que viu o que era real.

Talvez aqueles fossem bons motivos para fazer o que fiz depois, mas os inventei após o fato. Quando aconteceu, não raciocinei, não justifiquei e não me preocupei sobre o quanto aquele legado histórico precioso valia ou o que aconteceria se alguém percebesse que ele havia sumido.

Simplesmente o dobrei e enfiei no meu caderno. Depois coloquei o caderno em minha mochila e a fechei, apaguei as luzes e fui para casa.

24

Sou uma ladra.

Aquilo ficou ressoando em minha cabeça a noite inteira. E no dia seguinte e no outro também. Não sabia o quanto a carta valia, mas tinha quatrocentos anos de idade, então ao que tudo indicava... valia muito. Se alguém descobrisse que eu a havia pegado, como me explicaria? Que faculdade me aceitaria com um roubo significativo no meu histórico? Esqueça a faculdade: o colégio Chapman me expulsaria, e eu acabaria voltando para o colégio público, fugindo de bombas de fedor, contornando respingos de sangue, apreciando os exames de drogas periódicos feitos em todo o colégio (e o concomitante mercado negro para "amostras" não contaminadas).

Mas não me arrependi de tê-la pegado.

E não queria devolvê-la.

Fiquei afastada da igreja, de Hoff e, mais que tudo, de Max, porque tinha certeza de que ele daria uma olhada e veria exatamente o que eu tinha feito.

Ele não entenderia.

Três dias haviam se passado quando o telefone tocou no sábado de manhã. Quase deixei cair na caixa postal, como tinha feito com as outras ligações dele, oferecendo em resposta apenas uma mensagem débil dizendo que estava ficando gripada e que estava afônica. Mas não podia evitá-lo para sempre, então atendi o telefone, lembrando-me de tossir.

— Cadê você? — Ele parecia nervoso.

— Em casa. — Tossi novamente. — Não estou...

— Precisa vir ao escritório — disse ele. Seu tom de voz era alto e trêmulo como eu nunca tinha ouvido.

— O que houve?

— Encontrei... eu vi... não sei... — Ele estava hiperventilando.

— Max!

— Venha logo — pediu ele. — Por favor. Estão me obrigando a desligar, preciso ir... Fui eu que o encontrei.

Tu-tu-tu.

25

Luzes piscando.

Eu as vi a uma quadra de distância, iluminando a igreja de pedras com um cadenciado *vermelho, vermelho, vermelho*. Pedalei mais rápido, joguei minha bicicleta no gramado — e foi aí que vi a maca.

Havia policiais. Havia paramédicos. Havia a multidão obrigatória de alunos olhando feito idiotas, apesar de ser uma minoria que não estava ainda na cama, curando-se de uma ressaca. E lá estava Max, com um dos braços por cima do ombro de Adriane, o outro gesticulando de forma agitada, enquanto explicava alguma coisa para um policial. Max e Adriane, mas não o Chris.

Podia voltar para a bicicleta e ir embora, pensei. Escapar antes que — seja lá o que fosse — se tornasse real.

Em vez disso:

— O que aconteceu?

Max soltou o braço e Adriane afastou-se dele.

Estavam pálidos.

— Alguém invadiu o dormitório — explicou Max. Pegou minha mão e apertou-a. — Cheguei esta manhã e o encontrei no chão...

A maca havia desaparecido dentro da ambulância. As sirenes retumbantes cortavam a rua. Sirenes eram um bom sinal, pensei. Cadáveres nunca tinham pressa.

— Encontrou quem?

Max abriu a boca. Nenhum som saiu.

— O Hoff — disse Adriane.

Depois me odiei por aquilo; mas, naquele primeiro momento, tudo o que senti foi alívio.

Adriane deu de ombros.

— Ele estava simplesmente... caído lá no chão. Achamos que estava morto, mas depois ficou, tipo, *se contorcendo*.

O policial pigarreou. Com seus óculos de lentes grossas e as rugas profundas de preocupação na testa, parecia um pouco meu pai, exceto pela massa de cabelos ruivos misturados com fios grisalhos.

— Estava me explicando o que estava fazendo aqui, sr. Lewis?

— Sou o assistente de pesquisas do professor Hoffpauer — disse Max. Apontou com a cabeça para mim. — Nós dois somos.

O policial virou-se para Adriane.

— E você...?

— Estava procurando meu namorado — respondeu ela.

Meu peito apertou de novo.

— Não sabe onde ele está?

— Está em nosso quarto, dormindo — respondeu Max, com um tom de desconfiança na voz. — Por que viria procurar por ele *aqui*? Aqui não é seu lugar.

— Espere aí — interrompeu Adriane. — Ele não estava atendendo o telefone, e eu precisava falar com ele.

Max olhou-a.

— Sobre o quê?

— É particular.

Coloquei a mão no ombro dele. Ele ficou rígido, mas não me afastou.

— Não importa — falei com calma. — Contanto que esteja seguro.

— Contanto que todos nós estejamos. — O Hoff, professor Hoffpauer, vai ficar bem?

As rugas do policial aumentaram.

— Parece que teve um derrame. Pode ser que sim ou que não.
— Então, ele não foi... atacado?
— Tem algum motivo para pensar que ele seria?
— *Falei* para você — disse Max, com um lampejo de ódio —, desapareceu, tudo.
— O quê? — perguntei.
— As cartas. As traduções do Livro. Todo o arquivo. Tudo. Sumiu.
Agora estava apertando a mão dele.
O policial acenou a cabeça.
— Vamos levá-lo à delegacia para dar um depoimento e fazer uma lista de tudo o que está desaparecido, mas acho que não precisa se preocupar, não com isso, pelo menos. Não havia nenhum sinal de violência no local, nenhum sinal de arrombamento. — Ele fechou a caderneta e guardou-a no bolso. — Meu palpite? Seu professor ficou meio confuso, enfiou os papéis em algum lugar, depois desmaiou. Posso ver por que ficaram assustados, mas este caso é para os médicos, não para a polícia.
— Então, o que acha que aconteceu realmente? — perguntei ao Max, depois que o policial foi embora.
Ele engoliu seco.
— Achei que estivesse morto. Quando entrei e o vi daquele jeito...
Agarrei-o e o beijei, com força. Se alguém tivesse invadido o escritório e atacado o Hoff, se Max tivesse chegado lá um pouco mais cedo... Parei.
— Tudo vai ficar bem.
— As cartas sumiram — disse ele, ainda me abraçando. — Alguém entrou no cofre. Sumiu tudo.
— Você não. — Beijei-o novamente, depois escondi meu rosto em seu ombro.
— Preciso ir — disse Adriane. — Aqui não é meu lugar, certo?
— Adriane... — comecei, mas ela me cortou.
— Está tudo bem.
Era óbvio que não estava.
— Bem, quando encontrar o Chris, diga a ele que eu falei... — Pausei, porque como expressar a mensagem: *Por cinco segundos achei que aquelas sirenes eram para você, e agora preciso ouvir sua voz. Preciso de uma prova de que você é real?* — Apenas peça para ele me ligar. — Mas quando ergui o olhar, ela já havia ido embora.

26

Não me sinto bem em hospitais. Não é o cheiro, aquele odor sufocante de material de limpeza com um indício de decomposição que ele pretende disfarçar. Não são as salas de espera, com seus móveis desbotados e quebrados e os grupos de famílias amontoadas, chorando ou lamentando ao lado de sobreviventes inexpressivos sem necessidade de ficar e sem vontade de ir para casa. Não é por causa do Andy, que nunca chegou a esse ponto.

São as portas. Portas abertas ao longo dos corredores brancos encardidos que revelavam tudo que a gente não deveria ver. Pacientes chorando, pacientes gemendo, pacientes vomitando; pacientes usando urinol de forma desajeitada ou arrastando os pés descalços, arrastando o suporte com soro intravenoso, em direção ao vaso sanitário; pacientes inchados, deitados inertes com tubos entrando e saindo, monitores bipando, máquinas chiando, bombeando e executando todas as funções que seus corpos desistiram de executar.

Não precisava ir sozinha, mas levar alguém comigo teria significado admitir que eu não conseguia fazer aquilo sem ajuda.

Além do mais, o Hoff só tinha perguntado por mim.

A enfermaria da unidade de terapia intensiva estava vazia, mas por fim uma mulher robusta com um uniforme de servente de hospital me notou. Estava carregando um frasco com algo que, de forma suspeita, parecia urina.

— Estou procurando o professor... quero dizer, Anton Hoffpauer? — falei.

— Você é a Nora?

Confirmei com a cabeça.

— Sim, ele andou perguntando por você.

— Fiquei sabendo. Mas... tem certeza?

— Levamos um tempo para descobrir o que ele queria exatamente e como encontrá-la, mas, sim, tenho certeza.

— Não entendo por que ele ia querer...

— Quarto sete, querida — disse ela. — Você pode entrar.

— Como ele está? — perguntei, protelando.

— Com altos e baixos. Nunca se sabe quando alguém sofre um derrame. As pessoas se recuperam das coisas mais extraordinárias.

— Então ele vai ficar bem?

Ela cerrou os lábios.

— Vá vê-lo, querida. Ele vai gostar. Se ficar aqui por um tempo, o médico pode aparecer e terá mais respostas para você.

Mas a falta de resposta era resposta suficiente.

Os quartos estreitos dos pacientes eram cercados por paredes grossas de vidro, com cortinas brancas dispostas para dar privacidade. A porta do quarto de número sete estava aberta. Eu, desesperadamente, não queria entrar.

A porta rangeu quando a fechei após entrar. Respire fundo, pensei, me obrigando a virar e encará-lo. Com altos e baixos.

Ele estava pálido, com incrustações amareladas ao redor dos olhos lacrimejantes, como uma criança que havia chorado até dormir. As manchas senis em sua linha tênue do cabelo sobressaíam como borrões de tinta em uma tela muito branca. Agulhas intravenosas se entremeavam dentro das veias salientes. Um lado de seu rosto havia caído de forma notável abaixo do outro, e, quando o Hoff abriu os olhos, um deles focou em mim. Ficou arregalado.

Por que eu? Queria perguntar. Por que não o Max, ou o Chris, ou melhor ainda, um filho ou uma neta, alguém para segurar sua mão retorcida ou acariciar sua testa suada, para sentar-se ao seu lado e obrigá-lo a sorrir e não recuar quando um filete de saliva escorresse do canto de seus lábios cobertos de bolhas.

Sentei-me na cadeira de metal estreita ao lado da cama. Ele estava murmurando. Sílabas sem sentido, na maioria, o lado direito da boca se movimentando mais lento que o esquerdo.

— Lei da ti — disse ele, depois repetiu, mais alto. — Lei da ti! — Fechou a mão esquerda em punho e a bateu na cama.

— Shh. — Passei a mão de leve no cobertor, de forma desajeitada, a alguns centímetros da protuberância que era sua perna esquerda. — Está tudo bem.

Sua boca se contorceu e, com esforço, pronunciou uma palavra inarticulada, mas compreensível.

— Seguro! — gritou. — Não seguro!

— Você está — garanti a ele. Depois peguei sua mão. Eu precisava. — Não se preocupe.

Ele afastou a mão com uma força surpreendente e apontou o dedo para mim.

— Você.

— Eu, o quê?
— Éacolída.
Inclinei-me mais perto dele, me odiando por notar o cheiro, fartamente doce e desagradável.
— Desculpe-me. Não entendo.
— É. A. Escolhida. — Pontuou cada palavra com a mão cerrada contra o cobertor. — Seu sangue. — Depois repetiu aquelas palavras sem sentido outra vez e que pareciam significar muito. — Lei da ti!
— Sim — disse, porque o que mais poderia dizer? — Eu sei.
Aquilo pareceu satisfazê-lo. Fechou os olhos. Fiquei ali sentada, ouvindo sua respiração crepitar em seu peito e os monitores tocarem sua canção dissonante, imaginando quando tempo eu deveria ficar — e como poderia deixá-lo sozinho.
A porta abriu com um rangido.
— Como estamos indo hoje, sr. Hoffpauer? — Um médico jovem parou na porta, com cabelos negros espetados por causa do gel e um brinco minúsculo na orelha direita. O visual teria recebido aprovação — e provavelmente alguns alongamentos de ioga gratuitos — de Adriane, mas não clamava exatamente competência profissional.
— Acho que ele está dormindo — comentei, quando o Hoff não reagiu com a chegada dele.
— É parente?
Neguei com a cabeça.
— Sou aluna dele, eu acho. Disseram que ele estava perguntando por mim.
O médico animou-se.
— Ah, você deve ser Nora? Sim, ele estava bem resoluto.
— Ele não me pareceu muito... quer dizer, ele estava meio que balbuciando, como se não tivesse certeza do que estava falando.
— Isso é normal em um caso neurológico dessa gravidade. — O médico pegou uma prancheta na beirada da cama e começou a verificar o laudo, acenando com a cabeça para tudo o que via. — Ele sabia quem você era?
Assenti. Depois, já que ele ainda estava prestando atenção no que havia na prancheta, eu disse que sim.
— Ele estava tentando me dizer alguma coisa, mas não consegui entender. Acho que o irritei.

— Ficou zangado, certo? — disse o médico. — Não se preocupe, isso é normal também. Pode-se esperar algumas explosões emocionais irracionais.

Eu queria mostrar que não havia nada de irracional em ficar zangado quando se estava preso em uma cama de hospital com um corpo decaído e um cérebro defeituoso. Mas também queria respostas. E suspeitei que não teria muitas se o tratasse com uma explosão emocional irracional da minha parte.

— Então, foi mesmo um derrame? — perguntei.

— Ah, sem dúvida alguma.

— E é possível... quero dizer, isso é o tipo de coisa que alguém poderia *causar*? Tipo, de propósito?

Ele não pareceu surpreso com a pergunta.

— Com certeza o estresse excessivo do corpo ou do sistema nervoso pioraria as coisas. E certos medicamentos podem induzir... — Franziu as sobrancelhas, como se tivesse dito mais do que deveria. — Estamos esperando os exames, mas suspeito que já estivesse tendo ataques isquêmicos transitórios por algum tempo. Pense neles como um mini-AVC. Ele tem agido totalmente estranho? Fazendo coisas, dizendo coisas que não fazem sentido?

— Na verdade, não o conheço tão bem assim — admiti, e pensei no cofre aberto, o arquivo desaparecido. Seria possível que a polícia estivesse certa e que ele mesmo tivesse escondido os documentos em outro lugar?

— Então é bondade sua ficar com ele — disse o médico. — Ele vai precisar de todo o apoio que puder. Ele tem algum parente?

Outra vez, tive de admitir que não sabia.

— É muito sério? — perguntei. — Ele vai melhorar?

O médico, por fim, olhou nos meus olhos.

— O derrame afetou o centro da fala dele. Há problemas de mobilidade, principalmente do lado direito, e ainda não sabemos se os problemas da fala estão conectados a isso, ou a uma deficiência cognitiva. Há sinais de afasia, desorganização cognitiva... É muito cedo para saber.

— Quer dizer que não se sabe se ele não pode falar ou pensar.

— Estamos monitorando o caso. A reabilitação após um derrame é difícil, mas as pessoas alcançam coisas incríveis. Dito isso, é melhor você se preparar. Ele pode nunca mais ser o homem que era antes. Disse que ele era professor?

— Professor universitário — expliquei, depois percebi que os olhos de Hoff estavam abertos e me encarando. — É um professor muito respeitado. Brilhante. Mundialmente famoso.

O médico puxou com força o brinco ridículo.

— Bem. É legal poder deixar um legado, não é?

— Ele não está morto — afirmei, com severidade.

— Não, claro que não. — Mas nós dois sabíamos o que ele queria dizer. A etapa das coisas brilhantes e mundialmente famosas estava, a bem dizer, acabada. Era assim que acontecia, pensei, quando o médico colocou a prancheta de volta no suporte e escapou. A gente nem percebia que estava vivendo no ontem até que acordava um dia e se encontrava vivendo o amanhã. Sorri para o Hoff, e o lado esquerdo de sua boca retribuiu o sorriso. Ele entendia o que estava acontecendo? Suspeitei que sim. Mas ele entendia que era *aquilo*, que as coisas podiam nunca mais voltar ao que eram? Disso, eu duvidava. Havia um abismo entre saber e acreditar, e se o Hoff o tivesse saltado, não estaria sorrindo.

— Não vá — falou o Hoff, com voz baixa e áspera, apesar de eu nem ter me mexido.

— Não vou — afirmei. — E quando eu for, voltarei. Venho visitá-lo.

Ele ergueu-se de forma brusca e segurou meu pulso. Sua mão parecia uma garra.

— Eles vão mentir — disse de maneira inarticulada. — Mas não vá!

— Está bem — respondi, porque havia dado certo da última vez. — Tudo bem, eu não vou.

— Prometa. — *Pometa*, disse ele. Feito uma criancinha.

— Eu prometo.

Soltou meu pulso e voltou a se encostar nos travesseiros, com um sorriso largo e torto estampado no rosto. Algo tão pequeno para fazê-lo tão feliz. Mas sua vida agora havia se tornado pequena, percebi. Aqueles tubos. Aquelas paredes. Aquela cama. Sem mais manuscritos para decifrar, sem mais mistérios para entender, sem mais ressentimentos antigos para prosseguir. E a única língua secreta que precisava decifrar era a dele mesmo.

27

— Por favor, venha — disse ao telefone, e ele veio, sem fazer perguntas, apareceu na casa que eu nunca havia deixado ninguém visitar, deu uma olhada e me envolveu em um abraço que me fez sentir que poderia durar para sempre se eu precisasse.

— Horrível? — perguntou Chris, ainda me abraçando.

— Horrível.

Ele apertou mais forte.

— Talvez você não devesse ter ido.

— Tinha que ir.

— Pelo menos agora acabou.

Não parecia ter acabado.

— Odeio hospitais. — Pressionei meu rosto em seu ombro. Era a única maneira de secar as lágrimas sem deixá-las correr.

— Por causa de...?

— Não. — Foi o mais perto que havíamos conseguido citar sobre meu irmão em dois anos. — Não é sobre ele.

Mas talvez fosse, tanto quanto era sobre qualquer coisa. E talvez fosse por isso que eu tivesse chamado o Chris, sem pensar, sem nenhum desejo consciente de escolhê-lo em vez de Adriane, em vez de Max, porque não precisava me explicar para ele.

— Tudo bem — disse ele. E depois: — Não que meus braços estejam ficando cansados nem nada, mas... por quanto tempo mais essa fase do abraço vai durar?

— Um pouco mais.

— Tudo bem.

Continuou me abraçando até que eu estivesse preparada para largá-lo.

28

— Então este é o refúgio sagrado. — Chris pegou a cadeira de minha escrivaninha, sentando-se de pernas abertas nela ao contrário. Sentei-me na cama, com os joelhos encolhidos no peito. Era estranho tê-lo ali, em meu quarto, brincando com o peso de papel em forma de elefante que havia comprado em um passeio do quarto ano ao zoológico. — Agora entendi por que você manteve isto aqui em segredo por todos esses anos.

— Calado.

— Não, verdade, é chocante. Isto é — seus olhos arregalaram e sua boca formou um O perfeito — um calendário de mesa? E um cofre de porquinho? Que tipo de operação maluca está executando aqui?

— Babaca.

Ele riu com ironia.

— Sabe como os elogios me deixam sem graça.

Não havia nada chocante, nem mesmo memorável, sobre o quarto, que não era reformado havia anos e, sendo assim, ainda tinha as paredes rosa e o piso turquesa que escolhi aos nove anos de idade. A única coisa pendurada no painel barato de papelão era uma bandeira do Red Sox que eu havia tirado do quarto do Andy antes que meus pais tivessem a chance de eliminá-la, e o quadro de um golfinho que minha mãe tinha comprado para o meu aniversário de dezesseis anos, porque, da última vez que ela havia verificado, eu era uma grande fã. (Da última vez que ela havia verificado, eu tinha onze anos.) Os móveis eram de madeira brilhante laminada e tinham sido construídos, peça por peça, por meus infelizes pais, uma década antes, o que significava que a cama balançava, as gavetas da escrivaninha não fechavam direito e ambos estavam lascados e arranhados em lugares onde o martelo de minha mãe — ou sua frustração — se extraviara. O espaço livre debaixo da escrivaninha, onde Chris havia jogado sua mochila, era do tamanho perfeito para alguém de doze anos se esconder encolhidinho. Agora eu era grande demais para me esconder.

Não estava constrangida com o quarto pequeno e vazio, ou com o resto da casa, que caberia na ala leste da mansão dos Moore. Era a colisão de mundos que eu tinha esperanças de evitar. Tudo ali era contaminado com as lembranças de Andy, com culpa, morte e pesar, com espaços vazios que ninguém queria preencher. E talvez, esse fosse outro motivo pelo qual chamei o Chris, porque com ele a colisão já havia acontecido. O perigo havia passado.

— Quer conversar sobre isso? — perguntou ele.

— Na verdade, não.

Uma pausa; não uma inadequada, mas caminhando nessa direção. Percebi que fazia tempo que Chris e eu não ficávamos sozinhos. Havia um espaço entre nós que não existia ali antes, e parte de mim sabia que era o Max, e era como deveria ser, mas em grande parte eu lamentava.

Ele quebrou o silêncio.

— Excelente. Falar é altamente superestimado. Sugiro videogame. Ou pôquer. Vídeos engraçados de gatos? — Fez uma pausa quando viu que eu não estava tentando sorrir. — Ou podíamos ficar aqui sentados olhando um para o outro com intensidade, até que um de nós conseguisse derreter o cérebro do outro. — Estreitou bem os olhos.

— Não pedi para que me animasse.

Enrugou a testa simulando concentração.

— Só queria companhia.

Ele prendeu a respiração, inflou as bochechas feito um baiacu, os olhos ainda me fitando.

— Isto não vai dar certo.

Seu nariz começou a movimentar, só de leve no início, depois rapidamente, como o de um coelho drogado, até que sua cabeça ricocheteou para trás com um espirro explosivo.

Não consegui me conter: ri. E se existia alguma distância entre nós, tinha desaparecido.

— Admita — disse ele. — Você não consegue resistir ao meu charme.

Revirei os olhos.

— Se eu admitir, você vai parar de espalhar meleca na minha escrivaninha? Existe uma coisa chamada lenço de papel.

— Ah, ela tem mania de limpeza. Deve significar que está se sentindo melhor.

— Com quem você está falando, seu demente? Com a câmera escondida?

— Sempre ofereça ao público o que ele quer — disse ele. — Esse é meu lema. É o que me faz ser tão cativante.

— Cativante? Está mais para...

— Ah, ah, ah. — Ergueu a mão para me calar. — Pense antes de falar. Lembre-se, as palavras podem ferir.

— Porque você é muito sensível?

— Você me conhece, sou como uma garotinha.

— Um insulto a garotinhas por toda parte.

— Mais uma vez com os elogios! Viu, agora sei que você está se sentindo melhor. Admita.

— Talvez — consenti.

— E o que dissemos quando nosso amigo mais brilhante e estimado nos faz sorrir?

Suspirei.

— Dizemos obrigada. Perdedor. — Mas ele sabia que eu falava sério.

— Às ordens. — E eu sabia que ele também falava sério.

Ele ficou pelo resto da tarde, mas não falamos do Hoff, ou da possível, ou não, invasão à igreja, nem de nenhuma outra coisa que fosse especialmente importante. Alegrou-me com as aventuras que nós todos teríamos juntos em nossa viagem a Paris dentro de poucas semanas, e, como sempre, eu o deixei acreditar que encontraria um jeito de estar lá, comendo com ganância e me molhando no Sena ao lado de todo mundo. Ele reclamou do jeito que Adriane ficava trocando os encontros deles pelas reuniões do conselho estudantil, treino de lacrosse e as várias obrigações que vinham junto com o recente e inexplicável lado responsável dela, até então inexistente. Reclamei de Max entrar em modo de ataque sempre que ficava frustrado, agarrando com raiva quem quer que por acaso estivesse por perto, geralmente eu, e aí se desculpava cinco segundos depois, com uns olhos de cachorrinho tão tranquilos que se tornava tentador acariciá-lo na cabeça e dar uma recompensa.

Nós ainda nos dávamos bem, e isso, mais do que qualquer coisa, deixava tudo tranquilo. Resolvi não deixar passar tanto tempo assim antes de repetirmos a dose. Max não era um substituto do Chris; eu precisava dos dois.

— Sabe, se isso fosse um filme — disse Chris —, é provável que decidíssemos descartar esses idiotas ingratos e começássemos a namorar.

— E se isso fosse um filme, é provável que houvesse um momento realmente embaraçoso depois que você dissesse isso em voz alta.

— O ar carregado de tensão sexual.

— Sem dúvida.

— Lançando faíscas.

— Línguas se contorcendo, lábios se beijando...

— Ugh, você está *tentando* me fazer chamar o Raul? — perguntou ele, rindo.

Pisquei os olhos para ele.

— Você sabe mesmo como lisonjear uma garota, não é mesmo?

— Até parece que não estava pensando nisso.

— Eu ia dizer *vomitar* — retruquei. — É mais refinado.

— Ninguém fala *vomitar*. Nem mesmo as damas.

— Jura? Eu, uma dama, agora usarei o termo em uma frase: a ideia de namorar você me faz querer *vomitar*. E também ter ânsia, regurgitar, expectorar e atirar.

Enrugou os lábios e me jogou um beijo ruidoso.

— Também amo você.

Ele dizia isso para mim o tempo todo e, para Adriane, quase todas as vezes em que se encontravam, que se despediam ou desligavam o telefone. Até o ouvi dizendo isso para o Max uma noite, depois de umas e outras cervejas. Eram palavras fáceis para ele. Eu quase nunca dizia o mesmo.

— Fiz algo que não devia ter feito — falei.

— Duvido. Não faz seu tipo.

Em vez de brigar com ele, entreguei a carta de Elizabeth. Seus olhos se arregalaram de verdade dessa vez.

— Eu a peguei — comentei.

— Dá para ver.

— Eu a *roubei*.

— Certo.

— O que faço agora?

Ele colocou a carta na escrivaninha, com cuidado.

— Sabe quanto vale esta coisa?

— Você sabe?

— Acho que vale *muito*.

— Alguns milhares, provavelmente — sugeri. — Andei pesquisando.

Chris raramente ficava sério e, quando ficava, parecia uma pessoa diferente, mais rígida e velha. Até sua voz ficava mais intensa, oferecendo o vislumbre de um pouco do Chris do futuro, todo adulto com uma graduação em Direito, dois filhos e ternos de três peças.

— Por favor, me diga que não roubou isso com a ideia maluca de que poderia vendê-la.

— Claro que não.

— Então, por quê?

— Era particular — disse.

— Pode me dizer — disse ele.

— Não, quero dizer, a carta era particular. — Sabia como isso soava. — Não pertencia a ninguém além dela.

— Ela está morta.

— Sei disso.

Ficamos em silêncio. Podia vê-lo solucionando o problema, tentando encontrar as palavras para me convencer a devolvê-la. Ele não precisava se incomodar.

— É tudo o que restou — falei. — Agora que o arquivo sumiu. Ele precisa dela. — Não falei que o Hoff provavelmente não fazia ideia de que o resto havia sumido e, mesmo se soubesse, não faria mais muita diferença. A questão não era essa.

— Tudo bem — disse ele. — Então você devolve.

— Esse é o problema... devolver para *onde*? O que é que vou fazer? Ir à polícia e dizer a eles que a encontrei debaixo de uma mesa em algum lugar? Ou dá-la para o Hoff? É provável que ele nem entenda... — Engoli em seco e me obriguei a lidar com a situação. — Se ele estivesse consciente o bastante para saber o que estava acontecendo, ia querer saber por que ela estava comigo. As pessoas podem pensar que fui *eu* que roubei as outras coisas, e que o ataquei, e...

Chris sentou-se ao meu lado.

— Respire — disse ele, e, com Chris esfregando circularmente a mão de leve em minhas costas, eu consegui. — Ninguém o atacou — disse Chris. — E ninguém roubou nada.

Ele parecia tão certo. No mundo de Chris, coisas assim não aconteciam, e eu gostava de pensar que a força absoluta de sua crença na benevolência geral do universo iria, pelo menos no caso dele, tornar isso realidade.

— É provável que ele tenha levado o arquivo de volta para a casa dele por algum motivo. Talvez tenha pensado que estávamos atrás dele. Ele era paranoico. Você *sabe* disso.

— Então o que devo fazer com isto? — perguntei, sentindo, de forma irracional, mas firme, que se tivesse apenas deixado a carta onde ela estava, o Hoff estaria bem.

— Deixe-me levá-la — disse Chris. — Vou entregá-la para o departamento de história. Digo que ela se misturou com algumas das minhas coisas ou algo assim.

— Não quero que se meta em encrenca.

— Ninguém vai se meter em encrenca — disse ele, mais uma vez com uma certeza enfurecida e admirável. — É só uma carta antiga. Nada de mais. Diga.

— Nada de mais.

Ele voltou a sorrir.

— Você me assustou por um momento — comentou. — A expressão em seu rosto, achei que você tinha feito algo *muito* ruim, tipo torcer para os Yankees.

— Nunca. — Agora eu também conseguia sorrir. Tudo parecia mais leve. Nada de mais.

— Prepare-se para uma ideia totalmente brilhante — disse ele, antes de sair. — Noite de filmes amanhã. Nós quatro. Como costumávamos fazer.

Podia tê-lo lembrado por que tínhamos parado com a noite de filmes, para começo de conversa: Max e Adriane mal conseguiam passar do trailer sem pipocas esparramadas, xingamentos em voz alta e lágrimas de vez em quando. Adriane podia ter começado como a maior incentivadora para que meu lance com o Max se tornasse um *relacionamento oficial e romântico*, conveniente para encontros duplos, mas seus dias de líder de torcida já tinham acabado havia muito tempo. Remorso de compradora, alegou ela, e escolheu me ignorar quando mostrei que ela não era a cliente.

— Meus pais viajaram — disse ele quando não respondi. — Então esqueça a TV horrorosa do dormitório. Estou falando de tela grande, HD, comida de graça, com tudo o que tem direito.

— Pipoca com caramelo?

Ele sabia que tinha me pegado.

— Tudo o que conseguir comer.

— Tenho que falar com o Max.

— Fale para ele que é uma ordem. — Ele me deu um abraço rápido e depois tocou no bolso de sua mochila, onde estava a carta de Elizabeth. — Agora me prometa que não vai se preocupar mais com isso. E que, da próxima vez que eu te vir, você vai estar sorrindo.

Pela segunda vez naquele dia, eu prometi.

29

— Nunca estive na sua casa — disse Max ao telefone naquela noite, depois de concordar sem nenhum entusiasmo com o encontro duplo.

Eu estava deitada na cama com as luzes apagadas. Algumas noites, adormecíamos daquele jeito, ouvindo a respiração um do outro.

— O que ele estava fazendo lá?

— Não sei. Passeando. Que diferença faz?

— Diga você — falou ele.

— Ele estava aqui, ficamos um tempo conversando, fim da história. O quê, está com ciúmes?

— Não. — Não foi muito convincente.

Então era isso que significava ter um namorado ciumento. Não senti que fosse tão satisfatório quanto eu imaginava. Foi como se ele estivesse deitado em cima de mim e eu não pudesse respirar.

Ele não era assim.

— O que está acontecendo com você?

A voz dele era mal-humorada.

— Nada. Eu passei o dia todo no dormitório, imaginando onde você estava.

— Estava no hospital — retruquei.

— Eu sei disso! — Sua voz abrandou. — Desculpe. De verdade. Eu ando preocupado. Aí você ficou angustiada e chamou o Chris, não eu...

— Quem disse que eu estava angustiada?

— Conheço você — disse ele. — Claro que está angustiada. Vê-lo, deve ter sido... — Esperou que eu completasse a frase. Não completei. — Só estou preocupado com você.

Continuei calada.

— Nora. Sinto muito. De verdade.

— Chris é meu melhor amigo — lembrei-lhe. — Você não tem permissão para sentir ciúmes dele.

— Não sinto. Juro. Mas tem alguma coisa acontecendo com você. Posso ouvir na sua voz.

Havia algo de confortante nisso. A ideia de que alguém me conhecesse tão bem, de que alguém se importasse o bastante para prestar atenção.

— Mas não devia tê-la pressionado — acrescentou. — É problema seu.

Então contei tudo a ele. Sobre a visita ao hospital, e sobre a carta roubada — por que eu a havia pegado, por que precisava devolvê-la.

— Eu devia ter contado para você.

— Sim, mas não contou. O que você estava pensando quando a roubou, para começar?

Não era bem a resposta pela qual eu esperava.

— Já falei, não estava pensando.

— É óbvio.

— Vou devolvê-la. Não é nada de mais.

— É muito sério — disse ele. — E você não a devolveu, apenas a entregou para o Chris. Quem sabe o que ele vai fazer com ela.

— O que quer dizer com isso?

— Quero dizer que você devia ter me procurado — respondeu ele.

— Para você gritar comigo?

— Não estou gritando. — Deu um suspiro profundo. — O que dizia nela?

— A carta? Que diferença faz?

— Responda.

Eu não queria contar a respeito da parte sobre o irmão dela. Não quando ele estava agindo daquela forma.

— Era só um monte de coisas sobre aquela máquina e a necessidade dela de tomar uma decisão. E depois tinha, tipo, um poema ou algo assim. Não sei.

— Como assim, não sabe? Não se lembra?

— Não, quis dizer que não fazia nenhum sentido. Como se fosse um código ou sei lá. Então eu não *sei* o que dizia. Satisfeito?

— Você é louca — disse ele.

— Você é observador.

Ele suspirou.

— Também sou um idiota.

Com isso, fui mais delicada.

— A semana foi longa — admiti. — Para nós dois.

— Só estou preocupado com você.

— Confie em mim, não sou tão frágil como você pensa.

— Não, estou preocupado mesmo. Alguém atacou o Hoff. Só de pensar que você tem algo que eles querem, seja lá quem forem. Fico assustado. Queria que você também ficasse.

— É preciso muito para me assustar — falei, sem pensar, desejando que fosse verdade. — Além do mais, o Hoff teve um derrame. É triste, mas na verdade não *aconteceu* nada. Não existem "eles".

— Acredita mesmo nisso?

— Acredito — respondi com firmeza.

— Então eu também acredito.

Eu ri.

— Agora, quem está mentindo?

Ele era muito diferente do Chris, que não sabia da existência da escuridão. Max entendia disso. Talvez ele tivesse razão, pensei, e devia me esforçar mais para deixá-lo me entender.

— O que quer que eu diga? — perguntou ele.

— Que você sabe que não é seu dever me proteger. E mesmo se fosse, agir feito um imbecil não é exatamente a melhor maneira de fazer isso.

— Eu sei.

— Está mentindo agora? — perguntei.

Silêncio.

— Está negando com a cabeça? — perguntei, e tive de sorrir.

Mais silêncio.

— E agora está afirmando com a cabeça?
— Adoro que você me conhece — disse ele.
— Adoro que você me conhece também.
— Estamos numa boa?
Dessa vez eu afirmei com a cabeça.
Após um momento, ele riu.
— Vou aceitar isso como um sim. — E depois, mesmo com medo de eu mudar de ideia, ele desligou sem se despedir.

30

A imensa casa vitoriana dos Moore era a maior do quarteirão e a única sem nenhuma luz brilhando, nem mesmo os falsos lampiões a gás antigos espalhados pelo gramado e pela entrada sinuosa da garagem. A lua parecia um fio, e uma camada densa de nuvens bloqueava as estrelas. Quando desliguei meus faróis, a noite ficou totalmente escura. Isso não me incomodou; já havia passado pelo caminho de pedras tantas vezes que podia fazê-lo de olhos vendados. A porta estava aberta, batendo para a frente e para trás com o vento.

Aquilo me incomodou.

— Olá?

Sem resposta. Estava vinte minutos atrasada, e, pelo jeito, todos estavam reunidos no porão à prova de som, diante da tela plana gigante, tendo começado sem mim.

A porta bateu novamente. Entrei e a fechei. Enquanto me fechava na escuridão, ouvi a respiração, penetrante e irregular, como um animal em pânico. Perto.

Um estranho odor metálico se espalhava pelo ar. Familiar.

Eu já estava chegando à luz quando deu um estalo em minha cabeça e reconheci o cheiro. Eu sabia.

Vi as pegadas primeiro, vermelhas e cintilantes nas guias de luz, uma trilha delas vindo diretamente em minha direção, passando por mim, indo até a porta. Depois desenho, pintado a dedo com sangue, um ponto entre duas linhas curvas, como um olho, com um raio atravessando seu centro. Havia outras marcas, na verdade não eram marcas mesmo, mas manchas embaçadas que poderiam ter sido deixadas por um pé, uma mão, um joelho, partes do corpo arranhadas e arrastadas pelo piso caro de cerâmica.

A sra. Moore morreria se visse aquilo, pensei, sentindo a estranha vontade de rir. Ela era obcecada por manter o piso limpo.

Engoli a risada. Tinha gosto de bile.

A casa de Chris tinha uma entrada comprida, o Grande Salão, a sra. Moore gostava de chamá-la. Do lado oposto da porta, uma escadaria de mogno espiralada levava ao segundo andar, com seus quatro quartos, dois banheiros e os antigos aposentos dos empregados. Um degrau abaixo, à esquerda, ia dar na cozinha e na sala de jantar, que recentemente havia aparecido na seção de estilo do *Boston Globe* com o título de "Esplendores no Campo". Do lado direito, uma sala de estar que ninguém nunca usava, com seu piso branco imaculado, sofás brancos, paredes brancas. Chris gostava de dizer que parecia um quarto acolchoado de um hospital psiquiátrico, "sendo assim, perfeito para a minha mãe", acrescentaria, ainda mais quando ela estava na sala, porque adorava as provocações dele tanto quanto qualquer um.

Ele estava caído de bruços.

O braço esquerdo estava jogado para fora em um ângulo não natural, o cotovelo dobrado para trás com o osso lascado e exposto. O braço direito estava esmagado debaixo dele. Ele estava muito parado.

E o sangue.

Elegante como sempre, Adriane estava sentada no centro do cômodo, uma criança numa poça. As pernas encolhidas contra o peito, os braços envolvendo-as, o rosto sem cor, com exceção do risco vermelho cortando sua bochecha, ela balançava para a frente e para trás.

Alguém estava gritando, e eu precisava que parasse.

Não conseguia pensar.

Não queria pensar.

Fechei os olhos. Fechei minha boca e prendi o fôlego.

O grito parou.

Mas quando abri meus olhos, nada havia mudado. Não parece que ele está dormindo, pensei. Se parecesse que ele estava dormindo, eu poderia fingir.

— Adriane — falei. A voz soava distante. Calma. — Adriane, o que aconteceu? — Pensando: *é isso que você faz, finge que pode dar um jeito, finge que está no controle, você finge.*

Pensando: *não se atreva a me deixar sozinha.*

Ela olhou mais adiante de mim, os olhos cegos, boca aberta, ruídos mínimos e fracos interrompendo a respiração aterrorizada. Nenhuma palavra, apenas ruídos. Como um bebê; como um animal.

É isso que você faz, pensei, e liguei para a emergência. Disse a eles que algo havia acontecido, alguém estava sangrando, alguém estava morto.

— Saia da casa — disse a voz distante. — Fique na linha. — E eu queria, mas o homem continuou falando e falando e era muito difícil me concentrar nas palavras dele, então desliguei.

Desliguei e me ajoelhei ao lado de Chris, ajoelhei ao lado do corpo. Ajoelhei no sangue, pus a mão em suas costas, depois a afastei, pegajosa.

Agarrei Adriane, sacudi-a, dei-lhe um tapa, minha mão deixou uma marca de sangue em sua face, gritei de novo, implorei para que ela acordasse, que voltasse, para *me dizer o que aconteceu, por favor, Deus, apenas me diga o que aconteceu.*

Ela estava com alguma coisa amassada em sua mão fechada. Abri seus dedos com força, e lá estava, como uma piada, como uma moeda sem valor, como uma maldição, *E. I. Westonia, Ioanni Francisco Westonio, fratri suo germano,* uma carta roubada.

Nada de mais.

Então a carta sangrenta estava em meu bolso e o celular em minha mão outra vez, o rosto de Max rindo na tela, porque ele havia prometido me proteger, eu querendo ou não, mas o celular tocou e caiu na caixa postal e desliguei.

Ele está morto também, pensei. Eu sabia. Aonde quer que eu olhasse, havia sangue de Chris. Os olhos de Adriane estavam vazios.

— Por favor, não me deixe aqui sozinha, por favor. — Eu não tinha certeza de com quem ela estava falando, não que importasse. Ninguém respondeu, porque ninguém estava ouvindo.

Acabou e pronto.

Parte II

A Cerimônia da Inocência

Evocat iratos Cœli inclementia ventos;
Imbreque continuo nubila mista madent.
Molda tumet multùm vehemens pluvialibus undis
Prorumpens ripis impetuosa suis.

A inclemência do céu incita os ventos fortes;
Nuvens aquosas encharcadas de chuva incessante.
O Vltava turbulento, intumescido de ondas chuvosas,
Irrompendo, impetuoso, avança sobre suas margens.

"*De inundatione Pragæ ex continuis pluviis exorta*"
Elizabeth Jane Weston

1

Já passei por isso antes.

2

Já passei por isso antes.
    Já fiz isso antes.

3

Antes.
Havia luzes piscando, antes. Sirenes gritando. Alguém gritando.
Havia sangue, antes, sangue na rua, sangue que imaginei e sangue que vi, sangue que tremulava sob as luzes da rua enquanto passávamos apressados, pneus triturando ruidosamente o vidro quebrado, meu pai inflexível e pálido atrás do volante, minha mãe com uma das mãos cobrindo a orelha, como se ainda estivesse ouvindo, ou tentando não ouvir, o telefonema que nos convocou do *antes* para o agora, para o *depois*. Havia sangue na rua e havia sangue nas roupas rasgadas enfiadas no saco plástico Ziploc, sangue em sua carteira e em seus tênis e na camisa social que ele havia escolhido no último minuto porque aquela era para ser o tipo de festa em que era permitido que a pessoa se parecesse, só um pouco, com o que tentava ser.
Havia policiais, antes, por causa do sangue. Por causa do sangue *dele*, manchado, provando que o erro era dele, a culpa era dele, o crime era dele.
Ou, como ele teria dito — porque havia assistido a um filme do James Dean na aula de inglês e depois outro com a Catherine para fazê-la acreditar que ele tinha profundidade; porque ele havia absorvido, adotado, finalmente incorporado a lenda, vivendo rápido e morrendo jovem —, seu belo cadáver.

O enterro foi de caixão fechado. O sangue na rua, o sangue nos sapatos, foi a última coisa que vi dele.

E não foi nada belo.

4

Já fiz isso antes.

Esperei em salas de espera — não as acarpetadas, agradavelmente antissépticas, salas com revistas espalhadas para aqueles que esperavam e precisavam esquecer onde estavam, reclinando em poltronas acolchoadas e assistindo a programas de culinária na TV presa no teto, mas salas que eram armários sem janelas para pessoas cuja necessidade de negação havia se escondido no pôr do sol com sua esperança.

Tentei não olhar para meus pais olhando para mim. Tentei não tremer. Tentei não chorar. Tentei barganhar com um Deus inexistente, implorar por uma prorrogação ou um milagre ou uma máquina do tempo, qualquer coisa para voltar, para *trazê*-lo de volta.

Eu tinha feito aquilo antes, então, dessa vez, já sabia das coisas.

E é claro que, dessa vez, tinha visto o sangue vazando de seu corpo. Tinha visto seu rosto, muito inchado, muito pálido. Dessa vez, em vez de um saco plástico Ziploc, eu tinha uma carta antiga, riscada com um leve marrom-avermelhado, como se pergaminho pudesse enferrujar. Essas eram as diferenças.

Tudo o mais era igual.

5

Eles me levaram para o hospital porque eu estava coberta de sangue. Deixaram que eu ficasse porque Adriane estava lá também, seu olhar vazio inflexível, enquanto costuravam o corte em sua bochecha, enchiam-na de líquido e de palavras gentis, miravam luzes brilhantes em suas pupilas e, por fim, seus pais ladearam seu corpo imóvel de maneira assustadora, conduzindo-a a uma "ala especial, mais propícia à sua condição". Uma ala especial, deduzi, para o tipo especial de pessoas que fitavam paredes, ouviam vozes, saltavam de janelas, enforcavam-se em cordas, faziam cortes profundos e sangravam até secar, as pessoas que conheciam Deus.

Brilhante, pensei, embora não quisesse pensar. É óbvio que Adriane — tentei não pensar e falhei — encontraria um atalho para si mesma, pegaria a conveniente saída para malucópolis, me deixaria sozinha com os policiais, com nosso amigo que tinha se tornado um cadáver e com a casa dele, que havia se tornado a cena de um crime, com a resposta automática que agora me saudava quando eu ligava para o Max: *Esta caixa postal está cheia.*

Uma disputa de câmeras e cabeças falantes atacaram assim que passamos pelas portas corrediças do hospital. Meus pais me empurraram para dentro do carro. Gritaram com a multidão. A multidão gritou de volta. Houve os flashes das câmeras. Nada daquilo importava. Mergulhei no banco de couro, cerrando os olhos contra o brilho do sol nas lentes. Foi só então que me dei conta de que estava amanhecendo.

Fechei os olhos.

Abri-os novamente.

Havia coisas demais esperando no escuro.

6

Havia dois deles: o tipo determinado que havia me garantido, pouquíssimo tempo antes, em outra cena de crime, que tudo ficaria bem, e o loiro de vinte e poucos anos que parecia ter fracassado nos requisitos para professor de educação física da faculdade e, se por um lado não estava nem um pouco satisfeito em acabar usando aquele uniforme azul e elegante por falta de outra opção, teria de admitir que a nove milímetros, polida com cuidado, enfiada em seu coldre de ombro amenizava a dor de um sonho adiado.

— Conte-me o que aconteceu — disse o mais velho. A sala era branca e sem janelas, a cadeira muito dura. — Fale devagar. Comece pelo início.

No início, não sabíamos o que era, Chris e eu. Não sabíamos se uma pizza velha e um DVD arranhado do *Spartacus* — que teve a bondade de congelar depois da primeira corrida de bigas, liberando o resto da noite para conjugações erradas e várias rodadas exaltadas de cartas — decretavam um encontro desajeitado, ou apenas uma noite de dever de casa, compartilhado entre duas pessoas que pareciam improváveis de compartilhar qualquer coisa a não ser uma mesa no refeitório, e isso somente sob coação. Mas mesmo no começo, depois da primeira e última tentativa árdua de cumprir os costumes — o estranho roçar de mãos, o olhar fixo obrigatório, a tentativa fracassada de um beijo, parando com os lábios em algum lugar perto do meu nariz, nós dois recuando no mesmo momento com uma gargalhada simultânea e horrorizada —, havia algo entre nós: como à primeira vista.

Eles não queriam saber sobre isso.

— Era para assistirmos a um filme — expliquei. — Cheguei atrasada.

Eles me fizeram contar do início até o maldito final e repetir, uma vez do início ao fim e outra do fim ao início, os ferimentos sendo costurados, corpos se levantando, um filme de terror passado ao contrário, e cada vez que eu contava a história, deixava que pensassem que não custava nada chegar à parte final e repetir, de novo e de novo.

— Ele estava morto.

Fizeram as mesmas perguntas com palavras diferentes, mas eu tinha assistido à série *Law & Order* em todas as suas reprises e sabia que os mentirosos sempre eram mais coerentes em suas histórias do que as testemunhas traumatizadas dizendo a verdade oscilante. Se eu estivesse mentindo, eles não teriam me pegado. Estas foram as coisas que pensei: como mentir, se tivesse querido mentir. Por que não havia nenhum espelho bidirecional. Se os policiais realmente gostavam de rosquinhas e, caso sim, se eu poderia pegar uma e comer sem vomitar.

Não *por que o Chris está morto?*.

Não *o que aconteceu com a Adriane?*.

Não *cadê o Max?*.

Eles levaram meu celular.

— Não fui eu — respondi.

— Quem disse que foi você? — Esse era o policial mais jovem.

— Se tivesse sido, acham mesmo que eu teria ficado no local e ligado para a emergência?

— Não. Não achamos. — Policial mais velho. — Havia sinais de luta. Sangue que não era da vítima. O agressor teria ferimentos de defesa. E alguém do seu tamanho... — Negou com a cabeça. — Mas você pode saber de algo que poderia nos ajudar. Quer nos ajudar, não quer?

Mesmo sem minha habilidade de *Law & Order*, eu teria ouvido o que ele não disse: que talvez eu soubesse de algo porque eu fazia parte daquilo. Que talvez eu não quisesse ajudar, porque tinha permanecido no local vendo outra pessoa ficar com ferimentos de defesa, visto Chris morrer.

Assenti.

Eles perguntaram sobre o Chris e a Adriane, sobre o relacionamento deles ("totalmente comprometidos"), com que frequência brigavam ("nunca"), se alguma vez tinham se traído ("*nunca*"), se eu estava, em segredo, apaixonada por um, por outro ou pelos dois ("vá se danar"). Perguntaram sobre o símbolo pintado no sangue de Chris, se eu já havia visto, se significava alguma coisa para mim, se Chris estava envolvido em algo que envolvia desenhar marcas estranhas com o sangue humano. (Já podia imaginar as manchetes: Tragédia em triângulo sexual! Pacto de morte em orgia adolescente! Sacrifício sangrento em pequena cidade pagã!)

Não havia janelas, nem relógios. Alguém me trouxe café, não bebi; um sanduíche murcho, não comi. Nenhuma rosquinha.

Perguntaram sobre o Max.

Perguntaram *muito* sobre o Max.

— Era para ele estar na casa — disse o policial mais velho. — Você falou que ele não apareceu, mas ele foi visto fugindo do local pouco antes do corpo ser encontrado. As digitais dele estão por todo canto na cena do crime...

— Não é a "cena do crime", é a *casa* do Chris. Claro que as digitais dele estão lá. As minhas também. Assim como as da Adriane. E as do técnico de TV a cabo. Talvez tenha sido *ele*.

— Se ele não tem nada a esconder, por que não se entrega?

Porque ele não pode.

Porque ele está morto.

Não conseguia dizer aquilo. Não conseguia parar de pensar.

— Tentamos entrar em contato com os pais dele usando o número que está no arquivo da faculdade. Foi desconectado.

— E daí?

— Conhece os pais dele?

Neguei com a cabeça.

— Conhece alguém que possa confirmar para você que Max Lewis é quem alega ser? Tem certeza de que pode confiar nele?

Em janeiro, Max me levou a uma montanha ao pé de outras mais altas, onde um lago refletia o céu enfumaçado e pegadas de cervos esculpiam linhas meridionais na neve. Sem acessórios especiais e descalços, caminhamos em direção à água.

— "Corro o risco?" — sussurrou ele. T. S. Elliot, outra vez, do poema que havia se tornado sagrado para a história de nós dois. Corri o risco?

— Você ficou maluco — disse a ele, e peguei sua mão. Ele não me acompanhou. Pulamos na água juntos. Foi uma tortura. Foi uma dor como nunca havia sentido, como se minha pele estivesse pegando fogo e meus pulmões, congelados. Mas nenhum céu jamais esteve tão azul, nenhuma água tão límpida. E depois, de volta ao carro com o aquecedor no máximo, seus braços molhados envolvendo meu corpo trêmulo, o som estático de Elvis no rádio porque nenhum de nós queria se aventurar a sair de baixo do cobertor para procurar uma nova estação de rádio, nos divertindo com nossa esquisitice dinâmica, rindo até mesmo quando nos beijávamos, meus cabelos molhados grudando em seu rosto, seus lábios com o gosto do lago, nossa pele ainda pegajosa, e nossos corações ainda batendo muito rápido. Ficou quente. Ele nunca precisou me dizer para confiar nele.

— Max é o melhor amigo de Chris — disse, sabendo que não estavam me ouvindo. — Alguma coisa aconteceu com ele. Ele precisa de ajuda.

Ou não precisa mais, assim como o Chris não precisa mais.

Pare.

— Queremos encontrá-lo tanto quanto você — disse o policial jovem. — Confie em nós.

Seu sorriso era feio.

— Estou cansada — disse a eles, embora essa não fosse a palavra certa. Não havia palavra. — Quero ir para casa.

— Só mais algumas perguntas.

Levantei-me.

— Não podem me prender aqui se eu quiser ir para casa. — Não fazia ideia se aquilo era verdade.

— Você está dizendo que esses eram seus amigos — comentou o mais jovem.

— Eu não estou dizendo. É verdade.

— Então sei que quer nos ajudar a ajudá-los.

O policial mais velho pigarreou e lançou aquela Olhada para o mais jovem.

— Só mais uma — disse ele. — Depois você pode ir.

Sentei-me.

— Adriane Ames. Ela usa drogas?

— Claro que não!

Não parecia uma boa hora para mencionar o estoque de maconha que ela mantinha escondido — "somente para emergências" — na caixa de DVD do *Mágico de Oz*.

Eles se entreolharam novamente.
— O quê? — perguntei.
— O exame toxicológico revelou drogas no corpo dela. Uma toxina psicogênica.
— Psicogênica... como LSD, ou algo assim?
— Ou algo assim. Isso. — O policial mais velho colocou sua máscara de gentileza outra vez. Eu me fortifiquei. — A droga afeta o lobo frontal; sabe o que é isso?
— Algo em seu cérebro.
— É a parte do cérebro que controla a personalidade, o humor e a memória — explicou o policial mais jovem, como se estivesse lendo uma ficha de arquivo e excessivamente orgulhoso de si mesmo por ser capaz de fazer isso.
— Também estudei biologia — disse a ele, mas não era no diagrama do livro representando o cérebro que eu estava pensando. Era nos filmes de terror em preto e branco com eletrochoques e camisas de força, era no olhar ausente de Adriane, era na palavra *lobo*, próxima demais da palavra *lobotomia*.
— Os médicos acham que ela tomou algo...
— Ela não tomaria.
— ... ou batizaram algo que ela tomou que afetaria sua memória. Talvez ela soubesse de alguma coisa que não deveria. Visto alguma coisa.
Alguma coisa que não fosse o namorado sendo esfaqueado seis vezes na barriga e degolado só por precaução?
— Então é por isso que ela está... assim? Por causa da droga? — Não porque era fraca, ou porque estava se escondendo.
Eu me odiei.
— Ela vai ficar bem?
Ele encolheu os ombros em sinal de dúvida.
— Eles não sabem. Mas ela teve sorte.
Queria arrancar os olhos dele.
— Qual parte disso, exatamente, caracteriza sorte?
— Os médicos dizem que os efeitos são imprevisíveis com esse tipo de droga. Dizem que poderia ter causado um derrame cerebral. — Ele me observava com atenção.
— Você disse que o que aconteceu com o professor Hoffpauer foi um acidente. — Apertei minhas mãos para que não visse que elas estavam

tremendo. — Falou para eu *não me preocupar*. — Eu estava em pé novamente. Estava gritando.

— Agora parece que talvez estivéssemos enganados.

Eu ri.

Minhas pernas pareciam pernas de pau. Como se não me pertencessem e pudessem quebrar se colocasse meu peso sobre elas. Mas elas me sustentaram.

— Vou embora.

— O que diria se eu falasse que temos provas de que seu amigo Max estava no escritório do professor na hora do incidente?

A porta estava trancada.

— Deixe eu sair daqui.

— Isso não a faz pensar?

— Você falou que era mais uma pergunta. Eu respondi. *Me. Deixa. Sair.*

— Sabe o que é estranho? — comentou ele, informal demais. — A perícia indica que a vítima foi esfaqueada na entrada da casa, mas foi se arrastando até o cofre da família. Encontraram o cofre aberto, mas nada havia desaparecido, de acordo com os pais dele, digo. Então acho que podemos deduzir que ele abriu o cofre assim que o agressor fugiu. Por que acha que ele faria isso, Nora? — Mais uma vez, ele perguntou tão casualmente, como se a resposta não pudesse ser menos importante para ele, como se estivesse pensando em voz alta se o jogo de softbol do filho dele seria cancelado por causa da chuva. — Agora, estou caído ali, sangrando até morrer, vou até o telefone, ou à porta. Mas seu amigo, ele vai até o cofre. Faz ideia do que ele achou que houvesse lá? Algo que o fizesse gastar os últimos segundos de vida tentando pegar?

Não respondi. Não disse nada enquanto destrancavam a porta e me entregavam para meus pais, e eu também não disse nada a eles quando me colocaram no carro e me deixaram em casa.

Não disse a eles, ou a ninguém, sobre a carta manchada que eu tinha encontrado amassada na mão de Adriane, a carta cujo valor havia impressionado tanto o Chris que, cuidadoso e responsável como era, poderia tê-la trancado por segurança até decidir como consertar meu erro. A carta que eu havia tirado, sorrateiramente, do bolso da minha calça jeans ensanguentada antes que a polícia a levasse, e que, assim que fiquei em segurança, trancada em meu quarto, a devolvi ao seu esconderijo no espaço livre debaixo da escrivaninha, como se nada jamais tivesse acontecido e ela nunca tivesse saído dali.

Como se Chris não tivesse morrido por causa dela. Não tivesse morrido por minha causa.

Disse a mim mesma que qualquer coisa poderia estar naquele cofre e fui me deitar, ainda vestida, com o olhar fixo no teto, celular aberto no travesseiro. Fiquei ali deitada, ouvindo o celular de Max chamar e chamar, e esperei pelo amanhecer.

7

Algumas provas simples e lógicas.

Uma. Max me amava. Max amava o Chris. Max alegava "achar que o excesso de violência no cinema moderno americano chegava à beira do grotesco", mas só achava isso porque era mais fácil do que admitir que ver sangue, mesmo na tela, lhe dava ânsia de vômito. O Max era o *Max*. Por essa razão, ele não tinha feito aquilo.

Duas. Max me amava. Max jamais me deixaria sozinha para enfrentar o corpo de Chris, os olhos de Adriane, a polícia e as câmeras, a não ser que não tivesse outra escolha, e não ter outra escolha não significava que ele preferisse ficar fora da prisão e, por isso, temesse que ficar por perto produziria o efeito oposto; mas nenhuma outra escolha no sentido de que precisasse ficar longe para salvar a própria vida ou a minha. Portanto, Max estava encrencado.

Ou Max estava morto.

Três. Max sabia que eu ia à casa do Chris. Se quisesse o Chris morto — o que não queria —, mas me quisesse viva, teria escolhido um momento diferente, uma noite diferente, uma em que ele e Chris estivessem sozinhos, como ficavam quase toda noite, no dormitório deles. Se Max quisesse o Chris morto e eu morta — o que não queria —, não teria assassinado o Chris e fugido. Ele sabia que eu iria; ele teria esperado. Portanto, Max não havia matado Chris.

Quatro. Max não havia matado Chris. Alguém o tinha feito. A polícia estava procurando o Max. Portanto, ninguém estava procurando por *alguém*.

8

Uma hipótese sustentável.

Alguém estava me procurando.

9

Não voltei ao colégio durante uma semana. Na maioria das noites, ia me deitar jurando que seria meu último dia escondida, que nada, nem mesmo o colégio, poderia ser pior do que aqueles primeiros dias presa em casa, fingindo não ver meus pais fingindo não me olhar e, certamente, não era pior que os dias longos e vazios que se seguiram, quando minha mãe voltou ao trabalho, meu pai voltou ao escritório, e fui deixada sozinha, sentindo cada minuto de cada hora interminável, tentando não ver fantasmas. Ia me deitar com as melhores das indiferentes intenções — e ficava lá deitada, de olhos arregalados. Examinando rapidamente o inventário de itens agora familiares em meu quarto que poderiam ser usados como armas — o antigo bastão do Andy, o secador de cabelos com sua confortável silhueta em forma de arma, o isqueiro, o frasco de repelente de vespas que ardia nos olhos, e claro, a faca de aço inoxidável de alto carbono, com garantia de cortar e picar de acordo com o infocomercial, escondida debaixo de meu colchão.

À noite, eu estava muito ligada para dormir; de manhã, estava muito cansada para me mexer. O colégio estava fora de questão. Então fiquei na cama, observando o teto, meu cérebro nebuloso, dando uma de morta até que ouvi a batida reveladora na nossa porta da frente, e depois o rangido da porta do escritório de meu pai fechando devagar, confirmando que eu estava, mais uma vez, sozinha.

Depois do primeiro dia, me obriguei a ficar longe da TV. Não podia arriscar a passar os canais e ver a filmagem trêmula feita em um celular do corpo de Chris sendo retirado da casa, que seu vizinho corretor de imóveis tinha feito a gentileza de gravar e, apesar do efeito facilmente previsível sobre os valores da propriedade, vender pela oferta mais alta. E as imagens que mostraram... A mais popular foi uma de nós quatro posando no gramado da faculdade depois que o Chris, com seu encanto, convenceu um turista a tirar nossa foto. Chris, em uma exibição fotogênica de força de garotão americano, está segurando a estridente Adriane no colo, como um bebê, a câmera pegando-a no ponto crucial entre contrariedade e alegria. Max está parado atrás de mim, com os braços ao redor de meus ombros, e os lábios em minha orelha, sussurrando aparentemente coisas agradáveis, mas, na verdade, reclamando que Adriane havia acabado de chutá-lo nas costas. Estou no processo de decidir se começo a brigar em defesa de minha amiga ou deixo Max me convencer a ficar longe dela da maneira que somente ele conseguiria planejar, mas não dá para saber pelo meu sorriso. Nunca dá para saber pelo meu sorriso.

Havia outras fotos no disco rígido de Chris, fotos de Adriane bêbada, com os olhos manchados de máscara para cílios ao redor daquelas pupilas superdilatadas, parecendo um urso panda; fotos de Chris posando de maneira tímida com seu boneco do Han Solo e a *Millennium Falcon* meticulosamente montada em escala, que ninguém além de mim sabia que ele ainda tinha; fotos de Max de perfil, encolhido sobre um livro, sobrancelhas franzidas, zangado e pronto para atacar o inimigo em relação a alguma interrupção futura. Havia as fotos que eu só podia deduzir que Chris tinha apagado de seu disco rígido, uma vez que ainda não tinham aparecido na CNN, as fotos "artísticas" que Adriane o enfeitiçou para que as tirasse em uma tarde de sol, os dois trancados no quarto dele com as persianas bem fechadas e a câmera colocada com cuidado em um tripé enquanto eles — de acordo com Adriane, depois do fato, me fazendo jurar segredo — "faziam bom uso do tempo". Adriane, que agora estava fazendo uso de seu tempo olhando fixo para as paredes de um louvado hospital psiquiátrico, que estava impassível e incapaz, que tinha os cabelos penteados, era banhada e trocada como uma inválida, como um cadáver. Adriane, a quem não tive capacidade de me obrigar a visitar, porque não conseguia segurar sua mão e olhar em seus olhos, sabendo que ela não estava mais ali.

Eu entendia. Os imbecis dos canais de notícias tinham um trabalho a fazer: ganhar audiência. Prolongar um conto de fadas de advertência. E aquela foto dava um bom conto. Duas vítimas fotogênicas. Um suposto assassino e sua namorada diabólica, má por associação. Todos parecendo tão inocentes, tão saudáveis, tão deliciosa e dolorosamente *normais*. Eu tinha uma cópia da foto presa na parede do meu quarto e precisava deixá-la lá, porque era uma parte dele. Era isso que a morte fazia: transformava lixo em talismãs. Um CD que ele tinha queimado, um caderno que havia rabiscado, um moletom que havia usado: relíquias sagradas. Eu sabia como funcionava; não tinha passado os últimos cinco anos vivendo em um santuário sagrado por um irmão morto? Então deixei a foto ali onde estava, mas não conseguia mais olhar para ela. Havia sido reivindicada por *eles*; de alguma forma, não era mais *nós*.

Todos os dias eram longos demais, e todos os dias eram iguais, até que um dia, sem motivo especial, saí da cama, tomei banho, me vesti de uma imitação convincente de um membro da sociedade normal, mental e emocionalmente estável, a garota boa e inocente que os policiais tinham, oficialmente, suposto que eu era, e voltei para o colégio.

10

Eu preferiria não falar sobre isso.

11

Eis o segredo: você não sente.

Você não *finge* não sentir. Não levanta sua mão, empurra a comida da cantina garganta abaixo, ignora os olhares com a mesma atenção que ignora o armário vazio ao lado do seu e que você sabe que tem a foto idiota de veterano do Chris colada na parte de dentro da porta, envolta por um coração de batom igualmente idiota; você não dá um risinho e depois sai correndo até o boxe de banheiro mais próximo para chorar todas as vezes que ouve alguém sussurrando sobre seu namorado, um assassino psicótico.

Você se desliga.

Você se deixa ficar fria e paralisada, e é fácil, como rolar morro abaixo, como cair de uma janela, porque a paralisia é tudo que seu corpo quer, e, se é dada a permissão, a gravidade seguirá seu curso.

O caso é que ninguém percebeu. Eu era, simultaneamente, infame e invisível. Chris e Adriane eram os heróis da cidade natal, o casal de ouro, depósito de inumeráveis exemplos supremos de anuários e relatos de demonstrações públicas de afeto nos corredores. Ao passo que eu, depois de todo aquele tempo, ainda era a novata, importada sob circunstâncias duvidosas. Isso nunca me incomodou. Nós quatro éramos uma unidade independente, com nossas próprias histórias, nossos próprios maus hábitos — de modo prático, quando se consideravam todas as piadas internas e referências e coisas que não precisavam ser ditas, nossa própria linguagem. Isso era para ser o suficiente.

Fiz meu dever de casa. Comi na biblioteca. Encolhia-me com os ruídos altos e movimentos repentinos e me mantinha longe da escuridão. Sem vergonha nenhuma, abusei de meus privilégios de estudo dirigido, apesar de não restar nenhum estudo a ser feito, já que os arquivos haviam desaparecido e o Hoff havia sido despachado para um centro de reabilitação no Texas, e, sempre que possível, eu sumia dali. Alguns dias ia ao cinema, deixando o tremeluzir de cores e luzes me carregar para dentro da história de outra pessoa, mas só havia um cinema na cidade e um número limite de vezes que eu conseguia sobreviver até o final de *A merda vai pelos ares: A continuação*. Na maioria das vezes, eu ia para o campus.

Havia uma pracinha redonda na extremidade oeste da área verde da faculdade onde eu havia passado durante anos, nunca prestando muita atenção aos nomes e datas entalhados nas pedras da calçada. Foi onde me sentei, em um dos bancos de pedra na beira do círculo. Ficava vazio durante os períodos de aula, o que me garantia quarenta e sete minutos exatos a mais de isolamento.

Os nomes eram de alunos, os anos entalhados perto deles ou eram a data de formatura ou a data de morte — não havia uma placa explicando para deixar as coisas claras, mas a situação geral era clara o suficiente por causa das letras compactas entalhadas no centro do círculo: pro patria. A gente aprendia aquilo em Latim I, em parte porque era terapêutico e em parte porque os antigos romanos batiam o recorde de morrer daquele jeito. PRO PATRIA, pelo país. Se aquilo não tivesse me ajudado a compreender, os nomes entalhados nos bancos teriam dado conta do recado. Não de pessoas, mas de campos de batalha, Normandia, Omaha Beach, Travessia do Reno, Bastogne, Ardenas — aparentemente, por mais que um ex-aluno rico mantivesse o memorial com doações, ele achava que era somente adequado que os corajosos filhos mortos do Chapman ficassem presos na batalha por toda a eternidade. *Sic transit gloria*.

O verde só era verde no nome. Onde não era uma área sombria de terra sarapintada com algumas manchas tristes de neve cinza que havia se esquecido de derreter, era um amarelo-pálido, da cor de cabelos clareados com produto barato, depois mergulhados no cloro. No verão, o bosque de árvores que delimitava a extremidade oeste parecia uma floresta enorme separando os prédios de salas de aula dos áridos campos desportivos, mas três meses de neve e gelo haviam desnudado os galhos. Em março, aquele canto da Nova Inglaterra não era muito bonito. Chapman era aceitável no silêncio do inverno, tão parecida com um país das maravilhas coberto de neve quanto qualquer uma das outras cidades cuidadosamente pitorescas espalhadas pela estrada, mas março era uma zona morta de grama seca, árvores caídas e bonecos de neve derretidos. Até mesmo o céu desistia por algumas semanas, abdicando da cor por um miasma grosso e cinza.

Estava silencioso, tão silencioso que eu podia ouvir o ruído das folhas sob um sapato logo atrás de mim. Hesitei com o som, invasores iminentes do meu santuário — e o ruído parou, de repente. Não era, portanto, o barulho de um aluno que tinha dormido além da conta, andando de forma pesada em direção à sala de aula, mas de alguém que arrastava-se, de forma sorrateira e com cuidado, congelando onde estava ao errar e dar um passo ruidoso, torcendo para não ser notado. Alguém ali para observar.

Disse a mim mesma que se fingisse que aquilo não estava acontecendo, se fingisse que não tinha ouvido, se não provocasse, daí nada aconteceria. Fui o tipo de criança que gostava de traçar planos de contingência em caso de ladrões e sequestradores, que deitava na cama treinando um sono falso, sob a teoria de que se parecesse inofensiva o bastante, o grupo de assassinos enlouquecidos que eu imaginava subindo e descendo as janelas das crianças na Costa Leste entenderiam que eu não era uma ameaça e que iriam, depois de enfiar a prataria inexistente da família em seus sacos de juta, me deixar em paz. Mas eu era adulta agora, o suficiente para saber que parecer inofensiva só me tornava uma presa mais fácil. Dei meia-volta.

A árvore era muito fina para escondê-lo totalmente. Ele espiou por trás do tronco, seu rosto oculto na sombra.

Max? Engoli a palavra junto com a esperança. Levantei-me. Dei uma olhada na floresta, procurando um brilho que indicasse óculos — ou uma faca. Esperei por ele, quem quer que fosse, para decidir, para avançar em minha direção ou fugir. Lutar ou escapar.

Ele não se moveu, me vendo observá-lo.

— O que foi? — perguntei com severidade. A presa não demonstrou medo.

Ele se ajoelhou, nunca tirando os olhos de cima de mim, nunca movendo o rosto para fora da sombra, e passou a mão em uma porção de neve cinza.

Depois saiu correndo.

— Espere!

Mas não corri atrás dele, porque se fosse o Max, ele teria me procurado, e se não fosse o Max...

Não se corre atrás de um assassino.

Nem mesmo se eu quisesse, mais do que jamais quis qualquer coisa, vê-lo morrer.

Ele havia deixado algo para mim, em um pedaço de neve lisa e suja de lama. Era do tamanho de uma mão com os dedos abertos. E onde seria o centro da palma, ele fez um olho atravessado por um raio. Uma mensagem para mim.
Ele estava observando.

12

Não fui convidada para o enterro. Era em Baltimore, só para a família. Eu não me enquadrava. Não até a mãe de Chris me mandar um e-mail pedindo que eu fosse ao funeral no campus como representante dos Moore e depois fosse ao quarto de Chris para ajudar o reitor a guardar os pertences dele. Para isso eu era família o suficiente.

A capela estava cheia de alunos da faculdade e do colégio Chapman, que o conheciam tão bem quanto o ministro igualitário que tagarelava sobre as conquistas de Chris — lidas com hesitação nas fichas de arquivos marcadas — e sobre o plano de Deus.

— Não podemos ficar zangados com Deus — disse o ministro. Deus estava em todos os lugares no funeral, conduzindo Chris por uma "vida curta, mas significativa", protegendo seus entes queridos de luto no "âmago de Seu amor", guiando Chris a uma "paz duradoura onde, um dia, estaremos juntos outra vez". O Deus dele, que de acordo com sua teoria, havia planejado tudo, do início ao fim, podia muito bem ter manuseado a faca. E por causa disso, por estar no controle, por estar observando, deveríamos ser gratos pelo interesse dele, não importava a forma. Nós deveríamos agradecer.

— Ninguém sabe por que o Chris foi tirado de nós — disse o ministro, e eu desviei com cuidado meus pensamentos da carta sangrenta, do medo de saber o porquê, que o porquê era eu.

Meus pais me ladearam, os dois com roupas escuras do trabalho, com as mãos ao lado do corpo. Era a primeira vez que nós três ficávamos em algum tipo de construção religiosa juntos desde o enterro de Andy. Naquele dia, por insistência de meus avós, havíamos sentado na primeira fila do Templo Beth El, de mãos dadas e balbuciando as palavras do *kaddish*, a tradicional oração de luto judaica que ignorava os mortos em favor dos cantos de glória a Deus que o tinham levado, todos nós: minha avó judia, meu negligente pai católico, minha tia budista quando-e--como-lhe-fosse-adequado, todos nós, com exceção de minha mãe, que apertou os lábios, fechou seu livro de orações e, depois, apesar da luta épica que havia travado com meu pai para fazer um *bar mitzvah* para Andy, deixou meu aniversário de treze anos passar despercebido.

Eu só tinha um vestido escuro e conservador o suficiente para ser adequado ao funeral do campus e o escolhi com arrependimento, porque — podia parecer fútil — era um de meus favoritos e eu sabia que depois daquilo jamais o usaria de novo. Não chorei.

13

A porta da sala do reitor abriu quando bati pela segunda vez.

— Posso ajudá-la? — Ele era mais jovem do que eu esperava, devia ter trinta e poucos anos, apesar da calvície precoce.

— Sou Nora Kane? Era para eu, uh... — Parei, percebendo que havia outra pessoa na sala, sentada em uma das poltronas de mogno de frente para a mesa do reitor. — Desculpe. Volto depois.

O reitor sacudiu a cabeça.

— Por favor, entre. Estávamos esperando por você.

A outra metade do "nós" levantou-se e olhou para mim.

— Então você é ela.

— Este é Eli Kapek — disse o reitor.

Esperei para ouvir por que eu deveria me importar.

— Eli Kapek — repetiu ele, como se devesse significar alguma coisa. Porém, quando obviamente não significou, acrescentou: — O primo de Christopher.

Algo se ampliou no rosto de Eli, algo semelhante a um sorriso, mas não tão explícito.

— Peço perdão se não tenho um prazer especial em conhecê-la.

Estudei seu rosto, desejando, de forma estranha, que eu fosse cega, como se isso pudesse me dar a liberdade social de atravessar a sala e apertar meus dedos em suas bochechas proeminentes, seu queixo fino, seu nariz que, apesar de torto e meio grande para seu rosto, combinava com o arco assimétrico de suas sobrancelhas e com a ondulação em seus lábios, e talvez meus dedos pudessem detectar algo que meus olhos não pudessem, revelando o que eu estava procurando, que era: o Chris.

Mas não estava lá. Chris puxou o lado da mãe. Sua pele escura, seus cabelos crespos e desarrumados, seus traços arredondados e evidentes, nada disso estava ali no rosto proeminente e pálido daquele estranho.

Eu não podia odiar Adriane pelo que havia acontecido com ela, seja lá o que fosse, por falhar em proteger o Chris e a si mesma e por deixar uma toxina estranha seguir seu curso; não podia odiar Max pelo que quer que tivesse acontecido com ele, por confiar em mim para defendê-lo, talvez salvá-lo de alguma forma, quando ele não podia fazer isso sozinho. E não podia odiar os Moore por partirem da cidade e me deixarem sozinha nessa situação, porque qualquer obrigação que tivessem comigo havia morrido com o filho deles, e as pessoas faziam o que fosse preciso para sobreviver.

Não podia odiar o Chris.

Mas Eli era um estranho, e não havia nada que me impedisse de odiá-lo de imediato, por quem ele era e o que não era, por sua falha em ser o que eu precisava que ele fosse, e ainda mais pelo fato de estar vivo e o Chris, não. Teria sido bom ter alguém para odiar, alguém que não fosse um Deus imaginário.

— Podemos resolver isso agora? — perguntou Eli, sem olhar para mim.

— Nora, os pais de Christopher me pediram para dizer a você que ficariam muito gratos se pudesse ajudar o Eli a arrumar os pertences de Chris. Ele cuidará do transporte e tudo o mais. — O reitor entregou a ele uma chave.

Eu já tinha uma chave.

O reitor nos dispensou de sua sala.

— O senhor não vem? — perguntei.

— Achamos melhor dar privacidade aos amigos próximos e aos familiares nessas questões. A menos que...?

— Tudo bem — disse Eli, fechando a porta da sala. Então ficamos a sós. — Você também não precisa ir.

— É, na verdade, eu *preciso*. Os Moore queriam que eu fosse.

Ele deu de ombros.

— À vontade.

Eu podia ter entrado no quarto a hora que quisesse; tinha ficado tentada. Havia passado a manhã inteira plantada de frente para o dormitório, tentando criar coragem para entrar.

Mas acabei indo para casa.

Talvez estivesse com medo que, uma vez lá dentro, jamais conseguisse sair. Que me enrolaria em um cobertor com o cheiro do Max, encolheria no sofá desgastado pelos tênis do Chris e com o leve fedor desagradável de meias sujas e pizzas estragadas, me bloqueando dentro da perpetuidade, como uma noiva egípcia se enterrando viva na tumba de seu faraó. Seria mais fácil com um estranho, disse a mim mesma. Seria um procedimento simples: destrancar a porta. Mexer nos armários, gavetas e prateleiras cheias de lembranças.

Demolir meu porto seguro meia por meia.

— Não vi você no funeral — falei, tentando continuar enquanto ele atravessava o quarto. Precisava dar dois passos para corresponder a um passo dele.

— Eu vi você — disse ele. — Não me pareceu muito arrasada.

— Qual é a sua?

Ele ainda não olhava para mim.

— Meu primo está morto. Talvez tenha ouvido falar.

— Sabe, o Chris nunca falou de você.

— E?

— E se quer fingir que você era alguém para ele, e eu não era ninguém, é problema seu, mas acho isso meio patético.

— Pelo jeito, você sabia tudo sobre ele e sobre todos que eram importantes para ele?

— Na verdade, sim — respondi. — Você não estava na lista.

— E você estava.

Não respondi.

— Então você estava, tipo, secretamente apaixonada por ele ou algo assim? Uma paixão profunda e não correspondida?

— Tenho namorado — expliquei. Não disse *babaca*. Mas ele entendeu.

Murmurou alguma coisa.

— O quê?

— Seu namorado — disse ele. — Você queria saber meu problema. Esse é meu problema.

Claro. O Max era o problema de todos.

— Ele não fez nada.

Ele me ofereceu outro de seus sorrisos mutantes.

— Acho que vou acreditar no que você disse. Que alívio.

Parei de forma abrupta, na sombra de um enorme prédio de pedras, sua fachada cinza e sombria era riscada por fezes secas de pássaros.

— Chegamos.

14

O quarto estava em ruínas.

— Seu namorado é um relaxado — disse Eli, parado na entrada. Empurrei-o e entrei. Os colchões estavam no chão, o enchimento saía pelas costuras rasgadas. As gavetas tinham sido tiradas das escrivaninhas e das cômodas; uma camada grossa de camisetas, lençóis, cuecas, livros e cadernos cobriam o piso escuro de linóleo.

Não conseguia respirar.

— Sente-se — disse Eli.

— Onde? — Um riso abafado. Uma cadeira de escritório estava caída de lado; a outra, com as pernas abertas, faltando uma delas, o encosto partido em dois.

Eli pegou meu braço e me guiou até a armação de metal sem colchão de Max. Nos sentamos.

Engoli em seco e com dificuldade.

— A polícia. — Meus pés estavam sobre os lençóis azul-marinho de Max. Vou sujá-los de lama, pensei vagamente. Max odiaria isso. Ele lavava os lençóis com mais frequência do que Chris; se bem que não era uma frequência que me agradasse. Era um assunto que gostávamos de conversar, quando estávamos a fim, Max educadamente enfatizava que, se eu quisesse os lençóis dele mais limpos, poderia lavá-los à vontade, e eu educadamente enfatizava que ele era um porco machista, ele contestava que se eu me importasse mesmo com limpeza, deveria tomar um banho e abrir mão de vestir minhas roupas sujas de novo... Agora eu queria ter aceitado a proposta dele. Só uma vez.

Eli sacudiu a cabeça.

— O tio Paul falou com a polícia, para garantir que não teria problemas eu vir aqui. Disseram que só deram uma olhada e levaram os laptops. Que deixaram tudo do jeito que estava.

— Então mentiram.

— Ou outra pessoa esteve aqui. Procurando alguma coisa.

Pensei outra vez no que os policiais tinham me dito, sobre o Chris esconder alguma coisa no cofre da família. Pensei outra vez sobre a carta e em como ater-se a ela saía da escala de estupidez para a de um desejo de morte.

— Ele entrou em contato com você, não entrou? — perguntou Eli.

— O quê? Quem?

— Ele. O namorado. A polícia acha que ele está quase no meio do país agora, mas talvez você saiba a realidade. Talvez ele ainda esteja aqui até conseguir o que veio procurar?

Levantei-me.

— Acha que ele fez isso?

Eli deu de ombros.

— Ele destruiu o próprio quarto, procurando por "algo", por quê? Ele não conseguia se lembrar de onde tinha colocado?

— Ele destruiu as coisas do Chris — retrucou Eli. — Depois, talvez, as próprias coisas para enganar.

Chris guardava um monte de caixas de papelão desmontadas no fundo do armário, uma coleção da qual tinha muita consciência para não jogar no lixo, porém tinha muita preguiça de reciclar. Elas ainda estavam lá. Tirei uma.

— Vamos só fazer isso — falei. — Não precisamos conversar.

Fui pegando as coisas, dobrando cada camisa jogada, alisando cada anotação de história amassada, colocando os clipes para papéis, grampeadores, canetas e selos espalhados de volta em seus recipientes. Eli não questionou minha decisão sobre quais coisas pertenciam ao Max e quais pertenciam ao Chris, nem perguntou por que os Moore iam querer uma pilha de fichas de arquivo de um artigo do primeiro semestre sobre a Revolução Gloriosa ou uma coleção de copos de licor roubados, um de cada fraternidade. Apenas pegava o que eu lhe entregava e colocava em uma caixa. Entreguei tudo a ele, porque se eu fosse os pais do Chris, iria querer tudo.

Eu queria tudo.

Por fim, o lado do quarto do Chris estava vazio, sem nada, como tinha estado no dia em que o levamos para morar lá e nos espichamos na cama vazia, imaginando se seu colega de quarto desconhecido se importaria de que ele tivesse, sumariamente, deixado para ele a cama ruim debaixo da janela quebrada. O lado do Max estava o mais limpo possível, esperando por sua volta.

Mas quando me deixei acreditar naquela volta, quando tentei imaginá-la, a imagem dentro de minha cabeça ficou em branco. Não havia o Max sem o Chris. E eu tinha certeza absoluta de que não havia eu sem nenhum deles.

Não choraria diante de um estranho.

Tinha arrumado os cadernos de Voynich do Max ao lado da escrivaninha dele, e, de costas para Eli, comecei a folheá-los, procurando qualquer coisa para me distrair do pânico crescente.

Eles me distraíram. Não as tentativas de tradução rabiscadas, as quais eu tinha visto várias vezes enquanto me debruçava sobre as páginas com o Max, tentando achar sentido no absurdo, mas no caderno de baixo: um caderninho azul, em espiral, pautado e com a maioria das páginas arrancadas. Nunca o tinha visto, como também nunca tinha visto o que estava dentro de seu bolso interno de papel-manilha: uma página de latim, marrom e envelhecida, que parecia mais antiga do que a que eu havia escondido em meu quarto.

Max não gostava nem de fazer fotocópias sem permissão expressa do bibliotecário de arquivos, com medo de estragar até mesmo os livros menos raros. Ele era, na maioria das vezes, desatento às exigências do mundo externo, mas, quando se tratava daquele tipo de coisa — livros raros, manuscritos, cartas —, ele fazia o que era mandado. Seguia as regras. Então, se ele estava com alguma coisa, era porque tinha permissão para ter.

Seja lá o que fosse.

— Você pode, você sabe — disse Eli. — Se quiser.

Protegendo o caderno dele, tirei a página e a enfiei no meu bolso.

— Posso o quê? — Virei, mantendo o rosto inexpressivo.

Ele me deu um livro estranho. Como se talvez tivesse me visto.

— Pegue alguma coisa.

Talvez tivesse.

— Alguma coisa que pertenceu a ele — disse Eli. — Dá para ver que você quer.

Entregou algo para mim, um porta-retratos com uma foto. Não precisava me aproximar; reconheci o porta-retratos. Era a foto de nós quatro no gramado, a do noticiário.

— Não quero isso.

— Escolha outra coisa.

— Está tentando ser legal? — Havia um rolo de fita adesiva debaixo da pilha de quinquilharias espalhadas na escrivaninha de Chris. Comecei a lacrar as caixas.

Ele ficou calado por um bom tempo.

— Tem razão, eu não o conhecia — disse ele, enfim. Aproximou-se de mim ao lado da caixa, segurando-a firme enquanto eu passava a fita. — Brincávamos quando éramos pequenos, mas nem acho que nos gostávamos tanto assim. Depois ele se mudou, e foi isso.

— E por que está aqui?

Eli ergueu o olhar. Nós nos entreolhamos, separados pela caixa lacrada. Seus olhos eram de um azul impressionante.

— A verdade?

— Por que não?

— Eles me obrigaram.
— Seus tios?
— Eles. Meus pais. Todos. Era muito difícil para eles, ou sei lá. Tinha de ser eu, porque não o conhecia.
— Porque não se importa.
Suas bochechas ruborizaram de leve.
— Alguém matou meu primo — disse ele. — Isso me importa.
Algo na maneira em que estava ajoelhado sobre a caixa me pareceu muito familiar.
— Você estava outro dia no gramado? Me observando?
— Do que está falando? Alguém está seguindo você?
— Esqueça. — Coisa da minha cabeça, talvez. Primos sinistros espancavam psicopatas homicidas qualquer dia da semana. — Vamos sair daqui.
— Eu posso ir — disse ele. — Se você quiser ficar mais um pouco.
— Só para esclarecer...
— Sim. Sou eu tentando ser legal.
— Acho que gosto mais de você honesto. — Eu queria ficar ali. Queria me encolher na cama recém-arrumada de Max e fechar os olhos, respirar os aromas que restavam dele, o detergente de limão e o xampu de canela que ele usava sob protesto porque eu adorava. Ali, somente talvez, eu finalmente conseguisse dormir.
— Ao menos leve isto. — De repente, parecendo que estava pensando melhor no assunto, exatamente como se aquilo estivesse acontecendo, ele estendeu um maço de papéis para mim.
— O que é?
Ele deu de ombros.
— Encontrei em uma pasta, presa debaixo da escrivaninha do Chris. Enquanto você estava no banheiro.
— E não ia me dizer?
A expressão dele tinha um quê de alguma coisa, mas não era vergonha.
— Estou dizendo agora.
Arranquei as páginas da mão dele. Estavam desbotadas e duras. Antigas. Talvez, pensei, me obrigando a guardá-las antes que pudesse dar uma olhada melhor, tão antigas quanto a página que eu havia roubado da coleção do Hoff, antigas como a página que encontrei no caderno de Max; antigas, muito mais antigas do que qualquer coisa que o Chris

pudesse ter tido em seu poder. Presas debaixo da escrivaninha, como se ele as tivesse escondendo de Max. De mim.

Nada mais fazia sentido.

— O que faz você pensar que eu deveria levar isto? — perguntei.

— Não vão significar nada para os pais de Chris.

— E vão significar algo para mim?

— Se você não as quer...

— Eu quero.

— À vontade. Agora vamos embora daqui. Vou mandar alguém buscar as coisas dele.

Quis escapar da presença dele durante a tarde toda, mas naquele momento eu hesitei, sabendo com certeza que jamais o veria outra vez. Mais uma parte de Chris estava indo embora. Me veio à cabeça que, provavelmente, eu também jamais iria rever os pais de Chris. Ou a casa dele. E, graças a mim, o quarto dele também estava oficialmente acabado.

Entendi, de repente, por que meus pais estavam tão determinados a manter nossa casa. Às vezes, os santuários serviam a um propósito.

Eli parou nos degraus do dormitório. Talvez eu não fosse a única que queria hesitar.

— Então, digamos que, considerando as possibilidades, seu namorado não seja culpado e esteja se escondendo em algum lugar por motivos totalmente inocentes, ou está... você sabe.

— Ou está. É. Eu sei.

— Então quem foi? — perguntou ele.

— Como é que eu vou saber?

— E o que vai fazer para descobrir?

15

Convoco todos vocês, assim começava a carta roubada de Max.

Convoco todos vocês, meus irmãos, para se unirem à minha luta.
Vamos recuperar aquilo que foi roubado.
Aquilo que é nosso por direito será nosso pelo sangue.
Vamos afugentar os estrangeiros que destroem nossa admirável cidade e a reconstroem como imaginam. Vamos derrubar os sacerdotes que reprovam nosso culto e confiam o mais sagrado entre nós à morte. Vamos recuperar nossas terras pela graça de nosso Senhor. Vamos destruir aquele que procura roubar nosso direito por nascimento.

> *Procuramos esse poder não para o mal, mas para o que é justo, e o que é correto. Unam-se a mim e façam este juramento, por nosso Senhor, que a busca só terminará quando nosso triunfo estiver à mão.*

Estava assinado *V.K.*, que significava tão pouco para mim quanto o parágrafo curto logo acima da assinatura, uma língua lotada de acentos e de consoantes que poderia ser tcheca, ou poderia ser Klingon. Não havia nada para explicar por que Max a tinha, ou se significava algo mais para ele do que para mim.

As cartas que estavam no quarto, na parte do Chris, não estavam assinadas, mas parecia improvável que aquelas palavras trêmulas tivessem sido rabiscadas pelas mãos firmes de V.K.

Você não precisa se preocupar, lia-se a primeira frase, também em latim.

> *A garota não suspeita de que estamos observando. E acho que você está enganado. Ela não tem vontade própria. Uma vez seguiu as ordens do pai. Agora segue Groot. Não deveria ser problema algum trocar a lealdade dela. A mãe está aqui em Praga. Ela pressiona a garota para ser mais prática, para encontrar um emprego de doméstica, ou encontrar um marido. O imperador tomou todos os bens deles. A garota pensa que é uma filósofa. Ou talvez uma poetisa. Mas esses são sonhos, e ela sabe disso. Ela fará o que você precisa, se você pagar.*
>
> *15 de novembro de 1598.*

A garota era Elizabeth. Tinha de ser. Mas aquilo não importava. Não tanto quanto a expressão no rosto de Chris quando confessei a ele sobre a carta roubada... enquanto todo aquele tempo, ele estava com um maço delas preso debaixo de sua escrivaninha, como a obra do espião mais salubremente tedioso do mundo.

Eram apenas cartas, disse a mim mesma. Não precisavam significar nada.

16

O Whitman Center não parecia um hospital. Lar temporário, com o passar dos anos, dos mais famosos artistas depressivos, poetas maníacos e gênios esquizofrênicos da Nova Inglaterra, e uma grande porcentagem dos mais ricos e corretamente preocupados da região, há muito tempo havia adotado as reformas de terapia moral que declarava que os pacientes da alta sociedade em estado decididamente não refinado deveriam, contudo, ser tratados como cavalheiros, e, por isso, ele parecia mais o campus de uma faculdade do que um hospital psiquiátrico. Prédio C, uma construção de três andares, amarela, colonial, no topo de uma colina, ostentando colunas vivamente polidas ao longo de sua longa fachada, que favorecia o local com uma certa dignidade e tornava fácil imaginar as mulheres vestidas com saias elegantes e os homens de cartola, tomando chá, enquanto os médicos garbosos de barbicha removiam a loucura deles educadamente.

Somente depois de ter atravessado a porta de duas folhas que um novo conjunto de imagens surgiu em minha mente, imagens alojadas em algum lugar de meu cérebro, de uma antiga exibição de slides de psicologia de colocação avançada, ou talvez um filme de terror de madrugada, médicos vestidos de jalecos brancos, estilo Frankenstein, se aproximando de macas, eletrodos balançando em suas mãos de unhas afiadas, salas acolchoadas, camisas de força, zumbis lobotomizados babando, toda a esperança abandonada.

O prédio C não era um show de horrores, mas também não era uma festa do chá. Depois do balcão da recepção, havia outra porta de duas folhas, que zuniu alto quando o guarda me conduziu por ela e depois a trancou, assim que entramos. As paredes amarelas deixavam os corredores com uma cor doentia. Uma mulher mais velha de cabelos grisalhos fazia uma trança nos cabelos ao passar por mim, agarrando com força o vestido e murmurando algo sobre se preparar para um encontro. Sorri de forma educada, porque era isso que a gente fazia; sorri, mas depois desviei o olhar, porque eu era assim. Era impossível imaginar os pais de Adriane passando com sua magnificência por ali, o sr. Ames com seu terno feito sob medida, a sra. Kato em um de seus quimonos de seda, que dizia terem sido passados para as próximas gerações de mulheres de sua família durante dois séculos, apesar de Adriane ter contado em segredo, uma vez, que os ancestrais do país de origem de sua mãe eram pescadores e trabalhadores do campo, e que os quimonos de seda, em vez de terem sido contrabandeados em um navio a vapor de 1950 com a jovem vovó Kato, tinham vindo como um pedido especial de cortesia de uma boutique de "roupas exóticas" da Newbury Street.

Era impossível imaginar Adriane ali.

Ela ficava em um quarto particular e, se ignorássemos certos elementos problemáticos — a porta que só trancava pelo lado de fora, a grade de metal da janela, o botão de chamada instalado sobre a cama —, parecia um quarto de hotel de beira de estrada. Um hotel barato, do tipo onde ninguém na família de Adriane jamais seria encontrado morto, mas era melhor do que eu esperava. E ela também.

Estava sentada na beirada de uma poltrona azul, ombros para trás e pescoço ereto, com aquela postura irritante e perfeita de bailarina. Seus cabelos lisos e negros estavam penteados e presos para trás, com o prendedor de pedras azuis favorito, e, apesar da camiseta regata e da calça de ioga — um conjunto com o qual Adriane sempre conseguia ter sucesso com a desenvoltura de uma estrela iniciante disfarçada e pega na famosa seção "as pessoas são exatamente como nós" de algum tabloide de celebridades —, seu rosto estava impecável com uma camada de pó compacto, os cílios virados, os lábios com brilho cor-de-rosa saudável e virados para cima, num leve sorriso. Sendo assim, tudo tinha sido uma piada sem graça, pensei, atravessando o quarto — sem graça, mas brilhante; ela se escondendo naquele lugar e me deixando só e com medo.

— Você não presta — falei, enquanto a abraçava. — Não presta e odeio você, e por que não me ligou? — Eu a apertei com força, sentindo, pela primeira vez desde aquela noite, como se pudesse respirar outra vez.

Ela não me abraçou de volta.

— Tudo bem, talvez eu não odeie você de verdade.

Não que ela não estivesse me abraçando; é que ela não se movia. Soltei-a.

Eram os olhos que eu devia ter notado, os olhos abaixo da leve sombra prateada e do delicado delineador. Eles não me seguiram quando dei um passo para trás, depois outro, recuando até a porta de entrada. Mal piscaram.

— Ah, você não é popular, Adriane? — falou uma voz alta e alegre atrás de mim. — Três visitas em um dia, que legal!

Se Adriane pensava que era legal — se Adriane *pensava* —, não expressou.

— Pode entrar — disse a enfermeira. — Ela não morde.

— Ela... ela está... — Se não conseguia formular a pergunta, parecia improvável que eu pudesse lidar com a resposta. Mudei de método. — Ela parece bem.

— Parece? — perguntou a enfermeira. Seu rosto redondo praticamente incandesceu. Era obsceno parecer tão saudável em um lugar como aquele. — A mamãe dela vem todas as manhãs para arrumá-la.

Aquilo não parecia com a sra. Kato, que não era a "mamãe" de ninguém.

— Fique o quanto quiser — disse ela. — Só procure não aborrecê-la.

— Quer dizer que... Ela pode me ouvir quando está assim?

Sua mão carnuda repousou em meu ombro.

— Ela está aí — respondeu ela. — É como eu disse ao seu amigo, tudo o que ela precisa é de tempo para se curar.

— Meu amigo?

— O rapaz que sempre traz umas flores lindas. — Apontou para um vaso com rosas amarelas ao lado da cama de Adriane. Adriane odiava rosas. Embora o Chris sempre comprasse de qualquer forma, incapaz de compreender que havia qualquer outra opção. — Ele me pediu que lhe mandasse lembranças, caso você viesse.

— Para mim? Como você sabia quem eu era?

— Ele me mostrou uma foto — respondeu ela. — Mas você é mais bonita pessoalmente.

— Qual era o nome dele?

Ela hesitou.

— Deixe-me ver, não tenho certeza, eu... — Ela sorriu. — É isso, Chris. O nome dele é Chris.

Senti como se a temperatura do quarto tivesse baixado uns seis graus.

— Como era ele?

Ela sacudiu a mão.

— Ah, sabe como é. Um rapaz bonito. Cabelos castanhos. Acho eu.

Assim que ela saiu, joguei as flores fora.

Depois me sentei na cama e tentei não pensar por que alguém iria aparecer dizendo que se chamava Chris e com uma foto minha, ou se ainda estava ali, observando no estacionamento, esperando. Obriguei-me a sorrir e falei com minha única amiga que sobrava.

— Isso é estranho — comentei. — Não acha isso estranho? — Fiquei me sentindo uma idiota. — O funeral foi uma porcaria. Mas acho que tudo é. Este era para ser o nosso ano, lembra? *L'année mémorable.* — O ano memorável. Inclinei-me para a frente. — Quer saber um segredo? Seu sotaque francês é uma droga.

Pausei, sem saber ao certo o que era mais estranho: dizer um monólogo ou fingir que estávamos mantendo um diálogo, deixando espaços para que ela respondesse, como se talvez, dada a oportunidade, ela por fim o fizesse.

— Quer saber outro segredo? — perguntei. — Um de verdade?

Outra pausa.

— Vou aceitar como um sim. Sabe como nós íamos passar esses dias incríveis em Paris, nós quatro? Nadando no Sena, ou sei lá? Isso nunca ia acontecer. Era, tipo, um milhão de vezes caro demais. Não sei por que isso não passou pela sua cabeça. Ou por que eu simplesmente não falei nada. Acho que estava esperando a hora certa. Ou, você sabe, um milagre. — Ri, de leve. — Não tenho certeza se isso conta.

Aquilo não estava certo. Não era o que eu devia estar falando; não era o que eu precisava falar.

— Sinto sua falta — disse. — Preciso de você. Por favor.

Mas aquilo também não estava certo. Senti-me falsa, como se estivesse atuando para uma câmera escondida. Lendo um roteiro horrível para um filme de TV horrível, do tipo que estrelava atores de seriados de comédia cancelados, que estavam a um passo para uma audição malfeita e passariam a vida inteira fazendo comerciais de hemorroida e apresentações em jantares. Me incomodava não poder preencher a parte de Adriane no diálogo. Eu a conhecia bem o suficiente. Deveria ter sido capaz de inventá-la. E não só ela — pessoas de luto deveriam ver fantasmas, ouvir vozes, ter alucinações. Onde estavam minhas visões? Onde estava minha loucura?

— Não vou fazer nenhum discurso enorme para você sobre o quanto precisa ser forte e superar isso, ou que tem todas essas pessoas que amam você e precisam de você de volta. Blá-blá-blá, tanto faz. Mas você estava lá, Adriane. Você viu o que aconteceu. Você sabe quem fez aquilo.

Talvez fosse minha imaginação, mas pensei ter visto as pupilas dela deslizarem em minha direção. Tinha certeza de que vi um músculo tremer no canto de sua boca.

— Você se lembra? — perguntei. Sentei-me no braço de sua poltrona. Peguei sua mão. — Quem feriu o Chris, Adriane? O que aconteceu com o Max? O que *aconteceu*?

Ela gritou.

Não se moveu, não mudou de expressão, não olhou para mim, apenas abriu a boca e gritou, como um alarme de carro agudo em forma de Adriane, e pensei em acariciar seus cabelos, em segurar sua mão e em pedir desculpas, inúmeras vezes, por dizer algo que não deveria ter dito; ela não parava. Só então a simpática enfermeira entrou às pressas, acompanhada de duas assistentes decididamente menos simpáticas, que pegaram Adriane e enfiaram uma agulha em seu braço, fazendo-a voltar a ser humana outra vez — depois passando direto de humana para animal, se agitando e resistindo ao controle das assistentes, seus gritos agora se misturando a gemidos e murmúrios, rosnados, ruídos desagradáveis que eu não queria ouvir e, por fim, um uivo que perdeu a força, virando um gemido, que virou um suspiro à medida que as drogas invadiam suas veias e ela caía na cama, de olhos fechados.

— A culpa não é sua, querida — disse a enfermeira para mim, assim que as assistentes amarraram Adriane e foram embora. Era uma mentira gentil.

— Tchau, Adriane. Fique boa logo, está bem? — falei de modo pouco convincente, deixando-a devastada e indefesa, da mesma maneira que havia deixado o Hoff da última vez em que o vi. Depois, tinha ido direto do Hoff para o Chris, porque ali era meu lar, e ali era seguro. Mas isso não existia mais.

Quando voltei para casa, algo que uma hora deveria acontecer, pois não tinha outro lugar para ir, minha mãe ainda estava no trabalho, mas meu pai devia estar lá, em algum lugar, porque ele tinha levado a correspondência para dentro, jogando a minha na mesa da cozinha. Sobre a pilha de correspondências inúteis havia uma carta do colégio Chapman, muito satisfeito em me informar que, em reconhecimento ao meu excelente histórico acadêmico, o comitê de bolsas de estudos havia decidido conceder meu pedido e financiar os custos da futura viagem da turma do último ano para a Europa.

Eu havia pedido um milagre; deveria ter sido mais específica.

17

Durante a noite, traduzi as cartas da escrivaninha de Chris, procurando alguma coisa. Qualquer coisa.

> *A fórmula é difícil, mas os resultados estão próximos. A garota não se esquiva do trabalho árduo. Ela pode ser mais forte do que se esperava. Não teme nada, mas a situação dela torna-se mais terrível. A mãe é um*

problema constante, sempre exigindo mais. A garota está desesperada para recuperar a propriedade da família, mas o imperador nunca se renderá. Logo ela precisará de outras opções. Não posso me encontrar com você no lugar de sempre esta noite, mas posso estar lá amanhã, ao amanhecer.
    14 de dezembro de 1598.

Há outra maneira? Entendo sua urgência, mas peço novamente que pense melhor. Você pode precisar dela, mas certamente não precisa mais de mim, precisa? Ela ainda não notou que está sendo vigiada. Ela estará nos portões do bairro judeu esta noite, como combinado.
    19 de dezembro de 1598.

Faça suas ameaças. Não tenho nada a temer de você. Não lhe direi mais nada. Também posso fazer ameaças. Aproxime-se de mim outra vez e cuidarei para que ela saiba de tudo.
    19 de janeiro de 1599.

    Fosse lá o que eu estivesse procurando, nunca encontrei. E o Chris, que eu conhecia menos do que nunca, continuava não estando mais entre nós.

18

Aquela foi uma semana ruim. Começou com Adriane e terminou com o aniversário do Irmão Morto. Minha mãe tinha uma provisão de Xanax escondida em uma caixa de tampões, para uma ocasião daquelas, e meu pai guardou uma garrafa de Glenlivet de cinquenta e dois anos na última gaveta de sua cômoda, se bem que, talvez, a fonte estivesse secando, como no ano anterior, em que senti o cheiro inconfundível de água de erva exalando por debaixo da porta trancada de seu escritório, que pelo jeito era algo que ele havia confiscado de um aluno, na época em que ainda tinha algum. Cada um tinha seus próprios rituais em relação ao túmulo de Andy, meu pai batendo em alguma parte dele por volta de meia-noite, bêbado o suficiente para uivar para a lua; minha mãe, cujas boas intenções sempre excediam suas capacidades, apareceria no dia seguinte com uma ressaca de tranquilizantes e peônias frescas como penitência. O que deixava o dia inteiro livre para mim.

Eu gostava do cemitério. Tinha uma pista para bicicletas cheia de voltas na extremidade oeste. Quando crianças, Andy e eu pedalávamos a mil por hora entre os túmulos, apostando corrida fora da zona de risco, nos desafiando, principalmente naquela hora sombria antes do jantar, mas, depois de escurecer, para pular a cerca e caçar os fantasmas. Mas, na luz do dia, o cemitério Chapman era o tipo de lugar em que a gente precisava fazer esforço para ter medo. Era muito ensolarado e bucólico, muito institucional, com seu gramado recém-cortado, as sebes aparadas, seus túmulos bem supervisionados e alinhados de forma perfeita. Eu gostava de lá mais do que deveria, ainda mais quando ele era todo meu, e Andy e eu podíamos ficar sozinhos.

Se eu acreditasse em algum tipo de vida após a morte, em um paraíso onde anjos tocando alaúde formavam a torcida dos jogos com a liga infantil dos mortos, poderia imaginar Andy lá em cima, dando ordens ao Chris, mostrando a ele os truques do ofício. Mas imaginar era tudo o que eu podia fazer. Já havia tentando acreditar em tudo aquilo, depois do acidente — acreditar em *alguma coisa*. Não consegui.

Não fui ao túmulo de Andy para falar com ele. Nem mesmo levei flores.

Alguém tinha levado.

Havia um buquê de flores frescas sobre a lápide. Em tempo, não eram as peônias de minha mãe, para variar, nem rosas amarelas. Eram lírios-do-vale, as únicas flores de que eu gostava — e que era algo que somente o Max teve a preocupação de saber.

Não tenha esperanças.

Havia um cartão-postal debaixo das flores, virado para baixo na pedra cinza. Era a caligrafia do Max.

Virei-me rápido, meio que na expectativa de vê-lo parado atrás de mim, suas bochechas enrubescidas e seu sorriso apologético mas verdadeiro. Não havia ninguém. Mas as flores eram frescas. Ele *tinha estado* lá. Talvez ainda estivesse, em algum lugar, me observando, com medo de aparecer por algum motivo. Max não sabia sobre o Andy. Pelo menos, não deveria. Parecia inadequado, sem falar em inútil, ficar zangada com o Chris por abrir aquela boca grande, como devia ter feito. Mas eu estava zangada de qualquer forma. E também grata.

Tinha desistido de ligar, mas liguei para ele naquele momento e, dessa vez, o telefone nem tocou.

— Este número está indisponível — disse a voz familiar. Não importava.

Max estava vivo.

19

CASTOREM NON PVTO DEVM INCVRIA.
NAM SVM EGO ACTVS VEHEMENS AVLA.

Fiz uma tradução rápida e grosseira.

Não considerava Castor um deus devido à minha negligência.
Pois eu era violento e fui levado de seu templo.

Continuei fazendo assim em várias frases. Em lugar algum o texto dizia algo que chegasse ao menos perto de fazer sentido.

Não estava assinado.

— Então, o que você está tentando me dizer? — perguntei, em voz alta.

O cartão-postal não respondeu.

Na parte da frente, havia a foto de uma estátua de pedra, um santo deitado de costas em um pedestal tripartido, entalhado em frente a um pano de fundo de puro céu azul. A legenda estava em um idioma que eu não reconhecia. Não fazia sentido que me escrevesse um cartão-postal em latim codificado, ou que o deixasse na lápide de um irmão morto, cuja existência ele não deveria ter conhecimento, assim como não fazia sentido que Max estivesse vivo e por perto, porém se escondendo de mim. Só havia uma coisa sobre o cartão que fazia algum sentido, uma coisa que reconheci, embora não quisesse. Aquele símbolo outra vez, o olho com um raio. Max o havia desenhado no canto inferior direito do cartão e, debaixo dele, havia escrito com cuidado outra palavra em latim, a única do cartão cujo significado era claro.

Reus.

O culpado.

Ele sabia quem tinha matado o Chris — e estava tentando fazer o quê? Me alertar? Me pedir ajuda, algum tipo de mediação para salvá-lo de uma morte semelhante? Até onde eu sabia, ele estava passando adiante uma receita de biscoitos de chocolate.

Que tipo de imbecil escrevia SOS em código?

Max não teria me enviado um código se não soubesse que eu poderia decifrá-lo. Significava que eu precisava ir para casa e começar a trabalhar. Quase corri pelo cemitério, olhos fixos no cartão — não nas palavras frustrantes, mas na ondulação e na descida das letras, a confirmação de que ele ainda estava no mundo, e não só em um lugar qualquer, mas *perto* — e aquele foi o meu erro, porque se tivesse ido mais devagar, ou ficado no túmulo um pouco mais, jamais teria topado com Eli Kapek a caminho do portão de entrada, não teria deixado o cartão cair, ele não o teria pegado e virado, vendo a mensagem que Max havia confiado a mim.

Arranquei-o de volta. Não rápido o suficiente.

— O que está fazendo aqui? — perguntei. — Por acaso está me seguindo?

— É a segunda vez que você me pergunta isso — disse ele. — Então esta é a segunda vez que vou perguntar: tem alguém seguindo você?

Olhei para ele.

— É o que parece.

— Deixe de ser presunçosa.

— Então?

— Então? — ecoou ele, exatamente no meu tom. Não caí na armadilha.

— Então, o que está fazendo aqui?

— Não notei que esta era sua propriedade particular.

— É um cemitério — respondi.

— Então *é por isso* que tem todas essas pedras de formas estranhas despontando do chão. Quer me dizer o que *você* está fazendo aqui?

— Não.

— Veja só, temos algo em comum.

— Alguma chance de você ser adotado? — perguntei.

— O quê?

— É impossível você e o Chris dividirem o mesmo conjunto de genes.

Ele congelou. Por trás de seus olhos, algo mudou. Fui longe demais.

— Desculpe — falei.

— Duvido. — O tom provocador havia sumido; seu rosto estava inexpressivo. Desligamento total do sistema.

Eu não disse nada. Sabia das coisas.

— Escuta, se eu dissesse que estava a fim de ficar perto dos mortos por um tempo, ia achar que eu era louco — disse ele.

Mas não achei.

— Foi ao túmulo dele? — perguntei.

— Só no velório. Precisava vir aqui no dia seguinte.

— Como estava?

— Tinha um buraco enorme no chão.

Era óbvio que ele não esperava que eu risse. E nem eu esperava também.

— Não acho que você seja louco — comentei. — Estou aqui, não estou? — Por meu irmão, talvez. Mas não só por ele. — Preciso ir.

Ele deu de ombros e depois, com uma indiferença intencionada, perguntou:

— Quem você conhece em Praga?

— O quê? — *Só uma garota morta chamada Elizabeth,* tive vontade de dizer. *Mas não tenho notícias dela há uns quatrocentos anos.* — Ninguém.

Ele indicou com a cabeça para o cartão.

— Com exceção da pessoa que enviou isto para você.

Olhei para o cartão novamente, com cuidado para manter o lado da mensagem escondida dele. Se o cartão tinha vindo de Praga — o que era maluquice até mesmo imaginar —, como é que ele tinha ido parar no túmulo de Andy?

— O que faz você pensar que o cartão é de Praga?

Seu sorriso era belo.

— Aquela estátua. É de São João Nepomuceno na Karlův most. A Ponte Carlos. Eu a reconheceria em qualquer lugar.

— Porque, por acaso, você tem algum tipo de memória fotográfica fantástica para o estatuário religioso internacional?

Ao aumentar o sorriso, seus olhos semicerraram, enrugando nos cantos.

— Sabe como as pessoas normais gostam de pendurar fotos da família? Ou dos animais de estimação, ou Jesus, ou sei lá? Na minha casa, só tem de Praga. Por todo lado. — Ele deu um tapinha no cartão-postal. — Este aqui está pendurado sobre a TV desde que eu tinha sete anos. São João Nepomuceno, confessor da rainha, preso em 1393 por se recusar a compartilhar com o rei os segredos de confissão dela. Santo padroeiro do sofrimento silencioso. Embora eu imagine que ele fez algum barulho quando o jogaram da ponte.

— Eu deveria ficar impressionada?

Ele enfiou as mãos nos bolsos de seu sobretudo longo e preto. Estava seriamente bem-vestido, tanto para o clima quanto para a ocasião, mas, de alguma forma, isso lhe caía bem.

— Não se dê ao trabalho. Meus pais costumavam me interrogar sobre os detalhes importantes de todos os famosos pontos de referência tchecos, para terem certeza de que eu tinha aprendido tudo o que precisava saber sobre o dia abençoado em que finalmente voltamos à terra natal. — Ele parou de sorrir. — No geral, descobri que odiava os famosos pontos de referência tchecos.

— Não sabia que a família de Chris era tcheca.

— *Eles* não são — disse ele. — Não de verdade, pelo menos não de acordo com meus pais. Minha mãe e o pai dele têm o mesmo avô, e o lado da família do Chris se mandou, tipo, há uns cem anos. Aprendíamos devagar.

— Você não tem sotaque — comentei.

— Eles são tchecos. *Sou* americano. Nasci aqui. Cresci aqui. Daqui. Para o grande e eterno desgosto deles.

— Até que é impressionante, não é, a variedade ilimitada de maneiras que os pais encontram para sacanear a gente? — falei.

— Incrível — disse ele. — Suponho que ia preferir que eu não fizesse nenhuma pergunta depois disso?

— Adivinhou.

— Tudo bem.

— Tudo bem?

— É. Tudo bem. Sua família perturbada é problema seu. A minha é problema meu. Não é preciso trocar ideias.

— Tudo bem.

Houve uma pausa, não do tipo inadequado, mas caminhando nessa direção.

— Aquele é o símbolo, não é? — perguntou de súbito. — O do corpo dele? — Ele ergueu um dedo, *espera*. — Deixe-me interrompê-la antes que seja falsa comigo. A polícia me disse que havia um símbolo, e sei que você viu com seus próprios olhos, e que *nós dois* vimos o desenho no verso do cartão-postal.

— Preciso ir.

Ele agarrou meu punho. Seus dedos eram longos e delicados, mas sua pegada era surpreendentemente forte.

— Disse que ele era seu melhor amigo. Se souber de alguma coisa...

— Deveria contar para *você*? Nem o conheço.

— Ele era meu parente — disse Eli com calma, ainda me segurando.

— Vejo que isso não significa nada para você. Talvez não significasse muito para mim, mas ele era meu parente, e agora está morto.

— Solte.

— Aquele símbolo é a chave.

— Você está maluco. — Com um puxão violento, soltei minha mão. — São apenas alguns rabiscos em um antigo cartão-postal, Eli. Esqueça.

— Como você vai esquecer?

— Vou embora.

— Posso ajudá-la — disse ele.

Eu não era do tipo donzela em perigo, então não foi a chance de cair nos braços do príncipe à minha espera e deixá-lo matar o dragão que me fez hesitar. Foi o fato de eu estar começando a me sentir perto demais de enlouquecer, procurando símbolos escondidos em documentos antigos e imaginando segredos, conexões sinistras onde nada era possível de existir. Mas não tinha imaginado o cartão-postal.

— Não sou eu que preciso de ajuda — retruquei, e sabia que Eli veria aquilo como um insulto, mas era a simples verdade. Max precisava de mim.

Fui para casa.

20

Não que isso me fez algum bem.

CASTOREM NON PVTO DEVM INCVRIA. NAM SVM EGO ACTVS VEHEMENS AVLA. DEMVS EI MELA OPPORTUNE. JAM EMERSVM JAM SIT VINDICI PAEAN EI. PRIMVM ALIENATVS EST COR MIHI. O CITE OPE ELISO LICUIT FAS. SIC SINT EXEMPLA ET SIM EGO IMAGO DESSE. NON CRIMINIS MEVM OPVS AT IN PAVORE REI SVM. LACRIMAE SVNT; AD VNDAS MITTE, VBI AVET FAS.

Não considerava Castor um deus devido à minha negligência. Pois eu era violento e fui levado de seu templo. Deixe-nos dar-lhe canções como deveríamos. Agora, agora mesmo, que o hino daquele vingador possa ter se elevado! Primeiro, meu coração foi conduzido à loucura. Ó, tão rapidamente, uma vez que minha riqueza foi danificada, o desejo do paraíso tornou-se claro. Então deixe que essas sejam lições e deixe que eu seja a imagem do fracasso. Meu trabalho não foi de crime, mas continuo com medo dessa questão. Há lágrimas; mande-as para as ondas, onde o desejo do paraíso é favorável.

Crime, violência, fracasso, medo.
Vingança.
O símbolo de um raio que marcava um assassino — isso me levaria a *reus*, o culpado.
O que eu deveria entender daquilo? Qual era o segredo?
Que tipo de fracasso era eu, que não conseguia descobrir?
E, sim, houve momentos em que parei para imaginar se realmente queria ir sozinha atrás do culpado, já que, de qualquer forma eu, em princípio, teria adorado vingar a morte de Chris, porém não era bem um anjo vingativo, desprovida como eu era de uma espada flamejante, asas encouraçadas e qualquer coisa com a qual pudesse me defender além de minha sagacidade afiada como navalha. Não era do tipo atenta. Então, sob quase qualquer outra circunstância, teria ficado contente em deixar a polícia lidar bem ou mal com as coisas. Teria estado disposta a passar o resto da minha vida odiando uma sombra, mesmo que isso significasse esperar por uma espada que desse um golpe na escuridão e terminasse o que começou. Mas aquilo não se tratava de princípios; se tratava do Max.
O Google revelava informações inúteis sobre um milhão de símbolos sinistros, mas nenhum era o que eu queria. Eu tinha: o cartão-postal de Max. As cartas do quarto dele. A carta de Elizabeth, manchada com o sangue de Chris. Conexões duvidosas delineadas entre o derrame de um velho que poderia ou não ter sofrido uma tentativa de homicídio, um livro de quatrocentos anos e uma mensagem traçada em sangue, neve e tinta que significava menos para mim a cada vez em que a lia.
Eu não tinha nada.

21

A fita amarela da polícia cercava o perímetro da velha igreja, mas não se incomodaram em colocar um guarda. Eu ainda tinha mais uma coisa: a chave.

O escritório estava como o havíamos deixado, abafado e superaquecido, pilhas de papéis e canecas de café sujas espalhadas pela mesa de trabalho. Ligar as luzes parecia arriscado, mas minha covarde interior tinha vencido minha paranoica interior — disse a mim mesma que jamais encontraria qualquer coisa guiada somente pela luz de uma lanterna, mas a verdade era que eu não teria conseguido entrar sorrateiramente no prédio se tivesse de caminhar no escuro.

O cofre que guardava os arquivos do Hoff estava vazio. Uma pilha de livros havia sido jogada para fora da mesa e se espalhado pelo chão, suas páginas rasgadas e amassadas, suas lombadas cedendo aos poucos, e eu sabia que aquilo devia ter sido a última ação do Hoff, executada em um ataque de ódio ou em uma tentativa desesperada de se estabilizar, enquanto a toxina incendiava seus neurônios, porque o Professor Anton Hoffpauer jamais teria deixado um livro naquelas condições se tivesse tido outra escolha.

Aquela foi a primeira coisa que fiz: pegar os livros e colocá-los em uma torre alinhada, porém inclinada de forma precária, que o Hoff teria aprovado. Depois comecei.

Aconteceu que procurar quando você não sabia o que estava procurando era mais fácil nos filmes, quando a busca poderia ser transformada em uma montagem vagamente chata que culminava em harmonias crescentes e num documento triunfante que, de forma conveniente, caía da primeira ou da segunda pasta que alguém tinha se incomodado em roubar. Teria levado a semana inteira só para folhear a primeira prateleira dos registros da história da Renascença do Hoff e examinar os livros, categorizados por um método decimal que eu não podia determinar, a menos que fosse a espessura da camada de poeira. Mas, lembrando-me do que Max havia me dito sobre o Hoff ser a ovelha negra de sua área, e o manuscrito Voynich, um refúgio para excêntricos loucos por intrigas, limitei a busca, ignorando tudo o que havia sido impresso e amarrado e parecia, mesmo até certo ponto, bem conceituado. Seja lá quem tivesse envenenado o Hoff — por falta de tempo ou de interesse —, havia deixado para trás os cadernos rasgados, fotocópias anotadas, e pilhas de páginas soltas, cobertas com as anotações restritas e ilegíveis que representavam o trabalho de uma vida.

Estava no meio de um relatório que questionava a metodologia dos últimos resultados da datação por carbono do Voynich quando, em algum lugar do outro lado escuro do santuário principal, uma porta bateu. As tábuas do assoalho rangeram. Passos se aproximaram do túnel estreito que levava ao escritório do Hoff, e de mim.

Desliguei as luzes.

Me escondi debaixo da mesa.

Fiquei parada.

Os passos se aproximaram. Um feixe estreito de luz dançou pelas prateleiras sombreadas e estantes tortas. Ele refletiu nos vitrais das janelas, iluminando a boca de Jesus, a mão de Maria, as moedas de Judas e depois deixou tudo no escuro novamente.

Já havia visto filmes de terror o suficiente para saber como aquilo iria acabar.

Já havia visto o corpo de Chris o suficiente para saber como aquilo iria acabar.

Se não fizesse nada, se ficasse totalmente em silêncio e parada, havia uma chance de ele nunca me notar. Pegaria o que tinha ido buscar e desapareceria para onde quer que fosse o inferno no qual ele havia sido gerado. Talvez para nunca mais ser visto outra vez.

Nunca ser pego.

Meu celular estava no fundo do meu bolso. Enquanto as pernas vieram em minha direção, depois pararam a alguns centímetros do meu rosto, o sussurro de páginas farfalhando bem acima de minha cabeça, peguei o aparelho e abri. Com a precisão afiada em incontáveis aulas em que mandar mensagens no celular debaixo da carteira era a única maneira de escapar da morte pelo tédio, pressionei o dedo no viva voz, depois desliguei o volume, estremecendo com o bipe do silencioso.

As pernas não notaram.

Ligar para a emergência não me adiantaria nada se eu não pudesse falar.

Digitei o telefone de minha mãe.

Lá de cima, o murmúrio de alguém resmungando, uma pancada quando algo bateu sobre a mesa, uma nuvem de poeira.

Não vou espirrar, pensei. Não vou morrer como um clichê.

As teclas estavam escorregadias de suor. Uma letra de cada vez, cuidando para não tocar no 3 quando era para ser o 6, tentando respirar junto com ele, digitei uma mensagem.

No escritório do prof H precisa chamar polícia...

De repente ele prendeu o fôlego; eu não.

Por favor, pensei. Mas o escritório estava muito silencioso; minha respiração era como o vento. As pernas dobraram. A luz bateu em meu rosto, e o mundo resplandeceu em branco. Não conseguia segurar o celular, apertei a tecla que consegui. Se fosse uma pessoa de mais sorte e diferente, teria apertado o *Enviar*. Agarrei o aparelho com força e me preparei para esmagá-lo contra alguma coisa, um olho, a cartilagem macia de um nariz, qualquer lugar que eu pudesse causar algum dano antes que ele causasse o dele, e então a luz saiu do meu rosto e iluminou o dele.

— Isso não deve ser confortável — disse Eli, segurando a lanterna abaixo do queixo como um escoteiro prestes a contar uma história verdadeiramente sangrenta de acampamento. Ele estava sorrindo.

Pensei em seguir em frente com meu plano de destruição da cartilagem.

— E antes que pergunte *outra vez* — disse ele. — Sim. Desta vez eu estava seguindo você; mas, sendo justo, foi você que me deu essa ideia.

— O que há com você? — Saí de baixo da mesa, minhas pernas com cãibras e moles de ficar agachada por tanto tempo.

Ele esticou um braço para me segurar, mas, com sensatez, pensou melhor antes de me tocar.

— Pelo bem da conveniência, eu vou interpretar isso como "O que você está fazendo aqui"?

— Tudo bem. Vamos começar por aí.

— Você primeiro.

Voltei a ligar as luzes.

— Você parece zangada — observou ele, ainda sorrindo. Estava todo vestido de preto outra vez, calça preta e uma camiseta de mangas compridas, acentuando sua surpreendente forma física musculosa. Uma ideia caricatural de uma criança da fantasia de um ladrão, que teria sido mais fácil de zoar se eu não estivesse vestida exatamente do mesmo jeito.

— Achei que fosse me matar.

— E obrigado por não fazer o mesmo, por acaso. Então, qual é o problema? Decepcionada?

— Alguém já disse o quanto você é engraçado?

— Na verdade não dizem muito isso.

— Exato.

Assim que falei, queria não ter falado.

— O quê? — perguntou ele.

— Nada. *Déjà vu*. Tanto faz. Por que estava me seguindo?

— Por que você está aqui? Não, deixa que respondo por você, já que está na cara que não vai responder. Você sabe de alguma coisa. Sobre o Chris. Talvez sobre aquele símbolo. E, para demonstrar mais ainda meus brilhantes poderes de dedução: tudo isso tem algo a ver com o que você estava procurando aqui. No entanto, por alguma razão, escolheu não dizer nada para a polícia. Ou para mim.

Ao mencionar a polícia, de repente me dei conta de que deviam estar a caminho, e olhei furtivamente para o celular. Eu tinha conseguido deletar a mensagem antes de enviá-la para algum lugar.

Belas habilidades de sobrevivência.

— Ligando para alguém?

— Que tal para a polícia, já que você acha que eu deveria ser mais acessível a eles — sugeri. — Com certeza, adorariam saber que você está rondando uma cena do crime.

— Certo, porque isso iria parecer bem menos suspeito do que *você*, única testemunha, namorada do principal suspeito, fazendo a mesma coisa.

— Chantagem?

— Impasse.

— E agora? — perguntei.

— Você encontra o que veio procurar — respondeu ele. — Eu ajudo.

22

Passamos quase a noite inteira procurando nos arquivos não etiquetados do Hoff, reconstituindo a teia de conexões que ele havia traçado pelo passado encoberto do manuscrito Voynich, de Bacon a Dee a Kelley a Rodolfo. Eli não perguntou por que eu estava convencida de que poderia haver algo útil ali, mesmo com as horas passando e tornando-se claro que os nomes rabiscados, as datas e os fragmentos em latim, francês, alemão, tcheco e grego antigo seriam úteis somente para o Hoff e talvez — já que a maioria das páginas tinha sido enfiada de forma informal no fundo das gavetas da escrivaninha ou os arquivos estavam superpostos com uma camada de poeira de mais de dois centímetros — nem mesmo para ele. Eli realmente perguntou como poderia encontrar alguma coisa se não tinha dito a ele o que estávamos procurando, admiti que foi uma boa pergunta, e depois voltei aos rabiscos do Hoff sem oferecer uma resposta, porque não tinha uma.

Foi ele que a encontrou.

Apenas um post-it amarelo, preso entre a primeira edição de *O Leviatã* e uma antiga edição do *Renaissance Quarterly*. Na parte da frente, o Hoff — ou alguém — havia escrito *Ivan Glockner, Biblioteca Central, Praga, departamento de consultas*. Mas foi a parte de trás da anotação que me chamou a atenção primeiro: a palavra *Hledači*, sublinhada, com um ponto de interrogação e, acima dela, pintado com tanta força que furou a página: o olho com o raio.

Às vezes, talvez, era melhor ser louca do que estar certa.

— Perseguidores — disse Eli.

— O quê?

— *Hledači*. É tcheco. Para *perseguidores*.

Então era por isso que a palavra parecia familiar.

As cartas do quarto de Max estavam em minha bolsa, junto com as de Elizabeth. Tinha trazido elas só para garantir. Garantir o quê, eu não sabia. Talvez tivesse esperado encontrar algo que as conectassem. Algo que desse sentido a elas.

Talvez tivesse esperado estar enganada.

Peguei a carta de Max e entreguei para Eli.

— O que é isto? — perguntou ele.

— Não é da sua conta. Ali, no final, é tcheco, certo? Pode ler o que está escrito?

— Não é da minha conta, mas quer que eu...?

— Isso.

— Parece bem antigo — comentou ele.

— Provavelmente é.

— Antigo do tipo que deveria estar em uma biblioteca ou um museu ou algum lugar com luvas e alarmes e pessoas mandando você fazer silêncio.

— Pode ler ou não?

Ele deu uma olhada no texto desbotado, depois leu em voz alta.

— "Juro este voto solene, que procurarei a *Lumen Dei* pela glória de meu povo, a glória de meu país e a glória de Deus. Manterei meu coração puro e uma vontade de ferro. Se fracassar, meus filhos continuarão a busca, e seus filhos e assim por diante, até que a *Lumen Dei* tenha retornado à casa. Hoje renasço como um perseguidor."

— *Hledači* — pronunciei, torcendo a língua com aquele som estranho. *Lei da ti,* as palavras sem sentido do Hoff, o que pensei ser um balbuciar infantil. O alerta do Hoff.

— *"Přísahám, že budu věrný Hledačům, a zasvěcuji svůj život hledání, dokud neskončí"* — continuou ele. — "Juro minha lealdade aos perseguidores e prometo minha vida à busca, até que nossa busca tenha terminado." — Eli olhou para mim. A carta escondia a maior parte de seu rosto.
— Onde conseguiu isto?
— Não é importante.
Não podia ser.

23

Você sabe que apresento este relatório sob grande pressão, assim começava a última carta na pilha misteriosa de Chris. Eu havia adiado traduzi-la, sabendo que era a última coisa dele, apesar de não ter nada dele nela.

Um dia você pagará pelas coisas que fez.
 A jornada foi sem ocorrências especiais. O astrônomo estava hesitante. Ele finge importar-se apenas com o progresso na corte, mas ela o seduziu para que contasse a verdade. Ele vive para buscar as respostas e acredita que é aqui que as encontrará. Ela costurou as previsões dele no forro do manto dela. Deixo isto para você no Ramo de Ouro, e esta será minha última até eu voltar a Praga. Pois, durante o resto da jornada, dormiremos sob as estrelas. Se tudo correr bem, deveremos chegar à muralha da cidade no Dia do Senhor.
 Você prometeu não machucá-la. Confio em sua palavra. Se quebrar essa promessa, nenhuma ameaça me impedirá de agir.
 12 de março de 1599.

Fiquei imaginando se Elizabeth sabia que estava sendo espionada e se ela teria perdoado se soubesse que o espião também a estava protegendo. Ter um gatuno covarde de anjo guardião era, eu supunha, melhor do que não ter ninguém.

24

O Whitman Center parecia mais descuidado dessa vez, simultaneamente menos bucólico e menos sinistro. A porta de Adriane estava fechada. Bati, sem pensar, depois me lembrei e me senti uma tola levando um soco na barriga — até que a maçaneta virou quando a peguei, e Adriane abriu a porta.

— Surpresa! — Ela rodopiou para mim, radiante em um vestido amarelo de alcinhas. Dentro do Whitman Center, sempre era verão. — Está surpresa, não está?

— Estou surpresa.

Daí teve toda aquela história de abraços, choros, meleca escorrendo e enxugar de lágrimas como era de se esperar. Ela não queria ouvir nada sobre o que havia perdido nas últimas poucas semanas e também não tinha nada a dizer sobre sua permanência e recuperação gradual no Whitman Center, a não ser "você pode transformar qualquer lugar em um spa se tentar se esforçar o bastante, embora eu admita que a comida não chega a cinco estrelas". Não recebia visitas, pelo que sabia, além de seus pais, e assim que se recuperou o bastante para estar ciente de alguma coisa, pediu a eles que garantissem para que eu ficasse longe, junto com todo mundo, até que estivesse totalmente bem. Não podia suportar a ideia de alguém vendo-a daquele jeito; então, como era do verdadeiro feitio de Adriane, ela explicou que daquele dia em diante, iríamos fingir que ninguém tinha visto. Não perguntou como eu estava e não mencionou nenhum visitante estranho fingindo ser seu namorado morto. O balbuciar incoerente, os lamentos de "Ai, meu Deus, estava tão preocupada" e "Você me viu no noticiário das seis?", o menosprezo e a dispensa subsequente de todas as mensagens bem-intencionadas dos não amigos bem-intencionados, tudo isso era fácil. Quando deslizou até o chão, fazendo uma abertura de pernas sem o menor esforço e tocando o rosto no joelho com aquela flexibilidade, um gemido familiar de êxtase do alongamento dos membros, quase comecei a chorar tudo de novo.

Ela estava de volta.

— Vai me perguntar? — disse ela, o rosto contra a perna, uma cortina de cabelos tapando sua expressão.

Eu não queria. Não depois do que havia acontecido da última vez.

— Então? — Ela olhou para cima.

Sacudi a cabeça. Tudo parecia bom demais para ser verdade. Uma fantasia, uma pausa, e tão necessariamente temporária. Não queria fazer algo que pudesse fazer nós duas acordarmos.

— Pergunta.

Ela realmente estava de volta. Quando Adriane dava uma ordem, era difícil de negar. Ainda mais que era uma ordem a qual eu estava tão desesperada para seguir.

— Não se lembra de nada? — perguntei.

Ela não hesitou, muito menos gritou. Quando ergueu a cabeça, havia um sorriso fraco e artificial estampado em seu rosto.

— Nada. Cem por cento branco. — O sorriso solidificou. — Acho que isso me torna a sortuda.

Não discuti com ela, ainda que provavelmente devesse ter discutido, já que ela era que ainda tinha uma leve cicatriz no rosto, ela que dormiria ali, com as luzes florescentes, os lençóis de hospital, as portas trancadas, os gritos distantes, enquanto eu ia para casa e me aconchegava em minha própria cama, ela que havia planejado passar o resto da vida com Chris e, mesmo que as imagens estivessem enterradas em algum canto inacessível de seu cérebro, havia sentado na poça de sangue dele e o visto morrer. Foi o mais próximo que conseguimos sobre reconhecer o que eu havia passado enquanto ela estava dormindo; que eu havia passado por tudo. Para Adriane, aquilo era muito.

— Minha vez — disse ela. — Notícias do Max?

— Ele me mandou uma mensagem. — Foi estranho dizer aquilo. Quase tinha me esquecido de como era ter alguém por perto que pudesse ser confiável. — Acho que ele quer minha ajuda, mas...

— Graças a Deus. Eu sabia que ele não estava... você sabe.

— Acham que foi ele — comentei, quando o que queria dizer era, *Você acha que foi ele?*.

— É óbvio. O que mais você esperaria da excelente equipe de manutenção da ordem pública de Chapman? Competência?

— Então, você não acredita? Acha que ele é inocente?

— Ainda precisa perguntar?

— Sei como se sente sobre ele, e...

— Nora, qual é. Ele é um rato. Não um *assassino*. — Adriane riu, depois parou de repente. — Espere, *você* não acha que foi ele. Acha?

Havia dito a mim mesma que estava totalmente convencida da inocência dele. Mas se isso era verdade, por que eu estava, de repente, tão aliviada? Adriane estava lá. Mesmo não conseguindo se lembrar, alguma parte dela saberia se Max tinha feito alguma coisa.

Claro que ele não tinha feito alguma coisa.

Ela apertou minha mão.

— Ele não teria ido embora se não precisasse ir.

— É isso que tenho dito a mim mesma. Mas...

— Ele está vivo — afirmou Adriane. — Não tem permissão de sentir pena de si mesma. Uma hora *ele vai* voltar.

A conclusão implícita pairou entre nós. Houve um silêncio desagradável.

— Como você está? — enfim perguntei. — De verdade.

— Já disse, minha sanidade foi totalmente comprovada pelas mais altas autoridades na terra dos loucos. Vão me mandar embora daqui a alguns dias.

— Não, quero dizer... com o que aconteceu. Chris.

— Não precisamos falar sobre isso.

— Mas se você quiser... quero dizer, sabe que estou... — Talvez eu devesse ter sentido pena deles naquela época, todos os pais, professores e amigos que titubeavam em uma tentativa ineficaz de consertar o que não podia ser consertado enquanto eu ficava na defensiva, muda e enfadonha, até que ficassem sem palavras e fossem embora, parada feito estátua se cometessem o erro de abraçar, bater, espremer, ou até mesmo de invadir meu espaço pessoal sacrossanto. Mas, em vez disso, simplesmente me odiei por ser um deles, quando deveria ter sabido das coisas.

— Sobre o que *você* quer conversar, Nora? — Havia uma margem de superioridade em sua voz. — Quer me dizer tudo sobre descobrir "o corpo" e limpar o sangue de suas mãos e como o Chris estava cheio de furos, se os olhos dele estavam abertos, se você gritou, se eu gritei? — Sua voz não tremeu; seu corpo estava perfeitamente parado. Tudo em relação a ela estava firme, inflexível; mas era um tipo frágil de inflexível. Como se soubesse que, se tentasse se dobrar, o pouco que fosse, ela quebraria. — Ou talvez queira que eu fale. Quer ouvir como foi acordar neste lugar e ter uma enfermeira aleatória de uniforme de poliéster laranja me dizendo: "Bom dia, é quinta-feira, o sol está brilhando, seus pais trouxeram flores, meu nome é Sandra, ah, e a propósito, você foi um zumbi durante três semanas e seu namorado está morto." — Ela ergueu a mão para colocar o cabelo atrás da orelha, e essa foi a única prova: estava tremendo. — Conversar não vai consertar isso. Então para futura referência, a resposta para como eu estou é "bem". Se não puder lidar com isso...

— Você está bem — comentei, e só depois que falei isso notei o quanto eu queria conversar, o quanto estava cansada de fingir. Mas não era eu quem importava agora. — Já entendi.

Adriane nunca tinha sido muito de chorar; mas, por outro lado, até o momento, ela nunca teve muito por que chorar. Namorado perfeito, a casa dos sonhos estilo Barbie perfeita para viver, equipada com pais sem defeitos e competentes, médias de notas perfeitas, correlacionadas com uma pretensão de descompromisso acadêmico perfeitamente cultivado, postura perfeita, cabelos perfeitos, unhas perfeitas, amor perfeito, vida perfeita. Mas me ocorreu agora que era fácil esconder as lágrimas quando se tinha o sorriso perfeito. Talvez ela chorasse mais do que eu imaginava.

— Então — disse ela.
— Então — respondi.
— Atualização de fofocas. Nunca é inadequado para começar.

Fiz o que ela pediu. Contei para ela sobre o show de strip grátis de Holly Chandler no jogo de vôlei e da transa da Pranti Shah com o Ben Katz, embora ele ainda estivesse aparentemente dormindo com sua seminamorada havia quatro anos e também, como diziam, com a nova professora de inglês. Fingimos sorrisos até que, aos poucos, eles se tornaram verdadeiros. Esquecer um pouco da realidade foi mais fácil do que deveria ter sido.

— Cante para mim — pediu ela depois que contei sobre o talento do nosso professor de história bêbado em uma noite de karaokê na cidade, quando ele, de acordo com os boatos (e letras de músicas) espalhados pelo colégio no dia seguinte, cantou uma canção de amor improvisada para a ex-mulher.

— Não vai dar.
— Estou em um hospital psiquiátrico — ressaltou ela. — Tenho certeza absoluta de que você deveria ceder a todos os meus caprichos.

Nós duas éramos ótimas em fingir que nada importava. Fiquei me perguntando se era possível sermos tão boas assim.

— Prometo, se você começar a acreditar que é o Elvis, compro um macacão com lantejoulas para você — falei para Adriane.

— Por favor. Se eu fosse ter ilusões de grandeza, escolheria alguém com uma noção de moda muito melhor. Por falar nisso, aproveitei meu tempo livre para começar a montar um itinerário. E não se atreva a reclamar da relação loja-museu: vá por mim, a cultura combina bem melhor com o apoio da alta-costura.

— Do que você está falando? Itinerário do quê?

Ela revirou os olhos.

— Alô? *Bonjour?* Paris? Daqui a duas semanas?
— Adriane... — Olhei para as grades nas janelas, a porta que não trancava por dentro.

— Já disse que estou bem e, a partir de sábado, estarei em casa. Há tempo bastante para fazer compras e arrumar as malas para *les vacances magnifiques*.

— Está maluca? — falei, sem pensar.

— Não mais. — Ela não sorriu.

— Não posso fazer essa viagem — expliquei. — E nem você. Não depois do que aconteceu. A intenção toda era irmos juntos, e agora...

— "E agora...?" "O que aconteceu?" Desde quando você se tornou uma *daquelas* pessoas? — perguntou ela, de repente nervosa. E por trás da raiva havia algo mais, algo que eu sabia que ela nunca me deixaria ver. Algo que poderia arrasá-la. Nunca havíamos tido tanto em comum. — Chris está *morto*. Alguém *o matou*. Foi isso *que aconteceu*. Acha que ficar sentada aqui chorando vai mudar isso?

— Acha que ir para outro país vai? Acha que iria se *divertir*?

— Não se trata de diversão — explicou ela. — Não mais.

— Então se trata de quê?

— Escuta, você tem razão. Não foi assim que planejamos. É óbvio. Mas se tiver a chance de dar o fora daqui, mesmo que por uma semana, vou aproveitar. Senão, *ma mère* e *mon père* vão aproveitá-la por mim.

— O quê?

— Eles alegam que a distância e o ar europeu vão curar todas as minhas doenças. Por coincidência, a semana que reservaram em um desses spas em Aruba fará o mesmo por eles. Acho difícil cancelarem a viagem deles para cuidar da pobre coitada da filha. — Ela riu, de maneira pouco amável. — Aquele prêmio de pai do ano deve ter se perdido no correio.

— Adriane, tenho certeza de que se pedir para eles ficarem...

— Eles vão — disse ela. — Sendo assim, eu vou. Sendo assim, você vai.

— Não é tão simples.

— É, se você quiser que seja.

— Adriane...

— Faço o dever de casa de cálculo para você. Pelo resto do ano.

— Posso fazer sozinha.

— Mas posso fazer melhor.

Não sorri.

— Não posso ir a Paris, Adriane. Se não quer falar sobre o porquê, tudo bem, não falaremos, mas você não pode me subornar a ir, ou brincar para eu ir, e você sabe disso.

— Tá.

— Jura? — Essa foi novidade.

— Tá. Se prometer que vai pensar no assunto.
Agora sim.
— Só prometa — acrescentou ela —, e não vou mais perturbar você.
— Certo.
— Tudo bem, não vou perturbar você pelo menos por vinte e quatro horas.
— Senti sua falta — confessei.
— Devo ter sentido a sua também — disse ela. — Só não me lembro.

25

Deveria ter sido uma noite de comemoração, mas Adriane a passou em um esplêndido hospital psiquiátrico, e eu a passei onde passava todas as noites: em minha escrivaninha, com o dicionário de latim do lado, cartão-postal na minha frente, caderno de tradução abandonado de desgosto, palavras derretendo e se fundindo em uma sopa inútil.

Houve uma batida leve na porta do quarto.

— Nora? — Meu pai. Ele não ia ao meu quarto desde a noite após o assassinato, quando meus pais me levaram da delegacia para minha cama, me cobrindo para dormir, possivelmente pela primeira vez na vida. Antes desse fato, ele não entrava ali havia anos.

Enfiei o cartão-postal no caderno.

— Entre.

Ele espiou na lateral da escrivaninha.

— Oi.

— Oi. — Esperei.

Deu um tapinha no dicionário. Era uma edição pesada do Oxford, encadernada em couro, com páginas douradas e uma lista extensa de fontes originais. Ele havia me dado de presente quando fiz onze anos. Seria humilhante admitir, de forma exata, o quanto fiquei animada, mas bastava dizer que houve um grito agudo.

— Fico feliz em ver que continua com sua tradução — disse ele.

Encolhi os ombros.

— Dever de casa.

Fiquei imaginando se ele sentia falta daquelas tardes que passávamos em seu escritório, confusos com aquela tradução de Lucrécio que nunca terminamos totalmente. Chegou uma hora em que três dias na semana tornaram-se dois, depois um. Não sei o que veio primeiro: o dia que a porta dele parou de abrir para mim ou o dia em que não me importei em bater, porque o Chris e a Adriane tinham me oferecido uma opção melhor. Fiquei imaginando se ele ainda estava traduzindo Lucrécio, ou se havia terminado sem mim.

Duvidei.

Ele sorriu. Parecia engraçado em seu rosto, o sorriso, como se ele soubesse que ali não era seu lugar e não pretendesse permanecer por muito tempo.

— Posso ver?

Se eu dissesse que não, ele poderia ficar desconfiado. E também, eu estava desesperada. Entreguei o caderno para ele.

Ele ergueu as sobrancelhas.

— Dever de casa?

— É como um quebra-cabeça. É para descobrirmos o que significa.

Ele passou os dedos pelos meus rabiscos e minhas traduções apagadas.

— Onde está o original?

Folheei de volta para uma página onde havia escrito todo o texto do cartão-postal. Ele assentiu, dizendo em silêncio as palavras de Max.

— Talvez, no final das contas, aquele colégio valha o dinheiro que cobram — comentou ele.

— Estudo lá de graça — lembrei-o.

Ignorando minhas palavras, ele pegou um lápis e começou a batê-lo em letras diferentes, contando em silêncio enquanto respirava.

— Não esperaria que estivessem ensinando esteganografia desse nível. É impressionante.

— Esteganografia? — A palavra soava familiar, como algo que o Hoff uma vez nos contou, naquela época em que, como política geral, eu ignorava tudo o que ele dizia.

— É provável que sua professora as tenha apenas chamado de cifras, ou códigos, se bem que isso não é muito exato. Geralmente um código tem base no *significado* contido na mensagem, substituindo certas palavras ou frases por outras pré-arranjadas, enquanto uma cifra substituirá cada letra individual por outra letra ou símbolo, usando um tipo de algoritmo. — Ele estava incorporando o modo professor. Seus olhos ainda estavam fixos na página. — Mas a esteganografia depende de disfarçar o fato de que é uma cifra, ou, sem dúvida, que exista mesmo uma mensagem. A mensagem se esconde em plena vista, como se fosse escrita com tinta invisível. O que, por acaso, se qualificaria como uma estenografia. Sua professora não explicou tudo isso para vocês?

— É, tipo, um desafio para crédito extra — respondi rápido. — Na verdade, ela só vai ensinar essa parte na semana que vem.

— Ah, nesse caso, não quero entregar o jogo.

— Mas o que você quis dizer com "plena vista"? — Nada, e com certeza nem a possibilidade de transgredir as regras de dever de casa de algum professor aleatório de colégio, poderia desviar meu pai, uma vez que ele tivesse passado para o modo de aula expositiva.

O sorriso voltou.

— Há uma variedade de técnicas tradicionais de cifras — explicou ele. — A Cifra de César, a Atbash. As diferentes eras geralmente tiveram suas próprias técnicas favoritas de espionagem; mas, já que isto parece escrito em texto puro, ao contrário de uma substituição ou cifra de transposição, meu melhor palpite é que você está lidando com uma esteganografia, provavelmente uma em que a mensagem está entranhada em letras enganosas.

— E eu traduziria isso por...?

— Você simplesmente precisa saber, ou adivinhar, a chave numérica. Se a chave fosse seis, então descobriria a mensagem contando cada sexta letra e desconsiderando as outras. Entende?

— Certo, mas como é que vou descobrir a chave?

— Tentativa e erro — sugeriu ele. — Ou o número, às vezes, está embutido em pistas contextuais. Não que você tenha alguma aqui, suponho. — Limpou a garganta. — Tenho algum tempo, se quiser tentar ver isso comigo.

— Seria muito bom, mas... — Mas eu não podia. — Não devo, é dever de casa, sabe? É melhor eu descobrir sozinha. — Fingi não notar quando ele perdeu o entusiasmo.

— É claro.

— Mas obrigada. Você ajudou muito.

— É para isso que estou aqui — disse ele. — *Pater ex machina*. Quando precisar. Bem. — Limpou a garganta outra vez. — É melhor deixá-la sozinha.

— Você não precisa — falei. — Digo, já terminei todo o meu outro dever de casa, então...

Ele já estava a caminho da porta.

— Não, não. O dever de casa é importante, mesmo em uma hora dessas. Fico feliz que se lembre disso. — Em algum lugar, uma porta bateu. Mamãe havia chegado. — Tenho trabalho a fazer — disse ele com rapidez. Fechou a porta depois que saiu, e alguns minutos depois, ouvi a pancada reveladora dele desaparecendo por trás da porta de número três.

Pater ex machina. Um truque barato no qual o invisível breve e inexplicavelmente se tornava visível, somente para mudar tudo — e depois, sem avisar, desaparecia de novo. Devia ser por aí mesmo.

26

Pistas contextuais.

Uma estátua. Um carimbo postal ilegível, um símbolo demoníaco.

Uma palavra que significava qualquer coisa: *reus*.

Uma palavra com quatro letras.

E aquela era a chave.

Após semanas de tentativas desesperadas, mas inúteis, de traduzir a mensagem, a etapa final era quase absurdamente fácil. Eu sabia contar até quatro:

CASTOREM NON PVTO DEVM INCVRIA. NAM SVM EGO
ACTVS VEHEMENS AVLA. DEMVS EI MELA OPPORTUNE.
JAM EMERSVM JAM SIT VINDICI PAEAN EI. PRIMVM
ALIENATVS EST COR MIHI. O CITE OPE ELISO LICUIT
FAS. SIC SINT EXEMPLA ET SIM EGO IMAGO DESSE.
NON CRIMINIS MEVM OPVS AT IN PAVORE REI SVM.
LACRIMAE SVNT; AD VNDAS MITTE, VBI AVET FAS.

Eu nunca deveria ter levado tanto tempo para enxergar aquilo. Uma verdade que aparecia somente quando toda a besteira sem sentido era eliminada — era a única maneira como Max sabia falar.

CONVENIMECVMADSEPTJMVMVIAEIANSCICO
LLISSEPTEMDECIMOAPRILISADIVVA

Supus o espaçamento; substituí o J por I, o V por U, e vice-versa, como o latim permitia, e descobri.

Encontrei-o.

CONVENI MECUM AD SEPTIMUM VIAE IANSCI COLLIS SEPTEMDECIMO APRILIS ADIUVA
Encontre-me rua Jansky Hill sete. Dezessete de abril.

O Google confirmou o impossível. Jansky Hill era Jánský vršek, uma rua em Praga, somente a algumas quadras do palácio que um dia pertenceu a Rodolfo II da Áustria, imperador do Sacro Império Romano do século XVI.

Liguei para Adriane e disse que íamos para Paris. Não contei a ela que não iríamos ficar — que, em vez disso, iríamos correr o risco de sermos expulsas por fugirmos dos guias, pegando um trem para a República Tcheca, achando nosso caminho até um canto escuro de uma cidade desconhecida, onde esperaríamos que algo acontecesse. Diria a ela quando estivéssemos no avião, quando houvesse o mínimo de tempo para uma de nós pensar duas vezes, apesar de saber que eu era a única que pensaria duas vezes. Convenceria meus pais, se planejassem uma briga *pro forma* sobre minha viagem a Paris, que a distância aliviaria meu trauma, e com o oceano entre mim e aquela noite, talvez eu enfim pudesse começar a esquecer. Eles não iam cair nessa de acreditarem em mim — mas também não iam cair nessa de discutir.

O Hoff, que sabia dos *Hledači* e se esforçou para me dizer, me fez prometer: *Não vá*. Mas ele era um homem idoso e doente, com o cérebro envenenado, e não poderia saber o que estava para acontecer, ou o que eu teria de fazer.

Eu precisava ir. Precisava fazer alguma coisa; pensando duas vezes ou não, eu faria isso.

Porque havia uma última palavra em latim na mensagem de Max, uma que não precisava de dicionário para entender.

Adiuva.

Socorro.

Parte III

O Mestre das Estrelas Paradas

*Ó Fausto, deixa esta maldita arte
Esta arma que levará tua alma ao inferno,
E desprover-te-á de tua salvação.
Embora tu hajas ofendido como homem,
Não perseveres no erro como demônio.*

*∴ A história trágica do doutor Fausto
Christopher Marlowe*

1

A turma de veteranos já estava bêbada. Não de bebida alcoólica, talvez, se bem que eu tinha certeza absoluta de que não era Gatorade que o Brett Craig e seus "amigoz" estavam consumindo com uma alegria tão desenfreada; Adriane havia me ensinado muito tempo antes que tudo o que se precisava era de um pouco de corante alimentício para deixar a vodca na cor adequada de urina radioativa. Nem eram apenas os rapazes da fraternidade em treinamento. Eram os alunos do Chapman, com suas malas de couro cheias de sapatos, suas carteiras com os cartões de crédito do papai; eram os maconheiros do estacionamento, olhando nervosos para os seguranças do aeroporto e seus cães com coleiras de aço; eram os atletas, ansiosos para terem sua farra de comida, vinho e sono, uma pausa aguardada havia muito tempo, entre os últimos quatro anos de temporadas de treinos e a próxima; e eram até mesmo os alunos da turma de colocação avançada — meu pretenso *karass*, minha espécie de carma —, seus destinos acadêmicos selados, seus lápis número dois no lixo, seus históricos permanentes enfim livres para serem denegridos. Todos eles, viajando em suas façanhas imaginárias. O portão da Air France e a promessa que aguardava do outro lado do nosso voo de sete horas tinham conseguido o milagre que nenhuma quantidade de comemorações de retorno ao lar, danças da unidade, ou semanas de espírito escolar jamais poderiam conseguir: a turma, com todo o seu disparate, bairrismo e facções de rivalidade ocasionais, havia sido fundida em *uma* turma homogênea e indiferenciada. E ainda tinha eu.

— Vou comprar um pouco de água para o voo.
— Quer que eu vá com você? — perguntou Adriane.
Eu não queria.
Eu gostava do aeroporto; gostava de estar sozinha no aeroporto, anônima no meio de uma multidão anônima. Gostava de que fosse, em sua essência, nada mais do que uma área de retenção, um Lugar-Nenhum que não era um lugar de forma alguma, apenas um portão para o Aqui-Não.

Se você eliminasse todos os talismãs regionais supérfluos, os estandartes do Red Sox e quiosques que vendiam sopas, aquele poderia ter sido qualquer aeroporto, com os mesmos anúncios de celulares e de bancos nas paredes, as mesmas lojas de conveniência de preços exagerados e estandes de sanduíches infestados de salmonela, os mesmos sinais detalhando o que deveria ser feito com seus explosivos, suas armas de fogo e seus frascos de xampu, as mesmas cadeiras de plástico, os mesmos monitores piscando, os mesmos balcões onde, com o cartão de crédito certo, você poderia comprar sua salvação. Parada diante do balcão de passagens, senti a mesma coisa quando peguei minha carteira de habilitação pela primeira vez: de súbito, absurdamente livre. Livre da coleira. Poderia esquecer Paris, esquecer o Max e nossa insanidade compartilhada, até mesmo esquecer o Chris; podia, com meu cartão de crédito de emergência, comprar uma passagem para Peoria ou Topeka, algum lugar onde ninguém jamais me encontraria. Imaginei se isso ajudaria — se estar tão sozinha do lado externo quanto eu estava do lado interno iria, de alguma forma, equalizar a pressão, me impedindo de explodir.

Trouxe água também para Adriane — com gás, do jeito que ela gostava —, junto com dois sacos de chocolates recheados com manteiga de amendoim e uma lata de batatas Pringles para nos sustentar durante o voo.

Não ia para Topeka.

Mas era legal fingir que ia.

2

Quando voltei para o portão, o embarque estava prestes a começar, e Adriane havia sumido.

Contive minha reação de pânico. Era um aeroporto: se ela tivesse voltado a ficar catatônica, se os homens com facas tivessem vindo atrás dela, se tivesse sido levada por um garoto com rosas amarelas em uma das mãos e uma toxina psicogênica na outra, alguém teria notado. Então, antes de alertar a Segurança Nacional, verifiquei no banheiro.

Nunca tinha visto Adriane chorar na minha vida, mas não podia ser outra pessoa. Os soluços vindos da cabine eram tão feios quanto a risada dela, a única coisa deselegante que tinha. A mulher lavando as mãos, a mulher trocando o bebê, a mulher arrastando o filho pequeno para dentro do boxe do lado oposto, todas fingiam não ouvir.

Eu também.

Adriane não ia querer me ver. Foi o que eu disse a mim mesma. Adriane estaria desesperada para evitar a confusão, o clichê público de desgosto e recriminação dos banheiros femininos, então saí e esperei por ela no portão. Quando ela apareceu, com olhos vermelhos e cheia de reclamações não convincentes sobre as condições sórdidas e os porta-sabonetes vazios, concordei, não perguntei nada e disse a mim mesma que estava lhe fazendo um favor.

3

— Tem certeza de que quer deixar tudo isto? — perguntou Adriane, cotovelos apoiados em uma gárgula, olhar fixo vasculhando o panorama estendido abaixo de nós. Paris era um cartão-postal, o Sena correndo entre o emaranhado de pilares e pináculos que se estendiam até o horizonte, suas águas com o mesmo tom de cinza-ardósia do céu. A Torre Eiffel cutucava as nuvens, tolhendo os prédios comerciais retangulares e pesados, alinhados feito dominós ao longe. Sessenta metros abaixo de nós, fervilhava uma multidão de turistas tirando fotos, estudantes franceses e mochileiros grunges, todos muito concentrados, enviando mensagens de texto, fazendo poses, lambendo sorvetes e evitando o grupo de tocadores de bandolins, para se incomodarem com o monstro que se aproximava no alto, pelo menos até os sinos tocarem, lembrando a multidão — e a cidade — que eles estavam na sombra da catedral de Notre Dame.

— Falei para você que não precisa ir. Posso fazer isso sozinha.

Ela bufou.

— Isso eu gostaria de ver.

— Entendi, porque você é a aventureira competente e intrépida. Eu me esqueci, qual de nós estava hiperventilando no avião?

— É natural ficar agitada quando a gente está prestes a despencar, a doze mil metros de altitude. É desumano ficar sentada lá, totalmente calma, enquanto peças vão caindo do avião.

— Nada caiu do avião.

— Eu sei o que vi — insistiu ela. — E como você explica os baques e sacudidas? A tal da turbulência?

— Hum, o que achou da turbulência?

Adriane, que havia se animado assim que ouviu sobre o meu plano em Praga, passou a maior parte do voo relatando estatísticas relativas sobre meteoritos, aviões fora de rota, pássaros desejando a morte, qualquer coisa que pudesse romper a fina membrana que nos separava de uma ampla lista de mortes: queda, congelamento, falta de oxigênio, afogamento, colisão, incêndio. Não era a primeira vez que me ofendia com sua memória quase fotográfica, mas felizmente tornei-me especialista em ignorá-la. Só havia andado de avião duas vezes antes disso e, nas duas vezes, usei totalmente os sacos de vômito, enfiados de forma útil no encosto do assento, mas esse voo foi diferente. Estávamos fechadas dentro de uma lata de metal, lançadas a doze mil metros acima do oceano, o que significava que ninguém poderia subir até minha janela, ninguém poderia abrir com facilidade a porta da frente com uma chave roubada, ninguém poderia ficar diante de mim com um travesseiro, uma arma ou uma faca enquanto eu dormia. Quando fechava os olhos, ainda via o Chris; ainda via o sangue dele. Então não dormi.

Mas durante o voo, pela primeira vez, me senti segura.

— Você vai acreditar em qualquer coisa — comentou Adriane. — É por isso que precisa de mim junto. Alguém precisa gerar uma sensação saudável de paranoia nessa situação.

— Adriane, isso não é brincadeira. Juro, você não me deve...

— Não estou rindo. — Ela baixou a voz e inclinou-se sobre a beirada da grade. Fazendo o possível para ignorar a queda vertiginosa, virei em direção a Adriane. — E não estou fazendo isso por você — disse ela, com calma. — Ou pelo Max.

Parou por ali.

Havíamos passado uma manhã com os olhos lacrimejantes e turvos, perambulando com nossos guias de um ponto turístico a outro, e, depois da Notre Dame, teríamos que aguentar o Panteão, o Arco do Triunfo e a Sorbonne, antes de nos deixarem livres durante três horas para explorarmos o Louvre. Era um espaço de tempo suficiente para chegar à estação e pegar o trem das 17:40 para Praga, antes que alguém notasse que tínhamos sumido. As malas tinham sido enviadas para o hotel antes de chegarmos lá para fazer o check-in, mas tínhamos roupas e dinheiro suficiente em nossas malas de mão para os próximos dois dias. Eu diria que era quase fácil demais, mas sabia muito bem que esse tipo de coisa não existia.

4

O Louvre era praticamente uma cidade. Trinta e cinco mil obras de arte, de acordo com o tedioso guia turístico, o melhor e mais esplendoroso das civilizações egípcia, do Oriente Próximo, grega, etrusca e romana, sem falar nos sete séculos de pinturas a óleo europeias, tudo comprimido em cinquenta e sete metros quadrados de corredores dourados. A lanchonete servia vinho — até mesmo para os ávidos americanos menores de idade —, então, como seria de se esperar, o bando seguiu para um lado. Fomos para outro. À procura de algo chamado *Fragmentos de uma estátua equestre de Nero*, avisei Kyle Chen, o monitor mais jovem e mais apático de todos, e como havia sido veterano do colégio Chapman num espaço de tempo curto o suficiente para me conhecer por minha reputação de nerd em latim, acenou para irmos embora, mal olhando para mim, mas reservando para a pobre e quase-entediada-até-a-morte da Adriane uma olhada que mudava de simpatia para apreciação, enquanto descia pelo corpo dela. Na verdade, foi Adriane que, antes de nossa estada em Paris havia se transformado de *Amélie Poulain* a *Missão Impossível*, se empenhou em memorizar a lista de obras imperdíveis do Louvre, mapeando de forma geométrica a rota mais adequada entre elas — a melhor para me fazer aprender à força as maravilhas do mundo civilizado e ainda terminar a tempo para a hora do vinho branco *chardonnay*.

Agora ela estava encarregada da nossa rota de fuga. Era só uma questão de irmos para a ala Denon e aguardar alguns minutos sob o olhar indiferente de deuses em mármore, antes de nos arriscarmos a voltar para o átrio central e descer a escada rolante que nos levaria ao térreo.

— Alguém está nos observando — sussurrou Adriane, enquanto saíamos da pirâmide de vidro gigante que marcava a entrada do museu.

— Onde?

— Ele está saindo da escada rolante: nossa idade, agasalho cinza, cabelos pretos. Olha.

Mas quando virei, extremamente à vontade, não havia ninguém que se encaixava na descrição, e ninguém no bando de turistas que parecesse se importar com nossa existência de uma forma ou de outra. Estavam muito ocupados tirando fotos da pirâmide de vidro e da grandiosidade ao nosso redor — de um lado, jardins bem-cuidados com cercas vivas esculpidas protegendo as fontes que respingavam e, de outro, o próprio Louvre; antes o lar de reis franceses durante séculos, seus frontões barrocos agora cobertos por estátuas de todos os homens brancos falecidos que haviam subjugado a civilização em favor dos franceses. O ascético vidro triangular parecia ter caído do espaço, embora não estivesse tão menos inadequado do que todas as câmeras digitais e as minissaias. Imaginei que Luís XIV não estaria muito satisfeito.

— Ele sumiu — disse Adriane.

— Alguém do colégio?

Ela negou com a cabeça.

— Só um cara, mas com certeza estava olhando para nós.

— Olhando para você, provavelmente — comentei. Aquilo, no final das contas, era tão parisiense quanto a Torre Eiffel. Até eu tinha sido cantada duas vezes desde que chegamos, o que teria sido digno de nota mesmo se não fizesse quase dois dias que eu não tomava banho ou trocava de roupa. — De qualquer forma, vamos dar o fora daqui.

Adriane andou com êxito pelo metrô e nos levou até a Gare du Nord sem incidentes, onde falei minha mais nova frase memorizada: "*Je voudrais acheter deux billets à Prague, s'il vous plaît.*" Recebi as duas passagens e um olhar desagradável de *seu sotaque é péssimo* do homem de bigode fino atrás do balcão.

A Gare du Nord, como praticamente tudo em Paris, parecia um palácio. Pelo menos do lado de fora. Por dentro, era mais um depósito cavernoso da marinha mercante — em vez de uma catedral gótica. Três das paredes eram infinitamente altas, enquanto a quarta não existia, deixando em seu lugar uma abertura por onde os trens podiam ir e vir, junto com o sol.

— Estamos mesmo fazendo isso — disse Adriane, observando os trens partindo para lugares desconhecidos.

— Estamos mesmo fazendo isso.

Os olhos dela estatelaram. Agarrou meu braço e falou sem mexer os lábios:

— Ele está aqui.

— Quem?

— O cara do museu. Ele nos seguiu.

— Onde?

Ela me arrastou em direção a um recanto do banheiro. Escondidas em segurança, espiamos na esquina.

— Ele estava parado perto da lanchonete — disse ela. — Olhando para nós.

— Não o vejo.

— Também não o vejo agora — comentou ela. — Mas ele estava lá.
— Tem certeza?
— Não estou imaginando isso — disse Adriane, de forma impetuosa. — Não estou maluca.
— Se diz que tem alguém nos seguindo, acredito em você — disse. Embora preferisse não acreditar. — Vamos logo para o portão. Rápido.

A estação estava cheia de gente: homens robustos segurando pastas executivas chiques, mulheres de negócios com seus saltos inacreditavelmente altos, turistas de todas as crenças, cores e modelos de câmeras, e alguns grupos de crianças malvestidas, usando roupas grandes demais e descombinadas, que Adriane me informou serem os ciganos batedores de carteira, sobre os quais nossos guias tinham nos avisado. (E fizeram questão de acrescentar que *cigano* era um termo fora de moda e politicamente incorreto para se referir a um grupo de pessoas cuja maioria era de cidadãos oprimidos, fortes e saudáveis, e cumpridores da lei... mas, apesar de tudo, devíamos guardar nossas carteiras e tomar cuidado com as crianças.) Estávamos orgulhosas de nós mesmas por escolhermos nossa direção no meio do caos barulhento e encontrarmos nosso caminho para a plataforma certa com um mínimo de confusão ou tragédia... até que a plataforma certa se revelou deserta e o painel de partidas de repente nos informou que estavam aguardando um trem para Nice dali a três horas. O trem para Praga não estava nem na lista. Apesar do fato de sua partida estar prevista para dentro dos próximos quinze minutos.

— Eles vão anunciar — disse Adriane, com um nível de confiança que ela só exibia quando suspeitava que estávamos ferradas.

Houve um anúncio. Em francês. Pelo menos deduzi que fosse em francês — devido à estática que distorcia cada sílaba, poderia ter sido em nepalês, ao que eu sabia. Poderia ter sido em inglês. Não poderia ter sido tão inútil.

— *Pardon, monsieur* — falei para a primeira pessoa com cara de funcionário que encontramos.

— *Nous avons un question* — disse Adriane, informando que queríamos fazer uma pergunta, com seu francês lento e forçado que a fez ser expulsa da turma de colocação avançada na terceira semana de aula. Sorte nossa que línguas estrangeiras eram seu calcanhar de aquiles. O meu, por outro lado, era o desejo secreto de aprender uma língua estrangeira que poderia ser útil somente se construíssemos para nós uma máquina do tempo.

— *Pardon?* — disse o homem.

Ela explicou.

— *Un question.*

Ele negou com a cabeça.

— *Parlez-vous anglais?* — Perguntei se ele falava inglês, a outra frase que fiz questão de memorizar.

Ele negou com a cabeça de novo.

— *Pardon?* — E depois disse outra coisa bem rápido que, pelo que entendi, significava que estávamos sem sorte.

— Praga — disse Adriane, gritando.

O homem recomeçou a falar bem mais depressa dessa vez, gesticulando loucamente, apontando o dedo primeiro para seu uniforme da companhia de trens, depois para o teto, depois para nós e, ao mesmo tempo, os segundos passavam, e se perdêssemos o trem, ficaríamos presas em Paris até de manhã.

— O que é que ele está dizendo? — murmurou Adriane.

— Ele disse que odeia quando garotas americanas mal-educadas agem como se ele tivesse interesse, fosse qual fosse, nos problemas de transporte delas e que a empresa não o paga para lidar com mochileiros idiotas viajando pela Europa — disse a voz atrás de nós.

Adriane virou, e a cor sumiu de seu rosto.

— É ele.

O cara parado atrás de nós, com um sorriso presunçoso em seu rosto presunçoso, realmente estava com um agasalho cinza e tinha cabelos pretos. Queria não ter dispensado tão rápido a contribuição de minha mãe com a lista de fazer as malas. Ela estava certa: nunca se sabe quando um spray de pimenta tamanho viagem pode ser útil.

— Você.

— Eu — disse Eli. — E vejo, como de costume, que o fato de ser eu, e não um assassino em série, só causa decepção.

5

— *Conhece* este cara? — perguntou Adriane.

— Lembra do primo do Chris do qual falei para você?

Ela fez uma cara como se eu tivesse pedido que experimentasse leite azedo.

— Disse que ele era bonito.

Eli se envaideceu.

— Não, você perguntou se ele era bonito — lembrei-a. — Eu disse que isso não vinha ao caso.

— Não foi um não — salientou Eli.

— O que é que você está fazendo em Paris? — perguntei.

— Seguindo vocês.

— Falei que alguém estava nos seguindo! — exclamou Adriane. — Sabia que não estava maluca.

— Não que eu saiba — murmurou Eli.

— Como você é primo do Chris, não vou chamar a polícia — comentou Adriane, com uma voz melosa de puro veneno. — Agora vamos dar o fora daqui. Sei que isso vai contra todo o seu espírito de caçador, mas: *não nos siga*.

Demos apenas alguns passos.

— Direi a Praga que mandaram lembranças — gritou ele.

— Não dê satisfações a ele — avisei-a, mas era tarde demais.

— Do que você está falando? — perguntou ela.

— Bem, aqueles que vão para Praga vão para este lado — disse ele, apontando para a direção oposta de onde estávamos indo. — Vocês parecem estar indo em direção à... Dinamarca?

— Talvez estejamos — retruquei.

— Certo, e é por isso que estavam gritando "Praga!" na cara daquele pobre coitado durante os últimos dez minutos. Sei aonde estão indo e sei por que estão indo, e se não formos agora, não vamos de jeito nenhum, então...

— Não vamos a lugar nenhum.

— Escutem, vamos botar as cartas na mesa — esclareceu ele.

— Cartas na mesa? — Adriane riu. — Quem é você, meu avô?

— Estão procurando o Max. Eu também. Nós queremos a mesma coisa. Então por que não nos ajudarmos?

— Só para esclarecer — retruquei. — Você está me perseguindo, *transatlanticamente*, porque quer ajudar.

— Quero respostas.

— Não as tenho — falei. — E isso não tem nada a ver com o Max. Estamos em férias de primavera.

— Não, seu colégio está em férias de primavera. Vocês estão em fuga.

— Em fuga? — repetiu Adriane.

— Podem me chamar de vovô — repreendeu Eli. — Não me importo. E continuem mentindo, tudo bem. Mas se têm tanta certeza de que o Max é inocente, não deveriam se importar de eu ir com vocês. Caramba, talvez ele seja inocente, mas sabe de alguma coisa.

— Mesmo que soubesse, como pode ser seu dever descobrir? — perguntei.

— Quem mais vai fazer isso? A idiota da polícia local? Eles só se importam em não parecerem estúpidos no noticiário da tarde. E vocês só se preocupam em ajudar seu pobre amigo desaparecido. Alguém tem que se preocupar com o Chris.

— Não enche — disse Adriane.

— Vamos — falei para ela. — Vamos embora.

— Sigam em frente — disse Eli.

— Não estava falando com você.

— Eu vou com vocês — disse Eli.

— Isso é excelente — ironizou Adriane. — Repita isso quando a polícia chegar aqui. Bem gentil e repulsivo.

— Você mente tão mal quanto ela — disse Eli. — Quer chamar um policial? Tudo bem. Tenho certeza de que eles ficarão felicíssimos em reuni-las com seus guias.

— Você estava certa sobre ele — disse Adriane para mim.

— Seria sobre o fato da minha beleza? — perguntou Eli. — Isso a impressiona cada vez mais, não é?

Ela virou as costas para ele, e começamos a caminhar em direção ao portão, ignorando os passos atrás de nós.

— Ele deve ter sido adotado.

6

À certa altura da noite, em algum lugar da Alemanha, a zona rural enluarada passando como um raio, manchas na escuridão que poderiam ser vacas, árvores, casas ou borrões nas janelas, Eli roncando em sua metade do compartimento, Adriane encolhida, agarrada a sua mochila com os joelhos beijando a testa, meu passaporte enfiado com segurança em uma bolsa presa em minha cintura, debaixo de minha calça jeans — uma medida de segurança imposta pelos meus pais que pareceu exagero só até atravessarmos nossa primeira fronteira nacional, e o condutor do trem, como se tivesse ensaiado suas falas para algum filme da Segunda Guerra Mundial, pediu para ver nossos documentos —, o trem fazendo ruído debaixo de nós, seu tom e ferocidade imutáveis pelo terreno irregular, trilhos de ferro estendendo-se pelos campos vazios e cidadezinhas de nomes impronunciáveis, Wuppertal, Bielefeld e Bad Schandau, competindo com o sol nascente, desisti de dormir.

— Adriane? — sussurrei. Nós duas estávamos dividindo o colchão de palha duro, nossas cabeças separadas por alguns centímetros. Quando chegamos à cabine, havia outro passageiro, seu rosto envelhecido nos observando sobre um jornal amassado, uma faixa fina de fumaça subindo por trás da folha, apesar das placas escritas *Défense de fumer/Rauchen verboten/Proibido fumar* acompanhadas de gráficos vermelhos fáceis de entender. Eli havia dito alguma coisa no que alegava ser "francês enferrujado de colégio", algo rápido e perturbador, e em segundos o velho dobrou o jornal, juntou seus apetrechos volumosos e nos deixou sozinhos.

— Só disse a ele que receávamos incomodá-lo com nossa conversa de jovens — explicou Eli. — Ele ficou grato pelo aviso. — O velho não pareceu grato; pareceu obediente.

— Adriane? — sussurrei outra vez, um pouco mais alto. — Está acordada? — Seus olhos estavam tão vidrados que pensei ter imaginado.

— No que está pensando? — sussurrou ela.

Mas não consegui responder, porque aquele assunto estava fora de cogitação.

— Eu também — sussurrou ela depois de um tempo.

Era mais fácil falar de algumas coisas no escuro.

— Mas vamos encontrá-lo — acrescentou ela. — Ele vai estar bem.

Não o Chris, Max. Senti uma apunhalada de culpa. Ela estava certa. Era com Max que eu devia me preocupar; era o Max que eu ainda poderia salvar.

— Acha mesmo que o ama? — sussurrou Adriane. — Amor verdadeiro do tipo "faço tudo por ele", "felizes para sempre"?

Deve ter sido a escuridão ou o fuso horário. Porque não conversávamos daquele jeito. Nunca.

— Você sabe que amo.

— Achei que não acreditava nisso. No verdadeiro amor. Lembra?

— Aquilo foi antes.

— Uh-hum.

Antes do Max, eu havia falado, com a autoridade da ignorância, do verdadeiro amor como uma construção moderna, uma racionalização para preservar a monogamia em uma sociedade moderna fundada na abundância da escolha, uma ilusão abastecida por sexo e hormônios, um conto de fadas criado por contos de fadas, todas aquelas histórias dos Grimm em que donzelas escolhiam seus príncipes encantados de acordo com a conta bancária e bens imobiliários — e até mesmo quando Disney assumiu o comando e colocou os pássaros e peixes e chaleiras para vibrarem sobre irrelevâncias como o verdadeiro amor, o herói era sempre um príncipe rico, e o final feliz era uma bem-aventurança de plenitude e ouro. O verdadeiro amor servia para bons brindes de casamento e filmes ruins, eu havia dito a Adriane dois anos antes, principalmente porque estava cansada de ouvir seus cantos de triunfos nauseantes das várias proezas de Chris, a pobreza de vocabulário como *fogos de artifício* e *química* para descrever as explosões entre eles, as elaborações detalhadas do futuro deles juntos, o vestido de noiva com cintura império dela, a lua de mel surpresa em Bali oferecida por ele, seus dois ou três filhos e o meio-termo entre as fantasias dele de uma cerca de estacas brancas e a casa de praia em Malibu dela, com um "não se preocupe, Nora, ela será completa com um quarto de solteirona só para você. Brincadeira". Eu havia desistido da campanha "abaixo o amor" quando conheci o Max. Adriane tinha parado de falar sobre o futuro.

— E você? — perguntei.

Silêncio. Eli murmurava em seu sonho, parecendo ter medo.

— Ainda acha que vocês teriam ficado juntos?

— Não penso nisso — respondeu ela.

— Tudo bem.

Depois de um bom tempo:

— Como é que vou saber?

— Eu não deveria ter perguntado.

Mas ela continuou.

— Não é normal saber algo como isso agora. Não que fôssemos direto da formatura para a capela nos casar. Mesmo que fosse isso que ele quisesse.

— Não era o que ele queria.

Ela sentou-se.

— Como você sabe disso?

— Conheço o Chris. — Conhecia o Chris.

— Ao passo que eu era apenas a namorada.

— Não foi o que eu quis dizer.

— Foi sim — retrucou ela, com calma. — Sempre é.

Alguma coisa no jeito como falou me fez pensar que ela andava engasgada com aquilo havia muito tempo.

— Adriane, nunca tive a intenção de...

— Você não sabe de tudo, Nora. Nem mesmo sobre ele.

— Então me conte. Conte tudo. Apenas fale comigo.

Adriane deitou-se de novo e encostou os joelhos de volta no peito.

— Porque você é minha melhor amiga e posso contar com você?

— Isso resume tudo.

— Você era a melhor amiga dele — sussurrou ela. — Não minha.

Não era verdade, não da forma que eu sabia que ela queria dizer, mas não era bem uma mentira que eu pudesse discutir.

— Ainda estou aqui — falei para ela. — Sempre que precisar de mim. Prometo.

— Você não me deve nada.

— Então considere como um presente.

Houve um longo silêncio, preenchido somente por uma respiração profunda e regular e pelo ruído do trem, e depois por uma palavra isolada flutuando de leve no ar, como se não tivesse relação com nada que tinha vindo antes.

— Tudo bem.

Nós duas ficamos deitadas, paradas e quietas. Mas eu não dormi. E podia ver os olhos dela — ela também não dormiu. A Alemanha nos consumiu. Eli gemia enquanto dormia. Adriane o observava; eu a observava.

— O que faremos com ele? — sussurrou ela, enquanto o céu tornava-se rosa.

— Ele está bem. — Ele estava deitado de lado, de costas para nós, sua cabeça parecia um emaranhado de espinhos de porco-espinho, os cabelos negros espetados em todas as direções.

— Não podemos confiar nele — disse ela, baixinho.

— É claro. Mas...

— Mas o quê?

— Ele só quer descobrir quem fez isso. E nós também.

— Ele quer nos usar para encontrar o Max. Até onde você sabe, a polícia pode tê-lo mandado. Qualquer um poderia ter mandado.

— Vamos cuidar disso — sussurrei.

— Ou pegamos a carteira e o passaporte dele e o dispensamos na próxima parada.

— Engraçadinha.
— Não estou brincando.
— Concordo com a Nora — murmurou Eli, ainda virado. — A maioria vence. Agora fiquem caladas para eu poder dormir.

7

Paris, o pouco que vimos dela, tinha sido menos estranha do que estranhamente familiar, uma paisagem de cartão-postal dos maiores sucessos. Da Torre Eiffel, as *boulangeries* estranhas de forma pitoresca; das mulheres com sapatos de salto chiques e echarpes esvoaçantes, andando de bicicleta ao longo do rio, baguetes em suas cestas, aos homens idosos pintando quadros com paisagem fluvial do próprio rio — cruzado por pontes, passeios turísticos de barcos, alinhado com estandes de livros usados de um lado e de monumentos brancos e toscos, a planejamento urbano neoclássico, do outro — a cidade parecia um grande cenário de cinema.

Praga era alienígena.

O idioma soava e parecia não só estrangeiro como também incompreensível, consoantes misturadas, vogais desaparecidas, acentos estranhos — tudo reluzindo para nós no vermelho e negro da era comunista, *Východ, Kouření zakázáno, Zákaz fotografování, Zavřeno*. Os carros eram diferentes, baixos e pequenos, como se as rodovias tivessem sido desviadas da década de setenta. Até as pessoas eram diferentes, de maneira que não dava para descrever, mas eu sabia que não estava imaginando, seus rostos e roupas, todos associados aos mesmos elementos básicos que os meus, os mesmos narizes e sobrancelhas e bainhas, mas, ao mesmo tempo, fundamentalmente *não*.

Aquilo não deveria ter me surpreendido. Era um país diferente; era para ser diferente. Mas não havia imaginado que fosse, como também não havia imaginado o quanto a arquitetura depressiva do bloco comunista, com seus cubos sujos de cimento e sacadas enferrujadas, daria, de forma abrupta, prioridade às ruas de pedras adornadas com mofo cinza, igrejas góticas e o olhar atento de santos de pedra, enquanto o táxi nos levava da estação para o centro da cidade antiga. Nem havia imaginado que, enquanto a cidade nos engolia, o estranho iria se decompor em um lugar que tinha visto de modo tão distinto em minha imaginação, nas cartas de Elizabeth. Não havia imaginado que a Praga dela, aquele vilarejo do século XVI, cheio de ratos, Deus e peste, ainda estava lá.

O táxi parou, e o motorista disse alguma coisa que eu só teria conseguido repetir com bolas de gude na boca. Eli — cuja utilidade inesperada jurei nunca admitir — respondeu com *"Děkuji"*, a palavra para *obrigado* que eu tinha memorizado do meu guia de viagem, mas que, até aquele momento, não fazia ideia de como pronunciar, e entreguei a ele um maço de coroas tchecas que havíamos trocado no balcão de câmbio de moeda estrangeira na estação ferroviária.

— *Děkuji* — murmurei.

Jánský vršek 7. Nós estávamos ali.

8

Max não estava. Jánský vršek 7 era uma pensão estreia, espremida entre uma taverna vazia e um prédio azulado com uma cruz de latão na porta e uma criatura suína de pedra sobressaindo da padieira. Preso no purgatório, entre o hotelzinho e albergue, o Zlatý kanec — o Javali Dourado, Eli traduziu — tinha onze quartos para alugar, todos vagos, se bem que isso só foi estabelecido depois que Eli tinha regateado com o dono, de ombros e cabeça inclinados para a frente, a baixar o preço absurdamente barato para um mais barato ainda. Isso, apesar do fato de que o gerente — cujo cardigã desgastado estava abotoado sobre sua barriga com uma fileira de botões descombinados e cujos dentes remanescentes pareciam ter sido removidos e recolocados por uma criança que estava aprendendo sobre cavilhas quadradas em um buraco redondo — ao que tudo indicava, poderia ter usado o dinheiro extra. Talvez eu devesse ter me sentido grata a Eli, mas, em vez disso, me senti muda e inútil, como uma criança correndo cansada atrás dos pais, em dívida com as ordens e os caprichos deles.

— Passaportes — disse o gerente, com um sotaque carregado.

Enfiei minha mão debaixo do cós do jeans para tirar o passaporte da bolsinha, enquanto Adriane, que, apesar de meus avisos, guardou o dela no bolso interno de uma bolsa que nem fechava em cima, já estava com o dela na mão — mas nós duas paramos de repente com a força do desdém de Eli. Desculpando-se para o gerente, nos arrastou para um canto do que deveria ser o saguão da pousada, um espaço convexo com pisos de pedras indistinguíveis da rua e suas antigas e majestosas paredes de pedras cobertas com cartazes já descascados de filmes, exposições de artes, bandas e — a julgar pelos gráficos mal desenhados — protestos do sindicato dos bombeiros hidráulicos, quase todos tendo ocorrido na década anterior.

— Nada de passaportes — sibilou Eli.

Adriane revirou os olhos.

— De alguma forma, duvido que este cara tenha ligação com a Interpol.

Eli retribuiu Adriane com uma revirada de olhos exagerada.

— Até parece que você nunca entrou de forma clandestina em um país. Pagando em dinheiro, nomes falsos, sem identidades, confie em mim.

Não podia perguntar como o Max iria me encontrar se não sabia que eu estava ali. E então, depois de um pouco de persuasão de Eli e de uma promessa de que iríamos, de acordo com as regras, por educação, deixar nossa chave na recepção sempre que saíssemos do local, e um adicional de 140 coroas de suborno, pegamos nossas enormes chaves de latão dos quartos, com nada mais que uma promessa de honra de escoteiro de que os nomes falsos que colocamos em nossos formulários de registro eram verdadeiros. Eli ficou com o quarto em uma ponta do corredor que tinha cheiro de peixe, enquanto Adriane e eu ficamos com um quarto idêntico na outra ponta, jogando nossas malas sobre um colchão fino que tinha leves manchas de fluidos corpóreos e — eu só podia imaginar — caminhas usadas em segredo e colônias de traças em suas fendas escuras.

— Fique com a que está boa — disse Adriane, apontando com a cabeça para a cama com poucas manchas a menos. Uma oferta de paz. — E sobre o que eu disse ontem à noite, era tarde e...

— Nós duas estávamos exaustas — cortei, antes que o pedido de desculpas desajeitado pudesse começar. — Estávamos praticamente falando enquanto dormíamos.

— Então você está numa boa com...

— Está tudo bem — disse. Não importava mais quem tinha conhecido melhor o Chris, quem tinha se sentido obrigada e quem tinha se sentido como uma obrigação. Não importava, porque o Chris estava morto. — Mas acho que esqueci uma coisa no saguão.

O que importava era perguntar ao homem sem dentes atrás do balcão se tinham deixado alguma mensagem para Nora Kane, e decifrar o código no pequeno recado que ele me entregou, o código que eu agora entendia e que me dizia onde eu deveria ir à meia-noite. O que importava era que Max estaria lá também.

9

— O que foi? — perguntei a Eli, enquanto ele hesitava na entrada da pousada. Havíamos decidido começar nossa busca (por informações, ou até mesmo, como Eli e Adriane podiam ter pensado, por Max) no lugar mais lógico para qualquer aluno obediente do Hoff: a biblioteca pública. Era onde o Hoff havia, com base no bilhete que encontrei no escritório dele, encontrado um homem chamado Ivan Glockner, e talvez onde ele havia ficado sabendo, pela primeira vez, dos *Hledači*.

De acordo com nosso mapa, a biblioteca ficava a uma simples caminhada descendo a colina e atravessando o rio até o cento de Staré Město, ou Cidade Antiga. Estávamos ficando na margem esquerda do Vltava, em um monte íngreme do rio, em Malá Strana, um emaranhado de ruas de pedras e becos; fachadas de lojas sombrias, com cruzes, cálices ou marionetes pendurados em janelas sombrias; monges com batinas marrons, passeando ao lado de freiras com hábitos guiados por sinos, de uma igreja a outra; e, sombreando tudo, os pináculos duplos da Catedral de São Vito, ponto central do castelo Hradčany, antigo lar do Sacro Imperador Romano, o emissário secular de Deus em pessoa.

Elizabeth Weston passou por estas ruas, pensei, e minha mão moveu-se lentamente até meu abdômen por vontade própria, onde, debaixo de minha blusa, dentro da bolsinha junto com meu passaporte, estava a carta que Chris havia, apenas talvez, morrido para proteger.

Eli estava parado. Respirou fundo.

— O quê? — repeti.

— Sabe qual é a origem do nome *Praga*? — perguntou ele.

— Não. E não precisa me...

— Ninguém sabe. Algumas pessoas acham que é da palavra *prahy*, que significa *turbilhões no rio*. Ou *na praze*, que é basicamente um lugar morto e vazio, sem cor. Mas sabe qual é a explicação que mais gosto? *Pražiti*. Significa *a limpeza da floresta pelo fogo*. Não parece correto? Limpeza, como se o fogo estivesse fazendo um favor a todos. Se bem que tudo o que nos resta quando ele termina é um lugar morto e sem cor.

Comecei a me perguntar se o fuso horário poderia ter efeitos alucinógenos.

— Jurei a mim mesmo que não faria isto — disse ele.

— Nos atrasar? — comentou Adriane. — Falhou.

Ele a ignorou e não olhou para mim.

— Meus pais passaram toda a minha vida me preparando para isto. Este lugar, quero dizer.

— Os pais dele são tchecos — expliquei para Adriane. — São obcecados pelo antigo país.

— É, soube que a vida era uma maravilha sob o poder dos comunistas — disse ela. — Nem imagino por que todo mundo foi embora.

— Eles eram crianças — disse Eli. — Crianças não ligam para o totalitarismo. Para os meus pais, Praga significa piqueniques no Monte Petřín e *knedlíky* caseiro. Significa lar. Eles não notavam os tanques no quintal e o sangue nas ruas.

Mesmo antes de ela falar, eu podia ver que Adriane havia esgotado sua capacidade limitada de fingir interesse. Eu tinha ouvido a sra. Kato falar de maneira saudosa e infinita sobre as maravilhas perdidas da terra natal de seus pais, um país no qual ela nunca havia passado mais do que duas semanas seguidas, um tempo que era infalivelmente passado em um hotel Ritz-Carlton ou em um carro luxuoso com janelas coloridas e um guia nativo. Adriane não tinha muita paciência para nada, mas quando se tratava de ambivalências da imigração, ela havia passado dos limites no ano em que quis ser pirata no Halloween ou, no mínimo, um samurai — sua mãe, em vez disso, a enfiou dentro de um quimono.

— Este é para ser meu dever — disse Eli. — Este é o propósito. Falei para eles que era uma perda de tempo. Prometi a mim mesmo que jamais viria aqui. Mas... cá estou eu.

— Tem um jeito de consertar isso — disse Adriane.

— Cale a boca, Adriane.

Não sei por que eu disse isso. E a julgar pela expressão dela, nem ela sabia.

— Vamos — disse Eli, livrando-se fosse lá do que o prendia ali. — Acho que não se pode discutir com o destino.

10

A biblioteca pública central era um conjunto de prédios sóbrios e depressivos entre duas monstruosidades barrocas, com suas colunas elaboradas, entalhes e pedestais fazendo a arquitetura "moderna" parecer menos vanguardista do que desinteressante. Não encontramos nada no catálogo sobre os *Hledači* ou a *Lumen Dei*, e nenhum registro de alguém chamado Ivan Glockner trabalhando em referência àquela biblioteca ou a qualquer outra na extensa rede de bibliotecas de Praga. Mas a jovem bibliotecária, que parecia mais uma universitária e — com uma mecha rosa-neon em seus cabelos e piercings dourados em toda a borda da orelha esquerda — não o tipo que a gente esperaria ver em uma biblioteca, nos levou a uma sala no porão, onde ficavam guardados os documentos raros, junto com um arquivista que supostamente sabia de "tudo sobre tudo".

O arquivista — todo de preto, com uma coleira de rebites, o Sid perfeito para sua Nancy — também nunca tinha ouvido falar de Ivan Glockner e, muito menos, dos *Hledači* ou da *Lumen Dei*. Mas quando perguntei se tinham alguma coisa sobre Elizabeth Weston, ele desapareceu no meio das estantes e ressurgiu vários minutos depois trazendo uma pasta vermelha com uma página rasgada e desbotada, guardada cuidadosamente dentro dela.

— Não sei se é isto que está procurando, mas está com o nome dela — disse ele, com sotaque carregado, mas compreensível. — É tudo o que temos. Procure não tocar nela.

Ele não precisava me dizer; eu sabia como lidar com documentos raros.

Era uma sala grande, mas a falta de janelas e o excesso de madeira escura e encadernações mofadas causavam um efeito claustrofóbico. O ar era pesado e parado, e tinha um leve cheiro de mofo. Em uma das três mesas de madeira, um homem corcunda se debruçava sobre um jornal, seu dedo traçando a minúscula impressão frase por frase.

Prudens et innatus fuit tua sagacitas. O bilhete era curto e simples, fácil de traduzir enquanto Adriane alongava as panturrilhas e Eli espiava sobre meu ombro, com os olhos fixos na página.

> *Seus instintos estavam bem fundados. Temos muitos motivos para nos preocuparmos. A filha, conhecida por nós como Elizabeth Weston, levou o trabalho do pai dela para Praga. Sozinha, ela seria de pouco risco, mas se aliou a um mecânico, um favorito da corte do imperador. Rodolfo, em pessoa, com certeza está juntando todo o seu poder demoníaco para agir a favor da corte.*
>
> *Eles estão se aproximando de seu objetivo perverso. A casa de Weston em Malá Strana está desprotegida, e será fácil ganhar acesso. Insisto que não seja condescendente nessa questão. Um mero aviso será ineficaz contra uma garota criada por Kelley, cheia de tanta*

insolência que acredita que o Senhor deveria implorar para realizar seus desejos.

Claro que, se essa for sua decisão, a seguiremos sem objeção ou hesitação. Tenho o máximo de fé em sua sabedoria e na sabedoria da Igreja.

Atenciosamente, em fidelidade eterna e em defesa da fé.
Praga, 17 de janeiro de 1599.

A carta estava assinada com um símbolo em vez de um nome — não com o olho penetrado por um raio, mas dois riscos de tinta que mais pareciam uma espada do que uma cruz.

— Estamos perdendo tempo. — Eli fechou a pasta. — Isto é inútil.

O arquivista pediu que ele fizesse silêncio, seu olhar sugerindo a desconfiança de que estávamos mexendo em seus documentos preciosos com os dedos sujos de ketchup, ou até mesmo com uma tesoura.

Adriane pigarreou.

— Odeio concordar com o perseguidor, mas...

— Tudo bem. — Mas não parecia inútil. Talvez fosse o fato de saber que Max estava tão perto, que em algumas horas eu o teria de volta, que me fez ter tanta certeza de que estávamos no lugar certo, seguindo as migalhas para onde quer que elas levassem. Elas não tinham me levado até Max?

Uma voz nos parou no caminho de volta para a sala de leitura principal, um assobio do velho com o jornal. Ele apontou o dedo curvo para mim, sacudindo as sobrancelhas grisalhas e grossas.

— *Slyšel jsem vás* — disse ele.

Sacudi a cabeça.

— *Nemluvím česky* — repeti de memória, me encolhendo de medo a cada sílaba assassinada. *Eu não falo tcheco.* (Obviamente.)

Houve um gorgolejo no fundo de sua garganta. Como um mágico, ele puxou um lenço acinzentado da manga e escarrou uma bola pequena de algo viscoso e amarelo no meio dele, depois o dobrou de modo ordenado e o guardou de volta.

— Eu disse que ouvi você. Procura os *Hledači*. Procura por pesquisadores. Sim?

— Sim — respondi.

A mão dele era um mapa de manchas senis, mas sua pegada era surpreendentemente firme.

— Ivan Glockner — apresentou-se ele. — Procuram por mim?
— Trabalha aqui? — perguntou Eli, desconfiado.
— Estou aqui.

O homem, que poderia ter sido Ivan ou poderia — e dava para ver pela cara de Adriane que ela estava propensa a tender para esse lado — ter sido um velho solitário e meio bêbado com uma ótima audição e uma tendência a se intrometer.

— Isso é o suficiente.
— Conhece o professor Anton Hoffpauer? — perguntei.
— Conheço muitas pessoas.
— Vamos nos atrasar para aquela, uh, *coisa* — disse Adriane, me dando sua melhor olhada *fuja do maluco*. — É melhor irmos.

O homem escarrou outra bola de muco, depois bateu com a mão na beirada da mesa. Até ali, Praga parecia cheia de pessoas muito jovens e muito idosas. Fiquei imaginando o que havia acontecido com todas as outras no entremeio.

— Aceitem minha ajuda ou me deixem em paz. A escolha é de vocês.
— Queremos ajuda — respondi rápido. — Se puder.

Os pelos brotavam nas articulações de seus dedos, expressivamente mais pretos do que os tufos finos e grisalhos sobre suas orelhas e saindo do nariz. Sua caneta trêmula escreveu as palavras no jornal: *Kostel sv Boethia, Betlémské náměstí.*

— Encontrem o padre Hájek. Sacerdote. Ele contará o que querem saber.

— Obrigada — falei, enquanto ele rasgava o canto da página. O nome da igreja estava escrito sobre a foto preta e branca de uma garota, alegre, olhar despreocupado fitando a câmera, como o rosto em uma caixa de leite. — *Děkuji.*

— Isso não está certo — disse o homem, a ausência de contrações lhe dando um ar estranhamente puritano. — Você não irá me agradecer. — Voltou para seu jornal como se não estivéssemos lá, o dedo enrugado traçando as frases; porém, seu olhar não estava seguindo, estava fixo no que restava da foto rasgada, a mão da garotinha, segurando um coelho de pelúcia todo mole.

— Deve ser só um homem solitário — disse Eli, enquanto saíamos da biblioteca. — A cidade está cheia deles. Queria alguém para conversar e fingiu saber de alguma coisa.

— Ou ele realmente sabia de alguma coisa — respondi.

A Kostel sv Boethia, Igreja de São Boécio, não estava em meu guia de viagem, mas Betlémské náměstí, a Praça de Belém, estava. E era perto.

11

A via principal de Staré Město, um corte diagonal atravessando o quarteirão que concentrava com eficácia a maioria dos turistas da Karlův em um canto até a Torre do Pó do outro, tinha — de acordo com os guias turísticos pelos quais passamos nos espremendo, sob guarda-chuvas alaranjados segurados no alto para o bem de seus grupos de pessoas obedientes — servido um dia de caminho de procissão para imperadores, reis e papas, eminências de todos os tipos, adornadas com joias, desfilando com orgulho em direção ao palácio real, dignitários carregados pelas ruas, às vezes em carruagens, às vezes em caixões. Era difícil de imaginar, agora que o nobre caminho para heróis e conquistadores havia se tornado um centro comercial pavimentado de pedras.

Havia lojas vendendo cristais coloridos; lojas vendendo cópias baratas de relógios, cópias baratas de bolsas, cópias baratas de sapatos; lojas vendendo, supostamente, CDs piratas; lojas vendendo bonecas matrioskas pintadas com os rostos de presidentes, jogadores de futebol, astros do cinema, e, de forma mais predominante, Michael Jackson; lojas vendando joias baratas; lojas vendendo pretzels bávaros grossos e bolinhos açucarados assados em um espeto; e, principalmente, lojas vendendo marionetes, seus rostos inexpressivos de madeira olhando de maneira fixa e estúpida pelo vidro, braços e pernas contorcidos por cordões embaraçados, lábios pintados em forma de sorrisos ou gritos, lágrimas ou sardas marcando suas bochechas de maçã — fileiras e mais fileiras de marionetes femininas e masculinas, ameaçadas por marionetes de dragões, cortejadas por marionetes de príncipes, tentadas por marionetes de demônios.

Na frente de muitas dessas lojas, havia mendigos com roupas esfarrapadas, amontoados debaixo de cobertores sujos. Desde o ensino fundamental, me ensinaram a chamá-los, com todo o respeito, de sem-teto, mas aqueles eram, de modo inegável, mendigos, como se tivessem saído de uma lenda popular, mendigos ajoelhados com o corpo jogado para a frente, esticados de bruços com seus rostos na terra, braços estendidos e mãos agarrando um chapéu contendo, no melhor dos casos, algumas moedas soltas. Eu não queria olhar; não queria, com cuidado, ignorar, como os bandos de turistas com suas câmeras que desviavam o olhar e passavam por eles ou sobre eles como se fossem simplesmente rachaduras mais largas do que o normal na calçada.

Quando a rua deu em uma praça larga cercada por uma torre do relógio enfeitada e uma igreja cujos pináculos a faziam parecer nada mais do que o castelo da Cinderela da Disney, fiquei feliz com a desculpa para olhar para cima.

A maior parte da praça era preenchida por um mercado de Páscoa apregoando produtos, pão frito e salsichas de vários tamanhos e cores. Não tendo comido praticamente nada desde Paris, a não ser sanduíches murchos do trem, provamos tudo o que pudemos. Adriane não se cansava de comer o *rakvičky*, um biscoito comprido, com sabor de nozes e recheado de creme, que se tornou desagradável em minha boca quando Eli traduziu o nome para nós: *pequenos caixões*.

— Não seja tão sensível — disse Adriane, de boca cheia. Sua política de não comer carboidratos, pelo jeito, havia entrado de férias por conta própria. Ela repetiu a frase quando paramos debaixo da torre do relógio para nos orientarmos e ouvimos, por acaso, outro guia turístico — este, vestido de *drag queen* da Renascença, embora ainda segurando o guarda-chuva revelador —, mostrando as vinte e sete cruzes brancas inscritas no pavimento de pedras, um tributo aos vinte e sete protestantes que foram decapitados em uma única tarde do século XVII enquanto a multidão católica aclamava. Aparentemente, eles aclamaram mais alto ainda quando, de acordo com o guia alegre, os carrascos começaram a ficar criativos, cortando e pregando as línguas dos infelizes nas forcas, mais alto ainda quando as cabeças cortadas foram carregadas em baldes pelo nobre Caminho Real e espetadas em uma torre com vista principal para a Karlův, onde cegamente tomaram conta da cidade por dez anos.

Talvez fosse por isso que eu não conseguia afastar a sensação de que alguém estava nos observando. Talvez não fosse um assassino misterioso com uma faca e uma missão, mas simplesmente o olhar examinador e cuidadoso da silhueta de santos de pedra e fantasmas do passado herético.

Eu não acreditava em fantasmas.

Aventuramo-nos por um beco estreito, totalmente vazio e, com exceção do rumor distante da multidão abandonada, silencioso. Continuei olhando por cima do ombro, ainda convencida, porém, de que alguém estava lá. E, se um sujeito sombrio fosse atacar, que lugar melhor para agir do que aquele beco escuro, isolado e desmoronando ao nosso redor? Mas nada aconteceu e, mais uma vez, eu disse a mim mesma que o que pareciam ser passos com o som abafado eram apenas galhos raspando nas pedras ou gatos ferozes brigando por migalhas; os movimentos rápidos tremeluzindo eram somente sombras; a sensação de comichão em minha nuca, apenas medo.

A Praça de Belém ficava a algumas curvas de distância. A igreja localizada no canto noroeste dela não tinha pináculos de contos de fadas, nem grupos de turistas tirando fotos, só um edifício decadente da Renascença e uma placa de plástico, castigada pelo mau tempo, anunciando os horários da missa. Seu interior parecia uma caverna, escuro, frio e úmido. Paredes de pedras, janelas de vitrais, velas tremeluzindo, dois mendigos dormindo debaixo de um banco, e, saindo de um dos confessionários, um padre idoso com uma batina preta longa e um colarinho romano branco que eu só tinha visto em filmes e em eventuais denúncias em manchetes.

Ele se aproximou de nós — de Eli, mais exatamente — e começou a falar rápido em tcheco antes que pudéssemos dizer alguma coisa. Eli interrompeu e por alguns momentos falaram juntos, o rosto de pele esburacada do padre ficou vermelho de raiva, seus braços flácidos agitavam, Eli falando devagar e firme, às vezes tropeçando em uma palavra, mas se recusando a ceder, até que, por fim, o padre cruzou os braços e assentiu; houve silêncio.

— O que ele disse? — perguntei. — O que você disse a ele?

— Está tudo bem — respondeu Eli, soando bem longe disso. — A igreja não é aberta a turistas, e ele disse que vocês não estão vestidas de forma apropriada para um lugar sagrado.

— Dá para ver — disse Adriane, lançando um olhar para os sem-teto.

Aquilo não explicava por que a discussão havia demorado tanto, ou por que o padre ficou tão zangado.

— Você disse a ele que só queremos fazer uma pergunta? E esse é ele mesmo? — Voltei-me para o padre. — O senhor é o padre Hájek?

— É ele — respondeu Eli. — Mas não vai nos ajudar. Ele disse que não sabe de nada.

— Por acaso contou para ele o que estamos procurando? — perguntei. Era óbvio que Eli estava mentindo. Era ridículo apenas ficarmos ali paradas e aceitarmos o fato, como se fôssemos cegas e ele nosso guia, nos garantindo o caminho seguro e livre quando, pelo que sabíamos, ele ia diretamente para um beco sem saída. Ou para um despenhadeiro.

— Pergunte a ele sobre os *Hledači* — insisti. — Pergunte a ele sobre a *Lumen Dei*.

— Falei para você, ele não quer falar com a gente — respondeu Eli.

— Então, podemos ir embora?

— Certo. Vamos simplesmente acreditar em você — disse Adriane.

Abri meu guia de viagem na parte das frases tchecas mais comuns, determinada a encontrar um jeito de fazer minhas próprias perguntas, mesmo que tivesse que usar imagens.

Mas não achei.

— *Lumen Dei. Hledači*. Sim. Você deve ouvir. — A voz do padre parecia mais estridente, hesitando falar minha língua. Ele era bem mais velho do que o homem na biblioteca. A igreja tinha um leve cheiro de bolor, mas o cheiro úmido de mofo e decadência se intensificava perto dele, como se ele fosse a fonte. — *Hledači*, perseguidores, sim? Entende isso?

— Acho que sim, mas isso foi há quatrocentos anos. Precisamos descobrir...

— Sim, naquela época. Mas também agora. Muitas e muitas gerações. Vão procurar até encontrar. Estão jurados, para sempre.

— Procurar o quê?

— Você sabe. Diga você mesma.

— A *Lumen Dei*.

Ele assentiu.

— Mas eu não sei disso — comentei. — Não sei de nada. Apenas me diga o que é. O que eles querem?

— É a máquina — respondeu ele. — É um milagre e uma maldição. É a ponte do humano para o divino. É o conhecimento e o poder de Deus nas mãos do homem. É a abominação. Eles são a abominação.

— Esse cara é maluco — sussurrou Adriane.

— O mundo é maluco — disse o padre, olhando-a. — *Hledači*, maluco, sim. A máquina é real. E perigosa. Quer viver? Escolha não saber.

— Isso nos ajudou muito. Obrigada — disse Adriane. — Então agora que nos contou tudo, devemos esquecer ou morrer? Excelente.

O padre a ignorou.

— Esta igreja honra São Boécio. Sabem a história desse homem?

Com todo o respeito, negamos com a cabeça, alunos estimados e obedientes até a morte.

— Um homem brilhante, o Boécio. Filósofo. Acadêmico. Uma luz brilhante em uma era escura. Encontra uma obra-prima antiga. Aristóteles. Traduz para as pessoas. Sabem como o agradecem pelo presente? — Dessa vez, ele mal fez pausa para confirmar nossa ignorância. Sua fala melhorava a cada segundo. — O rei enrola uma corda no pescoço dele. E a aperta cada vez mais forte até que os olhos dele pulam para fora. Depois seu povo o espanca até a morte. Sabem por quê? Ele faz perguntas demais. Eles não gostam das respostas dele. Ele paga o preço.

— Muito sutil — disse Adriane.

Era incrível quantas maneiras criativas de matar as pessoas apareciam. Fiquei imaginando, em média, quantos cadáveres precisavam ser empilhados antes que os carrascos ficassem entediados o suficiente para inventar novos métodos.

— Como encontramos essa máquina? — perguntei. Não era curiosidade; era necessidade. — Como encontramos os *Hledači*?

Como eles nos encontraram?

Ele não respondeu.

— Estamos em perigo? É isso que está dizendo? Deles? Do senhor?

— *Est autem fides sperandorum substantia rerum argumentum non parentum.*

Traduzi às pressas.

— Agora a fé é a substância das coisas esperadas, a prova das coisas não vistas.

O padre ofereceu um gesto de aprovação com a cabeça.

— Hebreus 11:1.

— E isso é para significar alguma coisa?

Ele virou-se, murmurando algo em tcheco.

— Responda!

Sem nos encarar, ele falou.

— *Nemluvím anglicky.* — Falando devagar e claro para que até mesmo nós, americanos idiotas, pudéssemos entender.

— Ele disse que não fala nossa língua — traduziu Eli, de mau humor.

— Isso eu entendi, obrigada.

O padre saiu andando com dificuldade pelo corredor central da igreja, virando somente quando chegou ao altar. Vociferou alguma coisa curta e zangada em tcheco, depois lançou as mãos para o alto. Fomos dispensados.

— O que ele disse naquela hora? — perguntei, enquanto saíamos da igreja, fechando os olhos com a luz do sol repentina.

Eli parecia ligeiramente indisposto, como se soubesse que eu sabia que ele ia mentir, mas não havia nada que um de nós pudesse fazer.

— Ele queria ter certeza de que você experimentaria o *svičková* antes de partir da cidade; ele alega que é um tipo de experiência culinária que só se tem uma vez na vida. — Enfiou as mãos fechadas nos bolsos do casaco. — Mas eu já comi. Tem gosto de frango. Vai por mim.

12

A opinião de Adriane, enquanto voltávamos para o albergue: isso foi loucura, isso foi ridículo, isso foi uma perda do nosso tempo. Se achávamos que Chris estava morto por causa de uma suposta máquina antiga que era, basicamente, um telefone para Deus e um bando de malucos de quatrocentos anos de idade que queriam roubá-lo de novo, então ela conhecia um hospital psiquiátrico aconchegante e bom, onde poderíamos nos recuperar até que o bom senso e a sanidade voltassem. Se acreditávamos em um padre maluco e uma carta antiga, ela teria um monte de feijões mágicos à venda e uma bolsinha de pó de fada. Claro que agora percebíamos que qualquer averiguação futura nessa direção seria uma perda ridícula de tempo, como talvez toda essa viagem tinha sido uma perda ridícula de tempo. E por falar nisso, ela comentou que em algum lugar por aí havia um assassino de verdade com uma faca de verdade, e que talvez devêssemos parar de perseguir sombras e começar a nos proteger?

Atravessamos a ponte, fomos abrindo caminho no meio da multidão, subimos o monte em Malá Strana, e deixei Adriane falar, sabendo que tudo o que ela dizia fazia sentido — mas que nada daquilo explicava por que um padre do século XXI estava contando histórias de terror sobre segredos de quatrocentos anos guardados por uma garota morta, cuja carta sangrenta eu havia lido, roubado e roubado outra vez. E se Adriane tivesse sabido da carta, talvez tivesse concordado. Mas eu não contei a ela; não podia. Uma coisa seria me achar responsável pelo que havia acontecido a Chris. Outra seria ver minha culpa refletida em seus olhos. Isso a tornaria muito real.

Eli também ficou calado, até que chegamos ao saguão e pegamos as chaves de nossos quartos na recepção. Então ele interrompeu a ladainha dela para dizer, com calma:

— Se uma máquina como aquela realmente existisse, as pessoas estariam dispostas a matar por ela. Muitas pessoas.

— É, e se vampiros bonitões realmente existissem, o suicídio seria uma opção viável para prevenir rugas. O que você quer dizer?

— Quero dizer que, talvez, a *Lumen Dei* esteja por aí em algum lugar. Que é real.

Adriane desviou o olhar para mim.

— Você não me disse que ele era um fanático religioso.

— Esquece — disse Eli, e foi para o quarto dele sem dizer mais nada. Voltamos para o nosso. Adriane estava com a chave, então entrou primeiro.

E foi Adriane quem gritou.

13

Nossas malas haviam sido rasgadas; nossas roupas, jogadas no chão; nossos colchões, picados. As costuras das bolsas estavam cortavas com lâmina; os colchões e travesseiros revelavam os enchimentos. Todas as gavetas estavam abertas, e todos os vidros no quarto — espelhos, janela, até mesmo a tela da TV — estavam quebrados.

Fosse lá quem tivesse passado por ali, havia ficado com raiva.

Ou talvez — pensei, muito tempo depois do que teria sido sensato fugir — a pessoa não tivesse ido embora.

Meus instintos de sobrevivência viviam me decepcionando.

Eli estava do nosso lado em segundos. Adriane ficou quieta, mas estava pálida e tremendo. Não tínhamos saído da entrada.

— Meu quarto também — disse Eli. Passou por nós, abriu as portas do armário e do banheiro: vazios. Seja lá quem fosse, tinha ido embora. Isso significava o quê? Que estávamos seguros?

Comecei a rir.

Eli pareceu assustado.

— Ela está...?

— Ela está bem — interrompeu Adriane. A mão dela tocou minhas costas com delicadeza, mas com uma pressão firme, como se fosse me segurar caso eu começasse a cair.

Ri mais ainda.

— Está tudo bem — irrompi, tentando recuperar o fôlego, ficando assustada. — Não dá para ver?

Nada havia sumido, e não havia pistas do que tinham ido procurar.

— Talvez nossos passaportes — deduziu Adriane.

Talvez não. Eu ainda estava com a bolsinha do passaporte presa na cintura. Ainda tinha a carta.

— Temos que sair daqui — sugeriu Eli.

— Por que diz isso? — perguntei.

— Pelo menos sabemos que ele está aqui — respondeu Eli.

— Quem?

— Quem você acha?

— Acha que Max fez isto? — perguntei.

— Quem mais sabia que estávamos aqui?

Graças ao meu descuido, o recepcionista e qualquer um com um pouco de dinheiro no bolso que poderia tê-lo subornado para mostrar qual eram nossos quartos, pensei, mas não disse, porque me ocorreu que ele não era o único que sabia que estávamos ali.

— Você sabia — falei para Eli.

Eli bufou.

— Bela dedução. Enquanto não estavam prestando atenção, me teletransportei para cá, usei meus poderes de supervelocidade para revistar o quarto em trinta segundos e depois me teletransportei de volta, antes que notassem que eu havia sumido.

— Ou decidiu agir de acordo com as leis da física e chamou um amigo — retruquei. — Pelo que sabemos, o recepcionista poderia ser seu tio-avô desaparecido.

Ele sacudiu a cabeça.

— Admita. Seu namorado estava procurando alguma coisa quando Chris se meteu no caminho. Ele destruiu o quarto do dormitório deles. E agora atraiu você para cá, o que significa que, seja lá o que ele queira, acha que está com você.

— Faz todo o sentido — disse Adriane.

— Adriane! Você disse que acreditava...

Ela ergueu a mão para me calar.

— Todo o sentido, se substituir o nome dele pelo seu — falou para Eli.

— Dá um tempo.

— Você nos seguiu até Paris — disse ela. — Nos seguiu até aqui. Disse que queria nos ajudar...

— Porque eu quero.

— Mas na primeira oportunidade, mentiu para nós.

Ele negou com a cabeça.

— Então nos diga o que o padre realmente disse.

Ele pressionou os lábios.

— Certo. Venha, Nora. Vamos embora.

— Nora. Você sabe que não fui eu. Venha ver meu quarto, está exatamente igual. Sabe que não fiz isso.

Acreditei nele — e me odiei por isso. Confiar nele era apenas mais uma prova de que eu precisava parar de confiar em mim mesma. Eu havia cometido erros demais.

— Sei que não foi o Max — comentei. — Qualquer outra coisa é pura ilusão.

Colocamos nossas tralhas nas bolsas, depois saímos do Javali Dourado sem nenhuma direção e sem ideia de onde passaríamos as horas até a meia-noite; saímos com nada além da suspeita de que alguém estava nos observando, alguém que queria algo e não nos deixaria em paz até conseguir; saímos determinados a não voltar. Eli não tentou nos deter; ele não nos seguiu.

— Não precisávamos dele — disse Adriane. — Vamos resolver isso. — Colocou a mão em meu ombro. Não dispensei o gesto. Estava escurecendo, e, no alto, as torres do castelo esculpiam sombras tenebrosas no crepúsculo que chegava. — Vamos encontrar o Max sozinhas.

Eu precisava dizer a ela.

Já devia ter dito a ela.

E quando disse, quando mostrei o bilhete e expliquei o código dele, quando disse a ela que tudo o que tínhamos a fazer era aguentar até meia-noite e ele estaria nos esperando, ela não ficou zangada. Girou na ponta dos pés, me abraçou e riu.

— Então é isso — disse ela. — Amanhã a esta hora, estaremos no avião para casa. Estaremos com Max. Vai ficar tudo bem.

Andamos em círculos, matando as horas, esperando que a previsão dela se tornasse realidade, e continuei olhando para trás, esperando ver Eli nos seguindo, se escondendo atrás das árvores e dos carros, ou talvez apenas passeando atrás de nós, descaradamente sabendo que não havia como detê-lo.

Mas quarteirão após quarteirão, ele ainda não estava lá. Eu sabia que deveria estar aliviada.

14

A cidade era diferente à meia-noite. Ainda bela — mais bela, talvez —, porém mais feia também, com vidros quebrados reluzindo debaixo dos postes de luz, a Madonna estática detonando nas lojas de suvenir que, ao que parecia, nunca fechavam, flashes de câmeras no topo de todas as torres, fazendo lembrar que alguém estava sempre de olho.

Os turistas ainda entupiam as principais avenidas, famílias dando espaço a despedidas de solteiros cheias de bêbados, irmãos de fraternidade gritando, com seus agasalhos combinando para indicar que eram da Turma da Bebedeira de Praga, os sortudos pedalando em suas bicicletas de seis assentos, cujas placas de identificação diziam FESTA SOBRE RODAS. Mas as ruas laterais estavam desertas. O grafite brilhava sob as luzes alaranjadas: o cruel e o ódio marcavam a cor de sangue e ferrugem pichados nas paredes de pedras com textura granulosa; palavras cheias de consoantes demais; flechas e rostos e uma marca desbotada do que poderia ter sido uma cruz ou uma suástica; símbolos enigmáticos de todos os tipos, com exceção de um que eu estava meio determinada e meio temerosa de encontrar. Nossos passos ecoavam contra a pedra.

— E se ele não estiver lá? — perguntei, enquanto descíamos a passagem que ia da Karlův até a ilha de Kampa. Debaixo de nós, fluía um canal estreito e calmo: Certovka, o Córrego do Diabo.

— Ele vai estar aqui — disse Adriane.

— E depois?

Ela não respondeu.

Uma figura esbelta e solitária encostou-se à grade, de costas para a água, o rosto na sombra. Não quis acreditar até que ele inclinou a cabeça em nossa direção e seus óculos refletiram no luar.

Max.

Ele parou no feixe de luz debaixo de um poste ali perto e sorriu. Parecia mais magro do que eu me lembrava e mais pálido, mas poderia ter sido a luz, que dava à sua pele um brilho amarelado.

Max.

Estendeu a mão para nos saudar, mas fora isso não se mexeu, esperando que fôssemos até ele. Era assim que sempre acontecia em meus sonhos — só que, quando eu chegava perto o suficiente para tocá-lo, ele sempre se retirava depressa, e eu não o alcançava. Ele fugia e eu o perseguia, mas nunca o pegava.

Max.
Ali.
Vivo.

Era para ele deixar tudo bem. Era para ele consertar tudo o que havia sido quebrado, me consertar. Era para ele me abraçar quando eu me jogasse em seus braços, me apertar até eu me sentir segura. Era para ele nos dizer por que o Chris estava morto, por que ele havia desaparecido e por que tudo havia desabado, e então era para ele saber como remontar tudo.

Parei perto dele, a alguns metros de distância entre nós. Alguma coisa estava errada — errada comigo. Porque vê-lo deveria me fazer ter sentimento outra vez, preencher o vazio. Eu me senti zangada. Aliviada. Triste. Grata. Confusa. Assustada.

Mas não me senti bem.

Não me senti segura.

— Max! — Foi Adriane quem gritou seu nome, Adriane que correu até ele, lágrimas correndo pelo rosto, braços bem abertos. Ela se pendurou nele, e ele deixou, e, independentemente do que sentiam um pelo outro, não havia nada de estranho naquilo. Os dois amaram o Chris; os dois suportaram juntos, seja lá o que tivesse acontecido naquela noite; os dois sobreviveram. Adriane era a normal, seu rosto enterrado no ombro que ela, um dia, considerou estreito e ossudo, o corpo dela tremendo de forma incontrolável no que ela um dia designou como "braços compridos e finos de polvo" do Max. Ele me olhou, sobre o ombro dela, mas continuou ali e esperou que a respiração dela diminuísse e que seus soluços se acalmassem. Quando isso aconteceu, e ela enfim o soltou, o rosto dela estava manchado de lágrimas, mas sereno.

Alguma coisa, com certeza, estava errada comigo.

Ele diminuiu a distância entre nós.

— Onde você esteve esse tempo todo? — falei, e não *eu te amo, senti sua falta, graças a Deus que está a salvo*. — Por que estamos aqui? O que aconteceu aquela noite? Para onde você foi? — Nem *como você pôde me deixar sozinha?*.

Ele me beijou.

— Desculpe — sussurrou.

Atrás de mim, houve um grito interrompido. Depois um gemido abafado. Um rodopio. Adriane se debatia nos braços de um homem encapuzado, um dos braços segurando o corpo dela na altura do peito e uma das mãos tapando sua boca. Depois surgiram mais deles; estavam por todo canto, emanando das sombras. Alguém deu um soco em Max. Alguém se arremessou sobre mim. Dei socos cegamente, esperando que surgisse algum mecanismo de defesa, tentando me lembrar da ordem dos pontos de pressão que nos ensinavam nas aulas de ginástica. Mire primeiro nos olhos, no pescoço, ou era nos rins? Gritei por Max enquanto dois deles o jogavam ao chão. Meu punho tocou algum estômago e meu cotovelo bateu em algo duro, como um queixo ou cabeça, mas isso era errado, lembrei-me, era para eu procurar os pontos macios, as membranas — e provavelmente não deveria estar pensando em instruções quando aquelas mãos brutas puxaram meus braços para trás e juntaram meus pulsos. Gritei inutilmente, quem é você e o que está fazendo e me solta e, mais de uma vez, socorro, mas ninguém respondeu e ninguém apareceu.

Meus braços estavam presos para trás, e não havia nada para impedir a queda quando as mãos me obrigaram a ficar no chão e me fizeram deitar de costas. O rosto do homem estava coberto pelo capuz, e eu não conseguia ver nada além da ponta de um nariz e o branco dos dentes dele. Ele se debruçou sobre mim, enorme e assustador — e burro, porque ao fazer isso, levantei o joelho e o golpeei no queixo, com força, então, com o mesmo movimento, dei em suas bolas o chute que me tornou campeã de *kickball* no terceiro ano e, com um leve gemido, ele caiu para trás.

Tudo o que você fez foi deixá-lo zangado, pensei.

Mas ele já estava zangado. Adivinha só: eu também.

Arrastei os pés contra o chão e me esforcei até ficar sentada, porque agora tudo o que tinha a fazer era me levantar antes dele, chutá-lo enquanto estava no chão... e descobrir uma maneira de salvar Adriane e Max, tudo isso com minhas mãos amarradas para trás.

— *Policie!* — alguém gritou atrás de nós. — *Police! Polizia! Policie! Stůjte, nebo budeme střílet!*

Assustados pela interrupção, os homens encapuzados nos deixaram na terra e se dispersaram.

— Eles nos atacaram! — gritei, me levantando do chão. — Não fizemos nada.

Adriane estava em pé com o corpo mole encostado contra o muro, estupefata e ofegante.

— Isso aconteceu mesmo? — perguntou para a noite. — Diga que isso não acabou de acontecer.

Max, braços e pernas encolhidos, estava em posição fetal encostado na base de pedra da ponte.

— Eu estou bem — disse ele, com calma.

Senti a risada borbulhando dentro de mim outra vez. Claro, todos nós estávamos bem.

Os policiais tchecos não se pareciam muito com policiais. Havia dois deles, um de jeans e um agasalho de capuz azul, o outro com uma capa de chuva cinza, os dois com vinte e poucos anos.

— Obrigada — agradeci, me virando para que soltassem fosse lá o que estivesse amarrando meus pulsos.

O da capa de chuva falou alguma coisa em tcheco. Depois, sem soltar nenhum de nós, os dois viraram as costas e sumiram no meio da noite.

— Esperem! — gritou Adriane. — Aonde vocês vão? Vocês são policiais! Precisam nos ajudar!

— Não paguei a eles o suficiente para isso. — Eli saiu de um beco. — E vai por mim, devia estar feliz por eles não serem policiais de verdade. Esse é um problema de que você não precisa.

Meu queixo caiu de verdade.

— O que é isso?

Ele sacudiu a cabeça e abriu um canivete, acenando para que eu fosse até ele com a lâmina.

— Perguntas mais tarde. Primeiro...

Não me mexi. Ele agarrou meus punhos antes que eu pudesse me afastar, a lâmina cortou. Eu estava livre.

15

Em um gesto louvável, Eli libertou todos e nos deu a chance de verificar se não havia nenhum osso quebrado ou ferida profunda antes de começar a tripudiar. A primeira coisa — disse ele, e todos concordaram — era sair da rua antes que os homens encapuzados percebessem a jogada e voltassem.

— Conheço um lugar — disse Max, e embora hesitasse em deixar Eli ir também, mal podia discutir contra a probabilidade de Eli ter salvado nossas vidas. Aquilo tinha de valer alguma coisa. E seja lá qual fossem as mentiras que havia dito ou os segredos que guardava, ele ainda era primo de Chris. Isso valia mais. Max nos guiou por ruas estreitas de Malá Strana até que chegamos a um albergue de pedras, U Zlatého lva, que não era tão diferente do que deixamos para trás naquela tarde, com exceção de um leão de pedra colocado no topo do portal, em vez de um javali. Max segurou minha mão o tempo todo. Isso ajudou.

Um pouco.

O quarto de Max era bem menor do que o que ficamos. Uma janela estreita dividia a parede de pedras. Uma pia enferrujada e pingando sobressaía ao lado da cama. Havíamos passado pelo banheiro coletivo a caminho do corredor sujo, uma única lâmpada fluorescente, oscilante feito um estroboscópio, tornava nossos movimentos irregulares como uma animação *stop-motion*. A porta foi trancada depois que entramos, mas as dobradiças antigas pareciam algo que uma criança zangada poderia derrubar só com um chute.

— Devemos ficar protegidos aqui — disse Max. — Por enquanto, pelo menos.

— Protegidos de quem? — perguntou Adriane. — Quem eram aqueles caras? O que está *acontecendo*?

— Sim, Max, estamos ouvindo — disse Eli, lentamente. Ele estava encostado na porta, como se posicionado para uma fuga rápida. — Conte tudo o que está acontecendo e por que nada disso pode ser culpa sua.

Max empurrou os óculos sobre o nariz.

— Vou contar tudo para você — disse ele para mim, com calma. — Você. Ele não. — Colocou o braço sobre meu ombro. Foi estranho, depois de tanto tempo, ser abraçada de novo e o abraço ser dele.

— Nesse "tudo" está incluída a parte em que você mata seu melhor amigo? — perguntou Eli.

Apertei a mão de Max.

— A polícia acha...

— Sei o que a polícia acha.

— Foi por isso... — Não tinha certeza se queria a resposta. — Foi por isso que você fugiu?

Ele tocou meu rosto com as costas da mão, delineando meu queixo com a junta dos dedos.

— Você sabe que eu não teria feito isso.

— Chega. — A voz de Adriane foi severa, com uma ponta de aspereza. Ela se encolheu em um canto, com as mãos cruzadas sobre o peito. Parecia errado, Adriane sozinha, Max e eu juntos. Era para eu ser a pessoa desacompanhada, a boba ficando sozinha, ela devia ter pensado. Mas Chris estava morto, e Max era caloroso, respirava e me abraçava. Um quadro que de repente pareceu obsceno. — Apenas nos diga o que aconteceu naquela noite.

— Ela não se lembra — disse a ele.

Os olhos de Max se cerraram.

— Nada mesmo?

Ela negou com a cabeça.

— Então, por favor.

Ele tirou o braço do meu ombro, e deixou as mãos caírem em seu colo.

— Eu não matei o Chris — afirmou ele.

Aproximei-me dele.

— Sabemos disso.

Ele se afastou.

— É a sua opinião — disse Eli.

— Isso vai parecer loucura — disse Max. — Também achei que fosse loucura, mas tudo tem a ver com o Livro. E esse dispositivo chamado *Lumen Dei*...

— E os *Hledači*, certo? — acrescentou Eli. — Agora conte algo que não sabemos, como o que eles iriam querer com um universitário americano inocente?

— Você sabe sobre eles? — perguntou Max, de olhos estatelados.

— Conte para a gente — falei. — Comece do início.

— Não queria você envolvida nisso — comentou ele.

Apenas o olhei, com o *tarde demais* subentendido.

Ele suspirou.

— Aqueles homens, os *Hledači*. Acontece que estavam nos observando o tempo todo. Eles observam qualquer um que esteja pesquisando a sério o manuscrito Voynich. Acham que é a chave.

— Para quê? — perguntei.

— Para juntar o dispositivo outra vez. Ele desapareceu há quatrocentos anos e seja lá o motivo, acham que as partes ainda estão por aí em algum lugar, e o Livro pode ajudá-los a encontrá-lo, ou ajudá-los a fazer um novo.

— Explique isso para mim como se eu fosse... ah, sei lá, lúcida — pediu Adriane. — Essas pessoas acham mesmo que existe uma máquina de quatrocentos anos que vai levá-los até Deus?

— O dispositivo em si na verdade faz sentido — comentou Max, passando facilmente, mesmo em tais circunstâncias, para o modo professor. — Houve uma explosão de avanços científicos e tecnológicos na Renascença. Pessoas como Da Vinci estavam praticamente projetando aviões. E o motivo de todos para fazer qualquer coisa era se aproximar de Deus. Alquimia, astronomia, biologia... a intenção era ler o Livro da Natureza como se fosse uma segunda Bíblia. A ciência era apenas outra forma de religião, uma forma diferente de conhecer o mundo. Isso era para ser uma metáfora, mas meio que faz sentido que, por fim, alguém teria pensado em torná-lo realidade. Encontrar Deus. Com uma máquina.

— Suponho que os gentis cavalheiros com mantos encapuzados o fizeram sentar e lhe deram uma aula fascinante sobre tudo isso? — perguntou Eli.

Ele não conhecia o Max como eu, e não podia ler as folhas de chá em seu rosto, as manchas pálidas atrás de suas orelhas e a maneira como seus lábios se moviam sem som, como se seu corpo estivesse ensaiando a refutação, mesmo antes de sua mente criar uma. Max tinha gênio difícil, mas não gritava. Adriane tinha, bem no início, classificado Max como bode: teimoso, mas, na maior parte, inofensivo. Ele não parecia inofensivo.

— Não precisaram me falar nada — disse ele, sem rodeios. — Vou me formar em história. Eu li.

— Você acredita que essa máquina existe de verdade? — perguntei a ele.

— Não importa, eles acreditam. — Ele deu de ombros. — E se existe ou não, eles são malucos. Atacaram o Hoff. Mataram o Chris. E eles...

— O quê? — interrompeu Eli. — Roubaram o dinheiro do seu almoço? Fizeram cuecão em você? O que o torna tão especial para que o deixem em paz?

— Não deixaram — respondeu Max, tão baixinho que só eu consegui ouvir. Baixou a cabeça. — Estavam me esperando quando cheguei na casa do Chris. Três deles. Chris já estava... — Engoliu seco. — Adriane, você estava lá também, mas... estupefata. Não me respondeu. Era como se nem me visse. Eles estavam discutindo sobre o Chris. Não era para matá-lo, pelo menos não antes de conseguirem o que queriam. Alguém pisou na bola. E quando me viram... eu fugi.

— Você a deixou lá — comentei. — Sozinha e indefesa. Com uma casa cheia de assassinos psicopatas.

— Eu não pensei — disse ele. — Apenas fugi. Mas eles me alcançaram.

— Talvez seja por isso que me deixaram viva — disse Adriane tranquilamente. Estava pálida, mas calma. — Teriam ficado lá e me matado se você não tivesse fugido. Talvez você tenha salvado nós dois.

— É uma maneira de ver as coisas — disse Eli.

— Eles me apagaram — disse Max. — Quando acordei, estava em Praga. Não que eu soubesse. Fiquei mantido em um porão. — Olhou para Eli. — Eu não era especial. Precisavam de um de nós vivo para que pudessem conseguir o que precisavam.

Coloquei a mão nas costas dele, mas ele enrijeceu, e a tirei.

— Do que eles precisam? — perguntei, o mais gentilmente que pude.

— Algum tipo de mapa — respondeu ele. — A chave para onde as peças da *Lumen Dei* estão escondidas. Estavam convencidos de que Chris a estava escondendo em algum lugar. Não faço ideia do porquê. Tentei dizer a eles que eu não sabia de nada, continuei dizendo sem parar, mas não acreditaram em mim. E então me ocorreu que se acreditassem em mim... não precisariam mais de mim de forma alguma.

— Então, deixe-me adivinhar: eles, de forma milagrosa, caíram na real e deixaram você ir — disse Eli.

— Eu escapei — explicou Max.

— Você. — Eli o olhou da cabeça aos pés. — Rechaçou um bando de fanáticos com facas de açougueiro.

Max era alguns centímetros mais alto do que Eli, mas o que tinha de altura faltava em massa. Nunca namore um cara que caiba no seu jeans, Adriane sempre me avisou — esquecendo-se de mencionar que era porque eu poderia, um dia, precisar dele para me salvar de uma sociedade secreta de assassinos rejeitados do Festival da Renascença. Max sempre foi magro, mas nunca foi fraco. E apesar de agora estar mais magro do que nunca, jamais pareceu tão mais forte.

— Sim. Eu.

Eli desviou o olhar primeiro.

Havia algo diferente em Max. Algo mais duro, em sua voz, em seus olhos. Queria acreditar que aquilo desapareceria agora que ele estava a salvo — agora que tudo havia terminado. Mas eu sabia que não era assim que funcionava.

E sabia que não tinha terminado.

Deixei os rapazes discutirem sobre a logística da fuga de Max: Eli tentando achar furos na história; Max tentando, eu podia ver pela tensão em seus músculos faciais, não voar até o outro lado do quarto e jogar Eli através da porta bamba. A coisa esquentou e depois ficou insignificante, e gostei daquilo, porque quando pararam não haveria mais desculpas para não dizer a coisa que eu tanto havia tentado não saber.

Mas, por fim, minha desculpa final acabou. Então falei; tornei real.

— Acho que tenho o mapa.

16

Os invernos conhecem as sombras naquela palavra.
A menos que a lei do mal também deva procurar o ladrão
E a lei do bem adquira sua cidade
Para aqueles fora da palavra.

Em toda a nossa era, Ele que está abaixo
Com ignorância merece uma oração ignóbil
Ó meu espírito guardião
Ó quando o puro néctar do incrédulo viver com você.

Minha lei é um padrão tépido
Deste modo, entreguei o cão de caça às trevas
Reviva sua alma em minha casa
O sol prenunciará todas as coisas nesse caminho.

Era a parte da carta de Elizabeth que nunca havia feito nenhum sentido, e por isso eu a ignorei. Assim como tinha ignorado a frase logo acima dela:

Três por três é onde me encontrará.

Palavras sem sentido, correlacionadas com um número. Como o cartão codificado de Max — como um texto esteganográfico. Ela explicaria por que os *Hledači* tinham ido atrás de Chris e do Hoff, por que tinham levado Max, por que estavam tão convencidos de que todos nós sabíamos algo que nenhum de nós sabia.

Mostrei a carta para eles.

Adriane recuou.

— Isto é sangue? E você tem carregado ela com você esse tempo todo? Só me diga que não é do Chris... — Mas ela podia ver em meu rosto que era e se afastou.

— Você me disse que deu essa carta para o Chris — disse Max. — Que ele ia devolvê-la para você.

— Eu dei. Ele ia. Mas quando o encontrei... — Não podia contar a verdade para Adriane, que eram seus dedos rígidos segurando o pergaminho, que havia sido o último legado de Chris para ela e eu havia tomado para mim. — Estava na mão dele.

— Alguém pode me esclarecer? — pediu Adriane. — Por que o Chris teria isso? Por que você teria?

Enquanto eu explicava, ela ficou bem parada.

— Então você decidiu pegá-la? — perguntou Adriane, quando cheguei à noite do assassinato. — Porque roubá-la deu tão certo para você da primeira vez? Brilhante.

— Imagino que ela não estivesse pensando direito — disse Eli. — E não parece que você foi de muita ajuda.

— Deixe-a em paz — falei para ele. Chega de desculpas. — Ela tem razão. A culpa é minha. O que aconteceu com o Chris. Se eu não tivesse pegado a carta. Se eu não tivesse a entregado para ele. Eu fiz isso.

— Não. *Eles* fizeram isso — afirmou Max rapidamente.

— Você não poderia ter sabido — disse Eli.

— A culpa não é sua — acrescentou Max.

— Você não pediu por isso — falou Eli.

— Nós nem sabemos se você tem razão — disse Max.

— Não era você quem estava segurando a faca — completou Eli.

Adriane não disse nada.

Mas eu podia sentir por sua expressão. Ela enfim entendeu que não éramos malucos. Que o passado era relevante para o nosso presente. Que os *Hledači*, a *Lumen Dei* e Chris estavam todos interligados, *de alguma forma*. Que tudo era por minha causa.

Que eu devia levar a culpa.

— Não podemos mudar o que aconteceu — disse Max. — Mas se este for realmente o mapa que os *Hledači* estão procurando, significa que podemos vencê-los. Se pudermos achar a *Lumen Dei* antes deles, teremos uma vantagem: podemos obrigá-los a limpar meu nome e nos deixar em paz.

Eli bufou.

— Certo, ou em vez de negociar com assassinos potencialmente imaginários, poderíamos dar o fora do país e procurar a polícia.

— Como se alguém fosse acreditar nisso, ainda mais vindo de mim — comentou Max.

Eli sorriu ironicamente.

— Mas tudo parece *tão* convincente.

— Eli tem razão — falei. Não olhei para Max; parecia muito que era traição. — Isso é muito importante. Viemos aqui para encontrá-lo, Max. E você está aqui, está a salvo. Temos que sair daqui antes que algo mais aconteça.

— Quer dizer, tipo, os caras zangados e encapuzados tentando cortar nossas gargantas e nos jogar no rio? — perguntou Adriane. — Acho que o navio do antes-que-algo-mais-aconteça já partiu. Qual é a boa, ninjas?

— Não se partirmos primeiro — respondi.

— Quer dizer se fugirmos — retrucou ela. — Do que você começou.

— Adriane...

— Se procurarmos a polícia e não acreditarem em nós, vão jogar o Max na cadeia, e aí? O que vai acontecer se esses caras voltarem querendo mais?

— Não podemos voltar — explicou Max. — Nenhum de nós pode.

— Não cabe a você decidir isso sozinho — falei para ele. Mas os assassinos de Chris ainda estavam lá fora. Mesmo que pudéssemos voltar e, de alguma forma, ter certeza de que não nos seguiriam... e depois? Eles limpariam o sangue e viveriam felizes para sempre, enquanto íamos para casa e tentaríamos não cair no buraco escancarado que deixariam em nossas vidas.

— Você não sabe de tudo — disse Max. — Ainda não.

"Tudo", ao que parecia, precisava ser mostrado em vez de falado, e ele nos levou para o computador empoeirado da década de 1990 no saguão, que oferecia aos hóspedes acesso à internet com uma velocidade de lesma. Max digitou nossos nomes na área de pesquisa, e depois esperamos uma eternidade para a página carregar.

O primeiro resultado foi um artigo de jornal.

Os dez primeiros resultados eram todos artigos de jornais.

GAROTAS ENLOUQUECIDAS DESAPARECEM
QUAL É O PROBLEMA DAS CRIANÇAS DE HOJE?
GAROTAS ASSASSINAS FOGEM

Cliquei no mais chato.

SUSPEITAS DE HOMICÍDIO FOGEM DO PAÍS

Chapman, Massachussets — Duas adolescentes procuradas pelo assassinato de um amigo próximo desapareceram durante excursão do colégio para Paris. Nora Kane e Adriane Ames, do último ano do ensino médio do colégio Chapman, que a polícia diz terem conspirado com Max Lewis no assassinato de Christopher Moore, 18, foram vistas pela última vez em uma excursão do colégio para Paris. Acredita-se que poucas horas depois de chegarem à França, elas escaparam dos monitores e atravessaram a fronteira para a Alemanha.

A polícia local, a princípio, concluiu que Lewis (possivelmente um pseudônimo) agiu sozinho no assassinato brutal no mês passado, mas de acordo com fontes departamentais, surgiram novas provas que envolvem Kane e Ames no crime. Lewis não foi visto desde a noite do assassinato, e agora suspeita-se que os três estejam juntos. Já foram emitidas as ordens de prisão dos três, e as autoridades locais estão trabalhando junto com a Interpol para rastreá-los.

Os pais das duas garotas somente dizem que estão preocupados com o bem-estar das filhas e oram pela segurança delas. Sobre o envolvimento das filhas na morte de Moore, nada foi comentado.

Li e reli várias vezes, enquanto as frases perdiam coerência e se transformavam em uma confusão de letras, como uma palavra que a gente continua repetindo até ela não passar de uma série de sílabas sem sentido.

Já foram emitidas as ordens de prisão. Trabalhando junto com a Interpol. Assassinato brutal.

Palavras que não podiam significar o que significavam, que não eram possíveis de pertencer à minha vida.

E mesmo assim. Uma nova prova de fato havia surgido e me envolvia no crime. Eu a tinha em meu bolso. Max poderia me tranquilizar o quanto quisesse, mas eu sabia o que sabia.

— Tenho que falar com meus pais — comentei.

Max agarrou meu pulso e tirou com delicadeza minha mão do teclado. Deixei que fizesse isso por mim; estava congelada.

— Desculpe — disse ele. — São eles. Os *Hledači*. Incriminaram você, da mesma forma que me incriminaram. Estão nos manipulando.

— Sem comentários? — Adriane pegou o mouse e começou a examinar os outros artigos. — Eles nem mesmo se incomodaram em me defender? Devem estar mais tristes por eu ter estragado as férias deles. Aposto que disseram "sem comentários" ao lado da piscina.

— Está vendo por que não posso voltar? — disse Max. — Eles nos prenderiam assim que puséssemos os pés no aeroporto.

— Preciso falar com meus pais — repeti.

— Podemos resolver isso — falou Max para mim. — Agora que temos o mapa. Temos algo que eles querem. Podemos usá-lo.

Eli colocou um celular em minha mão.

— Funciona na Europa — disse ele. — Mas é provável que tentem rastreá-lo. Fale rápido.

Ofereci o celular para Adriane, que negou com a cabeça.

— Também não tenho comentários para eles. — Se a pessoa não a conhecesse, não a tivesse visto se comportar com submissão aos pais, as únicas pessoas que conseguiam fazê-la engolir em seco e dizer sim para tudo, se não notasse os dedos dela, apertando e dobrando e apertando de novo, poderia quase acreditar que ela não se importava.

Atravessei o saguão, me aninhei em um canto com meu rosto bem perto da parede e digitei o número familiar.

— Desculpe — disse, quando minha mãe atendeu o telefone.

— Nora? Onde você está? O que aconteceu?

— Não queria preocupar vocês.

Ela gritou por meu pai, depois ficou me perguntando onde eu estava, se estava segura, o que estava acontecendo, muitas perguntas para eu responder. Quando a linha clicou com meu pai pegando a extensão, ela se calou.

Por um momento, todos ficaram em silêncio.

— Você está bem? — perguntou ele.

— Estou bem.

— Onde você está?

Não respondi.

— Somos seus pais — disse minha mãe. — Seja lá o que tiver feito, nós a perdoamos. Podemos lidar com isso, mas você precisa vir para casa.

Não respondi.

— Não posso aguentar isso — disse ela. — De novo, não.

Houve outro clique e então meu pai e eu ficamos a sós. Encostei-me à parede e toquei minha testa na pedra fria.

— *Te diligo* — disse meu pai.

Eu te amo. Não conseguia me lembrar da última vez que ele tinha dito aquilo. Havia algo sobre dizer as coisas em um idioma que não era o seu, algo que tornava mais fácil dizer coisas difíceis. Porque, de certa forma, elas não pareciam reais. Elas não contavam.

E, enquanto isso, minha mãe pensava que eu havia feito algo imperdoável que ela precisava perdoar.

Desliguei.

17

No escuro.

Em seus braços.

A pia pingando.

O ruído da chuva.

Seu cheiro, fresco e natural.

O calor de sua pele, o sussurro de sua respiração, a batida de seu coração.

Seu braço jogado por cima de meu peito, nossos dedos entrelaçados.

Seu corpo moldado ao redor do meu.

Em sua cama.

Em sua sombra.

Dormi.

18

Acordei no escuro, confusa, por um momento, sobre onde estava e por quê. Os dígitos vermelhos e opacos do relógio antigo piscaram de forma culposa, 3:47. Eu estava sozinha na cama.

Ele era apenas uma silhueta no quarto escuro, debruçado sobre minha bolsa. O conteúdo farfalhava enquanto ele procurava alguma coisa.

— Max?

Ele se virou.

— O que está fazendo?

— Nada — sussurrou ele. — Volte a dormir.

Sentei-me e acendi uma luz, fechando os olhos com a claridade súbita.

— Tudo bem. Estou acordada. O que foi?

— Estava torcendo para que tivesse uma aspirina — respondeu ele. — Não queria acordá-la.

— Tudo bem, mas não tenho nenhuma.

Ele voltou para a cama e desligou a luz. Meus olhos tinham se ajustado a ela, e agora a noite parecia um breu.

— Deita — murmurou ele. — Durma.

Deitei-me ao lado dele. Dessa vez, encaixei meu corpo no dele e esfreguei minha mão para cima e para baixo em seu braço e em suas costas. Os quartos eram tão baratos que Eli e Adriane reservaram um para cada um, nos deixando juntos. Adriane não havia dito muito antes de ir para o quarto e não me olhava nos olhos. Mas quando perguntei se queria ir para casa, ela negou com a cabeça.

— Não sem você — respondeu, tomando cuidado para manter o olhar em Max ou no chão, em qualquer lugar, menos em mim. — Não sem antes terminarmos isso.

Eu ouvi: *Não sem antes terminarmos o que você começou.*

— Dor de cabeça? — perguntei a Max e beijei a parte de trás de sua cabeça.

— Não importa — respondeu ele, baixinho.

— O que não importa?

— Eles eram bons. — Sua voz virou um sussurro. — Eles sabiam como não quebrar nada. Como não causar dano permanente, a menos que quisessem. Sabiam exatamente o que estavam fazendo.

— Os *Hledači*? — Dizer essa palavra estranha em voz alta, no escuro, parecia perigoso, como uma evocação do mal.

— É pior quando tento dormir — disse ele. — A aspirina ajuda.

Enterrei meu rosto no pescoço dele.

— O que fizeram a você?

Ele virou para o lado.

— Não importa. Acabou. — Ele sentou-se, depois saiu da cama. — Preciso sair daqui. Dar uma volta, ou sei lá.

— Vou com você.

Ele negou com a cabeça.

— São quatro da manhã — falei.

— E é por isso que você deveria voltar a dormir.

— E você também. E se...? — Tínhamos acabado de ser atacados por uma trupe de vingadores mascarados, e, pelo jeito, uma sociedade secreta desvairada e assassina estava tentando nos pegar. Eu precisava mesmo citar os motivos por que andar por aí, sozinho, no meio da noite, não era a melhor das ideias?

Ele pressionou a mão em minha testa, como se estivesse checando minha temperatura.

— Não vou nem lá fora, está bem? Vou andar pelo saguão ou algo assim. Não estou mais seguro aqui do que estaria lá embaixo. Se souberem onde nos encontrar, acabou, haja o que houver.

— Isso me faz sentir bem melhor.

Ele me beijou de leve, depois vestiu o agasalho.

— Só preciso me esgotar um pouco. Parar de pensar. Depois volto para a cama.

— Promete?

— Prometo.

Então o deixei ir, mas não conseguia dormir sem ele. Ainda mais com todo o estímulo acrescentado para os meus pesadelos, imagens de Max em um porão, figuras encapuzadas reunidas ao redor dele, facas manuseadas, punhos, seja lá o que fosse, as pessoas sabiam exatamente o que estavam fazendo quando queriam ferir a gente sem deixar marcas.

Não um estrago permanente.

Havíamos tido uma briga, logo antes de adormecer. Deitada ali em seus braços, eu havia contado tudo o que aconteceu comigo, começando por aquele momento paralisante na casa do Chris, ajoelhada ao lado do corpo dele. Mas, quando chegou a vez de ele contar sua história, de voltar àquela noite e tudo que aconteceu depois, ele não tinha nada.

— Não é importante — disse ele. — Estamos juntos agora, isso é tudo o que importa.

Nós sabíamos que não era, mas talvez a pergunta fosse séria demais, e a resposta, muito difícil. Então comecei aos poucos. Perguntei sobre a carta que tinha encontrado no quarto dele, a que dava nome ao inimigo. *Hledači*.

Senti Max indiferente. Aquilo também não era importante, disse ele. Era só algo que ele havia encontrado; algo interessante que estava pretendendo mostrar ao Hoff. Nada de mais; nada relevante.

— Isso é porque você não sabe tcheco — falei para ele. — Eli traduziu para mim...
— Mostrou a ele?
— Que diferença faz? Você disse que não era nada.
— Mas você não sabia disso — disse Max, nervoso. — Podia ter sido importante, particular. E ele é um estranho. Ele não é ninguém.
— Sei disso, mas estava desesperada. E *ele* estava presente. — Não havia necessidade de acrescentar a conclusão óbvia.

Ele respirou fundo e prendeu o fôlego, como se estivesse tentando guardar todas as coisas que não podia ou não iria dizer. Depois, correu os dedos de leve em minhas costas, fazendo curvas e linhas que soletravam uma mensagem que eu jamais entenderia.

— Desculpe. Tem razão. Só estou preocupado com você. E você não está mais desesperada, certo? Estou aqui agora. Não precisa confiar em um estranho. Não pode arriscar ser ingênua.
— Não estou sendo ingênua.
— Então por que ele está aqui? — perguntou Max. — Poderíamos dispensá-lo agora mesmo.
— Não podemos fazer isso — falei.
— Por que não?
— Bem... primeiro, precisamos dos cartões de crédito dele. — Eli havia pagado pelos quartos, sem hesitação. Nenhuma sociedade antiga estava rastreando os pagamentos de cartões dele, e nenhum agente da Interpol estava vigiando seus saques no caixa eletrônico; ninguém estava atrás dele.
— Então levamos os cartões dele.
— Max! Não vamos roubar o dinheiro dele e deixá-lo sozinho no meio de Praga. — Era engraçado como ele e Adriane haviam tido o mesmo impulso. Devia ter sido a primeira coisa que tinham em comum. Não, a segunda, lembrei-me. A primeira havia sido naquela noite na casa de Chris. Eles sempre compartilhariam aquelas cicatrizes.
— Até onde você sabe, ele pode estar planejando fazer o mesmo com a gente. Ou pior.

Talvez isso não se qualificasse como uma briga, não exatamente, mas não era assim que eu queria passar minha primeira noite com o Max. Não estava certo. Nada estava.

— Desculpe — falei, sem ter por que me desculpar. — Ele estava presente quando precisamos dele. Sei que não está nos dizendo tudo, mas confio nele.

— Não parece contraditório para você?

— Confio nele — respondi com mais firmeza, sem sequer ter certeza de que era verdade. — Quero que ele fique.

Foi quando Max enfim deixou para lá e sentou-se, com as costas para mim.

— Tudo bem. Você confia nele — disse Max, com a voz firme. — Mas e em mim?

— Claro que confio em você.

— Diga que não acredita de forma alguma no que dizem sobre mim.

— Claro que não acredito.

Ele virou e aproximou seu rosto tão perto do meu que eu podia ver seus olhos, até mesmo no escuro. E ele podia ver os meus.

— Você não pensa de forma alguma que talvez seja eu que...

Pressionei seus lábios com minha mão antes que ele pudesse continuar.

— Confio em você — disse, minha outra mão segurando a dele, para que pudesse sentir que ela estava firme. — Nunca tive dúvida alguma. Nem por um minuto. *Confio em você.*

Ele deitou-se outra vez. Abraçou-me outra vez. Beijou-me, fechou os olhos e adormeceu.

Talvez nem sempre tivesse sido verdade. Mas, deitado na cama, o corpo de Max encaixava-se no meu, nossos peitos erguendo e baixando em sincronia, sua respiração quente em minha nuca, não havia outra verdade. *Eu confiava nele.* Aquelas noites sozinha no silêncio fatídico de minha casa, aquelas noites que fiquei deitada na cama, segurando uma faca, esperando que alguém surgisse no escuro, aquelas noites não contavam mais. Aquelas dúvidas não eram mais reais. Como todos os monstros, elas desapareceram na luz da manhã. Desapareceram assim que Max ficou ao meu lado.

Mas agora ele havia sumido de novo. Caminhando pelo saguão, cuidando de ferimentos secretos, escondendo-se de seus pesadelos, ou de seu pesar, ou de mim. Sentei-me e liguei a luz. Liguei todas as luzes.

A carta de Elizabeth estava dobrada dentro de uma caixa vazia de Band-Aid, a qual estava guardada numa meia enrolada, enfiada dentro da manga do meu agasalho do Red Sox. Depois do que tinha acontecido com nosso último quarto, eu não ia mais arriscar. Havíamos combinado de decifrar o código de Elizabeth, se pudéssemos, assim que amanhecesse, mas eu estava acordada agora, sem intenção de fechar os olhos até que Max voltasse, a salvo e intacto.

Três por três é onde me encontrará.
Então alisei as dobras da carta, peguei uma caneta e uma página em branco no meu caderno e comecei a contar.

19

SCIVNT BRVMAE VMBRAS IN ISTO VERBO.
NISI PETAT ET ATER PRAEDONEM
JVS EMATQVE VRBAM VESTRAM
EIS BONA EXTRA VERBUM.

INSCITE PER AEVUM, IMVM PROMERUIT
PRECEM INFERUS.
O GENIE
O VBI NECTAR MERVM INFIDELIVM APVD TE
COLVIT.

LEX MEA EST NORMA TEPIDA
SIC CANEM TRADIDI ATRO EGO
RECREA ANIMAM APVD ME
SOL PRAEDICET TOTAS ITA RES.

Não demorou muito para a verdadeira mensagem de Elizabeth surgir. *SVB MVRIS VBI PATER DEVM QVAEREBAT VBI CERVI MORTEM FUGIVNT MVNDI AD CVLMEN MEDIAM AD TERRAM AD SPECTATE.*
Abaixo das paredes onde nosso pai procurou por Deus, onde o cervo fugiu da morte, olhe para o topo do mundo, em direção ao centro da terra.
Fosse lá o que aquilo significava.

20

— Você é a especialista na carta da garota morta — disse Adriane, na manhã seguinte, quando nos reunimos ao redor do antigo PC do saguão, falando baixinho caso o funcionário ficasse entediado o suficiente para bisbilhotar. Adriane estava agindo normal outra vez, não importava qual fosse o significado de "normal" sob aquelas circunstâncias. Não era saudável fingir tão bem, então eu, provavelmente, não deveria estar tão aliviada. — Esclareça-nos.

Eu não tinha nada.

— A busca por Deus — disse Max. — Isso deve ser a *Lumen Dei*. Onde quer que Kelley o tenha construído.

Neguei com a cabeça.

— Ele não o construiu. Ela sim. E ela só começou depois da morte dele. — Havia informado a eles tudo que eu tinha aprendido com as cartas de Elizabeth e as anônimas do quarto de Chris. Mas Adriane tinha razão, eu era a especialista. E, mesmo que tivesse me sentido ridícula admitindo isso em voz alta, não podia evitar a sensação de que Elizabeth estava falando comigo.

— Onde ele estava antes disso? — perguntou Eli.

— Na prisão — respondi. — Em algum lugar no interior, eu acho.

— Isso encaixa com o cervo — disse Max.

— Não se encaixa com meus sapatos — interpôs Adriane, com um olhar pesaroso para seus novos tamancos de camurça. Então, diante da expressão no rosto de todos: — Obviamente isso não é relevante com a atual situação do Apocalipse; só estou oferecendo uma observação. Regra número um do *brainstorming*, lembram? Você não pode dizer a coisa errada.

— Mesmo assim, de alguma forma você sempre consegue achar um jeito — disse Max, mas dava para ver que ele estava contendo um sorriso.

Foi bom ver isso.

— Quem era o pai dela? — perguntou Eli de repente, os olhos ainda fixos na minha tradução da carta. — O que ele fazia? Antes de ser preso?

— Ele era o alquimista da corte — respondi. — Tentava transformar chumbo em ouro, esse tipo de coisa.

Adriane suspirou.

— É claro. Um mágico. Isso só está ficando cada vez melhor.

— Os alquimistas não eram mágicos — retrucou Max. — Foram os primeiros químicos, os primeiros farmacêuticos, até mesmo os que estavam tentando fazer ouro, não faziam isso para enriquecer. Achavam que, ao purificar o metal, poderiam purificar a alma. Estavam em busca de conexões entre a terra e os céus, o mundo do homem e o mundo de...

— Deus — Eli e eu dissemos juntos, e ele já estava digitando *Praga / história / alquimia / localizações* no campo de busca.

A primeira, segunda e terceira entradas eram todas para Mihulka, a torre do século XV que era parte das muralhas de Hradčany e havia sido usada como laboratório de alquimia por muitos dos alquimistas da corte de Rodolfo II.

— Inclusive Edward Kelley — leu Eli, em voz alta. O pai de Elizabeth.

Mas meu olhar já havia se desviado para o parágrafo seguinte, descrevendo a beleza bucólica da torre, que formava uma parte das antigas muralhas do castelo e, de um lado, era delimitada pelos Jardins Reais — e algo chamado de Fosso do Cervo. Que, durante o reinado de Rodolfo II, havia sido cercado e usado como área de caça de cervos.

Onde nosso pai procurou por Deus.
Onde o cervo fugiu da morte.
Descobrimos.

21

Parecia arriscado deixar a segurança relativa do Leão Dourado, com suas persianas abaixadas e portas trancadas, mas mais arriscado ainda era não fazer nada e esperar que eles nos encontrassem. Então saímos no meio da manhã e — depois que Eli nos fez avançar por um padrão elaborado de círculos, curvas repentinas, e passar de maneira proposital no meio da multidão, como ele disse, para garantir que não seríamos seguidos — nos juntamos ao fluxo de turistas indo em direção a Hradčany.

— Essas manobras evasivas que você tirou de um filme de espiões classe B não vão nos ajudar — havia dito Max, com um olhar de desdém estampado no rosto que não era do feitio dele. — Eles são profissionais. Não existe meio-termo. Ou não estão em lugar algum perto de nós, e estamos seguros, ou nos localizaram e estamos fritos.

Mas ele devia ter visto a minha expressão, ou sentido minha mão tensa na dele, porque pigarreou e acrescentou:

— Mas, talvez, isso ajudará.

Se ajudou ou não, chegamos ao castelo a salvo e, na luz brilhante do sol fora da estação, rodeados por casais brigando e excursionistas impetuosos, parecia inimaginável que tivesse havido outra opção, que na confusão de turistas poderia ter homens escondidos com suas facas. Eu sabia que seria perigoso parar de acreditar neles só porque o sol havia saído. Mas, por experiência própria, as coisas ruins aconteciam no escuro.

Até mesmo no início da primavera, o Fosso do Cervo era tão denso com a vegetação excessiva que as torres de pedra das muralhas do castelo desapareciam quase que totalmente por trás de uma parede de salgueiros verdes. À medida que penetrávamos mais ainda no terreno, as multidões de turistas diminuíam gradualmente. Tinham ido a Praga procurando história e oportunidades de tirar fotos, não aquele monte de terra desnuda. Quando alcançamos a base cheia de ervas daninhas da ponte adjacente à torre, a ponte Prašný, estávamos praticamente sozinhos, e era fácil sair do caminho e entrar no meio das árvores espalhadas pelo declive íngreme que ia dar na Mihulka.

Max segurava a bússola que havíamos comprado por cinquenta coroas numa banca de lembranças, logo na entrada do castelo. Era dourada e tinha um santo na parte de trás.

O topo do mundo, tínhamos decidido que só podia ser o verdadeiro norte.

Encontrar uma pá se provou mais desafiador, mas graças ao tcheco fluente de Eli, conseguimos encontrar uma pequena loja de jardinagem nos arredores de Malá Strana, onde havíamos comprado as colheres de pedreiro que Adriane escondia em sua bolsa.

Ao encontrarmos o lugar certo, o ponto mais ao norte no perímetro da torre, continuei olhando desconfiada, incerta de quem eu estava com mais medo de encontrar: os seguranças tchecos prontos para nos colocar em uma cadeia de turistas por cavar buracos em um monumento nacional; agentes da Interpol com algemas, mandados, uma passagem só de ida para Chapman e para a prisão de segurança máxima a oitenta quilômetros seguindo a estrada; partidários dos *Hledači*, facas na mão. Mas ninguém estava lá.

Revezamos na escavação. Durante os séculos desde a época de Elizabeth, a Mihulka havia sido usada como depósito de pólvora, dormitório religioso e museu, passando por várias reformas, incluindo uma reconstrução inesperada como cortesia de uma explosão de pólvora no século XVII. Não havia garantia de que o que estivera lá ainda estaria; após uma hora, um buraco mais largo e um monte de terra crescente, parecia haver pouca esperança ali.

Então o metal tiniu contra alguma coisa dura.

Larguei a colher e cavouquei furiosamente a terra compacta, retirando-a com as mãos cheias, até desenterrar uma pequena caixa preta. Por um momento, esqueci por que estávamos ali e de tudo que havia acontecido, tudo desapareceu no fluxo da imaginação infantil. Tesouro enterrado!

A caixa era feita de camadas de madeira escura, com lâminas de ferro entalhadas de forma elaborada. Com uns doze centímetros quadrados, sua superfície estava marcada pelos séculos de terra e de umidade. Alguém havia derretido cera sobre as dobradiças para vedá-las das intempéries, protegendo tudo o que estava dentro da caixa. Havia um pequeno trinco de ouro na frente. Eli segurou minha mão.

— Aqui não — pediu ele. — Não até voltarmos para o quarto e trancarmos a porta depois de entrarmos.

— Eu levo. — Max agarrou a caixa antes que eu pudesse discutir e a enfiou em sua mochila.

Eu que queria carregá-la. Queria passar minhas mãos em sua superfície; a caixa que, de algum modo, havia sobrevivido por quatro séculos no subsolo, que guardava um segredo pelo qual valia a pena matar, um segredo que Elizabeth achou que poderia acabar com o mundo. Eu queria saber o que havia lá dentro.

22

O esperma do Sol deve ser lançado dentro da fonte de Mercúrio, por copulação corporal ou conjunção, unindo-os.

— É assim que se constrói um telefone para falar com Deus? — perguntou Adriane. — Parece mais pornografia para nerds da química.

— É uma fórmula de alquimia — explicou Max. Ele saberia; havia passado a maior parte do ano estudando baboseiras similares. — A ideia é de que os metais estão vivos e que os alquimistas estão copiando a criação divina da vida, então existe toda uma linguagem simbólica de processos químicos como natural, geralmente transformações sexuais e gerativas. "O esperma do Sol" provavelmente é só enxofre, e "copulação" é o código para combiná-lo com mercúrio.

Adriane balançou a cabeça.

— Nada mais a declarar.

Mas se aproximou para olhar mais de perto. Ninguém além de mim sabia que Adriane havia ficado em segundo lugar na olimpíada regional de química dois anos seguidos — ela havia feito o professor de química jurar guardar segredo, prometendo que se ele impusesse a ela o reconhecimento público, ela ficaria mais do que feliz em contar às autoridades sobre como ele havia "por acaso" dado a um bando de alunos do segundo ano os meios para produzir o próprio ecstasy no laboratório do colégio. Ela havia guardado o segredo muito bem, mas chamar alguém de nerd da química era o mesmo que o sujo falando do mal lavado.

Eu tinha certeza de que a fórmula de alquimia era idêntica à que eu havia encontrado incompleta no volume de Petrarca de Elizabeth, a que havíamos proclamado ser a chave para traduzir o Voynich. A que ela chamou de página de Thomas, e a tomou para si. Parecia ser há uma eternidade. Debaixo da fórmula havia uma carta, datada de 12 de outubro de 1600. Dois meses antes da carta manchada com o sangue de Chris, a carta que Elizabeth terminou mesmo depois de saber que seu irmão estava morto.

E. I. Westonia, Ioanni Francisco Westonio, assim começou, igual à outra, mas as semelhanças terminavam aí.

E. J. Weston, para John Francis Weston, aquele que permanece.

Irmão. Querido irmão. Uma vez lhe falei que não tinha medo diante de uma página em branco. Isso, como tudo o mais, foi provado ser uma mentira. As páginas me provocam, implorando para serem preenchidas com algo mais do que lágrimas. Outra vez e hoje, novamente, eu falho. O fracasso tornou-se meu amigo mais leal.

É noite, e estou sozinha com o cadáver da cidade. A vela terminou de queimar. A escuridão viaja comigo agora, firme e confiável como o Fracasso, meus companheiros em uma estrada sem fim. Na escuridão, uma vez, dormi. Agora repouso acordada, ouvindo as vozes dos mortos.

Em breve, as pedras brilharão na luz da alvorada, querido irmão. Em breve, os rios de urina ficarão congelados, outro inverno, outra coisa feia disfarçada de bela. Muito em breve. Esperei tempo demais.

Estou pronta para começar.

— Por que não pulamos isto? — sugeri, deixando de olhar minha tradução.

Minha mão estava dolorida das horas de transcrição, mas a culpa era toda minha por não ter deixado ninguém ajudar. Eli e Adriane tinham pontuado que o trabalho iria mais rápido se o dividíssemos. Mas: "Deveria ser a Nora", Max havia dito, me poupando de ter de explicar por que eu queria ficar com a carta, por que o trabalho de transcrever as palavras de Elizabeth e transformá-las em minhas era algo concreto para preservar, algo racional e normal, por que o peso da caneta e o roçar da tinta pela página, e até mesmo a dor em meu pulso, eram coisas que eu precisava para continuar.

— É longa demais para ler em voz alta.

— Continue lendo — pediu Max. — Na verdade, é legal. Na sua voz. Continue.

Eu não queria. Não pelo bem da conveniência, mas porque as palavras dela passavam perto demais da minha verdade, e lê-las em voz alta era como dividir um segredo que nunca tive a intenção de contar. Sabia o que era não dormir, esperando os mortos ressurgirem.

Pigarreei.

Começou na torre, no escuro e frio. Já falei para você sobre nosso pai perder-se no esplêndido Livro. Ainda tenho que confidenciar, porque não pude, o segredo contido naquelas páginas. O segredo que nosso pai colheu do volume de Bacon. Era uma promessa, disse ele. Um presente de seus anjos vingadores. Era a **Lumen Dei.**

A **Lumen Dei,** *a princípio, não significava nada para mim além de um sonho agradável, no qual nosso pai podia viver seus últimos dias. Últimos dias que eu acreditava que nunca terminariam. Eu era uma criança, repleta de esperanças tolas. Aquela criança morreu na noite em que o imperador assassinou nosso pai.*

Posso ouvi-lo contestar, querido irmão. Porém, fiquei em silêncio por muito tempo. Esta carta é nosso segredo, irmão, e escrevo estas palavras como se as sussurrasse em seu ouvido.

Rodolfo II, Duque da Áustria, Rei da Boêmia, líder secular da Igreja Católica, Sacro Imperador Romano, matou nosso pai. Talvez não tenha sido a mão dele que entregou o veneno, mas foi seu trabalho maligno. Nosso destino é o legado dele.

Como nosso pai sabia que seria.

Seu último pedido era simples. Era para eu levar as páginas para o único homem em quem poderíamos confiar para completar a visão dele. Juntos, construiríamos a **Lumen Dei,** *e juntos o daríamos ao imperador, um presente em nome de Edward Kelley. Era para eu ceder as páginas uma a uma, para garantir que esse homem não reivindicasse o último prêmio para si. Ele é confiável, nosso pai me disse. Mas em se tratando da* **Lumen Dei,** *ninguém é confiável.*

O homem era Cornelius Groot.

Você ouviu as histórias. Rumores de um laboratório em um canto escondido de Malá Strana, guardado por um leão de pedra afamado por despertar sob a luz do luar, de uma sala de monstros em dívida de gratidão ao comando dele, de demônios que ele convoca, vindos de baixo da terra, de feras de ferro que retinem e gritam, seus equipamentos forjados nos fogos do inferno. As histórias não eram piores do que aquelas contadas por nosso pai, e eu sabia que não valia a pena acreditar nelas. Porém, hesitei diante do leão de pedra; uma carta de nosso pai presa na mão trêmula. Minha respiração e coragem fugiram. Admito, somente para você, meu irmão, que eu deveria ter recuado, não, eu teria recuado, e a porta não teria se aberto para mim. Um homem encurvado, cujos olhos pequenos e brilhantes irradiavam a cor amarela na escuridão, não fez perguntas, somente acenou para que eu entrasse.

Observei com cuidado, mas ninguém recuou com o "leão de pedra" — ninguém além de mim, pelo jeito, tola o suficiente para extrair um sentido não explícito da coincidência, a fera de pedra caminhando no caixilho da porta poucos metros abaixo de nossa janela. Às vezes, um leão era apenas um leão, disse a mim mesma. Às vezes... mas não ultimamente.

Espere aqui, resmungou o criado corcunda, que parecia mais uma fera do que um homem, e avançou mancando para dentro da escuridão de onde havia saído.

Fiquei sozinha na sala dos horrores de Groot. Prateleiras cobriam a parede mais próxima de mim, prateleiras repletas de potes contendo um fluido leitoso. Dentro deles flutuava a Morte. Porcos mortos, ratos mortos, mãos mortas com unhas preservadas de forma perfeita. No centro da sala, havia um cadáver sobre uma mesa de mármore, seu peito cortado e aberto; seus olhos, dois buracos vazios; seus lábios descascados com um sorriso repulsivo. Uma coleção de criaturas selvagens e ofegantes, batendo como um relógio em suas jaulas, observando-me com olhos cegos.

— Um museu Kunstkammer *só meu, belo como o do imperador, gosto de dizer. Se bem que não digo para o imperador, é claro.*

A voz de Groot era aveludada, melodiosa e agradável. Não falou em alemão, tcheco ou seu holandês nativo, mas em latim, como se soubesse que me agradaria. Uma vela se acendeu e revelou sua figura usando uma capa, do outro lado do laboratório. Foram os olhos que vi primeiro. Não os olhos dele, aqueles poços pequenos de escuridão que rapidamente aprendi a evitar. Os olhos enfileirados na parede atrás dele, olhos mortos flutuando por trás de vidros sarapintados, bulbos tinindo de branco, bordados com veias vermelhas e delicadas. Você acredita, querido irmão, que não soltei nenhum grito?

— *Seu pai reconheceu a grandeza quando atravessou o caminho dele.*

Isso, antes que eu pudesse me apresentar.

— *O mundo sofreu uma grande perda. Assim como você.*

Não consegui falar.

— *Você era uma linda criança, mas o resultado não é nenhuma surpresa. A tragédia nunca é gentil com a beleza, não é?*

Como por um encantamento mágico, isso quebrou o feitiço. Garanto-lhe, irmão, não foi a vaidade que soltou minha língua. Meu nariz torto é o que é, meus cachos fazem o que desejam, e a avidez na voz de nossa mãe quando fala de mim quando mais jovem, como se fosse outra pessoa, a preciosa Elizabeth é mais um conto do que qualquer conceito. Eu sempre soube quem sou, mas saber que Groot havia me observado quando eu era criança, imaginar que seus dedos pontudos tocaram meus cabelos que um dia foram obedientes, ou que sua voz sussurrou versos em meus ouvidos, isso era intolerável.

Você sabe que nunca tive muita afeição para oferecer à maior parte da humanidade, irmão, mas nunca conheci alguém tão fácil de ser desprezado, logo à primeira vista. No entanto, nosso pai confiava nele. Entreguei-lhe a carta e vi seu rosto pálido e comprido se transformar enquanto lia, enchendo-se de surpresa, de maravilha e, por fim, de desejo. Quando voltou a me olhar, seu sorriso parecia com o do cadáver.

— *O fim de toda verdadeira filosofia é alcançar o conhecimento do Criador através do conhecimento do mundo criado.*

Bacon, eu disse, reconhecendo uma das frases de sabedoria favorita de nosso pai. Ele assentiu. Embora eu não tivesse entendido naquele momento que era o primeiro teste.

— *Entende o que pratico aqui? Minha luta?*

Indicou, com o braço estendido, todo o laboratório com sua morte orgânica e mecânica. Não, disse a ele, e não queria entender.

— Conhecemos o mundo somente agindo sobre ele. Conhecemos o Criador somente criando. Paracelso entende isso. E também Agrippa e Porta. O conhecimento supremo deriva da criação suprema. O alquimista procura a Pedra Filosofal, purificando a alma enquanto purificam o metal, preparando-se para o divino. Os astrônomos buscam nosso Criador nos céus; os mecanicistas buscam Ele nas obras da terra. Eles falam da leitura do Livro da Natureza. Mas há aqueles poucos de nós que buscam escrever um novo Livro. Bacon. Seu pai.

Você, pensei.

— Você quer saber sobre a **Lumen Dei**, o que ela nos promete. Quero saber de sua promessa. Uma troca justa, acredito eu.

Outro teste. Na manhã do dia seguinte, voltei ao laboratório dele, que estava protegido da luz em uma noite perpétua. Dessa vez, o criado manco falou:

— Está na necessidade dos olhos. Você deve escolher e depois fornecer.

Onde estivera o cadáver, estava deitado um homem mecânico, um torso sem braços e pernas, com uma cabeça de ferro. E cavidades vazias onde, se eu quisesse demonstrar, logo haveria olhos.

Eles me observavam em seus potes. Castanhos, azuis, verdes, pretos, todos com o mesmo olhar morto.

Escolhi um par com pupilas grandes, cercadas por uma cor preta inesgotável, o mais parecido com o olhar negro de Groot. Enfiei minhas mãos na água fria, que não era água e tinha cheiro de doença, e envolvi meus dedos ao redor de dois ovos, que não eram ovos, e senti estarem pulsando com vida. Uma vez, na penumbra do castelo de Hněvín, segurei um pintinho recém-nascido na palma da mão, suas penas pegajosas e lisas, seu coração acelerado e quente, e com medo tocando minha pele. Isso era o mesmo.

Na mesa dele, o homem mecânico aguardava.

Os olhos encaixaram em seus buracos com estalos úmidos, o som de membros podres soltando-se de um cadáver. Eram apenas olhos em uma gaiola de metal, mas, naquele momento, realmente acreditei que meu ato havia trazido o homem à vida e que os olhos se vingariam.

Da escuridão veio um aplauso.

Cornelius Groot aproximou-se da luz.

— Vejo que o sangue de seu pai corre de verdade.

Perdoe-me, irmão, mas quase falei as palavras que há muito tempo reneguei. Quase declarei a esse homem que nosso pai não era nosso *pai, que nosso verdadeiro pai estava morto havia muito tempo e que Edward Kelley usava as roupas e a esposa dele, mas não podia exigir direito sobre meu sangue.*

Engoli as palavras, não por amor ao nosso pai, mas porque sabia que eram mentira. O sangue de outro homem pode correr em meu corpo, mas o sangue de Edward Kelley corre em minha alma. Ele é meu verdadeiro pai, e Groot viu isso, desde o início.

— Durante muitos anos, tenho trabalhado em criar a vida, como seu pai trabalhou para ultrapassá-la.

Nós dois nos sentamos juntos diante da primeira tradução de nosso pai.

— Somente Deus pode conceder o poder de criar a vida. Somente Deus pode conhecer a alma de um homem, assim como Ele pode saber do início e do fim do universo. Somente Deus pode verdadeiramente entender e somente Deus pode verdadeiramente destruir. Conhecer Deus significa conhecer o poder supremo. Tal fato seria um milagre. A **Lumen Dei** é esse milagre. Juntos, vamos construí-lo. Juntos, construiremos uma escada até o divino.

Blasfêmia, sussurrei.

Isso o irritou e, quando falou, havia perigo em sua voz.

— Blasfêmia é uma invenção da Igreja, que condena nosso questionamento e oferece respostas próprias.

Nosso pai tinha pouco amor pela Igreja, que desempenhava um papel cada vez menor para ele, mas tal conversa era imprudente. A Igreja acreditava que o imperador era aliado do diabo, e não ousei ser a oportunidade de ele provar que estavam enganados.

— É obrigação dos filósofos naturais duvidarem. Buscamos a unificação do homem com a máquina, do material com o espiritual, do céu com a terra. A **Lumen Dei**, também, é uma dúvida, e precisamos provar que temos valor o bastante para indagar. O Senhor se revela para nós na natureza, na arte, na geometria. Acredita nisso, não é mesmo?

Eu não podia discutir. Ele tinha palavras moldadas ao redor da verdade no centro de minha vida.

— Quem mais além de Deus nos deu o desejo e a capacidade do conhecimento? Só precisamos reunir coragem para pedir. Vai juntar-se a mim, como seu pai desejou?

Juntei-me a ele, querido irmão. Por nosso pai, mas não só por nosso pai.

Então ela acreditava naquilo. Mais do que isso, ela o *queria*. Eu podia entender. Ela havia perdido o pai, perdido seus pertences, sua casa, seu poder, e agora alguém estava lhe oferecendo o controle da vida e da morte, sobre *todas as coisas*? Eli tinha razão: se a *Lumen Dei* fosse real, claro que as pessoas matariam para tê-la. Em vez disso, morreram por ela — por uma fábula confortante. Quase desejei que fosse tão fácil para mim quanto foi para ela. Que eu morasse em um mundo onde Deus não fosse uma escolha, não fosse nem mesmo uma necessidade, mas simplesmente um fato da existência, óbvio e presente assim como a terra e o céu. Porque, ao menos assim, eles teriam morrido por um motivo. Tudo teria acontecido por um motivo. Não era essa a intenção de contarmos a nós mesmos as belas histórias sobre o velhinho de barba e os relâmpagos?

Senti inveja de Elizabeth; mas *admirei* Groot. Porque se você realmente acreditava em relâmpagos, por que não fazer tudo o que estivesse em seu poder para pegá-los sozinho?

A Lumen Dei *reuniria os quatro elementos: terra, ar, fogo e água. Começaríamos onde nosso pai começou, com o próprio líquido da vida, um elixir para cobrir e purificar nosso fantástico dispositivo. Era uma poção, explicou Groot, que uniria os humores do homem com os dos céus, e uniria o microcosmo com o macrocosmo. Ele escolheu para nós um jovem aprendiz de alquimia que, por um preço, poderia ser confiável em seguir a fórmula de nosso pai e as ordens de Groot.*

Então, encontrei Thomas.

Ainda não posso falar dele, apenas contar sobre nossa primeira reunião e como seus cabelos sedosos da cor do milho brilhavam na luz da vela, e como seus olhos azuis eram gentis quando se atreviam a me fitar nos olhos. Sabe como sempre odiei meu nome, mas a voz dele deu-lhe uma nova vida. Elizabeth, ele dizia, e era como uma canção.

Se encontrou esta carta, como sei que encontrará, agora tem em mãos aquela fórmula que Thomas preparou. E com a fórmula, deixo-lhe uma escolha. Não posso destruir a Lumen Dei, *mas assim como um dia eu a reuni, agora a dividi em pedaços e espalhei seus membros por toda a cidade que um dia amei.*

Siga-me agora, se ousar, da água para a terra, aquele elemento profundo nos ossos e na medula da vida. Groot enviou-me em busca da terra sagrada que um dia caminhou sob a forma de um homem desalmado, uma busca que começou e terminou com o criador dessa fera, o homem santo que nesse caminho quase tornou-se um deus.

Se você se lembrar do que nosso pai nos ensinou, sobre como as palavras não pertencem aos que as dizem, poderá me seguir. Mas se ama a si mesmo com eu o amo, sem medida, queimará estas palavras e, com elas, o sonho de nosso pai.

Parei de ler.

— Bem? — incitou Max. — Segui-la para onde?

— Isso pode ser um problema — respondi, e mostrei a eles uma parte do texto no rodapé da página.

ΘΕ ΣΑΚΡΕΔ ΕΑΡΘ ΑΙΕΣ ΒΙ ΘΕ ΓΡΕΑΤΕΣΤ
ΡΑΒΒΙΣ ΓΡΕΑΤΕΣΤ ΚΡΕΑΤΙΟΝ

— Alguém aqui fala grego antigo?

Eli suspirou, Max fez careta, mas Adriane, depois de enrugar a testa, o que interpretei como falsa concentração, negou com a cabeça.

— Problema resolvido — disse ela. — Isso não é grego.

— Sei que você é péssima em idiomas — falei. — Mas vai por mim, isso é grego.

Adriane riu.

— Você não me disse uma vez que Elizabeth Weston nasceu na Inglaterra?

— Você não me disse, mais de uma vez, que não estava prestando atenção?

— Surpresa! — disse ela, empolgada. — Você também me disse que ela considerava o inglês sua língua nativa e só escrevia em latim porque era uma safada arrogante.

— Tenho certeza de que essas não foram bem minhas palavras.

— As palavras não pertencem a quem as diz — retrucou ela.

— Posso ler essa parte também. Essa parte não é problema seu.

— Estou falando, não tem problema. Me dê uma caneta.

Ela escreveu.

ΙΜ ΦΎΛΛ ΟΦ ΣΎΡΠΡΙΖΕΖ

— As palavras não pertencem a quem as diz — repetiu Adriane, cutucando a página. — Pense nisso.

Era como olhar para um daqueles quadros cheios de pontinhos — olhar e olhar e, por fim, apesar da total exaustão, seu olhar relaxar, e o barco ou unicórnio ou árvore ou seja lá o que você estivesse fazendo o maior esforço para ver de repente surgisse do caos.

ΙΜ ΦΥΛΛ ΟΦ ΣΥΡΠΡΙΖΕΖ

Ela estava certa, não era grego. O colégio Chapman ensinava o alfabeto grego como um ato de inovação no nono ano, em algum lugar entre a dança de quadrilha e o prólogo dos *Contos de Canterbury*. Então não era difícil sondar as letras na minha cabeça. Iota. Mu. Phi Upsilon Lambda Lambda... *I'm full...*

— *I'm full of surprises*. "Sou cheia de surpresas" — li. — Que fofo. Ela sorriu.

— Tente "brilhante".

Nenhum de nós podia discutir com isso.

23

ΘΕ ΣΑΚΡΕΔ ΛΙΕΣ ΒΙ ΘΕ ΓΡΕΑΤΕΣΤ ΡΑΒΒΙΣΧ
ΓΡΕΑΤΕΣΤ ΚΡΕΑΤΙΟΝΧ

A terra sagrada encontra-se na maior criação do grandioso rabino.

Praga, ao que se constatou, tinha apenas um "grandioso rabino": Judá Loew ben Bezalel, também conhecido como o Maharal de Praga, também conhecido como rabino-chefe de Praga, nascido em 1520, morto em 1609, enterrado no túmulo mais visitado no Antigo Cemitério Judeu de Praga, famoso em todo o mundo, de acordo com o guia de viagem, por esculpir uma criatura viva com o barro do rio Vltava. Um monte de argila desmiolado, moldado de forma grosseira, na forma de um homem, uma bênção divina que permitiu uma impossibilidade feita pelo homem. Ou, como Elizabeth disse, "terra sagrada que um dia caminhou sob a forma de um homem desalmado", criado por um "homem santo que nesse caminho quase tornou-se um deus". Uma criatura sem coração, sem cérebro, sem respiração, sem alma; matéria morta vitalizada por uma centelha da vida impossível. Um golem.

Toda semana o rabino provia sua criação monstruosa com o sopro da vida, escrevendo em uma tira de papel o *Shem ha-Mephorash*, o verdadeiro nome de Deus, colocando-o debaixo da língua do golem. Dia após dia, a criatura ignorante movia-se com dificuldade e de forma obediente pelo gueto judeu, varrendo o chão e amassando chalá, e punindo qualquer gentio criminoso e bêbado que, encharcado de coragem líquida, ele decidisse que lhe devia um tributo da riqueza ou das mulheres judias. Todo shabat, o rabino retirava a tira de papel da boca da criatura e, sendo assim, retirava a bênção. O sopro de vida, o *spiritus*, o *nefesh*, seja qual fosse a clemência de força divina estimulante que havia sido concedida ao monte de argila, desaparecia, e a argila era, mais uma vez, nada além de argila. O pó retornava ao pó. Até o shabat em que o rabino esqueceu-se de sua tarefa sagrada e, destituído de seu cochilo semanal, seu monstro Frankenstein correu desenfreado pelo gueto, destruindo-o quase totalmente. Depois disso, a bênção foi retirada permanentemente e o barro, aposentado. Não havia dúvidas de que isso era a terra sagrada que tínhamos sido encarregados de resgatar. Elizabeth nos tinha enviado em busca de um conto de fadas.

Mais um.

Josefov, o antigo bairro judeu, ficava no centro da cidade. Supostamente estruturado no século X, depois reestruturado um século mais tarde, depois que uma gangue de vinte mil cruzados o atravessou, matou ou converteu todos em nome de Deus. Habitado por dez mil pessoas durante sua era dourada da Renascença, quando o imperador Rodolfo favoreceu seu povo e, ao menos suavemente, desencorajou seus outros súditos de saquearem ou perambularem pelo bairro regularmente. Destruído por completo em 1895, que àquela altura havia se deteriorado e virado uma favela, e somente aqueles infelizes, muito pobres para se espalharem pelo resto da cidade, ainda estivessem ocupando as ruas salpicadas de urina. Reconstruído pouco tempo depois, mas até mesmo naquele tempo, apesar da população de mais de cem mil judeus, não restaram muitos deles na parte judaica da cidade. Depois veio o Holocausto, e não restaram muitos judeus em parte alguma.

Tínhamos planejado vasculhar o bairro à procura de alguém que pudesse saber mais sobre o golem do que podíamos encontrar em livros, um conhecimento misterioso transmitido a várias gerações como mito ou história de ninar. Mas, assim que atravessamos Kaprova, a rua que separava Staré Město de Josefov, nosso erro tornou-se claro. Talvez aquilo um dia tivesse sido um bairro. Não era mais. Pelo que eu podia ver, não era mais nada além de uma área de confinamento para turistas cujos filhos carregavam golens de pelúcia enquanto os pais os arrastavam de uma sinagoga preservada de maneira imaculada para outra, às vezes parando para comprar um cartão-postal e castiçais de lembrança, ou entravam numa loja da Prada logo no final da rua.

Folhetos eram espalhados na frente de cada prédio com os horários das orações matinais e as condições para as pessoas de luto que precisavam entrar no cemitério para um *kadish* particular: em algum lugar, escondido das multidões, alguém morou aqui, trabalhou aqui, orou aqui. Era difícil de imaginar. De acordo com uma das placas por onde passamos, enquanto entrávamos e saíamos dos templos antigos, tentando achar nossa direção, os nazistas tinham destruído e saqueado guetos judaicos por todo o continente, mas deixaram aquele basicamente intacto, não só preservando seus tesouros, mas trazendo, de centenas de quilômetros de distância, artefatos judaicos abandonados e roubados. Com a ideia de que, uma vez que a Solução Final fosse realizada, e a Europa tivesse sido purificada de seu suposto castigo, o bairro judeu de Praga seria reservado como museu para as pessoas desaparecidas, a arquitetura equivalente a um esqueleto de dinossauro ou um homem das cavernas depilado. Ocorreu-me que, se as coisas tivessem acontecido de acordo com o planejado, era provável que parecessem muito com aquilo.

Rabino Loew — junto com todos os judeus de Praga que morreram entre os anos de 1439 e 1787 — foi enterrado no Antigo Cemitério Judaico, uma pequena área de pedras e ervas daninhas, que só tinha acesso pela sinagoga Pinkas. Um templo gótico do século XVI, construído em homenagem a uma sinagoga alemã destruída, havia sido dedicado novamente como um santuário aos filhos de Terezín. O campo de concentração nos arredores de Praga recebeu mais de quinze mil crianças durante o decurso da guerra; 132 sobreviveram.

Eu estava apenas a poucos passos de atravessar a porta quando uma mão retorcida segurou meu ombro. Congelei, me engasgando com um grito sem som. As unhas agarraram meu braço, penetrando fundo. Depois viria a lâmina, em minhas costas ou em meu pescoço, o sangue manchando o piso antigo, uma cena que os turistas filmariam para apimentar a exibição de slides das férias deles: garota tropeça, garota cai, garota sangra.

Fiquei imaginando se doeria.

— Seus amigos — disse uma voz chiada. Por fim livrei-me da paralisia e me desvencilhei das mãos dele. — Para a cabeça deles.

Virei-me. O homem que havia me agarrado era velho e envergado e, mesmo ficando ereto, era impossível ter mais do que um metro e meio de altura. Segurava um cesto de quipás de papel.

— Os homens não podem entrar sem — disse ele.

Voltei a respirar e então, com total alívio, quase gritei mesmo. Mas em vez disso, peguei dois dos pequenos quipás brancos, coloquei na cabeça de Max e Eli, e prometi a mim mesma que não esqueceria outra vez: coisas ruins aconteciam à luz do dia também.

Entramos no santuário com uma leva de adolescentes alemães, os professores gritando ordens para eles enquanto fingiam ler os nomes inscritos em vez das mensagens de textos nos celulares. Max e Adriane foram empurrando a multidão até entrar no cemitério, onde o gigantesco túmulo de pedra de Loew estava aguardando, mas fiquei para trás por um momento, encantada com as aquarelas pintadas pelos jovens prisioneiros de Terezín. Algumas das crianças tinham sido talentosas; a maioria apenas havia sido criança, desenhando árvores parecendo pirulitos e as pessoas eram bonequinhos de palito com cabeças redondas e grandes. Havia desenhos que poderiam ter sido pendurados em qualquer lugar — em uma parede do jardim de infância, uma geladeira. Paisagens marítimas com peixes tropicais, um polvo gigante, um dragão em confronto direto com uma feiticeira de cabelos dourados, uma casa nas montanhas, tudo perfeitamente gracioso até a gente notar as placas ao lado de cada desenho, registradas com as datas de nascimento e morte, quase todos dentro de um período de dez anos entre um e outro. Depois era difícil não imaginar a casa vermelha e azul como um sonho distante de uma infância mais segura, com o dragão como um comandante nazista. Era difícil não notar o pesadelo recorrente, capturado em um desenho após o outro; a locomotiva escura expelindo fumaça no meio de uma noite mais escura ainda, os trilhos levando direto para Terezín.

Fiquei pensando em quantos já tinham perdidos os pais, e depois pensei nos pais que tinham perdido seus filhos.

Fiquei pensando em meus pais e se eles pensavam que tinham me perdido.

E o que isso causaria a eles se pensassem que sim.

— Você está tremendo — observou Eli. Dei um pulo com o som de sua voz. Tinha esquecido que ele estava ali.

— Não, não estou. — Sim, eu estava.

Havíamos estudado sobre o Holocausto no colégio, assim como havíamos estudado sobre os exploradores espanhóis, os astecas, a Proclamação da Emancipação e os peregrinos fundadores de Chapman. Todos pareciam igualmente distantes — igualmente irreais. Mas esse prédio tinha quinhentos anos, em uma rua cujas pedras haviam sido assentadas quinhentos anos antes disso, em uma cidade fundada no século IX.

Setenta anos não era nada; setenta anos era ontem. Setenta anos antes, aquela sinagoga tinha sido uma sinagoga, com rabinos, cerimônias e crianças entediadas correndo para cima e para baixo pelos corredores, arrastados pelos colarinhos engomados e saindo sorrateiramente para sujarem de lama seus vestidos especiais do Shabat. Crianças que estavam com oitenta e poucos anos agora, ou que não estavam em lugar algum. A sinagoga era linda, toda de vitrais e tetos abobadados. Era preciso amar muito a Deus para construir um lugar como aquele só pelo privilégio de adorá-lo. Fazia muito bem, pensei. Era mais fácil não acreditar em nenhum Deus do que acreditar em um que fosse incapaz de retribuir aquele amor.

— Vamos embora daqui — pedi. Havia cem mil corpos enterrados no antigo cemitério, mais do que os simbolicamente sepultados nas paredes grafadas da sinagoga Pinkas. Mas de cemitérios, pelo menos, eu entendia.

24

Do lado de fora a céu aberto, pude respirar outra vez. O cemitério era rodeado por um muro alto de pedras, com fendas na parte superior, cujos traços elaborados pareciam lápides grafitadas em seu revestimento. Não parecia em nada os cemitérios com os quais eu estava acostumada, com suas matrizes certinhas de pedras polidas. Ali, os túmulos estragados, lascados, sulcados e gastos estavam comprimidos, vergados em ângulos alarmantes, com a maior parte de suas inscrições desgastada. Alguns grupos de três, até mesmo quatro pedras inclinadas umas sobre as outras, como se o chão debaixo delas tivesse piedosamente se deslocado para que tivessem conforto no contato.

Os alemães ainda estavam se movendo de maneira confusa pela sinagoga, o que nos deixou praticamente sozinhos com o nevoeiro matinal se assentando nos túmulos e nos corpos apodrecidos empilhados a sete palmos de profundidade. Encontramos Max e Adriane perto da maior lápide do cemitério, observando uma mulher mais velha de aspecto pobre, que usava um galho fino para limpar o musgo da lápide.

— Onde vocês estavam? — sussurrou Adriane.

— Achamos que ela podia saber de alguma coisa — respondeu Max. — Mas... — Olhou para Eli.

— Mas se deu conta de que precisavam de *mim*? — perguntou Eli.
— Que horror.
— Acha que ela faz isso de graça? — tive curiosidade, olhando para a mulher com atenção. Ao longe, com sua túnica de flores disforme e sapatos que tinham uma semelhança suspeitosa com chinelos de quarto, parecia com a avó de qualquer um; embora, fosse bem verdade, não se parecesse com a minha, que comprava exclusivamente em outlets de estilistas e tinha alergia à categoria de roupas contendo conceitos como aventais e vestidos soltos havaianos.
— Que hobby estranho — disse Adriane, mas eu não tinha tanta certeza.
— Talvez seja parente dela — comentei, embora soubesse ser ilusão que algum dos cadáveres ali havia tanto tempo ainda fossem lembrados, muito menos lamentados, pelos vivos. — E talvez isso seja algum tipo de tarefa familiar sagrada passada de geração em geração.
— Acho que eu não deveria reclamar tanto sobre ter que esvaziar a máquina de lavar louça — disse Adriane.
Max fez uma careta.
— Estamos perdendo tempo. Esse é o túmulo de Loew. Se ela é parente, o que eu duvido, mais uma razão para conversar com ela.
A mulher não olhou para cima quando nos aproximamos. Continuou ali com seu galho, esfregando a pedra desgastada, três centímetros de musgo de cada vez.
— *S dovolením* — disse Eli, com cuidado. — *Dobrý den*.
— *Dobrý den* — sussurrou a mulher e, por fim, olhou para cima, carrancuda. — Americanos — disse ela. Não era uma pergunta.
— Fala nossa língua? — perguntei, imaginando como ela saberia.
Ela assentiu.
— Podemos fazer uma pergunta?
— Encontre um galho — disse ela, com um sotaque tcheco pesado.
— O que disse?
— Quer minha atenção, dê um pouco da sua para o Maharal.
Encontramos galhos.
— Estamos tentando descobrir algo mais sobre o golem. — Cutuquei com a ponta do meu galho um monte de terra dura que rodeava o leão de dois rabos na superfície do túmulo.
Ela bufou.

— Sempre estão procurando o golem. Querem encontrá-lo? Procurem em seus contos de fadas e em suas histórias de Hollywood. Ele mora lá. Em nenhuma outra parte.

— Bem, conhecemos a história básica — falei. — O rabino fez o golem, que depois tornou-se violento...

— Mentiras! Isso é tudo o que eles sabem fazer! — Suas mãos apertaram o galho, e ela o esfregou com fúria. Cachos de cabelos grisalhos se soltaram dos grampos que prendiam seu coque firme, suavizando seu rosto. Tentei ver a jovem na mulher idosa, mas não consegui encontrá-la em lugar algum nos lábios apertados e na pele envelhecida. Não consegui imaginá-la sendo nada além do que era. — Dizer que um judeu, o maior dos judeus, ajuda a destruir seu povo? Assim é mais fácil para eles. Eles se escondem da culpa que têm.

— Eles, quem?

— Judeus? — perguntou ela.

— Como disse?

— Vocês. Americanos. São judeus?

Os outros murmuraram um não. Eu não disse nada. Não me sentia judia, não ali, na sombra do templo, com o rabino-chefe de Praga se decompondo debaixo de meus pés.

Mas Adriane me entregou.

— Ela é.

— Mais ou menos — disse.

— Mais ou menos. — A mulher ecoou o que eu disse com um sotaque totalmente americano. Em sua voz, minhas palavras não poderiam ter soado mais ridículas. — *Mais ou menos* grávida. *Mais ou menos* morta. *Mais ou menos* judia. Essas coisas são impossíveis.

— Você é quem diz.

— Ser judeu não é algo que você decide — disse ela.

— Certo — comentei. — Então... *você* decide?

— Ele decide. — Ela não precisava olhar para cima, para as nuvens tempestuosas que se juntavam para eu saber a qual "ele" que ela se referia. — Ele escolhe.

— Não para mim — contestei.

Max pigarreou.

— Não queremos desrespeitar ninguém — disse ele, pedindo desculpas por mim, como se eu fosse sua filha rebelde. — Só estamos curiosos sobre o rabino.

Ela o ignorou.

— Esta cidade foi fundada por uma mulher, sabia disso? — ela me perguntou.

Neguei com a cabeça.

— Uma bruxa, é o que dizem. A profetisa Libuše, sábia e poderosa. Mas Libuše é uma mulher. Ao que se conta, ela não podia governar sem um homem. Então se casou com Přemysl. Ele governou a nova cidade de *Praha* e os homens ficaram felizes. Mas as donzelas de Libuše sentiam falta do antigo costume. Elas querem ter poder. Então fazem o que os homens sempre fizeram. Elas formam um exército. As donzelas de Libuše matam centenas, milhares, mas não conseguem vencer. No fim, são destruídas. Isso é *Praha*, desde o início. Profecia, vingança, assassinato, derrota. Foi um nascimento sangrento, esta cidade. Seu coração é a escuridão.

— Talvez seja hora de pensar em se mudar — disse Adriane.

— Amo *Praha* — repreendeu a mulher. — Esta cidade está em nosso sangue. Assim como nosso sangue corre em suas ruas, em seus rios. — Bateu os pés no chão. — Sua terra. A história de *Praha* é a história da tragédia. Lutamos de novo, nos erguemos e repetidas vezes caímos. E sempre quando caímos, os judeus devem pagar. O ritual, a virgem no vulcão, o sacrifício para o Senhor, sabe disso, não sabe? — Não esperou uma resposta. — É desse jeito, creio eu. Eles nos jogam na escuridão. Jogam os judeus pelas janelas. Jogam nossa Torá em um monte de merda. Nós somos o *azazel*, você entende?

— O diabo? — perguntou Eli.

— Essa palavra que você usa para *diabo*, significa *bode* — disse ela. — Seu vilarejo atribui todo o pecado dele em um bode, depois o mata e... *pffft*. — Ela assobiou entre os dentes. — Você é purificado. E o bode morto? No final das contas, não passa de um bode.

— Bode expiatório — completei.

— Pagaremos cem dólares americanos se nos ajudar a encontrar o que estamos procurando — ofereceu Max de repente. — Caso contrário, terminamos por aqui.

A mulher largou o galho no chão ao lado do túmulo, depois beijou a palma da mão e tocou a pedra.

— Precisam tanto encontrar o golem, por quê?

— Somos estudantes — respondeu Eli. — É importante para a nossa pesquisa.

Ela deu de ombros.

— *Muito* importante — acrescentou Adriane, rapidamente.

— Não ajudo mentirosos.

— Ela não sabe de nada — disse Max. — Vamos.

Aproximei-me dele.

— Você está sendo grosso — sussurrei.

— Não temos tempo para isso — retrucou ele, em voz alta. — Obrigado por sua ajuda, mas vamos embora agora.

— O golem é uma história — disse a mulher. — Ele nunca foi, mas se o que nunca foi, foi, nunca o encontrarão sem minha ajuda.

— O que você sabe? — indagou Max.

— O suficiente. Contem-me uma história verdadeira, e terei uma para vocês.

Chega.

— Tudo bem — concordei. — A verdade.

Eli olhou alarmado.

— Nora, não podemos...

— Alguém matou meu melhor amigo — expliquei. — Agora estão tentando me matar. A menos que eu consiga encontrar uma parte do golem.

— Essa gente, eles matam por um punhado de terra que saiu de um livro de contos de fada?

— Não, faz muito mais sentido do que isso — comentou Adriane. — Eles matam por uma máquina de um livro de contos de fada.

— Não ligue para ela — interrompeu Max.

— Até para um americano, você é muito grosseiro — a mulher disse a ele. Eli reprimiu uma risada. — Que máquina é essa?

— *Lumen Dei* — respondeu Adriane, esticando as vogais para dar à frase um ar fantasmagórico.

A mulher ficou tensa.

— Então não posso ajudá-los, mas levarei vocês aonde precisam ir.

25

O nome dela era Janika, ela nos disse. Era uma administradora da Dobrovolníci Židovského města, ela nos disse, a Comunidade de Voluntários Judaicos confiados com as chaves do reino sagrado e de todos os seus domínios de entrada estritamente proibida. O que, ela nos disse, significava que podia nos levar ao sótão do Alt-Neu Shul, a alcova proibida da sinagoga mais antiga de Praga — onde, de acordo com a lenda, o rabino Loew havia colocado os restos de seu golem para repousar.

Ela contou isso a todos, mas não comentou nada sobre a *Lumen Dei*. Não contou onde havia ouvido falar dela, nem como. Nem por que, ao falarmos dela, Janika ficou convencida a nos ajudar, embora as palavras, cada vez que as repetíamos, deixassem seu rosto um pouco mais pálido até que, com um conjunto intrincado de gestos da mão para (eu suponho) repelir o mau-olhado, ela nos proibiu de repeti-las.

Depois de horas, a sinagoga Alt-Neu Shul estava vazia, iluminada apenas por lâmpadas fracas que imitavam o tremeluzir laranja da luz de vela. Tive um professor de artes uma vez cuja frase favorita era a de que as esculturas de Michelangelo estavam vivendo dentro de cada bloco de pedra; ele apenas precisava libertá-las. Era assim que parecia o templo, com suas paredes de pedras curvas amareladas e os bancos de orações que floresciam delas. Como se a construção tivesse brotado da terra, totalmente formada. Notre Dame, Kostel sv Boethia, essas pareciam antigas e — até mesmo para mim —, de alguma forma, sagradas. Mas também eram pavorosas e imponentes, com seus vitrais elaborados, estátuas douradas, pináculos muito altos, gárgulas carrancudas, e pilastras de pedra impossivelmente altas, tudo funcionando em conjunto para fazer a gente se sentir pequenina, irrelevante, *humana*. Eu podia entender como as pessoas que viviam em casinhas de madeira, que urinavam nas sarjetas e passavam seus dias no século XVI, forjando metal, consertando sapatos ou implorando por migalhas, podiam, confrontadas pela montanha de vidro e pedra e ouro, não ter outra escolha a não ser acreditar que suas vidas haviam sido moldadas por forças divinas, porque o que mais, além de uma força divina, poderia transformar pedra, vidro e argamassa *naquilo*? O templo parecia diferente. Mais antigo, embora não fosse. Antigo como o deserto; antigo como Jerusalém. Talvez fossem as paredes cor de areia, o brilho cálido de luz de velas falsas ou a falta de um altar dourado — ali havia somente simplicidade e tapeçaria bordada cobrindo a arca. De forma perturbadora, era fácil imaginar, em uma época mais antiga, um homem barbado de costas para a arca, implorando ao seu Deus pelo poder de refutar a morte.

Janika nos ajudou a passar por dois seguranças.

— Golem — disse ela, e eles piscaram. Ela subiu uma escadaria estreita até o sótão da sinagoga, um lugar mofado e surpreendentemente apertado, com paredes inclinadas e detritos espirituais acumulados o suficiente para oito séculos.

— É aqui — disse ela. — Olhem, assim como muitos olharam antes de vocês. Não há nada aqui.

— Muito obrigada — agradeci.

Ela tossiu, uma tosse seca de fumante inveterada.

— Não quebrem nada.

Nós nos enfiamos no meio de conjuntos de menorás enferrujadas, linhos corroídos por traças, livros de idiomas antigos, grossos e empoeirados. Cada uma das paredes foi examinada com atenção, à procura de nichos secretos, um tijolo solto ou uma passagem escondida que pudesse guardar um tesouro.

Janika ficou em um canto, seus dedos contorcendo como se pudessem ficar mais confortáveis segurando um cigarro, ou pelo menos um galho, nos observando com atenção e contribuindo com uma declaração ocasional sobre as curiosidades do mofo.

Uma menorá de prata manchada sustentava uma vela de Chanucás passados.

— Menorá pertencente aos bisavôs de Kafka. Não toque.

Um caixa de pedra retangular e estreita, somente um pouco mais larga e longa do que meu dedo indicador, cada ponta moldada com o rosto de uma criança.

— Mezuzá pertencente à filha do Maharal. Não toque.

Uma taça rasa de prata enegrecida, gravada em sua base em hebraico:

— Taça kiddush pertencente a Tosafos Yom Tov. Não toque.

Procurar alguma coisa já era difícil o bastante quando a gente não sabia o que estava procurando; mais difícil ainda quando, no fundo, a gente não acreditava que aquilo existisse. Espiei pela janela, como se os telhados de Praga oferecessem uma resposta, mas a ardósia e a pedra estavam em silêncio. Abaixo de mim, um conjunto de degraus de ferro conduzia até a metade do caminho, descendo para o exterior da igreja, com aspecto de escada improvisada. A janela estava destrancada e, com a suave pressão de apenas meu indicador, abriu com facilidade. Uma rota de fuga, pensei.

— Chega — falei. Havíamos verificado cada fresta e rachadura. — Não há nada aqui.

— Não podemos desistir — argumentou Max.

Baixei minha voz para que Janika não ouvisse.

— Nem sabemos se estamos procurando a coisa certa. Talvez estivéssemos enganados sobre o que Elizabeth queria dizer.

Max agarrou meu braço.

— Entende o que está acontecendo aqui? — Apertou meu braço. Suas unhas cravaram em minha pele. — Isto não é diversão.

— Quem está se divertindo? — perguntou Adriane com calma.

— Sei disso — disse a ele.

— Mas você simplesmente quer desistir — Max apertou meu braço mais ainda —, como se não ligasse para o que pode acontecer.

— Solte. — Não ia levantar minha voz.

— Está aqui e podemos encontrá-lo. Nós *precisamos* dele.

— Max. *Solte meu braço.*

Ele olhou para baixo, como se estivesse surpreso ao ver que estava me segurando. Soltou meu braço, e nós dois olhamos fixamente para as marcas vermelhas que seus dedos deixaram em minha pele. Ninguém falou nada. Eu não podia olhar para nenhum deles.

— Tenha cuidado — disse Eli, por fim. Eu não sabia com qual de nós ele estava falando.

Max pareceu pronto para cuspir.

— Cale a boca.

— Sabe de uma coisa? — Adriane colocou o braço ao redor do ombro de Max. — Você e eu vamos lá para fora, onde teremos uma conversa profunda e significativa sobre as vantagens de se aliviar do estresse e não se transformar em um psicótico sinistro com a gente, porque apesar da opinião pop-cultural, isso nitidamente não é legal. Venha.

Preparei-me para ele discutir, ou pior; mas, em vez disso, baixou a cabeça, como uma afirmação que não podia se incomodar em terminar, e saiu com ela.

— Geralmente, ele não é assim — comentei.

Eli não respondeu.

— Na verdade, ele nunca é assim — acrescentei. — Está sob muita pressão. — Eu estava totalmente consciente do quanto aquilo não convencia. O que eles tinham feito ao Max naquele porão que o havia deixado tão zangado e desesperado? E por que eu continuava dizendo exatamente a coisa errada quando deveria ser a pessoa que o conhecia melhor? Ele havia mesmo saído do prédio para se afastar da minha presença, e a pior parte: quando saiu, fiquei aliviada.

Eli deu de ombros.

— Então? — perguntei.
— Então o quê?
— Não vai dizer nada?
— Você não quer que eu diga nada.
— E isso de repente o impediu?
— Você não é muito boa em inventar desculpas — disse ele. — O que é estranho.
— E qual seria? — perguntei antes de perceber que a resposta certa teria sido negar que estava inventando desculpas, ou que Max precisasse delas.
— Porque parece que você deve ter tido muita prática.
— Pode ser um conceito difícil para você compreender, mas é isso que a gente faz quando ama alguém.
Ele suspirou.
— Não, Nora. Não é.
Antes que eu pudesse argumentar, ele virou-se de súbito para Janika, ainda em seu canto, captando tudo.
— *Děkuji* — disse ele.
— Sim, obrigada por nos trazer até aqui, mesmo tendo nos avisado que era inútil — falei para ela, mantendo uma distância cuidadosa de Eli. Só queria me afastar dele e encontrar Max. — *Děkuji*. Espero que não se meta em encrenca ou algo assim.
— Você anda por *Praha* fazendo perguntas idiotas sobre a *Lumen Dei* — disse ela, fazendo aqueles gestos enrolados com a mão outra vez, e entendi um *keyn aynhoreh* murmurado junto com sua respiração, o método favorito de minha avó para evitar o mau-olhado — e se preocupa comigo? — Ela riu, mas não havia alegria em seu riso. — A encrenca encontrará você. Pode ter certeza.
— Por que diz isso? — perguntei, zangada com todos os avisos vagos. — Se sabe de alguma coisa, por que não diz logo?
— Quando eu era jovem, todas as crianças conheciam a *Lumen Dei* — disse ela, nos ignorando e olhando em algum lugar de seu passado. — Meu pai aprendeu com o pai dele, que aprendeu com o pai, e a lição tem sido passada a todos.
— Que lição? Quer dizer que você sabe como construí-la? — perguntou Eli. — Ou o que ele faz? — Havia dúvida na voz dele, mas no fundo, havia outra coisa. Medo?
Ela negou com a cabeça. Mais alguns cachos crespos se soltaram.

— Vocês não dizem que de curiosidade morreu o gato?
Assenti.
— Não é bem minha filosofia, mas...
— Sim — respondeu Eli. — É o que dizemos.
— Aqui, dizemos *kdo je moc zvědavý, bude brzo starý*. Você entende, não é? — Ela apontou um dedo fino para Eli. — Você é tcheco, posso ver.
— Sou americano.
— Você entende ou não? — perguntei.
— Se for curioso demais, ficará velho mais cedo — disse ele. — Muito mais cedo. É isso?
Ela apontou para si mesma com um sorriso pesaroso.
— Um dia já fui *moc zvědava*, entende?
Retribuí o sorriso, incerta se isso se qualificava ou não como piada.
— É possível saber demais — disse ela. — *Lumen Dei*, a máquina que vê através do olho de Deus. Isso é demais.
— Não pretendemos usá-la — esclareci.
— Vocês a procuram.
— Não porque estamos curiosos.
— Vocês a procuram, e assim eles encontrarão vocês.
— Os *Hledači*? É, já percebemos isso.
Ela olhou de soslaio.
— *Hledači?* O que é isso?
Agora fiquei confusa.
— Eles são aqueles que... Espere, o que *você* quis dizer? Quem vai nos encontrar?
— *Fidei Defensor* — disse ela, com a voz calma.
— Defensor da fé — traduzi. — Algum tipo de grupo religioso?
— Eles nasceram da Igreja — respondeu ela. — Mas não são da Igreja. Estão sozinhos e estão por todos os lugares.
— Então eles defendem o catolicismo ou algo assim? Como as Cruzadas?
— Eles defendem *a fé* — ela me corrigiu. — Não é para o homem conhecer Deus. Nós *acreditamos*, não *conhecemos*. Eva sabia disso antes da serpente. A *Lumen Dei* é a serpente. Uma maçã. O *Fidei Defensor* protege o homem de si mesmo.
— Como eu disse, não pretendemos usar essa coisa — disse a ela. — Se bem que, mesmo que pretendêssemos e mesmo que funcionasse... — e mesmo que houvesse um Deus, acrescentei em silêncio, suspeitando

que aquela não fosse a melhor plateia para essa linha de pensamento em especial — ... por que eles se importariam? Eles amam a ignorância, então também estou presa nisso?

— Algumas coisas não cabem a nós saber — disse ela com a voz severa. — Para o *Fidei Defensor*, isso é *kdo je moc zvědavý, bude brzo mrtvý*.

— Muita curiosidade fará com que morra logo — disse Eli. — Desculpe meu linguajar, mas isso é *hovadina*!

Do jeito que ele falou a palavra — e do jeito que ela hesitou — tive alguns bons palpites sobre o significado dela.

— Já ouvi falar do *Fidei Defensor* — disse ele. — Era um grupo extremista na Renascença, e todos foram assassinados na Guerra dos Trinta Anos. Duvido que vamos irritá-los o suficiente para que saiam das covas.

— Agora você é um especialista em seitas religiosas de defuntos? — perguntei.

— Família obcecada, lembra? — disse ele. — Então vai por mim quando eu digo que esse é um grupo de malucos com o qual não precisamos nos preocupar.

— *Hovadina? Hovadina!* — Janika estava murmurando. — *Američani si myslí, že sežrali všecku moudrost světa.*

— Acho que você a ofendeu — sussurrei.

Ela abriu a porta do sótão.

— Saiam agora, por favor?

— Por que você nos ajudou, se acha que isso é tão perigoso? — perguntei.

— *Moc zvědava* — disse ela, sacudindo a cabeça. — Meu pai vive me dizendo isso. Não sou boa em ouvir. E também... — Ela estendeu uma das mãos, palma para cima, dedos separados, mas não continuou.

— Também o quê? — perguntou Eli, por fim.

— Cem dólares americanos, disse o grosseiro.

Virei-me para Eli, que checou a carteira e suspirou.

— Trinta? — ofereceu. — Não posso pagar mais agora, mas se nos der seu endereço...

— Trinta — disse ela com a voz firme, mas parou um pouco antes de pegar o dinheiro. De perto, seus olhos eram cinza-azulados, nebulosos como uma nuvem tempestuosa, e por fim vi o que estava procurando, a prova de que um dia ela teve um futuro em vez de um passado. — Lembre-se — disse ela. Estendeu a mão e por um momento temi que fosse acariciar minha bochecha ou tocar meu queixo, mas deixou-a cair sem fazer contato. — Há escuridão nesta cidade. E para o nosso povo, sempre irá ser pior. Quando a escuridão voltar outra vez, eles vão querer seu sangue.

— Nora não tem nada o que temer — disse Eli, e colocou o dinheiro na mão dela.

Janika guardou as notas no bolso sem tirar os olhos de mim.

— Você sabe que ele mente.

26

— Sinto muito por isso. — Max sentou-se na lateral da cama; sentei-me do outro lado. Não havia, naquele quarto claustrofóbico, nenhum outro lugar para se sentar. O dia inteiro, eu tinha esperado por aquele momento, nós dois sozinhos. Tinha esperado pelo toque suave dele e pelo pedido de desculpas que eu sabia que viria junto; ele estaria arrependido e eu estaria arrependida e, desculpando um ao outro, ficaríamos numa boa de novo.

Estendi o braço, passando por ele, e desliguei a luz.

— Só estou assustado por você — disse ele. — Precisamos terminar isso. É a única maneira de um dia ficarmos seguros.

Seguros. Pelo menos até a próxima faca brilhando no escuro, ou o próximo acidente de carro, o próximo arrombamento grosseiro, o próximo surto de ebola, o próximo enfarto. Não havia segurança. Encontrar aquela máquina, barganhar com os *Hledači*, ir para casa, nada mudaria aquilo.

— Por favor, não fique zangada — pediu ele.

— Não estou.

— Você é uma péssima mentirosa. — Ele beijou meu pescoço. — Adoro isso em você.

— Não estou mentindo. Estou...

— Pode me contar. Qualquer coisa.

— Eu não sei. — Como é que eu diria que não estava zangada com o que ele havia feito, mas sim com o que não havia feito? Não havia salvado o Chris. Não havia ficado para me salvar. Não havia deixado tudo bem de novo só porque tinha me abraçado e prometido que tudo ficaria bem.

— O cartão-postal no túmulo de Andy — falei, sem ter a intenção. — Como foi parar lá?

— Já disse, não precisamos falar nada disso. — Aproximou-se de mim, sussurrando. — O passado é prólogo; o futuro depende só de nós.

Podia senti-lo sorrindo. Aquele era nosso jogo; era a minha vez.

Eu não joguei.

— Quero saber.

— Shakespeare — disse ele. Ainda tentando. — *A Tempestade*.

Então ele desistiu.

— Criei uma conta de fachada e mandei um e-mail para um cara no dormitório que faria qualquer coisa por dinheiro. Mandei a ele o dinheiro e o cartão-postal, e acho que ele conseguiu.

— Mandou e-mail para ele.

— Mandei.

— Arriscado.

— Tomei cuidado.

— Então você mandou alguma coisa para ele por carta.

— Isso.

— Também é arriscado.

— Valeu a pena, certo?

Queria dar um tapa nele.

— Não podia ter mandado um e-mail para mim? Enviado uma carta? Contado *alguma coisa*?

— Eu precisava fazer assim — explicou ele. — Precisava estar seguro. A polícia, os *Hledači*, o que aconteceu naquela noite, poderia ter sido pior. Muito pior. Não podia arriscar levá-los até você.

Sabia que deveria dizer a ele que alguém andava me vigiando, lá no Chapman, uma pessoa na floresta que havia me deixado uma mensagem na neve suja.

— Chris falou para você sobre o Andy? — perguntei, em vez disso. — Por que você não disse nada?

— Por que você mesma nunca me disse nada?

Não respondi.

— Bem, por isso — disse ele. — Percebi que você não queria que eu soubesse.

— Não era só você — expliquei. — Era todo mundo.

— Todo mundo, menos o Chris.

— Não precisei contar para o Chris. Aí é que está.

— Mas teria contado — disse Max. — Tudo bem. Entendi.

— Eu teria contado a você também. No devido tempo.

Agora que ele sabia, esperei que perguntasse — não sobre por que eu não havia lhe contado, mas sobre o Andy, sobre como era ter um irmão morto ou como havia sido ter um vivo, e descobri que estava esperando impacientemente, mais do que preparada para, enfim, deixá-lo entrar no quarto trancado onde eu guardava todas as histórias, as piadas vulgares, o hip-hop ordinário, o cheiro de meias suadas e gel de cabelo, todas as coisas que me faziam lembrar de meu irmão.

— É melhor dormirmos — sugeriu ele. — Amanhã teremos de solucionar a pista de Elizabeth de verdade ou descobrir o que fazer depois. De qualquer forma...

— Certo. Dormir.

Deixei-o abraçar meu corpo e me afagar em seus braços.

— Sabe que eu faria qualquer coisa para deixá-la segura — murmurou ele, depois de se passarem vários minutos de silêncio.

Fingi que já estava dormindo.

27

Sonhei com pessoas mortas. Não Andy, nem Chris, mas Elizabeth e o rabino Loew, e a filha dedicada do rabino, que usava um galho para limpar o musgo vivo e flexível que brotava do nariz e das orelhas dele com uma velocidade alarmante e que, no sonho, se chamava Janika. Quando acordei, três horas antes do amanhecer, de repente entendi onde encontrar o que estávamos procurando.

Quando acordei, Max tinha ido embora.

Havia um bilhete em seu travesseiro. *Adriane está aborrecida, não consegue dormir. Não queria acordar você. Fomos dar uma caminhada. Voltamos logo. M*

Se Adriane havia batido em nossa porta no meio da noite em busca de consolo, então "aborrecida" tinha de ser uma meia verdade significativa, e eu não conseguia acreditar que Max havia me deixado dormindo enquanto isso. Nem conseguia acreditar que ele tinha sido burro o suficiente para levá-la para passear pela cidade no meio da noite, deixando nada mais do que um bilhete vago, sem nenhuma forma de entrar em contato com eles e qualquer ideia de onde estavam, me deixando com mais uma noite sem dormir, com nada a fazer além de ficar acordada esperando que voltassem — ou esperando que não voltassem.

Não acreditava que estava tentando castigá-lo quando vesti meu jeans e fui até o final do lado oposto do corredor, hesitando só por um momento antes de bater. Não era para ser uma lição: *Você desaparece, me deixa sozinha*, outra vez, *não espere que eu esteja esperando quando você voltar*. Mas quando Eli apareceu, as bochechas ruborizadas e os cabelos remexidos, com tufos espetados, igual ao *Denis, o Pimentinha*, adulto, abrindo bem a porta para mim, assim que falei as palavras mágicas, "Eu descobri", soube que seja lá o que acontecesse a seguir, terminaria com o Max louco da vida, de novo, e descobri que, especialmente, não me importava.

— A maior criação do rabino — falei para Eli, tentando não olhar para seu peito nu, surpreendentemente musculoso, e a cruz negra e pontuda tatuada sobre seu coração, que deveria parecer desprezível, mas, e talvez isso fosse apenas a luz fraca ou a falta de sono ou alguma crise temporária de insanidade induzida, acrescentava uma idiossincrasia punk aos seus abdominais esculpidos o bastante para evocar pensamentos que eu, quase definitivamente, não deveria estar tendo. Pigarreei e mirei o olhar na tinta descascando atrás dele. — E se não fosse o golem? — perguntei. O rabino não era tão diferente do pai de Elizabeth, percebi, naquele momento nebuloso entre o sonho e o despertar. Um homem que havia passado a vida a serviço e à procura de seu Deus. Claro que o mundo pensava no golem como seu maior feito, assim como a *Lumen Dei* teria sido o de Edward Kelley. Mas, para Elizabeth, o fato fundamental sobre Kelley não era o trabalho dele. Era a paternidade. — E se fosse a filha do rabino?

— O que você está fazendo aqui? — perguntou Eli, ainda piscando para espantar o sono. Sua cueca boxer, que eu também não deveria ter notado, era azul-clara e salpicada de Piu-Pius. Era estranho, mas combinava com ele. — Onde está o Max?

— Primeiro achei que estava enterrado com ela, o que seria péssimo, porque a maioria daqueles túmulos não tinha nome, e, mesmo se tivessem, até parece que podemos cavar o cemitério.

— Você sabe que é madrugada, não é?

— Mas aí me lembrei do sótão, o mezuzá, lembra? Janika disse que pertencia à filha dele, e os mezuzás são ocos. Poderia ter qualquer coisa dentro deles. É um risco grande, mas não acha que vale a pena tentar?

— Tem algo errado? — perguntou Eli. — O Max fez alguma coisa?

— Por acaso está me ouvindo?

— Só não sou a pessoa mais provável e lógica de você procurar com suas ideias geniais no meio da noite.

— Escuta. Adriane estava aborrecida, então o Max saiu com ela para algum lugar. Por isso, ele não está por perto para ouvir a minha ideia, que eu acho ser uma das boas, e acho que o meio da noite é uma hora boa como qualquer outra para verificar, já que não é provável que possamos procurar o sobrenome inexistente da Janika na lista telefônica. E mesmo que pudéssemos, duvido que ela nos ajudaria de novo. Então vou voltar à sinagoga. Você vem comigo, ou não?

Eli deu uma risada.

— Vou vestir a calça.

28

— *Este* é seu plano? — perguntou Eli, olhando de forma duvidosa para os degraus de ferro que subiam pela lateral do antigo templo. Eles começavam a vários centímetros acima de nossas cabeças, mas eu tinha bastante certeza de que ele poderia me suspender.

— Você tem uma melhor? — perguntei. — Quer esperar até amanhecer para ir atrás de outra velha grotescamente resoluta a nos deixar passar pela porta da frente, e depois torcer para que ela nos deixe ao menos *tocar* as coisas?

— Não é a pior ideia que já ouvi. — Mas ele entrelaçou os dedos e abriu as palmas, pronto para segurar meu pé. — Percebe que temos noventa e nove por cento de chance de sermos pegos, certo?

A rua estava abandonada. Alguns postes de luz disfarçados de lâmpadas a gás antiquadas davam à noite nebulosa um brilho alaranjado e intenso. As barracas de lembrancinhas estavam fechadas com tábuas, e nada se movia além dos panfletos esfarrapados que farfalhavam na brisa gelada.

— Por que acha isso?

— Esta é a sinagoga mais antiga da cidade, uma atração turística global e um lugar sagrado, em uma cidade onde costumava haver cem mil judeus e agora mal tem algum — disse ele, com um *sua idiota* implícito.

— Acha que se esqueceram das câmeras de segurança?

— Então acho que devemos nos apressar.

Pisei nas mãos dele, agarrei seus ombros, e impulsionei meu corpo para cima, me arremetendo para o degrau de ferro mais baixo. Meus dedos arranharam o metal, então Eli perdeu o equilíbrio com meu peso e eu quase desabei.

— Cuidado!

Tentamos uma segunda vez, e consegui fazer contato, agarrando o degrau, segurando firme, me distanciando de Eli e ficando pendurada. Meus pés tocavam a parede, e os músculos de meu braço gritavam enquanto eu tentava me suspender. Elevações em barra fixa nunca foram meu forte. Adriane teria conseguido com um único e elegante movimento, pensei, estilo Cirque du Soleil, provavelmente fazendo uma estrela ou um meio mortal de costas em direção à escada e depois subindo pela lateral com a facilidade de um macaco que praticava ioga. Ela, com certeza, não teria gemido tão alto enquanto conquistava um centímetro após o outro na vertical, os pés finalmente ganhando apoio, a janela do sótão distante, mas, de forma hipotética, ao alcance.

Com meus pés, por fim, firmes em um degrau, estendi o braço para baixo para dar uma força a Eli, mas ele estava rolando uma lata de lixo em direção à base do prédio. Ele a virou, subiu em cima e saltou até a escada, balançando com a graça de um gatuno, o único sinal de esforço eram os músculos contraídos em seu pescoço.

A subida em si foi fácil, eu deveria ter ficado apavorada, mas não fiquei. Talvez fosse a noite sem lua que tivesse tornado a coisa toda — agarrar-se na lateral de um templo antigo, empurrar a janela para ela abrir, subir em silêncio até o sótão escuro com a tela do celular de Eli sendo nossa única fonte de luz — intensamente surreal. Talvez eu não tivesse me livrado por completo do meu sonho.

— Aqui. — Guiei Eli para onde eu havia encontrado o mezuzá, dentro de um enorme armário de madeira cheio de curiosidades, no canto do fundo do sótão. As teias de aranha grudavam em meu rosto, e no escuro era muito fácil de imaginar as criaturas que as haviam elaborado subindo em minha perna ou caindo do teto.

— Ótimo. Pegue e vamos dar o fora daqui.

— Não vou *pegar* nada. Isso é roubar.

— Certo, quando nos levarem à força para a prisão, vou me certificar de que nosso advogado anote onde estabelecemos um limite.

— Calado.

Segurando com delicadeza a caixa estreita de pedra entre os dedos, deslizei o painel de trás. Deveria ter um pergaminho com uma oração enfiado no buraco. Mas quando puxei o rolo apertado de pergaminho, havia a letra familiar de Elizabeth me fitando — e algo mais. Uma minúscula bolsa de couro, fechada com um cordão. Eu a sacudi, ambos ouvimos o sussurro suave de terra solta.

— Nem pensar — sussurrou Eli.

Aqui, em minha mão, como um saco de bolas de gude, tudo o que restava de uma impossibilidade física: o golem.

Eu estava certa.

Um alarme soou. Ouvimos passos subindo as escadas.

— Temos que ir embora daqui! — Eli me puxou com força pelos pés. Me arrastou para fora da janela, depois me seguiu logo atrás, com o pé esquerdo quase batendo em meu nariz.

Abaixo de nós, alguém gritou. Luzes de lanternas dançavam pela calçada.

— Espere! — sibilei. Congelamos, pressionando o corpo contra o prédio, esperando ficarmos camuflados pela pedra e pela noite.

O sótão ficou claro. Indivíduos andando de um lado para outro pela janela. Embaixo, na rua, seguranças andavam apressados pelo perímetro do prédio. Agarrei-me nos degraus de ferro, tentando respirar, desejando que não olhassem para cima. Rajadas frias de vento batiam em meu rosto. Tentei enfiar o rosto debaixo de meu braço esticado e tentei, mais ainda, não olhar para baixo.

Aquela havia sido uma ideia maluca, bem parecida com engolir facas ou fazer malabarismo com fogo. Com o vento penetrando em meus dedos nus, já paralisados pelos degraus frios de ferro, parecia que seria um final de competição decidido mediante uma prova fotográfica entre a cadeia e a morte, a última sendo o resultado inevitável se tivéssemos de ficar pendurados mais tempo, e meu corpo parasse de obedecer às instruções de *não se atreva a se soltar*, enviadas pelo meu centro de comando neural cada vez mais desordenado.

— Vai ficar tudo bem — disse Eli baixinho, logo acima de mim.

— Levando em conta nosso currículo, isso parece totalmente provável.

— Se pensar bem, isso na verdade é muito apropriado, dadas as circunstâncias.

— "Isso" sendo...?

— Nossa defenestração parcial.

— Nossa o quê?

— Defenestração de Praga? Guerra dos Trinta Anos? Católicos sendo jogados pela janela somente para sobreviver ao caírem sobre uma pilha de esterco? Não faz você se lembrar de nada?

Agradeci a tentativa de me distrair; não estava dando certo. Estendi o pescoço em direção ao chão, observando os guardas fazendo a ronda. Seus walkie-talkies estalavam, e, pouco depois, os guardas desapareceram dentro do prédio.

— Agora! — sibilei, já descendo para o chão. Com pressa, com cuidado, e depois, três degraus abaixo, meu pé direito escorregou. Soltei um grito quando ele escapou do degrau e, com um solavanco para a frente, minha cabeça bateu no metal com um tinido de bater os dentes. Confusa com o impacto, quase larguei a barra.

— Nora! Segure firme!

A voz de Eli quase foi abafada pelo estrondo em minha cabeça, mas fiz o sugerido e me segurei, os dedos dormentes agarrando com força o metal frio, as pernas se debatendo, debatendo, raspando na pedra, em busca de apoio, os braços gritando. *Defenestração*, pensei, vagamente, e imaginei se, sendo um quarto católica, me qualificaria para meu próprio salto miraculoso no esterco.

Meus pés encontraram o degrau. Eu não ia cair.

Levei um tempo para acreditar.

— Estou bem — falei baixinho. — Estou subindo. — Comecei a descer de novo, logo quando a janela se abriu acima de nós e surgiu uma cabeça, gritando algo alto em tcheco que não precisava de tradução.

— Então vá! — gritou Eli, e embora eu ainda estivesse tremendo, desci, desejando poder brincar de macaco só um pouco mais, pendurada no degrau inferior, caindo no chão com uma dor de triturar joelhos e, de forma estúpida, esperei que Eli descesse em segurança antes que eu começasse a correr.

Eles nos perseguiram atravessando Josefov, subindo Maiselova, virando a esquina e descendo Široká, passando pela Câmara Municipal Judaica e pela Sinagoga Espanhola e pelas vitrines escuras da Prada e da Louis Vuitton, e depois pelos becos retorcidos de Staré Město. Conduzimos os perseguidores em círculos, nossos passos ecoando pelas travessias vazias, nossos pulmões estourando, o nevoeiro forte e a noite sem lua conspirando para transformarem nossos perseguidores em nada além de passos claudicantes e vozes zangadas, os bêbados e mendigos ocasionais assistindo, com indiferença, enquanto passávamos de repente — e então, de alguma forma, os gritos atrás de nós sumiram e ficamos sozinhos.

Mesmo assim, continuamos correndo. Às vezes era Eli na frente, às vezes era eu — sempre que ele ficava para trás, eu corria na frente, e vice-versa, até quase parecer que não estávamos mais apostando corrida com a polícia e, sim, um com o outro, em um desafio silencioso para ver quem desistiria primeiro.

Eu desisti e quase desmaiei. Eli parou ao meu lado, nem mesmo respirando rápido. Nós dois esperamos, esperando que luzes e sirenes emergissem da escuridão, mas nada aconteceu, e a bolsinha com pó sagrado estava guardada com segurança em meu bolso. Talvez fosse uma pequena vitória, mas era a minha primeira depois de muito tempo.

29

— A culpa foi minha — afirmei.

Eli bufou.

— Você tem toda razão.

Havíamos caminhado em círculos por quase uma hora antes de encontrarmos nossa direção, graças a um mapa turístico de ruas cujo *Você Está Aqui* ficava a pelo menos dois quilômetros de onde queríamos estar. Todas as ruas pareciam iguais, muros anônimos de pedras onde quer que virássemos. Praga estava silenciosa. Até mesmo os garotos bêbados das fraternidades tinham desistido da luta e desmaiado em suas poças de vômito.

— Eu não tinha a *intenção* de gritar — expliquei. — Achei que estava caindo.

— Não foi culpa sua por eles a ouvirem gritar — disse Eli. Sua voz ecoou na pedra, e eu queria mandá-lo ficar calado, mas não o fiz, porque isso teria parecido paranoia. Ou talvez não, não era paranoia quando alguém, na verdade, estava ali atrás de você, mas teria dado a impressão de que eu estava com medo.

E havia um conforto estranho na voz dele.

— Foi sua culpa porque você nos arrastou até aqui no meio da noite para brincar de Homem-Aranha — acrescentou ele.

Enfiei a mão no bolso e segurei forte nosso prêmio.

— Você não precisava vir.

— E perder toda a diversão? — Ele riu.

— Então é divertido para você?

— Isto? Agora? Vagar por um paraíso estrangeiro sob a luz da lua com uma garota linda ao meu lado? Não. Claro que não. É terrível.

— Não tem lua. — Ignorei o "linda".

Caminhamos.

Por fim, percorremos nosso caminho de volta a Karlova e pegamos a ponte. Era surreal ver a avenida larga e sem sua multidão de turistas se espremendo uns contra os outros. A entrada para a ponte Carlos também estava vazia, vigiada apenas por um mendigo, de olhos turvos, encolhido em uma colcha preta esfarrapada, e pela Torre da Ponte da Cidade Velha, que, lembrei-me, um dia esteve enfeitada por doze cabeças decepadas, seus olhos mortos de hereges vasculhando a cidade. A água agitada refletindo o nada.

— Por que está aqui, Eli? — O vento varria a ponte, e tentei não tremer, preocupada em não despertar gestos cavalheirescos. Não precisava da jaqueta dele, nem de seus braços.

— Porque você não deu nenhuma indicação de que ia me deixar voltar a dormir.

— Não. Quis dizer aqui, em Praga. Você não conhecia o Chris. Não é um suspeito. Ninguém está atrás de você; não a polícia, nem os *Hledači*. Não precisa fazer parte disso. Então por que está fazendo?

— É meu dever proteger você, lembra? Da... como foi que Janika chamou? Da escuridão no coração da cidade. Talvez seja por isso que estou aqui.

— Você nem me conhece — falei. — Então isso parece improvável.

— Talvez você cause uma primeira impressão forte.

Podia sentir minhas bochechas esquentando e fiquei grata pela escuridão.

— Isso só prova que você *realmente* não me conhece. Tente de novo.

— Outro motivo?

— Quem sabe, desta vez, um que você não invente de última hora — comentei. — Um motivo de verdade.

— Como você mesma disse, não a conheço. Então, o que a faz pensar que lhe devo algo verdadeiro?

Não pude discutir. Pelo menos sob essa teoria, eu não devia a ele nada em troca.

Os santos de pedra alinhavam-se na ponte, silhuetas de inutilidade negra contrastando com a noite. No canto de meu olho, um movimento, um tremor de preto no preto. Prendi a respiração.

Mas era apenas um pombo, espantado de seu poleiro.

— Tudo bem — disse Eli. — A verdade?

— Diga.

— Tem razão. — Ele percorreu a mão pelo parapeito de pedra que nos protegia da água, parando para repousar sua palma sobre um dos santos. — Chris não era ninguém para mim. É provável que eu estaria de volta em meu dormitório resolvendo um problema agora se meus pais não tivessem me obrigado a ir para Chapman. Mas depois que cheguei lá...

— O quê?

— Sei como é ser atraído para algo do qual você não deveria fazer parte — disse, com calma. — Quando tudo o que você quer é que eles o deixem em paz, deixem que viva uma vida normal, e eles *simplesmente... não... deixam*. Era só isso que Chris estava tentando fazer. Ser normal. E veja o que aconteceu com ele. Agora está acontecendo com você. Não é justo.

Não tinha certeza se o invejava ou o odiava por ser tão ingênuo. Como se *justo* significasse alguma coisa. A vida fazia tudo o que ela queria, e geralmente ela queria deixá-lo numa pior. Mas, se Eli ainda não sabia, que curtisse a fantasia.

— Sua vida não é normal? — perguntei, de repente percebendo como conhecia pouco sobre ele, como tinha me importado tão pouco em perguntar. Ele era um calouro em alguma faculdade pequena em Maryland, falava três idiomas e continuava aprendendo, tinha um gosto extravagante por cuecas e... e era isso.

— Pais obcecados por uma idade de ouro perdida — lembrou-me —, fazendo de tudo para me moldar na personificação das tradições mortas, insistindo em falar tcheco, cozinhar tcheco, cobrir cada maldita parede da casa com fotos da "adorada terra natal", me obrigando a treinar todas as noites sobre o que fazer, quando... — Ele parou de repente, depois riu. — Bom, tem outras coisas. Não importa. Digamos que não é uma receita para a normalidade. Não quando eu era criança. E com certeza não é agora.

— Sinto muito.

— Não estou fazendo lobby para ganhar um voto de piedade. Você queria saber e agora sabe. Talvez não haja um bom motivo. Talvez eu só esteja nessa porque estou. Deixe como está.

Dei de ombros. Os pontos não conectavam bem, mas ele tinha razão: não me devia nada.

— Podia falar sobre ele para você — falei.

— Quem?

— O Chris. Se quiser, quero dizer.

— Ah. — Ele parou de andar de repente, como se não pudesse refletir sobre a pergunta e movimentar as pernas ao mesmo tempo.

— Ou não. — Estupidez minha até mesmo me oferecer, percebi. Ele mesmo havia dito que o Chris não era ninguém para ele. Debrucei-me no peitoril, olhando para a água abaixo e as nuvens acima, para a cidade e suas torres grandes e toscas, para qualquer lugar menos para ele.

— Isso seria bom — respondeu ele, debruçando-se ao meu lado. Nossos ombros se tocaram. — Se você quiser.

Contei para ele sobre o primeiro campeonato de basquete de Chris, e como ele havia aparecido debaixo de minha janela às duas da manhã, o rosto vermelho das horas de comemoração e bebedeira, bêbado demais para se lembrar de que ele não devia ir à minha casa, que ninguém devia, e me desafiou a jogar com ele na entrada, onde um aro enferrujado tinha ficado abandonado nos últimos cinco anos. Contei sobre o primeiro encontro oficial de Chris e Adriane, o filme desastroso onde ela, exausta do passeio de caiaque do conselho de classe naquela tarde, quase havia caído no sono e ele, brigando com uma gastroenterite que o deixaria longe das aulas a semana seguinte inteira, por fim ergueu a bandeira branca e vomitou nas sandálias de tiras e salto alto favoritas dela. Continuei o relato, com somente alguns inícios falsos, contando a piada suja favorita de Chris, uma sobre o barman, os macacos e as bolas de golfe. Confessei como, apesar da perturbação de Adriane, tinha sido o Chris a tornar possível meu namoro com Max. Depois de *nosso* primeiro encontro oficial — menos desastroso do que estranho e destoante, cheio de trapalhadas e perguntas artificiais e um nariz ferido em consequência de nosso primeiro beijo —, foi o Chris que jurou que eu não havia me humilhado e não tinha cometido um erro, o Chris que disse que eu merecia algo melhor do que ficar sozinha, e Max era quase bom o suficiente para me merecer.

Eli era um estranho, mas contei tudo a ele. Não conseguia parar de falar, não até fazê-lo entender a maneira com que as sobrancelhas de Chris arqueavam, de forma assimétrica, quando esperava a parte final de uma piada, e a diferença entre seus sorrisos: feliz, surpreso, ansioso, triste, apaixonado, porque cada um era distinto, e cada um tão facilmente legível quanto qualquer uma das expressões no rosto evidente de Chris. Geralmente, eu precisava me preparar antes de até mesmo dizer o nome dele, mas não dessa vez. Dessa vez foi fácil. Contei para Eli como Chris odiava brócolis crus, mas gostava deles cozidos, e como ele achava que conseguia balançar as orelhas apesar de todas as provas em contrário, e deixávamos que acreditasse. Ele gostava de comédias românticas, contei a Eli, mas só daquelas em que a garota tola ficava com quem ela gostava, ou o atleta descobria que, no fundo, era um nerd da informática, e só quando ele estava sozinho, sem chances de ser pego em flagrante. Ele gostava do Knicks, do Eagles, do Red Sox, e, por princípio, nenhum time de hóquei porque achava que não era um esporte aceitável.

Enquanto eu continuasse falando, o Chris seria real.

Então descrevi, em detalhes vívidos, a expressão do rosto de nossa professora substituta de cálculo quando o Chris e a Adriane começaram a namorar — *depois* que eles tinham convencido a pobre coitada (com a ajuda da turma inteira) de que eram meios-irmãos. Mas, no final das contas, fiquei sem palavras, e ele desapareceu outra vez.

Somente quando parei de falar, percebi que a mão de Eli estava sobre a minha.

Puxei minha mão.

Voltamos a caminhar.

— Então. Incesto em cálculo — disse ele. Havia uma nova estranheza entre nós. — Impressionante.

— Não achei que daria certo. A Adriane tinha *filha única* estampado na testa.

— É uma coincidência estranha, não acha? Como todos vocês são filhos únicos? Acha que rola algum tipo de magnetismo psicológico subconsciente aí, como uma pesquisa pós-junguiana sobre a conexão familiar?

Não respondi.

— Você não vai ao menos fingir estar impressionada com minha psicologia barata? — perguntou ele.

Não sei por que dessa vez, entre todas, respondi:

— Não sou filha única. Quero dizer, não era. — Caminhei mais rápido, ficando um passo à frente dele, olhos fixos adiante. — Não costumava ser.

Uma pausa.

— Irmão ou irmã?

— Irmão. Mais velho. — Engoli seco. — Andy.

Esperei.

Eli não disse nada.

Por fim, impaciente, obriguei-me a encará-lo. Seus punhos estavam tão rígidos quanto sua mandíbula.

— Agora é quando você, por tradição, diz algo tipo "sinto muito".

— Seu irmão mais velho morreu? — Ele pareceu estranho. Assustado, talvez, mas eu já havia alcançado minha cota de ser olhada por pessoas com cara de boba, que sussurravam sobre isso e encaravam de forma descontrolada e não conseguiam entender o caráter caprichoso do tumulto da existência. Eu era especialista em surtar, e isso era algo diferente. Algo quase parecido com... medo.

— Sim. Morreu. Tem um tempo. Esqueça que eu disse alguma coisa.

— Não, quer dizer, sinto muito. Eu *sinto* muito, você só me surpreendeu. Só isso. Você quer... falar a respeito?

Não mais.

— Que tal não falarmos durante um tempo? — sugeri.

Eli não contestou, e dessa vez foi ele quem apertou o passo, suas pernas magricelas consumindo a calçada, de forma que eu quase tive de correr de leve para alcançá-lo. Após alguns dolorosos minutos de silêncio, estávamos de volta ao Leão Dourado.

Max andava de um lado para outro do lado de fora, furioso. Adriane estava sentada no chão, encostada na parede, o queixo contra o peito, parecia com sono.

— Onde é que você estava? Você está bem?

— Claro que estou bem. — Abracei-o. Ele estava rígido e tenso no abraço, e, depois de um momento, soltei-o. — Lamento se ficou preocupado.

— "Preocupado"? *Preocupado"!*

— Não grite.

— Você sai vagando no meio da noite, com *ele*, sem recados, sem explicação, sem jeito de encontrá-la, e lamenta se fiquei "preocupado"?

— Você saiu primeiro — retruquei.

Com aquelas palavras, Adriane, que não estava nada com sono, ergueu a cabeça.

— Fico feliz que esteja bem — disse ela, com a voz grave. Assim que a luz bateu em seu rosto, pude ver que tinha andado chorando. O que me fez lembrar *por que* Max havia saído sem mim.

Não sabia o que havia levado Adriane a desmoronar. A parar de fingir e, enfim, admitir seja lá o que estivesse perturbando-a no fundo, de sentir-se tão só e arrasada na escuridão, que precisava ir até mim — porque eu havia prometido a ela, em um trem durante a noite, que, quando ela precisasse, eu estaria esperando.

Mas eu não estava.

E quando achei o bilhete, não havia pensado nela — ou procurado por ela, ou esperado que voltasse. Havia fugido com Eli, como se toda aquela caça ao tesouro atemorizante realmente *fosse* um jogo, uma competição entre nós. Ou, mais especificamente, como se fosse *meu*, meu problema a resolver, meu enigma a desvendar, minha cruz para carregar. Não porque eu fosse especial, ou corresse mais perigo do que Max e Adriane — ou sofresse mais. Mas porque eu podia traduzir *a coelo usque ad centrum* mais rápido.

Isso não era só meu, pensei, e resolvi que dessa vez, não esqueceria. Chris havia pertencido a todos nós. E se uma pessoa não podia ser separada, se uma pessoa só pudesse ser de propriedade integral, então, no final, Chris havia pertencido a ela.

— Você está bem? — perguntei a Adriane.

Ela levantou-se.

— Vou me deitar.

— Adriane...

— Obrigada, Max — agradeceu-lhe com uma suavidade na voz que eu não ouvia há muito tempo, depois virou de costas para mim e entrou.

— Vai me dizer aonde você foi? — perguntou Max, olhando para Eli. — E por que a arrastou junto?

— Acha que *eu a* arrastei? Nora, quer contar para ele?

— Ela está bem mesmo? — perguntei. Eli sacudiu a cabeça, e depois, com a indignação estampada no rosto, nos deixou a sós.

— Ela está bem — respondeu Max, e um pouco da raiva extravasou em sua voz. — Ela só precisava conversar. Então conversamos.

— Por que não me acordou?

— Achei que você precisava dormir.

— Você me conhece melhor do que isso.

Max hesitou.

— Se quer saber da verdade...

Esperei.

— Ela não queria que eu acordasse você.

— Ah.

— Quero dizer, acho que quando ela chegou ao nosso quarto, entrou em pânico. Metade dela queria alguém para conversar, mas a outra metade não, e você dormindo a deixou livre. Ela está assustada, Nora. Mais assustada do que aparenta.

— De conversar?

— De tudo.

— Mas ela falou com você — comentei.

— Não podia impedi-la de sair do albergue, mas ela não podia me impedir de acompanhá-la. Então eu a segui e não acordei você naquela hora porque não havia tempo.

— Ela falou com você — repeti, sabendo que o ciúme era uma resposta inadequada. Sem saber ao certo de quem eu estava com ciúme.

— Talvez fosse mais fácil. Eu estava lá, naquela noite...

Era algo que os dois sempre dividiriam; algo do qual eu nunca faria parte. Só que eu também estivera lá naquela noite.

Mas estivera lá sozinha.

— Ela está bem agora? — perguntei.

Ele afirmou com a cabeça.

— Ela só precisava falar sobre o Chris, eu acho. Ouvir o nome dele. Depois se acalmou. Até voltarmos para cá e você ter sumido. — A raiva voltou à voz dele. Aparentemente nosso cessar-fogo temporário havia terminado. — Ela surtou de novo. Talvez isso seja demais para ela; para você também. Talvez eu estivesse enganado, e vocês duas devessem voltar.

— Adriane é adulta — contestei. — E eu também. Podemos fazer nossas escolhas. Nós vamos ficar.

— Alguém está nos seguindo — disse ele com calma. — Adriane não o viu, e eu não queria preocupá-la. Mas era um deles, os *Hledači*. Reconheci-o de antes. E acho que vi uma faca.

Cada músculo de meu corpo se contraiu. Queria tocar Max, me certificar de que ele estava inteiro. Não podia. Mas ele viu meu rosto e entendeu.

— Nada aconteceu — disse ele. — Juro. E dei um jeito de despistá-lo, mas quando voltamos e você não estava aqui, pensei...

Abracei-o. Sua pele estava fria. Fiquei pensando em quanto tempo ele tinha ficado parado do lado de fora, me esperando aparecer. Preocupado que eu nunca voltasse.

— Eu sinto muito — desculpei-me, abraçando-o. — Eu sei... — Como era esperar. Imaginar. — Sinto muito. Devia ter deixado um recado.

— Não devia ter saído de forma alguma. Devia ter ficado aqui, onde é seguro.

Não sei quem largou primeiro, mas nos distanciamos outra vez.

— Bem, não fiquei. E talvez seja uma coisa boa, porque... — peguei a carta de Elizabeth e a bolsinha de couro do meu bolso; elas também não pertenciam a mim — ... tenho algo para lhe mostrar.

30

E. J. Weston, para meu tolo irmão.

Os judeus bebem o sangue das crianças. Ou assim nos disse nossa mãe quando, ainda crianças, perambulávamos muito perto dos portões, espionando os homens que falavam línguas estrangeiras, vestidos com trajes estrangeiros e eram sedentos por nosso sangue vital, para aquecê-lo em uma panela de sopas e de cozidos imundos que preparavam para suas festividades estrangeiras. Nosso pai nos prometeu que não tínhamos nada a temer daqueles homens que adoravam um Deus que era nosso Deus e ao mesmo tempo não era. Nossos primos, ele os chamava, e fingíamos acreditar.

Assim que botou as mãos no mais recente tesouro de Elizabeth, Max ficou muito mais complacente com nossa pequena aventura à meia-noite. Amarrou um pedaço de cordão na bolsinha de couro e a pendurou no pescoço para protegê-la.

Fiquei com a carta.

Essa tradução me levou menos tempo do que a última — a linguagem de Elizabeth havia se tornado a minha, suas estranhas configurações e escolhas de palavras exóticas pareciam mais familiares a cada página que eu copiava em meu caderno desgastado. Mas, só na tarde do dia seguinte, eu estava preparada para compartilhar os resultados.

Nossa mãe nos falou do golem, aquela criatura desalmada da noite que andou a esmo no bairro e executou o comando sinistro de seu mestre, e nisso acreditamos e moldamos nossos próprios homens da argila macia das margens do Vltava, incitando-os a esmagar, consumir, destruir. Histórias para assustar uma criança na hora de dormir e, mesmo assim, quando Groot me enviou para trás das muralhas à procura do golem, acreditei que o encontraria. Ou ele me encontraria.

Confiei minha destinação a Thomas. Não, como este deve ser o registro integral de minhas transgressões, admitirei aqui que confiei tudo a Thomas, enquanto estávamos sozinhos no laboratório, nossos rostos iluminados pela luz de velas. Ele havia trabalhado arduamente na fórmula de alquimia de nosso pai durante duas semanas, trabalhando desde a primeira luz tímida do luar até a volta destemida do sol, e permaneci ao lado dele, dormindo somente naquelas poucas horas antes que as obrigações diárias me chamassem de volta à vida. Nossa atenção era voltada apenas ao nosso trabalho, à delicada sublimação, dissolução, putrefação, destilação e aos fluidos borbulhantes que se originavam, como se por mágica, de seus cuidados. Até que, na última noite, não conversamos sobre nada além dos elementos e suas misturas, e permaneci em silêncio enquanto Thomas contava-me histórias da importância da alquimia, dos magos que saquearam os segredos da natureza e se aproximaram, elixir a elixir, cada vez mais de Deus.

Naquela última noite, não consegui mais aguentar e confessei a ele a função dessa fórmula que criamos. Confessei que ele havia, sem intenção, se unido a nós em busca da maior glória de todas. Lumen Dei, *as mesmas palavras estavam nos lábios dele quando o casamento químico deu frutos, e nosso elixir nasceu, como se o conhecimento de nosso destino, e o desejo desesperado dele de alcançá-lo, tivesse nos transportado para lá.*

Depois que um segredo é dito, não tem como retirar as palavras, irmão. Não há como desfazer o conhecimento, uma triste verdade que em breve você entenderá. E, assim, Thomas juntou-se a mim, e não fiquei mais sozinha.

Groot, por motivos que se recusou a compartilhar, não tinha permissão para atravessar as muralhas do bairro judeu, mas providenciou minha entrada e me ofereceu seu criado como acompanhante. Václav não me assustou menos do que havia assustado à primeira vista, e eu preferiria ter levado o golem. Em vez disso, levei Thomas. Groot nos garantiu uma entrevista com o grande rabino, mas havia certas circunstâncias, confessou ele, que não poderiam ser evitadas.

Quando as três primeiras estrelas surgiram no céu, encontrei-me com Thomas atrás da Igreja de São Nicolau. Ele riu ao ver-me. Temo que em resposta, ruborizei-me.

Ele sacudiu a cabeça.

— Talvez você devesse deixar-me ir sozinho, pois isso nunca irá prosperar.

— Estou tão horrível assim?

Toquei o chapéu colocado de forma indecisa em minha cabeça, com os cachos rebeldes enfiados debaixo dele. Os calções eram grossos e ásperos em minhas pernas. A túnica de nosso pai, larga demais para mim, ainda tinha o cheiro dele.

— Você está linda.

Ruborizei-me em troca.

— Linda demais para essa tarefa, quero dizer. Ninguém que enxergue acreditaria que você é um garoto.

— Ninguém que enxergue acreditaria que sou linda, mas parece que o enganei.

Ela se entregou a ele com tanta facilidade, pensei. Alguns elogios, algumas conversas à luz de velas, e estava pronta para entregar tudo. Era tão solitária, perguntei-me, tão desesperada assim para encontrar alguém que a tratasse como igual, ouvisse seus segredos, preenchesse o vazio que seu irmão havia deixado? Ou simplesmente, mesmo ainda não tendo percebido, estava apaixonada?

Necessitada ou feliz? Tinha que haver uma diferença.

O rabino não falaria com uma garota, então fiz o que deveria ser feito. Aventuramo-nos atravessando o portão, lado a lado, dois rapazes — um de cabelos da cor de areia e olhos saltitantes e um sorriso falso; o outro, enfardado por uma túnica grande e chapéu ridículo, de corpo esquelético e rosto delicado, e possivelmente, pela primeira vez desde sua juventude tranquila, belo.

Uma canção flutuou no ar, diferente e inebriante, e as casas escuras observavam com desconfiança enquanto passávamos, como se até mesmo as pedras soubessem que não éramos dali. O templo era baixo e escuro, suas paredes simples eram frias ao toque, nada parecido com as igrejas de nossa infância, com suas arestas douradas e mares de vitrais com as cores do arco-íris.

O rabino nos aguardava lá dentro. Estava parado no altar na frente da câmara e propôs que permanecêssemos na entrada. Falou em excelente alemão, sem o sotaque de um judeu.

— Concedi esta reunião a pedido de um amigo confiável; mas se for para eu conceder mais, terão de ser persuasivos.

Caí de joelhos.

— Venho ao senhor em nome de Edward Kelley, em nome de Cornelius Groot e em nome do imperador. Solicitamos um punhado de terra sagrada que o senhor proveu com o dom da vida.

— Levante-se, criança. Aqui ajoelhamos somente para o Senhor.

A voz dele roçou meu rosto como a mais macia das penas. Fiquei em pé.

— Somente Deus pode conceder o dom da vida. Não passo de um condutor da graça Dele. Criar me aproxima do Criador, e dessa união surgiu um milagre. Um dom dado ao meu povo. Por que deveria dividi-lo com você?

— Comigo não, senhor. Com o imperador.

— Fala pelo imperador?

Seus olhos penetraram em meu disfarce, penetraram em minha pele e meus ossos e dispararam diretamente em minha alma. Não podia mentir.

— Falo pela nobreza do conhecimento e pela busca da graça. Uma busca à qual o imperador terá a honra de se juntar, quando for o tempo devido.

Não sabia de onde as palavras tinham vindo.

— O imperador fez muito pelo meu povo. Você, no entanto, não fez nada. Ainda.

Ele propôs um trato. Em troca do que procurávamos, desejava um certo cálice dourado que o imperador era afamado por ter em seu Kunstkammer, que dizem ter pertencido a José, das Doze Tribos, que era inestimável e resultaria em morte certa para qualquer um que fosse pego tentando roubá-lo.

A palavra *Kunstkammer* estava escrita em alemão. *Armário de maravilhas*. Todos que eram alguém tinham um naquela época, explicou Max, um *Kunstkammer* abarrotado de quadros e amostras de plantas e chifres de unicórnio. Colecionar estava na moda. Mas, ao que parecia, aquele imperador em especial levava as coisas ao extremo, seu palácio era um verdadeiro ninho de colecionador, só que, no caso dele, as pilhas inclinadas de tampas de garrafa, revistas e rolos vazios de papel higiênico geralmente eram incrustados de rubis.

— *Certamente você pode explicar ao imperador que este será um pequeno preço a pagar.*

Outra vez, senti-me invadida por seu olhar, mas o que eu diria a ele? Que o imperador havia assassinado meu pai e roubado suas terras? Que enquanto meu pai me comandava a oferecer a ele esse, o maior dos presentes, eu teria preferido um presente diferente, um que seria o último dele? Deveria voltar fracassada para Groot e transformar o sonho de nosso pai em pó? Só pude aceitar e prometer o cálice em meu regresso.

Assim que Thomas e eu atravessamos a Ponte de Pedras de volta a Malá Strana, ele se desesperou.

— *Não tem como entrar no* Kunstkammer. *Até mesmo os conselheiros mais próximos do imperador não têm acesso sem a permissão dele.*

— *Há uma maneira.*

Embora eu ficasse enjoada só de pensar naquilo.

Só contei a ele o que planejava fazer na manhã seguinte, quando a ação já estava feita. Também estou tentada a não contar a você, pois sei de seus sentimentos em relação a dom Giulio, e você sabe que os compartilho, mas acredite em mim quando digo que tinha pouca escolha. E você sabe que dom Giulio há muito tempo está disposto a me fazer qualquer favor que eu quiser. Admito que meu coração uma vez enfraqueceu por ele, porém não mais. Quando ele era criança, espiando os aposentos das donzelas, assando esquilos ao sol, seus pelos cobertos com o sangue da vareta que ele enfiava na lateral dos animais, deixando-me presentes como pássaros mortos em caixas enfeitadas, desculpas podiam ser pedidas. A mãe, uma criada; o pai, um imperador; sua identidade, uma verdade universalmente conhecida e, no entanto, nunca comentada. Deve ter sido uma vida difícil. Mas ele está mais velho agora e, embora seja dois anos mais jovem, é maior do que eu. Assusta as mulheres da corte com a maneira com que as olha e há aquelas que dizem que ele faz mais do que olhar. Suas mãos são musculosas e seu hálito é forte com cheiro de cebola e peixe.

No entanto, o avô dele ainda é o responsável pelo **Kunstkammer**. *Ajude-me mais uma vez, pedi a dom Giulio, como quando éramos crianças. Não reconhecemos a distinção entre o agora e o passado, a ausência de um irmão para proteger-me de suas mãos atrevidas, mas algumas verdades não precisavam ser ditas.*

Hradčany está diferente agora. Rodolfo a transformou em cidade, e por todo lado há homens içando pedras e entalhando esculturas, construindo um monumento atrás do outro para o reino de Habsburgo. Todos sabem muito bem que o imperador prefere ficar em casa sempre que possível, e ele construiu o palácio ao redor dessa loucura para se esconder, com mais corredores ocultos e passagens secretas do que poderíamos ter imaginado quando crianças. Dom Giulio, com sua mão áspera e molhada, pegou minha mão enquanto nos guiava até o centro secreto do palácio, com Thomas nos seguindo a poucos passos atrás e sua presença muito pouco tolerada pelo príncipe louco, e somente porque eu me humilhara para implorar.

O **Kunstkammer** *agora consiste em um longo corredor que liga a residência do imperador ao Salão Espanhol. Um grande número de imagens de Rodolfo em cores vibrantes a óleo nos observava atentamente das paredes e do teto. Passamos por quadros de paisagens rurais da Boêmia e portos espanhóis, montanhas, desertos e fruteiras, mas são os vários rostos do imperador que não consigo parar de ver, suas sobrancelhas enviesadas, sua barba preta, a papada pendurada sobre o rufo da gola, tão rosa e carnuda quanto qualquer porco. Suas coleções aumentaram desde nossas aventuras, anos atrás, e dom Giulio nos levou por armários que possuíam relógios, livros grossos, encadernados com couro, de Agrippa, Boécio, Dee, Croll, Paracelso, Porta, até mesmo nosso execrado pai, a mandíbula de uma sereia, o chifre de um unicórnio, estátuas de deuses gregos que executavam seus giros obscenos, crânios de crocodilos, jarros de prata, jaspe e ouro, moedas dos quatro cantos do mundo, tigelas de conchas, taças de jade, cetros incrustados de rubis, peixes de duas* cabeças, uma criatura de cera com o corpo de um cavalo e a cabeça de um leão, astrolábios, planetários, esferas armilares, instrumentos musicais suficientes para ensurdecer o mundo com música, dois pregos da Arca de Noé e um baú de facas. Neste último, dom Giulio parou, afagando as lâminas da coleção de seu pai como se estivesse visitando velhos e queridos amigos: esta matou César; aquela assassinou violentamente um príncipe turco; outra, a favorita dele, dom Giulio afirmou que um camponês havia engolido e carregado em seus estômago durante nove anos. Esta era a faca que ele estava acariciando, a lâmina sussurrando em seu pescoço, quando uma porta ao longe rangeu ao abrir, e ouvimos o som assustador de passos se aproximando.

— Aqui!

Dom Giulio e eu nos espremos entre dois armários enquanto Thomas se enfiou em uma fenda semelhante na parede oposta. O imperador aproximou-se. A respiração de dom Giulio era quente em meu pescoço. Sua mão tapou minha boca. Dedos curtos e grossos desceram por minhas costas. Nossos corpos estavam muito próximos, e, com o imperador tão perto, eu mal podia gritar. Senti um metal frio em meu rosto. Era dom Giulio, que ainda empunhava sua faca. Eu não podia fazer nada além de deixá-lo brincar de aranha em minha carne trêmula, enquanto eu engolia minha amargura e o imperador em pessoa passava por nós. Não posso falar, nem mesmo para você, o que as mãos dele fizeram enquanto estavam, de forma perversa, livres.

Quando o salão ficou em silêncio, emergimos, e antes que eu pudesse parar minha mão, ela voou na face de dom Giulio, marcando com linhas finas e vermelhas sua carne esburacada. Thomas lançou-se sobre ele, mas eu o detive com uma palavra: **lembre-se**. Dom Giulio podia chamar o imperador de volta, ou nos arrastar para os pés de seu pai e nos chamar de ladrões, pois éramos isso.

Digo-lhe agora, meu irmão, que há coisas que eu teria recusado, tivesse o filho bastardo se atrevido a pedir, assim como digo a mim mesma, no início da noite, que teria me recusado aos desejos de dom Giulio mesmo que isso significasse desistir da **Lumen Dei**. Mas, por motivos que não posso compreender, ele não exigiu nada, e então nunca saberei o que eu teria feito.

Ele me deu o cálice, seus dedos roçando os meus, seus lábios estremecendo como um dos esquilos assustados dele.

— Ninguém pode nos ver juntos. Estas escadas levam à Torre do Bispo. Esperem lá, até que um sino tenha tocado, depois saiam. Nós nos encontraremos de novo, minha Elizabeth.

Ele saiu antes que eu pudesse dizer que não pertencia a ninguém, muito menos a ele.

Esperamos no alto da torre o primeiro sino tocar, depois o segundo. Desejei que minhas mãos parassem de tremer, mas só pararam quando Thomas as envolveu nas mãos dele e me disse que fui corajosa. As estrelas brilhavam, e mostrei a ele Cassiopeia e Andrômeda. Contei a ele sobre as teorias de Copérnico, que acreditava que a Terra se movia debaixo de nossos pés. Ele me falou de sua mãe e de sua irmã, que morreram juntas; a peste torturou um corpo e depois o outro, em menos de uma semana, passando da primeira pústula a um túmulo fresco.

Não lhe direi para onde nossas palavras foram, ou como passamos os momentos da noite fria e silenciosa, até não haver nenhuma escolha a não ser descer, ou nos perdermos.

Com aquele cálice, ou até mesmo com uma única das esmeraldas incrustadas em sua base de ouro, eu teria mudado o destino de nossa família. Teria havido pecado maior em roubar as riquezas do imperador para mim mesma do que roubá-las para um homem santo? Talvez não. Mas o maior dos pecados seria negar ao nosso pai seu último desejo e, talvez, se Groot tivesse falado a verdade, negar à humanidade sua maior descoberta. Então enfiei meus cabelos debaixo do gorro, escondi o peito, vesti os calções emprestados e voltei para aquele estranho lugar sagrado.

Fomos, na chegada, comandados a nos aproximarmos do altar, onde o rabino segurava o cálice roubado, com um brilho selvagem em seus olhos. Em minhas mãos que aguardavam, ele colocou uma bolsinha de couro, a mesma bolsinha que você, meu irmão, agora segura, contendo nela um pouco de terra que foi abençoada por Deus, terra e pó e barro que um dia andaram em forma de homem.

Quando o rabino voltou seu olhar para mim, eu não estava mais com medo.

Ele mostrou os dentes.

— Da próxima vez que visitar nosso bairro, sugiro que solte seus belos cabelos. Uma dama não precisa cobrir a cabeça antes do casamento.

Seus olhos tinham visto tudo. Mas encontrei-me destemida. Fomos unidos em nosso destino em comum, ambos ladrões, ambos peregrinos, ambos servos do que acredito ser o mesmo Senhor.

Dormi profundamente naquela noite, querido irmão, acreditando que o mais difícil dos obstáculos tivesse sido superado. Dois dias depois, Groot havia determinado, eu deveria partir com Thomas em uma viagem para as terras austríacas, onde esperávamos que o astrônomo Kepler fosse fornecer a última peça de nosso diabólico quebra-cabeça.

Tínhamos água e terra, logo teríamos fogo, e Groot em pessoa estava trabalhando dia e noite em sua própria contribuição: ar, a máquina delicada e ruidosa que colocaria o dispositivo em um movimento surpreendente. Fico tentada a terminar aqui, com conforto e esperança, pois seria mais fácil do que recordar para você o que aconteceu naquela noite, na escuridão antes do amanhecer, quando uma aparição surgiu diante de minha cama, uma que preferiria me lembrar como um pesadelo, mas sei que era muito real. Assim como a lâmina tocando minha garganta.

Era um homem e, nas sombras, ele parecia ter o rosto de dom Giulio, porém era uma ilusão nascida de um sonho. Era um estranho, o rosto coberto pelo capuz de uma batina. Um homem de Deus; no entanto, que homem de Deus entraria nos aposentos de uma donzela e seguraria uma faca em sua garganta?

— Ter fé em Deus é ter fé na Igreja. Conhecer Deus é conhecê-Lo através da Igreja. Sua heresia terminará. Agora.

Não sei como ganhei coragem para falar, mas não era mais a garota que havia sido antes daquela jornada começar, e a dele não era a primeira lâmina a tocar minha garganta.

— Como pode ser heresia procurar respostas sobre Deus?

— Aquelas respostas das quais você precisava lhe foram fornecidas. Seu Senhor a comandou a ter fé Nele e fé na Igreja Dele. Você mostra sua força renunciando a seus interesses individuais à instituição Dele. Você mostra sua fraqueza e cobiça ao buscar mais.

— Se o Senhor quer que eu pare, deixe que Ele faça isso.

— Minha criança, quem você acha que me enviou?

A voz dele era quase gentil.

— Estou lhe dando a oportunidade que muitos acham que lhe deveria ser negada. Volte. Arrependa-se. Pois, se eu for obrigado a voltar, não acordarei você antes de fazer o que é preciso ser feito.

— Deve ser o aviso — disse Adriane, de repente. — Lembra da carta que encontramos na biblioteca, aquela sobre como iam advertir Elizabeth a parar com tudo o que ela estava fazendo?

Lembrei-me — e também me lembrei de que, fosse lá quem tivesse escrito a carta, havia querido fazer muito mais do que advertir.

Seguindo as ordens dele, fechei os olhos. Quando os abri novamente, ele havia desaparecido. E de manhã, com a luz do sol aquecendo meu rosto e a promessa de uma jornada me aguardando, posso ser acusada por dispensar a advertência, como faria com qualquer outra criatura imaginária da noite? Nosso dever era nobre, nossas questões, justas, e a Igreja estava apenas apegada ao poder, enquanto as mudanças surgiam. Os padres provaram estar assustados com os luteranos, que insistiram em ler sua própria Bíblia em seu próprio vernáculo e forjaram seu próprio relacionamento com um Deus que um dia havia sido de responsabilidade exclusiva dos homens santos da Igreja. Foi alguma surpresa que a Lumen Dei *os enchesse de medo? Que necessidade da Igreja e de seu sacerdócio nós tínhamos, já que o próprio Deus logo estaria sussurrando em nossos ouvidos?*

Foi a curiosidade que me impulsionou, irmão, e a dedicação de nosso pai. Mas também foi a arrogância. Advertências são mais fáceis de ignorar do que de seguir, como bem sabe, pois ao ler isto você ignorou muitas advertências minhas. E assim continuamos. E assim você deve continuar.

11 de novembro de 1600.

31

— O *Fidei Defensor* — falei, andando pelo quarto apertado. — Tem que ser. — Eu havia trabalhado direto na tradução até o amanhecer e um pouco mais, enquanto Max ficava na cama, fingindo dormir. Eu precisava saber o que tinha acontecido. Por que, se ela estava tão apaixonada por Thomas, havia se casado com outro homem. Quem a observava em segredo, e como ela havia escapado de todos os homens que a procuraram, armados de facas. Eu inclusive, embora admitisse somente a mim mesma, queria saber sobre a *Lumen Dei*. A máquina era uma piada, uma história, mas Elizabeth acreditava nela — estava apavorada e, suspeitei, tentada por ela —, e *alguma coisa* havia acontecido para convencê-la de que a máquina era perigosa demais para existir e talvez perigosa demais para ser destruída. Acusei-a de confiar com facilidade demais, mas não importava qual fosse o motivo, eu confiava nela. Queria saber se deveria.

Ela havia deixado aquela pista para o irmão, mas eu não conseguia evitar sentir que ela também havia sido deixada para mim.

— Não sabemos que era o *Fidei Defensor* — disse Eli. — Tudo o que sabemos é que as únicas ligações entre eles e a *Lumen Dei* são uma velha maluca e um idioma morto.

— Mas lembra como a carta terminou? — perguntou Adriane, que se recordava de tudo. — "Atenciosamente, em fidelidade eterna e *defesa da fé*." Sem chance de ser coincidência.

— Não, aposto que você tem razão — concordou Max. Havíamos contado a ele e à Adriane sobre as advertências secretas de Janika e sobre a possível existência de um novo jogador naquele jogo surrealista. — É isso que os fundamentalistas fazem, não é? Cortam sua garganta assim que você começa a fazer as perguntas erradas.

— O fundamentalismo não tem nada a ver com a questão do *Fidei* — disse Eli.

— Um fundamentalista é alguém que quer substituir o que você acredita pelo que ele acredita — explicou Max. — E alguém que acha que sabe da vontade de Deus melhor do que qualquer um. Se a carapuça serviu...

Adriane pigarreou.

— Antes que vocês dois reencenem o Choque das Civilizações, talvez alguém possa me dizer o que isto significa. — Ela bateu de leve sobre a palavra estranha, escrita em letras cursivas, três linhas acima, contando da parte inferior da página. Suas unhas geralmente perfeitas estavam irregulares e o esmalte vermelho estava arranhado e descascado, por isso, olhando de relance, parecia que suas cutículas estavam sangrando. — Não é grego.

תאבש

— É hebraico. — Isso eu podia saber daquelas manhãs de férias sonolentas de muito tempo atrás, na sinagoga de minha avó, mas nada mais. Várias linhas seguiram a palavra:

GSV ULIVRTMVI SLOWH GSV PVB.
NZHGVI LU GSV HGZIH, SRH GIRFNKS
DROO GLDVI LEVI GSV VNKRIV.

URMW SRN RM GSV KOZXV GSZG
UVVOH ORPV SLNV.

DSVIV DV SZEV MVEVI YVVM GLTVGSVI,
YFG DSVM R ZN GSVIV, BLF ZIV DRGS NV.

Tinha de ser outro código, e אתבש era a chave.

— Atbash — disse Max.

— Gesundheit. — Adriane sorriu.

Max não riu.

— Atbash — repetiu ele. — É o que diz.

— *Você* lê hebraico? — perguntei. — Você é metodista.

— Episcopaliano, na verdade, mas falei para você que meus pais eram religiosos. O hebraico foi a primeira língua de Deus, então...

— Então você sabe hebraico por causa de *Deus*? — comentou Adriane. Peguei-a olhando para a saída.

— Quando a gente se muda demais, faz sentido que ir à igreja seja a única coisa que nos faz se sentir em casa — falei rapidamente. — Não que ele ainda queira ser um padre ou algo assim.

Eli ergueu a sobrancelhas.

— "Ainda"?

Max não precisava dizer nada. Dava para ver, por sua expressão de ofendido, que eu havia cometido um erro. Outra vez.

— Ninguém me disse que tínhamos um homem de Deus entre nós — disse Eli. — Possível homem de Deus, pelo menos. O que o fez mudar de ideia?

— Deixe-o em paz — falei.

Max pigarreou.

— Pode parar de responder por mim — disse ele.

— Eu só estava tentando ajudar...

— Por favor, não. — Foi o *por favor* que doeu. Tão educado, como se eu fosse qualquer pessoa. Ninguém. — Nada me fez mudar de ideia. Eu era garoto e depois cresci. Percebi que o mundo não precisa de mais pessoas para ficarem sentadas rezando.

— Ah, então decidiu que ia mudar o mundo. *Salvar* o mundo. — Não sei por que Eli continuava forçando a barra.

— E daí se decidi?

— Explica totalmente por que você está se formando em... história. Devo supor que esse seu plano de mudar o mundo inclui uma máquina do tempo?

— Calado, Eli — pediu Adriane. — Você está sendo um babaca.

Percebi que Max não falou para *ela* parar de ajudar.

— Não, eu quero saber. O que nosso homem santo residente acha de nosso atual empenho? Não acha que seu Deus pode ter um problema com você por localizar o número particular dele?

Max tinha de saber que Eli estava zoando com ele. Suspeitei que ele não se importava. Ao contrário de todos os outros caras que conheci, ele nunca teve medo da própria sinceridade, não importava o quanto isso, às vezes, o fizesse parecer ridículo.

— Acho que a *Lumen Dei*, se existisse, seria um milagre — disse Max. — Guerra. Fome. Pobreza. Daria para acabar com tudo.

— Se Deus tivesse esse tipo de poder, seria de se pensar que ele mesmo teria encontrado tempo para resolver essas coisas — comentou Adriane.

— Não se trata apenas de poder. É o *conhecimento*. A resposta final. Pensem nisso: se você pudesse provar, de uma vez por todas, a existência de Deus? Se cada pessoa na Terra soubesse exatamente seu lugar e para que servia sua vida? Quer saber por que eu nunca seria um padre? O verdadeiro motivo? — perguntou ele, voltando-se para Eli. — Fé. — Ele fez a palavra soar pornográfica. — Se algo é verdadeiro, a gente não deveria ter que *acreditar* nela. Deveria ser capaz de *saber*.

Houve uma tensão estranha no quarto. Adriane riu, nervosa.

— Tudo o que sei — disse ela —, é que se nós realmente conseguirmos encontrar essa coisa, ou construí-la, ou sei lá, vamos poder evitar irmos para a prisão, e, bônus, esperançosamente impedir que os loucos nos matem durante o sono. Sem falar no quanto poderíamos ganhar vendendo-a. É como aquele *reality show* de antiguidades, só que de uma forma muito mais poderosa.

Dei uma risada de pena dela. Os rapazes a ignoraram.

— Alguns podem dizer que isso é exatamente o que está errado com algo igual à *Lumen Dei* — disse Eli. — Porque as pessoas são idiotas.

— Ela não é idiota — defendeu Max.

— Cavalheiresco. Mas estava me referindo a *você*. Vendê-la pela maior oferta é ruim o suficiente, mas quer falar de tragédia? Entregue um poder como esse a um lunático com complexo de Deus disposto a criar o céu na terra. Depois dos milhões de pessoas que foram mortas em nome de Deus, você quer...

— Mortas porque estavam *lutando* a respeito de Deus — disse Max.

— Elas lutam porque precisam recorrer à fé. Se houvesse uma verdade, uma única resposta, não haveria mais luta.

— Algumas pessoas chamariam você de perigosamente ingênuo — criticou Eli. — E mostrariam que o conhecimento pode ser perigoso.

— Assim como a ignorância — respondi. — É sempre melhor saber do que não saber.

— Poluição — retrucou ele. — Pólvora. Armas nucleares. Conhecimento não é tudo o que se sonhou. E só porque você sabe como construir alguma coisa, não significa que deva ser construída. Já ouviu falar da árvore do conhecimento? Da maçã? Algumas pessoas diriam que o fato de sermos estúpidos demais para aprendermos com nossos erros é apenas prova de que somos estúpidos demais para não cometer outro. E esse seria um dos grandes.

— Então, já que não somos perfeitos, todos nós deveríamos voltar a viver nas cavernas? — perguntei, incrédula. — Acha que isso seria melhor?

— Estaríamos nus — ressaltou Adriane. — Se já tivessem ido a uma praia de nudismo, saberiam que, definitivamente, *não* é melhor.

— Acha que não havia guerra antes de haver bombas e armas de fogo? — perguntei a ele. — Como se os homens das cavernas não esmagassem a cabeça uns dos outros com pedras gigantes.

— Algumas pessoas podem dizer que matar outras com pedras é, de forma significativa, menos eficiente — ressaltou Eli. — É difícil aniquilar uma raça esmagando uma cabeça de cada vez.

— Algumas pessoas — respondi. — Certo. E quanto a *você*? O que você acha?

Ele deu de ombros.

— Quem se importa com minha opinião?

— Excelente ponto de vista — comentou Adriane, sacudindo a carta e seu código misterioso para nós. — Que tal voltarmos para algo que realmente interessa?

— Eu me importo — respondi. Se Max tivesse que se expor, que Eli o fizesse também.

Ele hesitou.

— Acho que não se pode discutir com a história — disse ele, enfim.

— E acho que se Deus quisesse que nós o conhecêssemos, ele se apresentaria. Acho que a fé tem um valor inerente. Há poder na crença, em *escolher* acreditar.

Adriane soltou um *pfft* agudo pelos dentes.

— E se Deus quisesse que voássemos, teria nos dado asas, certo? O que nos torna todos pecadores por usarmos aviões, aparelhos de ar-condicionado, micro-ondas e todas as outras porcarias que Deus mesmo se esqueceu de fazer. Ah, e me desculpem, garotas feias, nada de maquiagem, porque é óbvio que Deus não quer que vocês sejam bonitas.

— Ela tem razão — concordou Max. — Pelo que todos sabem, Deus *realmente* quer que nós o conheçamos, mas somente quando provarmos que somos merecedores, descobrindo como fazer isso. Talvez a *Lumen Dei* seja essa prova.

Eu bufei.

Não era minha intenção, mas aconteceu. Pelo jeito, Max pensou que eu estava rindo dele, e talvez estivesse, porque estava rindo de tudo aquilo, da máquina, da discussão e, mais ainda, de Deus — do Deus *dele*; ele havia deixado isso claro. Talvez eu merecesse o olhar que ele me deu.

— Alguma coisa para compartilhar com o restante da turma? — perguntou Eli.

Neguei com a cabeça e repousei a mão no ombro de Max. *Desculpe-me*, significava o gesto. Costumava significar. Nós nos entendíamos perfeitamente sem conversar e, quando conversávamos, era sobre tudo. Entendíamos isso também. Agora, parecia que não conversávamos: pedíamos desculpas.

— Fale — disse Max, rígido ao meu toque.

Tudo bem.

— É irrelevante, tudo isso — falei. Embora não fossem a eles que eu devesse convencer. — A *Lumen Dei*, mesmo que a gente consiga encontrar todas as peças e juntá-las, é só uma lata-velha. Não dá para conseguir uma prova definitiva de algo que não existe.

— "Algo." Isso seria Deus, pelo que entendi? — perguntou Eli.

— Isso seria Deus. E quer saber? Se *existe* um Deus e for o mesmo Deus que está tão ansioso para ter templos construídos em homenagem à grandeza Dele, guerras travadas por causa Dele, e pessoas caindo de joelhos dizendo o quanto ele é um ser maravilhoso e magnífico; se essa criatura todo-poderosa e onisciente, por algum motivo, simplesmente, não consegue sobreviver sem *minha* adoração, então deixe que ele me dê alguma prova. Ou que, pelo menos, aceite se eu decidir sair e procurar alguma. Acha que há um motivo para as pessoas precisarem de fé? Como se houvesse um motivo para tudo o mais que acontece? Certo. Há um motivo para que o Chris precisasse morrer? Ou que... — Engoli seco. — Ou todas as outras idiotices que seu Deus executa? Ele quer que eu O venere, então que Ele se explique. Deixe que Ele responda pelo que fez. Deixe que me explique o que é tão formidável sobre o mundo e por que eu deveria ser *tão* grata por minha vida maravilhosa e magnífica.

Adriane tirou alguns lencinhos do bolso e estendeu a mão para mim.
— O quê? — perguntei.
— Você está chorando.
— Não, não estou. — Mas esfreguei os olhos e estavam molhados. Não aceitei o lencinho.
— Atbash. Hebraico. Ótimo. E como isso nos ajuda? — Minha voz falhou, mas eles foram educados o suficiente para ignorar.
— É um antigo código bíblico de substituição — disse Max, ignorando minhas lágrimas da melhor maneira. Procurou uma caneta e um pedaço de papel em branco. — Você apenas substitui a primeira letra pela última letra, e a segunda pela penúltima etc. Então *alef* por *tav*, *bet* por *shin*. Traduzindo, você substituiria *A* por *Z*, *B* por *Y*, entende? É simples.

Debrucei-me sobre a página, trocando as letras, montando a verdadeira mensagem, levando mais tempo do que precisava. O silêncio foi um alívio.

GSV ULIVRTMVI SLOWH GSV PVB.
NZHGVI LU GSV HGZIH, SRH GIRFNKS
DROO GLDVI LEVI GSV VNKRIV.

URMW SRN RM GSV KOZXV GSZG
UVVOH ORPV SLNV.

DSVIV DV SZEV MVEVI YVVM GLTVGSVI,
YFG DSVM R ZN GSVIV, BLF ZIV DRGS NV.

Por fim, a tradução mais uma vez:

O estrangeiro guarda a chave. Mestre das estrelas, seu triunfo dominará o império. Encontre-o no lugar onde você se sente em casa. Onde nunca estivemos juntos, mas, quando estou lá, você está comigo.

— Poético — comentou Adriane.

— E óbvio — Max ficou em pé. — O relógio astronômico da torre da Antiga Prefeitura. O Orloj. Sabem as pequenas estátuas mecânicas que dançam quando ele bate as horas? Uma delas é um turco. *O estrangeiro guarda a chave.* Tem que ser isso.

— Não sei — falei. Alguma coisa não se encaixava. — Elizabeth disse que ela e o irmão nunca estiveram lá juntos, mas eles cresceram em Praga. Então quais são as chances disso acontecer?

— Tem uma ideia melhor?

Neguei com a cabeça.

Eli suspirou.

— Acho que eu devia colocar minha fantasia de Homem-Aranha de novo.

— Sabem de uma coisa? — disse Max. — Vocês dois não dormiram nada ontem à noite. Por que não ficam aqui? Adriane e eu podemos cuidar disso.

Ela ergueu as sobrancelhas.

— Podemos?

— Sim. Podemos. Nora pode ficar aqui e descansar. Com ele. — Max falou como se eu devesse ficar grata, mas me pareceu penitência.

— "Ele" não se importa — disse Eli.

— Isso é ridículo — falei. — Devemos ficar juntos.

— Por quê? — perguntou Max.

Então deixei que fossem.

32

Eles já estavam fora havia uma hora quando Eli bateu à minha porta. Ignorei e redobrei meus esforços, em vão, tentando dormir.

— Preciso mostrar uma coisa para você! — gritou ele.

Deixei que ficasse esperando mais um minuto ou dois antes de, enfim, abrir a porta.

— Vá embora.

— Calce os sapatos. Preciso mostrar uma coisa para você.

— Passo.

— Então, quando você aparece na minha porta no meio da noite, espera-se que eu a acompanhe, sem perguntar nada, mas você não pode descer comigo por cinco minutos, no meio da tarde?

No saguão deserto, ele me mostrou a página na Wikipédia do relógio astronômico, destacando a frase crucial:

— O Orloj sofreu muitos danos no dia 7 de maio e principalmente dia 8 de maio de 1945... A prefeitura e os prédios vizinhos se incendiaram junto com as esculturas de madeira no Orloj e a face do calendário.
— O relógio exposto agora na Praça da Cidade Antiga era quase uma reconstrução completa do original.

— Então é o fim — comentei. Estava sentindo umas coisas estranhas e palpitantes em meu estômago. Alívio, medo: essas teriam sido reações aceitáveis, mas a que eu sentia não era nenhuma das duas. Senti como se Elizabeth tivesse nos decepcionado. Ou vice-versa. — Seja lá o que ela escondeu lá, já sumiu há muito tempo.

— Só que você não acha que ela escondeu nada lá — afirmou Eli. — E nem eu.

— Você ouviu o Max. O que mais poderia ser?

— Ao contrário de Max, eu também ouço *você* — disse ele. — O relógio não encaixa. E andei pensando: *mestre das estrelas*. Poderia ser um astrônomo estrangeiro, certo? E, na última carta, ela estava prestes a sair em uma peregrinação para ver...

— Kepler! — falamos juntos.

— Está vendo só? — disse ele. — É perfeito.

— É, estou vendo.

— Então, por que você não está sorrindo? Diga-me que não se trata do garoto americano grosseiro.

Depois dessa, não consegui me controlar, mas até mesmo o indício de um sorriso parecia ser traição.

— Não se trata do Max — falei. — Explique-me como isso poderia ser uma boa notícia se ela deixou a próxima peça com um cara que está morto há quinhentos anos. O que deveríamos fazer? Procurar o tatara-tatara-elevado-ao-infinito-neto dele e perguntar se achou alguma coisa interessante no sótão?

— Não acha mesmo que ela teria confiado essa informação a ele, não é? Pense: existe *alguém* em quem ela teria confiado, além do irmão dela?

— Por que você está me perguntando como se eu estivesse na cabeça de Elizabeth?

Ela acreditava em alguém mais? Thomas, era claro, mas quando Elizabeth enterrou seus tesouros, Thomas já tinha morrido havia muito tempo. Não havia mais ninguém. No entanto, alguma coisa sobre a pista andava me incomodando, algo familiar sobre a expressão. Um lugar onde ela se sentia em casa, rodeada por pessoas em quem ela confiava, onde ela poderia imaginar o irmão ao lado dela...

— Desculpe — disse ele. — Você parece, sei lá. Em sintonia com ela, eu acho. Um dia já se perguntou se... O quê?

— Como assim, o quê? Se um dia me perguntei se...?

— Não. Agora mesmo, você pensou em alguma coisa.

— O que o faz pensar isso?

— A mesma coisa que me fez ter certeza de que você não se livraria de mim a caminho de Praga. Seu rosto.

— O que tem de errado com meu rosto?

— Digamos que você deveria ficar longe da mesa de pôquer.

— Sempre me dizem isso. E sabe o que as pessoas geralmente descobrem?

— Elas acham que podem ler você, mas estão enganadas? — perguntou Eli. O sorriso de presunçoso era nojento.

— Vou voltar para o meu quarto. — Mas não fui a lugar nenhum. Porque o palpite dele estava certo.

— Fala.

— O lugar onde ela se sente em casa, onde sente que o irmão está com ela — expliquei. — Ela falava sobre isso em uma de suas primeiras cartas. Havia uma biblioteca em um mosteiro, no topo de uma colina com vista para a cidade. Stratton. Strawhill. Algo assim. O refúgio dela.

— Strahov?

— Isso!

— Então tem que ser ele! — Eli, de repente inquieto com a energia, desligou o computador. — O mosteiro é famoso pela biblioteca. Acha que ela escondeu alguma coisa lá? Em um livro? Alguma coisa do Kepler?

O entusiasmo dele era contagiante. Ainda mais quando contei sobre como eu havia descoberto a primeira mensagem oculta de Elizabeth, costurada na encadernação do livro de Petrarca. Poderia ser mesmo isso.

Ele já estava na porta quando notou que eu não o estava seguindo.

— O que você está esperando?

— *Nós* estamos esperando eles voltarem. — Era a última coisa que eu queria fazer. Estávamos tão perto; Elizabeth estava esperando havia tanto tempo.

— Por quê? Só porque ele teve um pequeno ataque de raiva?

— Ele estava certo — afirmei, com relutância. — Eu não devia ter desaparecido. Estamos juntos nessa.

— E é por isso que ele saiu com sua melhor amiga e deixou você aqui comigo. Você pode estar calculando errado esse *nós*.

— Não sei do que você está falando. — Mas eu sabia. Max ainda estava zangado por causa da noite anterior; estava me castigando.

Ou.

Eu estava tentando não pensar nos dois juntos naquela noite, caminhando sob a luz do luar, Adriane chorando nos braços de Max, ele a acariciando, sussurrando no ouvido dela, dizendo que ela estava segura, que ele estava lá, que tudo ia ficar bem.

Eu estava tentando não pensar nas coisas entre eles, as quais eu não tinha permissão para entender.

— Devo falar mais claro? Eles não querem você por perto.

Adriane não parecia se importar por eu ter quebrado minha promessa, que quando ela precisou de mim, eu não estava; quando fiquei longe tempo o bastante para despertar seu medo outra vez, fiz ela pensar que havia perdido outra pessoa. Ela não estava zangada e tinha o direito de estar. Max, por outro lado, não tinha.

— Podíamos esperar por eles — disse Eli. — Mas eu não quero. E você? Seja sincera.

— Você sabe tudo sobre cada principal monumento tcheco, certo? Lavagem cerebral desumana dos pais e tudo o mais?

— Aonde você quer chegar? — Mas ele olhou como se já soubesse. E foi quando vi que eu tinha razão.

— O relógio é o monumento mais famoso da cidade, não é?

— Acho que sim. Um deles. E daí?

— Daí que você já sabia sobre os estragos da guerra, não sabia? E deixou que eles saíssem numa busca infrutífera.

— Isso importa? — perguntou Eli. — Era óbvio que ele não estava a fim de ouvir. A nenhum de nós.

— Importa.

— Certo — disse ele. — Vou sozinho ao Strahov...

— E vai usar seu charme irresistível para fazer com que entreguem os livros mais raros deles a um estranho aleatório que tem uma tesoura? — Max odiaria se eu deixasse Eli ir atrás da pista sozinho, pensei, sabendo que estava procurando desculpas. Sabendo o que eu ia fazer.

O Max mesmo disse: por que ficarmos juntos? Ele me perdoaria por sair sem ele, então eu o perdoaria por sair sem mim. Estávamos ficando bons em pedir desculpas.

— Vamos.

— Diga a verdade: foi minha lógica inevitável ou meu charme irresistível?

— Talvez devêssemos tentar não conversar — respondi.

— Ah, suas palavras dizem que você me odeia, mas seu rosto diz... — Ele estreitou os olhos e me deu uma olhada exagerada de cima a baixo.

— Sim?

— Você me odeia. — Ele deu de ombros. — Pelo menos você é coerente. Então, vamos?

Odiava deixá-lo pensar que ele tinha me incitado a fazer aquilo, mas não havia motivos para esperar.

— Vamos.

Dessa vez, pelo menos, deixamos um recado.

33

— Desculpe o atraso — disse Eli ao velho na bilheteria do Strahov. — Sei que falaram para chegarmos quinze minutos antes do nosso compromisso, mas...

— Não peça desculpas a ele — rebati. — Foi esta cidade idiota *dele* que nos atrasou, todas essas ruas de mão única e zonas de pedestres. Que tipo de cidade caipira, atrasada...

— A culpa não é dele, querida — disse Eli. Esfregou minhas costas. Olhei zangada, e ele de repente retirou a mão. — Escuta, senhor, como pode ver, estamos com pressa, então se puder nos dizer onde fica a biblioteca, vamos continuar.

— A biblioteca? — perguntou ele, com apenas um leve sotaque. — Mas ela é proibida ao público.

Fiz olhar de brava para ele, depois me dirigi a Eli, cochichando em voz alta para todos ouvirem.

— O público? Diga-me que ele *não* se referiu a nós como "o público".

— Desculpe-me — disse Eli. — Ela está meio...

— Não se *atreva* a pedir desculpas por mim.

— Desculpe, amorzinho.

— Pare de pedir desculpas e dê um jeito nisso!

Eli olhou indefeso para o bilheteiro.

Rolei os olhos.

— Escuta, sr. monge...

— Sou apenas um voluntário — explicou o homem.

— Certo, que seja. Escuta, sinto muito se sua biblioteca é, tipo, um segredo de Estado ou algo assim, mas meu pai marcou esse encontro para nós e o senhor *não* vai querer decepcionar meu pai, vai?

— Talvez, se houver alguém com quem possamos conversar sobre isso? — disse Eli. — Seu chefe, talvez?

Dei uma risadinha.

— Deus provavelmente está ocupado, amorzinho.

O homem pareceu muito desconfortável.

— Só um momento. — Desapareceu em um cômodo dos fundos.

— É surpreendente como você é boa para fazer papel de malvada — sussurrou Eli. — Sugere prática.

— E é surpreendente como você é bom em fazer o papel de derrotado — retruquei. — É algo para se pensar.

Uma porta no final de um corredor estreito se abriu, e um homem gordo com uma túnica longa e branca apareceu. Sua cabeça calva tinha a mesma cor rosada das bochechas; seus olhos eram frios.

— *Dobrý den* — disse ele, seu sotaque era uma mistura estranha de tcheco com nossa língua. — Fui informado de que há um problema?

Obriguei minhas mãos a ficarem paradas do lado do corpo e tentei não olhar descaradamente demais para o escapulário de pano recém-passado dele. Uma coisa era mentir para um bilheteiro; outra era mentir para um monge.

Boa causa, lembrei-me. Ao que tudo indicava, até mesmo o Deus dele aprovaria.

— Temos um horário marcado para ver alguns dos itens de sua coleção de livros raros — explicou Eli. — Mas parece que houve algum tipo de falha de comunicação.

— Seus nomes?

— Jack Brown e Ella Weston — respondi.

Eli colocou um dos braços sobre meu ombro.

— Logo será Ella Brown, certo? — Ele riu para o monge. — Estamos noivos.

Encolhi os ombros, afastando-o.

— Já falei, vou manter meu sobrenome.

— Você disse que podíamos conversar sobre isso...

— Não, *você* que disse. Sabe que papai jamais aceitaria isso.

— E seja lá o que o *papai* disser, ele consegue, não é? Não importa se vou ser seu marido...

— Não se continuar a agir feito criança.

— *Eu?*

O monge pigarreou.

— Não temos registros de seu compromisso, e as propriedades da biblioteca são estritamente proibidas ao público, a menos que tenham sido tomadas as devidas providências.

— O que é que há com essa gente? — perguntei. — Nós não somos "o público". Meu pai é...

— Eles não precisam saber quem é seu pai, querida.

— Será o nome dele no cheque, não será?

— Eu cuidarei *disso* — disse Eli, com a voz firme.

Assenti com um gesto magnificente.

— Então, cuide.

— O problema é o seguinte — disse ele ao monge. — Entre mim e Ella, foi amor à primeira vista. Estávamos assistindo a uma aula de astronomia, e quando a vi... foi como um *bang*, vi estrelas, sabe?

— Ele não precisa ouvir isso — comentei.

— Ele precisa saber por que isso é tão importante, querida. Então, isso foi há dois anos, e agora estamos noivos, e para comemorar...

— Isso vai parecer uma total fantasia de nerd — falei para o monge.

— É *romântico* — disse Eli. — Vou levar Ella em uma viagem ao redor do mundo para que veja os manuscritos astronômicos mais famosos. Porque foi assim que nos apaixonamos.

— Bem, tecnicamente, papai é quem vai nos levar numa viagem ao redor do mundo. Pelo menos, o cartão de crédito dele vai.

Eli sugou as bochechas.

— O pai dela está nos ajudando. O que me surpreende, considerando que ele me odeia...

— Ele não odeia!

— E ele *alega* que marcou um horário para que nós víssemos a primeira edição que vocês têm de Kepler.

— "Alega"? Está insinuando que papai mentiu?

— Não seria a primeira vez que ele teria feito algo para me humilhar.

— Você não está sendo paranoico?

— E a Turquia? E a biblioteca em São Petersburgo?

— Você não pode culpá-lo por aquela tragédia na Turquia. E São Petersburgo admitiu que foi erro deles, daí o papai disse que a construção na ala Ella Weston iria continuar como planejado.

— É assim que ele consegue que as pessoas façam o que ele quer — explicou Eli ao monge. — Ele joga dinheiro nelas. Falei para ele que as autoridades da Igreja não podiam ser subornadas, mas...

— Papai disse que qualquer um faria qualquer coisa pelo preço certo — argumentei.

— Quer dizer a ele quando foi a última vez que seu pai disse isso? — perguntou Eli.

— Papai *pediu desculpas* por isso.

— Ele tentou me comprar — disse Eli. — Dez mil dólares se eu terminasse com a filha dele. Foi nojento.

— Foi um *teste*, amorzinho. Não se preocupe, você passou. — Voltei-me para o monge. — Ele só quer o que é melhor para mim.

— Ele quer que você se case com alguém de uma dinastia mais apropriada — refutou Eli. — Ele quer vender você como se fosse uma égua para reprodução, louca por um garanhão. Perdoe-me, irmão.

O monge, cuja careca havia passado de rosa para vermelho, pareceu extremamente desconfortável.

— Acho que é isso que teremos de fazer — falei. — Não queria mesmo ver aqueles livros idiotas. Essa viagem toda foi ideia dele, você sabe disso. Eu só concordei para ser gentil.

— Você disse que queria!

— Isso se chama gentileza. Venha, vamos ligar para o papai do hotel e...

— Não! — Eli agarrou minha bolsa e pegou o livro de frases básicas, folheando-o com fúria. Depois segurou nos ombros do monge e, indeciso, com um tcheco mal pronunciado, disse:

— *Posílá mě otec Hájek. Hrajte dál.*

O monge ergueu as sobrancelhas.

— Seu tcheco é horrível — disse ele. — Mas suas palavras são convincentes. Venham.

Ele nos guiou por um corredor, e subimos uma escada estreita. Ficamos alguns passos atrás.

— O que disse a ele? — sussurrei. O tcheco não fazia parte do plano.

— "Por favor, em nome do amor, me ajude a ser homem" — respondeu Eli.

— Está brincando.

— Deu certo, não deu? — Depois, falando alto para o monge ouvir: — Falei para você que eu cuidaria disso. Não vai me agradecer?

— Obrigada.

— Estava pensando em um beijo.

O monge virou-se para nós com um sorriso encorajador, como se estivesse ansioso para testemunhar o amor jovem em ação, embora fosse difícil de acreditar que nosso showzinho tivesse evocado alguma coisa nele além de uma reafirmação do celibato.

— Estamos em um mosteiro — disse a Eli, com todo o gelo de Ella Weston que podia exibir. — Tenha mais respeito por Deus.

34

Para chegarmos à biblioteca, tivemos de passar pela entrada de um salão abobadado com armários de vidro alinhados, suas prateleiras ocupadas por uma coleção de conchas, insetos empalados e organizados por espécie, de dois em dois, pontas de flechas polidas, borboletas mortas, bonecas de pano tocando violinos em miniatura, enguias, tubarões e lagostas empalhados, uma tartaruga gigante com a cabeça de um pterodátilo, uma cota de malha pendurada em uma enorme cruz de madeira. Também havia — sua etiqueta datava de 2007, sugerindo que alguém no mosteiro havia perdido o memorando das nações em desenvolvimento, o politicamente correto e o fato de que viver em um deserto não deveria automaticamente qualificar uma pessoa ou suas posses como sócio em um show de horrores preparado com bom gosto — um chicote de burro da Cabul dos dias de hoje.

— *Kunstkammer* — sussurrei, e o monge olhou para trás, surpreso. Ele assentiu.

— Colecionamos — explicou. — Sempre foi assim.

As criaturas do mar empalhadas estavam me olhando. Os insetos todos eram fáceis de imaginá-los vivos de novo, e as bonecas de pano não tinham os olhos menores e menos redondos ou eram mais confiáveis do que o resto de sua espécie. Mas era o chicote que mais me arrepiava.

— Venham. — O monge nos levou por um corredor longo e estreito, seu revestimento de madeira trabalhada brilhava na luz quente. As paredes eram ladeadas por livros; o teto curvado, revestido com afrescos dos antigos filósofos gregos: tudo lembrava uma catedral, mas independentemente do que fosse adorado ali, naquela sala, debaixo do olhar indômito de Pitágoras, Aristóteles e Sócrates, não era Deus. Ou pelo menos não era o mesmo Deus adorado na catedral dois andares abaixo, com suas cruzes pontudas e vitrais com Jesus. Não somente Deus.

O monge nos colocou em cadeiras de veludo puxadas de uma mesa enorme de madeira, e, com uma atitude zangada e brusca em tcheco que aparentemente não tolerava nenhum argumento, mandou um subordinado procurar as primeiras edições. Foram-nos entregues um a um — volumes antigos e mofados, colocados com delicadeza em estrados de madeira baixos para leitura, suas capas de couro desgastadas, suas páginas repletas de textos densos em latim e complexas gravuras de astronomia, planetas dançando em órbitas geométricas, equações matemáticas espalhadas de forma desordenada com estrelas. O subordinado desapareceu quase tão rápido quanto tinha aparecido, mas o monge ficou olhando com atenção enquanto folheávamos as páginas, fingíamos gritinhos de surpresa e espanto em intervalos regulares e, às vezes, relembrávamos o astrônomo excêntrico e morto que havia sido o primeiro a nos unir. Ele não percebeu o cuidado com que passávamos os dedos sobre a encadernação, procurando protuberâncias, indicando costura irregular ou qualquer tipo de sinal de que Elizabeth esteve ali antes de nós.

Johannes Kepler era, entre outras coisas, o astrônomo imperial de Praga, o lendário filósofo naturalista que decifrou as leis das órbitas planetárias e transformou o sistema de Copérnico de um diagrama esteticamente agradável em um modelo físico do universo, o autor do primeiro romance de ficção científica do mundo e o acólito devoto que sonhava em compreender o grande plano de Deus e cujas teorias sobre as harmonias das esferas planetárias lançaram mil malucos astrológicos. Mas, em 1599, quando Elizabeth e Thomas estavam andando por Praga à procura de cálices sagrados e terra abençoada, ele era um joão-

-ninguém empobrecido e acovardado, trabalhando pesado em um fim de mundo, sonhando com uma vida melhor. Ele havia, naquela época, escrito um livro, o *Mysterium Cosmographicum*, no qual somente as mentes mais inteligentes da Europa viram o que estava por vir. Strahov tinha as três primeiras edições em sua coleção, e, na terceira, encontrei uma costura na encadernação, igual à que estava em Petrarca. Para sanar qualquer dúvida, nove letras pequenas estavam inscritas no rodapé da segunda página:

E I W

I F W

f s g

Não era um código. Era uma saudação — aquela que ela nunca conseguia evitar fazer. *E. I. Westonia, Ioanni Francisco Westonio, fratri suo germano*. Era assim o quanto tinha certeza de que o irmão viveria tempo suficiente e a conhecia bem o suficiente para reaver o que ela havia deixado. Porque como poderia seu *fratri suo germano* fazer algo inferior?

Eli notou quando vi. Então ele estava preparado.

— Preciso fazer xixi — falei em voz alta. O monge recuou.

Eli se debruçou sobre sua cópia do livro.

— Então vá — disse ele.

O monge pigarreou.

— Os toaletes ficam no andar de baixo, segunda porta à esquerda.

Cutuquei o braço de Eli.

— Então?

— *Eu* não preciso ir.

— Mas *eu* preciso.

— Certo. Então vá.

— *Sozinha?*

— Você treinou no penico.

— Tem, tipo, uma *cripta* lá embaixo — falei.

— Tipo, sete andares abaixo. Não acho que você precise se preocupar.

— Está *escuro*. E vou me *perder*. Venha comigo.

Ele tirou o olhar do livro, a boca formando uma linha firme, um garoto que havia decidido travar sua primeira guerra como homem.

— Meu amor?

— Sim?

— Cresça.

Bati na mesa. O monge saltou, as mãos contraindo como se estivesse ansioso para tirar os textos raros antes que eu pudesse pegar um para jogar do outro lado da sala.

— Por que você tem que ser tão egoísta?

As sobrancelhas de Eli quase chegaram à linha do cabelo.

— *Eu?*

— Sempre se trata do que você quer, do que você precisa.

— Tenho cara de espelho para você?

— E quanto à ontem à noite? — perguntei, observando o monge. Sua careca estava pegando fogo.

— O que houve ontem à noite?

— Que tal o que *não* houve ontem à noite? — falei, aumentando a voz. — Há *duas* pessoas naquela cama, sabia? E só porque *você* está satisfeito, não significa que eu não precise...

— Posso acompanhá-la — disse o monge, com pressa.

— Jura? Faria isso?

Ele pigarreou.

— É claro.

— Viu? Ele é um cavalheiro — falei para Eli.

Ele deu de ombros.

— Então se case com ele.

Entrelacei meu braço no do monge e deixei-o me guiar para fora da biblioteca, passando pelo *Kunstkammer* em miniatura, e descendo as escadas até o toalete, onde fiquei enrolando lá dentro o máximo que pude.

Quando voltamos, dava para ver pelo sorriso de Eli que o tempo havia sido o bastante.

35

— Desculpe-me por ontem — disse Eli, enquanto descíamos em direção a Malá Strana, a carta de Elizabeth dobrada no bolso dele. Strahov ficava em uma colina com toda a cidade espalhada abaixo dele. Várias trilhas sinuosas cortavam o gramado, entrecruzando-se, a caminho de volta para a civilização. Escolhemos o declive íngreme, longe das famílias fazendo piquenique e dos velhos com seus netos empoleirados nos ombros. — Por causar um problema entre você e o Max. E ser um babaca em relação ao seu irmão.

— Não estou com problemas com o Max. — Não íamos conversar sobre meu irmão. — Não é assim que nos relacionamos.

— Certo.

— E, só para lembrar, não há nada abominável rolando entre ele e a Adriane.

— Não estou preocupado com sua novelinha de colégio. Ele é capaz de pior.

— Você não pode ainda pensar que ele teve algo a ver com o Chris. Depois de tudo?

Ele não respondeu.

— Se achasse mesmo que ele fosse culpado, teria chamado a polícia — falei. — Não estaria apenas sentado sem fazer nada, conversando com um cara que assassinou seu primo.

— Isso é mais do que lógico — disse ele.

— E é por isso que não entendo por que você trata ele desse jeito.

— Como assim?

— Como se o odiasse. Você mal o conhece.

— Mal conheço você também.

— Tudo bem, mas você não age como se me odiasse — ressaltei. — Na maior parte do tempo, pelo menos.

— Não, não odeio. Então, Garota Lógica, talvez esteja fazendo a pergunta errada.

— Então agora devo perguntar qual é a pergunta certa. E deixe-me adivinhar, você me diz que cabe a você saber e a mim descobrir? Desculpe, não vou entrar nesse jogo.

— Não está jogando nada — disse ele. — É isso que vai meter você em encrenca.

— Encrenca com o quê?

— Esqueça. — Ele caminhou mais rápido, causando pequenas avalanches de pedregulhos a cada passo pesado. Andei rápido para alcançá-lo, correndo colina abaixo em passos afetados de bebê, sentindo o potencial de um escorregão trágico todas as vezes que meu pé tocava o chão.

— Já estou encrencada. Caso não tenha percebido.

— Falei para esquecer.

— Por que você é assim?

— Tudo o que eu queria dizer é que sinto muito — disse ele. — Sobre o Andy. Entendi agora.

— O quê?

— Por que você não se permite acreditar em tudo isso. Por que precisa que a *Lumen Dei* não seja real.

— Pensei que tinha sido bem clara que não acredito nela porque é ridículo e porque não existe essa coisa de...

— Deus. Você foi clara — disse ele. — Porque se existisse um Deus, ele levou o seu irmão. Ele levou o Chris. O que você iria querer de um Deus como esse? Mas, se houvesse uma máquina, um milagre, que pudesse provar que você está enganada, você estaria presa a Deus. E teria de perguntar por que Ele os levou.

— Acha que isso me assusta?

— Acho que está com medo de acreditar que há algo lá fora que quer tomar tudo que você ama de você. E talvez... medo de ter esperanças de que, com a *Lumen Dei*, com o poder que ela pode supostamente conferir, talvez você possa trazê-los de volta.

36

Quando chegamos ao albergue, eles estavam esperando.

Eu estava esperando, também, que começassem as acusações, e estava preparada para me defender contra a acusação de perambular de forma imprudente — de dizer que sentia muito outra vez, por outra coisa que, contudo, eu não me arrependia —, mas assim que os vi juntos, lado a lado, um par combinando com braços cruzados de forma idêntica e cabeças inclinadas uma na direção da outra, minha vontade de pedir desculpas evaporou. E junto com essa vontade havia fúria — e algo mais. Todos aqueles meses que eu havia implorado para que dessem um ao outro uma chance, que parassem de lamentar e resmungar tempo suficiente para terem um diálogo de verdade. Mas talvez eu tivesse ficado melhor com a guerra fria. Adriane sempre deixou bem claro: ela poderia ter qualquer coisa e qualquer um que quisesse. Eu tinha como certo que ela não queria ele.

Era loucura até mesmo imaginar.

Mas seria ingenuidade não fazer isso. E era Max quem havia dito que não podíamos permitir ingenuidade.

— Você encontrou, não foi? — Max ergueu-me do chão, me beijou.

— Dá para ver.

Reprimi a vontade de perguntar por que ele não estava zangado, já que isso indicaria que ele tinha um motivo para estar zangado.
— O que aconteceu com o relógio? — perguntei em vez disso.
— Nada, mas você já sabia disso. — Beijou-me outra vez. — Ainda bem que me apaixonei por alguém mais inteligente do que eu.
— Então, você finalmente se deu conta.
— Sou lento — disse ele. — É minha opinião.
Às vezes, eu ficava impressionada com a maciez das mãos dele. Como se tivesse usado luvas a vida inteira, sem tocar nada, até me conhecer. Encostou sua testa na minha, um beijo de cérebros, ele chamou certa vez. E sussurrou:
— Desculpe. Por tudo.
Não respondi. Não perguntei pelo que estava pedindo desculpas.
— Então? Mostre o que encontrou — disse Max. — Isso pode nos levar à última peça. Isso tudo logo pode acabar.
— Encontramos — disse Eli, entregando a Max o maço de páginas amassadas. — Mas não fomos os primeiros.
Havia uma página de cálculos astronômicos e outra carta longa, quatro páginas na letra cuidadosa de Elizabeth — ou, mais precisamente, três e meia. A última página havia sido arrancada pela metade.
Adriane fechou os olhos.
— Droga.
Observei o rosto de Max. Mantinha a expressão tranquila quase que de forma perfeita.
— Só vamos saber o que sumiu depois que soubermos o que tem lá — disse ele, enfim. Entrelaçou os dedos nos meus. — Talvez isso seja o suficiente.
— Veja quem de repente está copo-meio-cheio, carta-meio-intacta — disse Eli. — Parece que as aulas de controle de raiva da Adriane estão, finalmente, dando certo para você.
Max aproximou-se de mim outra vez, testa na testa, olhos calmos, como se Eli não tivesse dito nada. Fixado em mim, como se estivéssemos a sós, e era tudo o que importava.
— "Todo o nosso conhecimento nos aproxima de nossa ignorância." Eliot. Como de costume.
Não queria dizer isso assim, como se estivesse tentando convencê-lo ou convencer a mim mesma, mas disse, em um sussurro, nem mesmo

isso, meus lábios encostando-se aos dele, as palavras deslizando direto de minha boca na dele.

— "Amo você." Nora Kane.

37

E. J. Weston, ao persistente John Fr. Weston.

Ocorreu-me que falei pouco para você sobre Groot, cuja sombra caiu sobre meus dias. Você, sem dúvida, ouviu os boatos sobre as criaturas mecânicas dele e os estranhos dispositivos que ele imagina existirem, máquinas que conduzem um homem debaixo do mar ou transforma o inverno em verão. Praga não tem escassez de magos, mas sempre acreditarei que Groot estava entre os melhores.

Ele podia ser cruel. Václav foi o mais afetado pelas fúrias dele. O estranho criado descende de uma antiga família tcheca, um dia membros poderosos dos Estados Boêmios, que perderam a maior parte de seu número e toda a sua influência em consequência da ascensão hussita. A maior parte da família dele agora trabalha na corte, mas, a julgar por seus resmungos, Václav se afogaria mais cedo em um mar de urina do que serviria ao imperador.

Sei que considera tais pontos de vista impróprios para uma dama, mas essas são as palavras dele, não minhas.

Não compreendi os vínculos que uniam Groot e Václav, mas unidos eles foram, durante quase vinte anos, e apesar de todos os ataques de Groot por causa da falta de jeito de seu criado e perfeita semelhança com um javali, apesar de todos os olhares zangados e mal-humorados e os mecanismos delicados de Václav que ele vivia arremessando ao chão, Groot afirmava que ele era indispensável.

Groot trabalhou arduamente durante muitos anos para realizar um desejo secreto, a unificação de natureza e artifício, a dotação de suas máquinas com a centelha da vida. Criação, ele sempre me dizia, era o mais próximo de que podíamos chegar da divindade. O fracasso era seu amigo constante e leal. Antigamente, eu não tinha compaixão por isso, mas agora sinto o fardo que ele carregava, e entendo por que ele o carregava com tão pouca boa vontade.

Ficará surpreso por eu não dizer nada aqui sobre minha outra vida nesses dias insones, as discussões com nossa mãe e a luta infrutífera para recuperar nossa propriedade do imperador e, nesse meio-tempo interminável, manter um teto acima de nós com comida debaixo. Não digo nada aqui sobre a ajuda contínua de Johannes Leo, o homem que logo você conhecerá como um irmão, e eu, por mais que pareça impossível, como marido. Não digo nada, até mesmo de meus poemas, que agora, mais uma vez, parecem a única luz e verdade em uma vida de trevas.

Esta vida continuou, assim como a vida continua, mas dia a dia perdeu a cor e o significado. Exercia um dever à nossa mãe e à nossa família, e um antagônico ao nosso pai perdido, e todos os dias ficava mais difícil conciliar os dois. Era como se eu fosse dois seres em um só corpo e, enquanto um crescia, o outro encolhia, até que nossa mãe, nossa pobreza, até mesmo você, querido irmão, por mais envergonhada que eu fique em admitir, recuou para bem longe. A vida restringiu-se à Lumen Dei, *e então, sem pensar em decência ou medo, selei um cavalo e, cavalgando ao lado de um homem que não era meu marido nem meu parente de sangue, parti para o ermo.*

Foi uma cavalgada de dez dias para Graz. Na maioria das noites, o céu estava estrelado; nossos cavalos, amarrados em uma árvore; nossas mãos, unidas; nossos pensamentos, perdidos um no outro. Você desaprova, sei disso, mas lhe prometi a verdade. Só havia uma verdade para mim naquela zona rural solitária, e era a mentira que contamos a todos os que passavam, a mentira que dizíamos a nós mesmos, a mentira que tornou-se verdade, no espírito se não na terra, a mentira de Thomas e Elizabeth, marido e esposa.

Surpreende a você saber que, enquanto estava escrevendo cartas para mim, que narravam as proezas indômitas da imaginação de Johannes Kepler, a beleza que encontrou no Mysterium Cosmographicum *e suas visões do universo com suas esferas celestiais, que enquanto você juntava rapsódias sobre outra estrela, unindo Copérnico e Ptolomeu no firmamento, eu estava desmontando diante de uma casa pequena e deformada na pequena e deformada cidade de Graz, vendo sua nova estrela brilhante suar enquanto ele tirava água de um poço, nem de longe rápido o suficiente para que servisse à sua esposa megera e reclamona? O grande homem, um pouco mais velho do que você, nos acolheu bem, quando apresentamos a carta feita pelas mãos de Groot, uma página de pergaminho assegurando a Kepler que somente ele possuía a habilidade de ler nosso destino nas estrelas, e determinar o momento astronômico mais auspicioso para operar nossa máquina. A* **Lumen Dei** *existe tanto neste mundo como além. Ela une o* spiritus *e o reino corporal, mas só pode fazer isso quando os céus estão em alinhamento adequado. Para isso, precisávamos de Kepler.*

— *Astrologia, a maior parte da astrologia é, logicamente, uma grande tolice e blasfêmia; você precisa saber disso.*

Os cabelos escuros de Kepler eram mais cacheados do que os meus, seu rosto era esburacado como a lua, e, enquanto ele falava conosco, sua esposa saracoteava, exigindo esse vaso ou aquele sapato, exigindo acima de tudo a atenção dele, embora por que ela queria isso era um mistério, pois o rio de ódio que fluía entre eles era inconfundível. Casado havia quase um ano, ele nos confidenciou, sua voz em uma harmonia contraditória de arrependimentos implícitos. Prometi a mim mesma, em silêncio, que Thomas e eu jamais chegaríamos àquilo, e nos olhos de Thomas eu via a mesma promessa.

— *Desprezo os astrólogos, não a ousadia deles. Daquela pilha de vermes rastejantes e purulentos, e esterco, uma mão firme poderá retirar uma pérola.*

A mão, ele não precisava explicar, pertencia a ele.

Todavia, ele explicou, minuciosamente, as maneiras pelas quais seus estudos das estrelas ultrapassavam, em demasiado, as de seus rivais, uma verdade que logo seria reconhecida em todos os quadrantes do Continente e, mesmo assim, o que poderia facilmente ter se tornado uma luta insuportável de ostentação, transformou-se, diante de nossos ouvidos, em um apelo ansioso para que levássemos a notícia de seus estudos de volta para Praga. Tínhamos nós a atenção do imperador?, ele quis saber. Ou a atenção de Groot ou Hájek, qualquer um que pudesse resgatá-lo do inferno que era Graz: a campanha do arquiduque contra os luteranos, a infelicidade de sua esposa, sua própria saúde debilitada, a pobreza iminente deles. Como se não fôssemos estranhos, mas seus amigos do peito, ele confessou que tudo logo seria perdido, por sua própria fraqueza e seus próprios erros, se não pudéssemos convencer alguém do valor das ideias dele. E então ele trocou de caminhos outra vez e voltou a proclamar os elogios de seus trabalhos, elevando-se, como elevou, acima das cabeças de todos os que tinham vindo antes.

Por fim, Kepler nos sentou diante de uma tigela de caldo quente e retirou-se para seu pequeno gabinete de trabalho, onde, ele nos disse, mergulharia com muita alegria no estrume e pegaria uma pérola. Voltou pouco antes do anoitecer, seus cabelos desordenados assim como seu olhar, bochechas ruborizadas, dedos sujos de tinta e agarrando uma capa protetora com páginas, uma das quais entregou a mim.

— Já leu meu livro?

Respondi que sim.

— Então entende.

Não havia necessidade de perguntar o que é que eu deveria entender, pois ele continuou:

— Perguntam como o universo está organizado, filósofos, matemáticos, e fizeram desenhos bonitos, impossibilidades no papel. Eles salvam o fenômeno, dizendo uma mentira abominável atrás da outra, epiciclos sobre epiciclos, e os tolos não se importam. Não é o suficiente, digo-lhe, perguntar como o cosmos é planejado. Devemos perguntar por quê. Pois entender os planos Dele, o porquê disso, é conhecer a mente de Deus. Meu trabalho e sua **Lumen Dei** procuram o mesmo fim, não procuram? O esclarecimento do grande plano e de seus motivos para existir. Os motivos Dele. Você contará ao imperador sobre minha contribuição, não é? Explicará o que posso fornecer a Praga e ao império, se ele puder prover-me subsistência?

Assegurei-lhe que faria isso e, se tivesse sido possível, eu teria, de fato, feito. Kepler, apesar de todas as suas ambições divagantes, falou como se fosse com minha própria voz. Até mesmo agora, acredito que saber o "como" é inútil se não sabemos o "porquê". E há muitos que nos proíbem de perguntar.

Nossa missão final foi completada com facilidade; o universo curvara-se ao nosso desejo reunido. Essa foi a arrogância implícita entre nós enquanto galopávamos de volta a Praga, uma página de cálculos astronômicos costurada no forro de meu manto. Acreditávamos que logo traríamos a **Lumen Dei** *a este mundo e a nós mesmos, a glória; depois, como curso natural dos fatos, tão simples como a água caindo de um terreno elevado ao mais baixo, nós estaríamos casados.*

Como dói lembrar-me da facilidade com a qual nos esquecemos de nós mesmos. Nós dois, perto do empobrecimento; minha mãe, dependendo de mim para recolocar a família em sua posição legítima; o casamento era um passo inimaginável nessa fase do aprendizado dele; um aprendiz de alquimia era um par inimaginável para casar-se, pelo menos aos olhos de nossa mãe. Ao olhar para Thomas, ela só conseguia ver nosso pai, e, para mim, uma vida de miséria e destituição, de estômagos vazios e de prisões frias. Ela iria, sei disso, proibir nossa união. Podíamos sonhar com nosso futuro, mas Deus havia falhado em nos dar as ferramentas para construí-lo. Essas, querido irmão, foram as verdades que ignoramos alegremente na jornada de volta a Praga e, à medida que nos aproximávamos dos bancos do Vrchlice, somente a um dia de cavalgada de casa, nossos sorrisos eram tão largos quanto o rio.

Foi onde eles nos encontraram.

A primeira flecha zuniu perto de minha orelha, mas a segunda encontrou seu alvo e cravou o flanco de meu garanhão. Uma terceira e uma quarta flecha foram lançadas. Uma, penetrando o olho dele; a outra, seu pescoço longo e negro. Fui jogada do cavalo, felizmente caindo a uma distância segura da fera derrotada, e não podia fazer nada além de ver sua dança de dor e, por fim, sua rendição. O cavalo de Thomas caiu tão depressa quanto o meu, e esperei para arcar com as consequências de uma advertência ignorada, esperei morrer ao lado de Thomas, sabendo com meu último suspiro que havia roubado a vida dele.

Mas nenhuma lâmina foi sacada. Fomos amarrados, e vendaram nossos olhos, jogaram-nos em uma carruagem imperfeita, ficamos soltos dentro de um quarto acre. Apesar do cuidado que nossos captores tomaram para garantir nossa ignorância do local, eu o conhecia só pelo cheiro. Nosso pai me levara a Sedlec somente uma vez, mas o cheiro terroso de crânios envelhecidos não era fácil de se esquecer.

O esforço deles me deu esperança. Se tivessem nos trazido ali para nos matar, pensei, com certeza não teriam se incomodado em disfarçar nosso caminho.

Minha venda foi retirada, mas as cordas não. Thomas estava curvado em um canto, somente o leve movimento de seu peito me garantindo que sua vida fora poupada. Até agora. Nossos três captores usavam máscaras.

— Sabemos o que estavam fazendo em Graz. Sabemos o que fazem com Groot. Queremos a **Lumen Dei**. E pagaremos uma quantia generosa.

Não existe nenhuma **Lumen Dei**, *eu disse a eles.*
Com isso, o segundo homem falou:
— Ainda não, mas haverá, e ela não pode cair nas mãos dos Habsburgo. Seria um crime contra o povo tcheco, e contra todos os povos do mundo que ainda serão vítimas das espadas deles.
— Um crime contra o Senhor. O imperador, apesar de suas negações, sempre será um amigo da Igreja. As mãos deles transformarão um milagre em transgressão.
Se vocês sabem da **Lumen Dei** *e sabem de Groot, por que precisam de nós?, perguntei. Peguem-na dele.*
Olhei para o terceiro homem enquanto falava, o que havia ficado em silêncio. Outra tática usada em vão. Eu o conhecia, mesmo sem que falasse o tcheco com sua voz baixa e áspera. Conhecia suas costas encurvadas, assim como conhecia seu andar sôfrego e manco. Václav. O leal criado de Groot, o único homem a quem foram confiados os segredos de Groot. Se havia alguém que pudesse roubar de Groot sem minha ajuda, era ele. Mesmo assim, fiquei calada. Václav podia não saber que eu o reconhecia, ou jamais sairia dali viva.
— Deve ser você.
— Será você.
— Mais florins do que poderia gastar em uma vida.
— Irá nos entregá-la ao pôr do sol daqui a dois dias.
— Ou vamos encontrá-los e será o fim de vocês.
Não perguntei como sabiam que a **Lumen Dei** *estaria pronta em dois dias, pois, se havia alguém que soubesse do progresso de Groot, era Václav, e até mesmo naquele momento, irmão, acredita que senti uma expectativa eletrizante ao pensar que o dispositivo iria se tornar realidade?*
— Não precisa nos responder agora.
— Responderá com suas ações.
— Ou responderá por eles.
Vendaram nossos olhos outra vez. A carruagem trinchou um caminho eterno pela zona rural. Então, um pontapé em minha barriga me fez cair no chão, e ouvi os cavalos distanciando-se. Deixaram-nos ali, de olhos vendados e amarrados em uma escuridão que fedia a estrume de gado. Esfregando minha cabeça no ombro de Thomas, consegui remover minha venda, e, com nossos dedos trabalhando juntos, conseguimos nos libertar. Estávamos em um beco decadente.

Uma vaca bufando nos observava com seu olhar vago. O ar carregava vozes até nós, barganhas ávidas sobre o preço do gado e da carne. Estávamos a não mais do que algumas quadras da praça Venceslau. Não estávamos simplesmente vivos. Estávamos em casa.

Thomas me abraçou. Ele estava tremendo. Eu havia feito isso com ele. Eu o havia arrastado para aquilo. Eu quase o destruí.

Preciso lhe dizer uma coisa, eu confessei.

— E preciso lhe dizer uma coisa, mas não aqui.

Ele me levou à cripta da Igreja de São Boécio, onde ele disse que fora batizado e servira, durante muitos anos, aos padres em suas tarefas mais servis, atiçando o fogo e tapando buracos. Os padres nos protegeriam, ele disse. Acendeu uma vela e me abraçou quando contei--lhe sobre o homem que havia aparecido em meus aposentos, o homem com a batina e a faca, que me advertira a voltar.

Eu acreditava no padre agora, como não tinha acreditado antes. Morreria se ajudasse a **Lumen Dei** *a ter vida. E, nas mãos de Václav e de seus camaradas, provavelmente morreria se não o fizesse.*

Podia suportar isso. A escolha, pelo menos, ainda seria minha. Meu destino, pela primeira vez em minha vida, era algo que eu podia tomar sob minha responsabilidade.

Mas não podia suportar causar o mesmo destino a Thomas.

Abracei-o, nas maiores profundezas daquela igreja escura, e disse a ele por que teria de ser nosso fim. Ele não discutiu.

— Há coisas que você precisa saber.

Ele nos levara à igreja para que eu pudesse ouvir a confissão dele, e assim o fiz. Enquanto ele falava, pensei nas flechas que acertaram nossos cavalos e almejei voltar para aquela margem de rio sangrenta, de jogar-me na frente da última flecha, de morrer ignorante e, assim, apaixonada. Melhor ser morta por uma flecha do que por palavras daquele em quem eu mais confiava.

Melhor ser traída por meu corpo do que por meu coração.

O resto da carta estava rasgado.

— Era ele — disse Adriane. — As cartas que você encontrou no quarto do Chris. Thomas era o espião.

— Você não sabe disso. Ele poderia ter confessado qualquer coisa — comentei. — Uma esposa secreta. Um terceiro mamilo.

— *Ela costurou as previsões dele no forro do manto dela*, lembra? Thomas é o único que teria sabido onde ela escondeu a fórmula — disse ela, sempre se lembrando de muita coisa. — Foi ele. Você sabe disso.

Eu sabia. Ele a levara para a Igreja de São Boécio para confessar a traição dele. A mesma igreja que visitamos em nosso primeiro dia em Praga, a igreja onde um padre zangado não havia nos dado nossas primeiras e frustrantes respostas sobre os *Hledači*. Não podia ser coincidência. Mas como poderia ser outra coisa?

— Ele a amava — afirmei, estupidamente.

Adriane deu de ombros.

— Não importa — falei, antes que alguém pudesse dizer por mim. — Sei disso. Temos um problema maior.

Ela havia tido muita certeza de que ele a amava.

— Acho que Strahov não era o lar longe de casa que ela pensou que fosse — disse Eli. — Os monges a traíram.

— Ou alguém descobriu desde aquela época — disse Max. — Alguém recentemente.

— E deixou a coisa toda com exceção da última peça e depois a costurou de volta na encadernação? — disse Eli. — Parece ao mesmo tempo elaborado e inútil.

— Os loucos fazem loucuras.

— Não importa quem fez — disse Adriane. — Está feito. Estamos ferrados.

— Talvez não — comentei. — Temos a maior parte do que os *Hledači* querem, certo? Temos três das quatro peças, eles não têm nada. Então deveriam estar dispostos a barganhar conosco. — Se pudéssemos achar um jeito de entrar em contato com eles sem sermos mortos; se pudéssemos dar a eles tudo o que queriam, trair Elizabeth e recompensar a morte de Chris, apenas para nos salvar; se essa coisa toda não tivesse sido um jogo de faz de conta, a agradável ilusão de que na verdade poderíamos vencer.

— Ou eles pegam o que querem, nos matam e continuam com sua diversão — disse Eli.

— Então vamos à polícia — sugeriu Adriane. — Vamos para *casa*. Temos a prova agora. E estamos dizendo a verdade. Uma hora ou outra vão ter que acreditar em nós.

— Não, não vão — rebati. — E mesmo que acreditem, e daí? Quem matou o Chris ainda está por aí. Nada acontece a essa pessoa?

— A *polícia* acontece a essa pessoa — disse ela. — O que íamos realmente fazer, mesmo que conseguíssemos que trocassem o assassino pela máquina? Matá-lo? Torturá-lo? Pedir que se arrependa?

— É tão fácil assim para você? Desistir?

Ela travou os dentes.

— Para começar, não sou eu que estou me esquecendo de por que estamos aqui. Não se trata de sua preciosa Elizabeth e da máquina ridícula dela. Era para ser sobre salvar o Max. E descobrir o que aconteceu com o Chris. É isso que importa. Para mim, pelo menos.

Meu peito apertou.

Adriane alisou os cabelos para trás. Era incrível como, privada de seus incontáveis produtos de beleza e alternando entre as mesmas três ou quatro peças de roupa todos os dias, ela ainda conseguia ficar com um visual de encontro marcado à noite. Considerando que eu havia alcançado o ponto em que evitava espelhos para a própria segurança deles.

— Jogamos um bom jogo — disse ela, com uma voz mais branda. — Mas acabou. Ele sempre ia acabar aqui, de um jeito ou de outro.

Max colocou a mão sobre a minha.

— Ela tem razão.

Foi quando eu soube que tinha acabado. Se Max estava pronto para desistir — Max, que havia sido mais inflexível sobre aquela luta do que qualquer um de nós, o que tinha mais a perder —, então não restava mais nada mesmo.

Havíamos fracassado.

Olhei para Eli. Ele ergueu a mão como que em protesto.

— Penetra, lembram? Não precisam do meu voto.

— Quero saber sua opinião.

— A polícia não acha que *ele* fez nada — ressaltou Adriane.

— Também não acham que você fez nada — disse Max, com calma. — Não de verdade. Estão usando você para chegar a mim.

— Talvez — falei. — Ou talvez os *Hledači* tenham armado para todos nós...

— E talvez possamos fazer a polícia acreditar nisso — disse Max. — Ou poderíamos tentar fazer algum tipo de acordo, como você disse, mas isso seria mais seguro depois que estivéssemos em casa. Se eu estiver preso, pelo menos os *Hledači* não poderão me achar.

Eu não podia pensar nisso.

— Quer mesmo desistir? — perguntei. — Seremos presos assim que pisarmos naquele aeroporto.

— Mas, pelo menos, você estará segura. — Max dobrou a carta rasgada, passando os dedos ao longo da dobra. — Fiz tudo isso errado — disse ele. — Tudo. Você não deveria estar aqui. Nenhum de vocês.

— Você também não.

— Tem razão.

— Então nós vamos para casa? — perguntou Eli.

— Nós? — perguntei. — Achei que você não fazia parte desta discussão.

— Vocês vão, eu vou — disse ele. — Se contarem uma história dessas para a polícia, vão precisar de todas as testemunhas que puderem conseguir.

— Então vamos para casa — disse Max.

— Casa — ecoou Adriane, e me perguntei se a palavra soava tão estranha para eles quanto soava para mim.

38

Então ficamos os dois a sós.

Max. Eu. E tudo inominável que havia ficado entre nós.

— Você está tensa — comentou ele, massageando meus ombros.

Deixei que me tocasse, mas não correspondi.

— Parece que Adriane está um pouco melhor — comentou ele.

Fiquei rígida.

— Por que você se importa tanto com ela assim de repente? — Não gostei do tom de minha voz; não gostei de como as mãos deles pararam em meus ombros, nem de como o quarto ficou silencioso de forma súbita, como se nós dois tivéssemos ouvido um estalo e estivéssemos apenas esperando a árvore cair.

— Preciso lhe dizer uma coisa — disse ele, e havia medo em sua voz.

Eu queria retirar o que tinha dito. Ou, pelo menos, pedir que ele parasse, que engolisse sua confissão antes que fosse tarde demais.

— Então diga.

— Vire-se — pediu ele.

— Apenas diga. — Não devia ter olhado para ele quando falou.

— Por favor — disse ele.

Encarei-o. Max. Com seus cabelos caindo no rosto, os óculos de armação de metal e o sorriso inesperado. Max, que deveria me amar.

— Nunca quis que você soubesse — disse ele. — Mas Adriane...

— Diga logo. — Eu mal conseguia falar.

Ele engoliu seco. Seu rosto estava branco feito leite, como o de uma criança doente.

— Fico feliz que foi ela.

Não entendi.

— Naquela noite — continuou. — Com o Chris. Fico feliz que foi ela e não você. Sabe o que ela me contou, naquela noite em que estava tão chateada?

— Não — respondi, agora totalmente confusa sobre onde isso ia dar. — Você disse que era particular.

— Ela me contou o quanto era terrível não se lembrar. Como ela não conseguia suportar ter esse buraco enorme na memória. Que *qualquer coisa* podia ter acontecido. Que ela já se sente vazia porque o Chris morreu, mas isso é como se um pedaço dela também tivesse morrido. Ela estava me contando tudo isso, e estava chorando, e eu estava tentando confortá-la, dizendo que tudo ficaria bem... mas *ela* nunca vai ficar bem outra vez. Não realmente. E tudo o que pude sentir foi alívio. Fico *feliz* que isso aconteceu com ela. Porque — engoliu seco de novo, os olhos arregalados por trás dos óculos — eu não poderia suportar. Se isso tivesse acontecido com você.

— É isso? — perguntei com cuidado. — É isso que precisava me dizer?

— O Chris era meu melhor amigo — disse ele. — Você precisa entender isso, mas...

— Mas você está aliviado por não ter sido você. É claro que está. Isso é normal.

— Não consigo pensar em você me perder do jeito que Adriane perdeu o Chris. Ou se algo acontecesse a você, e fosse eu que... — Ele sacudiu a cabeça. — Não consigo. Então estou feliz. Estou *feliz* que são eles e não nós dois. Sou esquisito assim mesmo. Sempre que olho para ela, penso: graças a Deus. Ela está arrasada, e eu estou *grato*. Porque você e eu, ainda somos completos. Estamos intactos.

— Max... — Abracei-o. — Está tudo bem.

— Não está — disse ele, com a voz abafada, o rosto pressionado em meu ombro. — Não deveria.

— Prometo — falei, encostei minha cabeça na dele, e o beijei, do jeito que havia beijado na primeira vez, no coro da igreja, nossos lábios hesitantes, nossos dedos entrelaçados, nossos corações acelerados, e me esqueci de tudo: dúvida, ódio, ciúme, medo. Beijei-o e o puxei para a cama ao meu lado; nos emaranhamos e esquecemos, por um momento, tudo menos a pele quente, a respiração ávida, os lábios macios, o amor e a necessidade.

E naquele exato momento foi como se tivéssemos realmente ficado completos.

39

O jantar foi ideia do Max. No fim, isso pareceu ser importante, mas nenhum de nós havia discutido com ele, então talvez não importasse. Só haveria voo de manhã, não precisava juntar o que havia restado de nosso dinheiro, sem dúvida seria nossa última chance, durante muito tempo, de passarmos uma noite juntos, fingindo que a vida era boa, que éramos felizes, que o futuro era óbvio, sem desculpas para não comer. Ele estava diferente, agora que havia desabafado tudo. Havia uma nova alegria nele, e isso era contagioso. Não que estivéssemos saltitando em vielas de pedras ou cantando na chuva enevoada, mas era a primeira vez que nos aventurávamos na cidade sem objetivo ou medo, a primeira vez que caminhávamos em suas ruas sem observá-las atentamente, como se, ao apertarmos os olhos o bastante, pudéssemos oferecer aos seus fantasmas um alívio rápido. Por uma noite, Praga não era mais um depósito de segredos. Nada havia acontecido conosco, dissemos a nós mesmos, então talvez nada acontecesse. Inventamos algo em que acreditávamos: que havíamos escapado. Que, por uma noite, éramos invisíveis.

Foi negligente, mas talvez não mais do que qualquer outra coisa que havíamos feito, e nos permitimos ser negligentes, porque era a última noite e, de manhã, tudo terminaria. A polícia nos encontraria, e provavelmente os *Hledači* logo depois, também. Então, o que quer que fosse acontecer, aconteceria. Não ia passar minha última noite me escondendo. A cidade estava iluminada, transbordando com turistas, bêbados e amantes, castelos de Cinderela brilhando no alto. Suas sombras permaneceram; nós as ignoramos. O que poderia acontecer no Magic Kingdom?

Foi Max que escolheu o restaurante, um bistrô ao lado da água. Ele ficava afastado da rua, do outro lado de uma praça vazia, depois de descer por uma viela, somente com pequenas setas pintadas à mão nos prometiam que um posto avançado de civilização estava adiante.

Comemos no terraço, debaixo de lâmpadas infravermelhas e luz de velas tremeluzentes, a parafina perfumada, cheirando levemente a xampu de hotel, superando o cheiro de peixe do rio. Um muro baixo de pedras nos separava da água que ondeava, e, do outro lado do rio, as silhuetas brilhantes de igrejas lançavam sombras douradas na água. A ponte Carlos estava tão perto que podíamos ter acertado as imagens escuras, atravessando-a com os pãezinhos do jantar. Havia toalhas brancas de mesa, guardanapos de linho, garçons de terno que serviam vinho sem fazer perguntas e anotavam nossos pedidos com uma piscada congratulatória.

O céu era imenso.

Comemos em silêncio, a princípio. O restaurante estava quase vazio e havia poucos sons para abafar a música de elevador, saindo suavemente de alto-falantes minúsculos e discretos. Somente o tinido dos talheres nos pratos, do vinho sendo servido nas taças, das cadeiras arranhando o piso de pedra, o trânsito distante que sussurrava feito o oceano, o salpicar e o grasnido inesperado dos patos na lagoa, sacudindo-se debaixo de nós, mergulhando à procura de alimento. Mas, no final das contas, começamos a conversar, saltando com agilidade de um degrau de pedra para outro, evitando as águas traiçoeiras — o passado, o futuro, o presente — que fluía entre eles. Um filme que Adriane e eu adorávamos, em oposição à razão e ao bom gosto. Eli e Max compartilharam a aversão a esportes organizados. Os pais e suas crenças de que os filhos eram torrões de argila a serem esculpidos em qualquer forma feia de panela ou vaso ou xícara de chá que eles escolhiam foi um debate que ocupou Adriane e Eli, enquanto Max segurava minha mão debaixo da mesa e acariciava minha palma com o polegar. Observei a ponte. Seus guardiões de pedra eram orifícios em forma de santos de pura inexistência no céu, lacunas na realidade. Imaginei-me chegando bem perto, sendo sugada para dentro do vazio. Os espaços no meio.

40

A ponte. Foi ideia do Max também. Só uma vez, uma caminhada após a refeição, ele chamou, sorrindo, distraído como sempre, por sua própria pretensão. Atravessamos e voltamos de novo, para ouvir os violinistas de rua, ver os casais se beijando e observar Praga ao luar do ponto mais famoso do mapa. Uma despedida final da cidade que havia, em um ato inesperado de condescendência, nos deixado viver.

Talvez tivéssemos bebido vinho demais, ou apenas muito, porque a noite nos havia deixado destemidos, e nisso tínhamos a mesma opinião.

Ficamos até tarde no restaurante, tarde o suficiente para ver os garçons varrendo debaixo das mesas enquanto se embebedavam com os goles roubados de cerveja; e, com poucas exceções, os casais e músicos da ponte já tinham ido embora dormir. Os vagabundos procuravam no escuro os nichos entre os santos, e um violinista solitário tocava "Canon" de Pachelbel em uma sequência interminável. Amontoados de cobertores de lã sujos marcavam o território em toda a extensão da ponte. A névoa havia se condensado em uma chuva fria. As nuvens cobriam as estrelas. Os mendigos formavam estátuas de carne deitadas de costas debaixo dos mártires de pedra, desatentos ao fato de que suas camas pavimentadas estavam se transformando em poças.

Embora provavelmente não estivessem desatentos, eu suponho. Apenas resignados.

Paramos no meio da ponte, nos debruçamos no peitoril, observamos a água abaixo e o castelo acima. São João de Nepomuceno zelava por nós, com uma expressão mais contente do que se esperaria de uma pessoa jogada ao mar só por ter feito seu trabalho. A estátua parecia mais limpa no cartão-postal de Max. Aerógrafo seria legal, se pudessem desenvolver uma técnica para dar-lhe vida.

— Imagine nunca mais voltar — disse Adriane, tão baixinho que só eu pude ouvir.

— Ficar aqui para sempre?

— Parece que aqui é tudo que existe.

Eu sabia o que ela queria dizer. Chapman, com seus prédios minúsculos, população minúscula, aspirações minúsculas, parecia com algo que eu havia lido e não acreditava totalmente. A única parte de casa que parecia mais real era o corpo de Chris, o sangue de Chris. Aquilo era minha casa agora. O que estava esperando por mim.

— Acha que você está diferente? — perguntou Adriane de repente, junto com um suspiro. Os rapazes estavam absortos com a paisagem, em suas próprias divagações da meia-noite.

— De quando?

— De antes.

— Não sei. Acho que sim.

Ela não perguntou como. Eu não teria sabido o que dizer. Mais assustada? Mais zangada? Mais corajosa?

Sozinha.

— Eu deveria estar diferente — disse ela.

Também não perguntei como.

— Melhor — disse ela. — Mas não estou.

Tremi.

— O cavalheirismo está morto? — perguntou Adriane, despertando os rapazes de seu estupor. — Alguém dê um casaco para esta garota.

Eli já havia colocado o seu em minhas mãos antes que Max terminasse de desabotoar o dele. Peguei-o com um suave "obrigada".

— Milady — disse Max, oferecendo o dele para Adriane em vez disso, com uma leve reverência.

Tudo era muito estranho. Desviei o olhar. Para baixo, nas pedras escorregadias devido à chuva. E vi os amontoados de cobertores pretos se erguerem.

Não eram cobertores, nem mendigos, mas homens com mantos, nos rodeando, feito monstros despertados do repouso, cercando por todos os lados, suas lâminas reluzentes nos advertindo para não gritarmos.

Os *Hledači*.

Um deles apontou para mim.

— Você, venha em silêncio — ordenou ele, com uma voz áspera —, e seus amigos viverão.

Foi dito como se eu tivesse escolha, mas logo um manto cobriu minha cabeça, e as mãos deles estavam sobre mim, me segurando no lugar. Um braço agarrou meu pescoço. E apertou com força. Movimentei a cabeça, tentei me desvencilhar pela cintura, tentei socar, chutar, qualquer coisa, mas o braço era um torno. A sensação de formigamento latejava em meus braços e pernas, pernas feitas de galhos finos, de gelatina, inúteis e fracas, depois dormentes, e depois nada. Tudo desapareceu, menos a pressão em minha garganta, as estrelas por trás de minhas pálpebras e os minúsculos ofegos de uma luta para respirar perdida. Flutuando. Gritei sem som na escuridão.

Em algum lugar, distante, vozes: por favor não e temos o que você quer e não lute com eles e sinto muito e apenas solte e a culpa é sua, é isso que você recebe, é aqui que termina, mas era a voz do Chris, mas ele estava morto e eu estava no chão e por que isso estava demorando tanto, só queria que parasse, queria dormir e Chris estava esperando.

— Que droga é essa? — Era a voz de Adriane, aguda e real, cortando o nevoeiro, e, de repente, o ar estava atravessando minha garganta, entrando em meus pulmões, a pressão havia sumido de forma abençoada. Respirei com dificuldade, puxando o ar com força, em êxtase com o oxigênio. E então houve um grito, um salpicar de água e depois o silêncio. Alguém tirou a lã grossa do meu rosto. Era Eli, e os braços de Eli ao meu redor, me fazendo levantar.

— Vá! — gritou ele. — Precisamos ir!

Os mantos batiam no vento enquanto os homens, inexplicavelmente, se afastavam de nós, e, ao longe, sirenes, e o homem com aspereza na voz apontou para mim outra vez, gritando:

— O destino a encontrará. Você é *vyvolená*!

Adriane me abraçou pela cintura, jogou meu braço sobre o ombro dela, mas minhas pernas estavam funcionando outra vez e consegui me retirar, correndo pelas pedras escorregadias, atravessando a ponte, entrando nas vielas de Malá Strana e na segurança da escuridão. Somente depois que estávamos aconchegadas — debaixo de uma arcada fria, tremendo, Adriane e eu abraçadas, Eli embainhando uma faca que eu não sabia que ele tinha e limpando uma mancha de sangue do pescoço, a noite muito silenciosa, nossas respirações muito altas — que me permiti fazer a pergunta; não querendo ouvir a resposta, não precisando ouvi-la.

— Onde ele está?

Eu já sabia. Sabia quando abri meus olhos para a repentina noite brilhante e vi o rosto pálido e aterrorizado de Adriane, vi a fúria de Eli, vi os covardes escondidos por trás de seus mantos e capuzes, vi o que não estava mais lá.

Sabia quando ouvi o grito dele. E o salpicar na água.

E depois disso o silêncio.

Parte IV

CREPÚSCULOS DE ORVALHO E FOGO

Menschen, die über dunkle Brücken gehn
vorüber an Heiligen
mit matten Lichtlein.
Wolken, die über grauen Himmel ziehn
vorüber an Kirchen
mit verdämmernden Türmen.
Einer, der an der Quaderbrüstung lehnt
und in das Abendwasser schaut,
die Hände auf alten Steinen.

Pessoas que atravessam pontes escuras,
passando por santos,
com pequenas luzes tênues.
Nuvens que percorrem céus cinzentos,
passando por igrejas
com torres escurecidas no ocaso.
Aquele encostado na balaustrada de pedra,
observando a água noturna,
Apoia as mãos sobre antigas pedras.

~ Franz Kafka

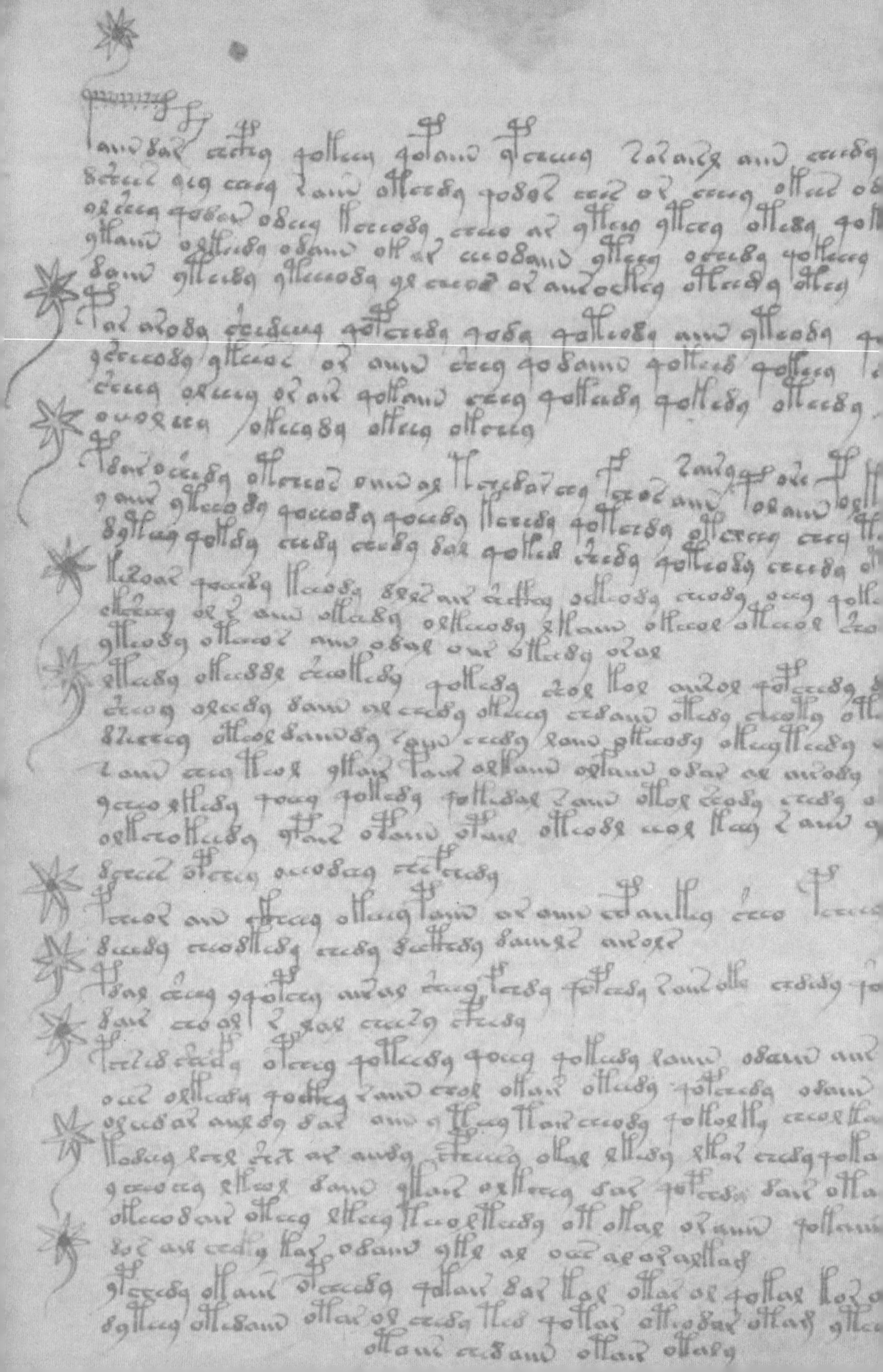

1

O que não fizemos:
   Chamar a polícia.
   Encontrar o Max.
   Ir para casa.

2

— Você está bem?
   Adriane continuou perguntando.
   — Estou — respondia, às vezes. E poderia ter sido verdade. Eu estava respirando. Estava andando e falando, ainda processando uma realidade após a outra, quer desejasse o contrário ou não.
   — Não sei — respondia, às vezes. Parecia que o braço nunca havia se soltado de meu pescoço. Como se eu ainda estivesse flutuando.
   — Vou ficar — respondia, às vezes.
   — Pare de me perguntar isso — pedia, às vezes.
   Por fim, ela parou.

3

Dormimos enroscadas. E isto era estranho: nós dormimos.
   Eli não.
   Tínhamos voltado para o Leão Dourado porque não havia outro lugar para irmos e porque, ele disse, se soubessem onde nos encontrar, já estaríamos mortos. Nossas portas ainda estavam trancadas; nossos pertences, intactos. Ficamos trancados juntos em um quarto, passamos o ferrolho na porta. Eli ficou em posição ao lado dela, ouvindo, esperando, seus dedos segurando a faca, guardião de nosso sono. Ele ainda estava lá quando acordei.
   Procuramos por Max. Claro que procuramos. Eu os fiz voltar, depois de nos escondermos durante horas, no escuro frio, trocando mur-

múrios de pânico sobre o que havia acontecido e o que aconteceria a seguir.

O que havia acontecido.

— Foi o Eli — disse Adriane. Não *Eli os deteve* ou *Eli nos salvou*, porque ele não fez isso. Não os deteve rápido o suficiente; não salvou a nós todos. — Acontece que ele é algum tipo de ninja ou sei lá. Achei que estávamos mortos. Todos nós — disse ela. — Mas então me virei e, de repente, ele estava fazendo saltos-mortais e tinha um tipo de faca que estava usando como uma espada e lutava contra todos eles. Seis deles — continuou. — E só ele. Max estava tentando proteger você. Foi assim que aconteceu. Estavam rechaçando ele, e ele ficou por perto. Aconteceu tão rápido. Ele simplesmente estava lá. Depois sumiu.

Não fiz perguntas.

Eli andava de um lado para outro, pronto para lutar. Quando ninguém chegou, obriguei-o a voltar para a ponte, depois para o rio debaixo dela. Caso contrário, eu iria sozinha, falei, e nenhum deles discutiu. Adriane não conseguia parar de me tocar, uma das mãos em minhas costas, um ombro no meu ombro, um braço entrelaçado com o meu. E deixei, porque era bom saber que ela estava ali. Porque era difícil não pensar: e então havia dois.

Nenhum corpo foi levado às margens do Vltava; nenhum corpo rolou em suas águas. Nenhuma sirene soou, nenhuma luz piscou; nenhum turista se debruçou no peitoril, explorando o rio. Ninguém nos atacou. A ponte era apenas outra atração turística após o expediente, encantadora e suja. Max não estava lá esperando por nós. Max havia sumido.

Liguei para todos os hospitais, de qualquer forma. Mas já sabia o que diriam.

4

Então.

Chris havia morrido.

Max havia morrido.

Os *Hledači* estavam atrás de nós — atrás de mim.

E também havia a pequena questão do meu suposto destino.

— Fale comigo — pediu Adriane. Eli ficou de guarda do lado de fora da porta. Se para mantê-los fora ou para nos manter dentro, eu não sabia. Adriane teve vontade de dar uma volta, só nós duas — perigoso demais, disse Eli. Não sem ele. Adriane debateu; não me importei. Eu não queria dar uma volta. A porta estava com o ferrolho passado; o travesseiro tinha o cheiro de Max. Eu queria ficar.

Então ela expulsou Eli.

— Por favor — pediu ela. — Fale alguma coisa.

Alguma coisa, pensei. Mas não conseguia me esforçar. Hematomas em forma de dedos surgiram em meu pescoço durante a noite. Eu havia sido marcada.

Ela acariciou meus cabelos.

— Sinto muito — disse ela. — Sinto muito mesmo.

Eu estava na corda bamba e não podia deixá-la me derrubar. Eu não podia cair.

— Não devia ter deixado você vir — continuou ela. — Podíamos estar em casa agora. Tudo poderia estar normal.

Ela quis dizer que a culpa era minha. Eu havia entregado a morte para o Chris junto com uma carta. Depois a entregara para Max. Ela provavelmente pensava que seria a próxima.

Adriane me abraçou, envolveu seus braços finos ao redor de meu corpo rígido. Eu podia ficar sentada ali para sempre, pensei. Ficar catatônica; desaparecer. Ver como ela gostava disso.

Ela começou a chorar.

— Por favor, não — pedi.

Eu não podia.

As lágrimas aumentaram. Ela virou o rosto de mim, cruzou os braços no peito.

— Ele não está morto.

— Sim. Ele está.

— Nora, sei que parece loucura, mas...

— Não.

— Você não sabe o que aconteceu.

— Nós duas sabemos o que aconteceu — comentei. — Não podemos... Eu não posso. — Dessa vez, eu a abracei. Ela tremia em meus braços, lutando para recuperar o fôlego. — Não posso fingir que não é verdade. Não me obrigue a fazer isso.

— Tudo bem. — Podia sentir sua inspiração forte, e depois mais uma, e de repente ela se afastou, olhos secos. — Tudo bem. Se é o que você quer. Tudo bem.

Ela me deu uma olhada longa e avaliadora.

— Você precisa cortar os cabelos.

Quase ri.

— Preciso de um banho.

— Concordo.

— Embora você precise mais do que eu.

— Isso, minha amiga, é uma percepção exata e impressionante.

— Você vai primeiro — sugeri. — Não tem problema.

— Tem certeza?

Assenti.

— Não quero deixá-la aqui...

— O banheiro fica no final do corredor. E nem mesmo você pode tomar um banho por mais de meia hora.

Ela deu um sorrisinho.

— Espere para ver. — Pegou roupas limpas e uma toalha, mas parou com a mão na porta. — Não está tudo bem — disse ela. — Eu entendo. Você *sabe* que eu entendo. Mas ficará. Você vai ficar.

— Promete?

Ela assentiu.

— Pelo que me lembro, alguém uma vez me falou para ignorar noventa por cento de tudo que você diz — falei para ela.

O sorriso sumiu.

— Ele devia ter ouvido o próprio conselho.

5

Enterrar. Em algum lugar escondido, algum lugar profundo: profundo o suficiente para silenciar o grito. Isso foi tudo. A simples receita para a sanidade, para um pé na frente do outro. A única maneira de suportar. De continuar.

Se eu quisesse continuar.

6

— Entre aqui — pedi a Eli e ele entrou. — Sente-se — falei, e ele obedeceu também, empoleirando-se rígido no antigo aquecedor debaixo da janela.

Sentei-me na cama, tentando não respirar o Max. Adriane não iria demorar. Eu precisava me concentrar.

Ali estava eu, em um país estrangeiro, com aquela pessoa que eu conhecia havia menos de um mês. Aquele estranho. Sabia que ele falava tcheco; sabia que odiava os pais, ou eu achava que odiava; sabia que tinha os olhos azuis da cor do mar, que ficavam semicerrados quando ele estava decidindo se ria ou não. Mas nada mais: não sabia da idade, nem como era sua vida, ou o que ele realmente queria. Não sabia nada que fosse importante, com exceção de que ele havia mentido para mim. Deixei que mentisse.

— Então. Habilidades incomuns de ninja — falei.
— É um hobby.
— Seis homens. Com facas. Contra você.

Ele deu de ombros.

— Mas, pelo jeito, você também tem uma faca. E palpite, habilidades incomuns de luta com faca?
— Sempre esteja preparado. — Ele ergueu três dedos, fazendo a saudação dos escoteiros.
— Você estava preparado para eles.

Ele hesitou.

— Estava preparado para alguma coisa.
— Eles estavam nos esperando naquela ponte, como se soubessem que estávamos chegando — comentei e esperei.

As palavras se assentaram entre nós.

Por fim:

— Tem certas coisas que você precisa saber.
— Sobre você.
— Sobre o Max.

Não tinha esperado por essa. Nem tinha esperado que ele apresentasse uma pasta de documentos e a entregasse para mim.

— Ou devemos esperar por Adriane? — perguntou ele.

Peguei a pasta.

— Adriane não vai ouvir nada do que você disser. Ela não confia em você.
— Mas você confia?
— Não acho mais que essa pergunta seja útil — respondi. Eu soava fria; sentia-me fria. — Quero saber o que você sabe. Se eu puder usar isso, tudo bem.
— E se você puder me usar...
— Tudo bem também.

— Pode se sentir diferente quando abrir essa pasta.
— Sobre você?
— Sobre tudo.
— Vou correr o risco. — Abri a pasta.

Levei um tempo para olhar rapidamente a pilha de fotos e e-mails, para entender o que estava vendo, impresso, em pixels, a cores e em preto e branco, em detalhes brutais e em detalhes marcados pelo tempo. Levei um instante — e então a ficha caiu.

— Quem é você? — perguntei, quando consegui falar.
— Eliás Kapek. Eli. Como disse a você.
— E o resto do que você me disse?

Ele manteve o olhar firme, não entregando nada.

— Tenho sido o mais verdadeiro possível.

Fechei a pasta, obrigando-me a não manusear com nervosismo suas arestas. E nem esmagá-la, rasgá-la, pôr fogo no que restasse.

— Não é primo do Chris? — perguntei.
— Os Moore estão perfeitamente seguros, juro.
— Não foi o que perguntei. — Embora devesse ter feito isso. Deveria ter sido minha primeira preocupação, porque se Eli não era primo do Chris, então alguém havia falsificado o e-mail dos Moore, alegando que ele era. Pelo que eu sabia, alguém convenientemente os havia tirado da cidade, eles estavam incomunicáveis. Ou pior. Minha cabeça ficou confusa. — Tudo o que sei sobre você é mentira, mas está esperando que eu acredite no que está nesta pasta. Que você escolheu agora para me contar a verdade.

— Acredite. Não acredite. Mas é tudo verdade.

A verdade, de acordo com Eli e suas provas reunidas, fazia um sentido refinado. O dossiê contava uma história simples.

Item: Uma certidão de nascimento de Max Lewis.

Item: Papel de jornal desbotado, comprovando a morte de Max Lewis em 1996, aos três anos.

Item: Uma fotocópia de identidades, cada uma com a foto de Max, cada uma com um nome diferente, Max Schwarz, Max Black, Max Voják.

Item: E-mail, endereçado a anon34, detalhando o esforço bem-sucedido para conseguir Chris como colega de quarto e usá-lo para monitorar o programa de pesquisa do professor Anton Hoffpauer.

Item: E-mail, para o mesmo, com atualizações do protocolo de pesquisa e progresso feito.

Item: E-mail, para o mesmo outra vez, descrevendo as recentes descobertas sobre uma certa Nora Kane, que poderia ser *vyvolená*.

Item: E-mail, para Max, de anon34, avisando que ele continuasse imediatamente, datado da noite da morte de Chris.

Item: Uma fotografia de Max e dois homens estranhos na escadaria de uma igreja, os três com mantos pretos.

Eram os destaques.

— Ele era um deles — explicou Eli. — Sinto muito, mas aí está.

Balancei a cabeça. Senti-me impotente demais.

— Não.

— Ele mesmo falou para você, os *Hledači* monitoram todos os que trabalham no manuscrito Voynich. Max foi enviado para o Chapman. Ele foi designado para o Chris. E para você.

— Não.

— A polícia não conseguiu encontrar nenhum registro dos pais dele, do passado dele. Isso porque ele não tem um. Tudo é mentira.

Não podia ser tudo uma mentira.

Almejei voltar para aquela margem de rio sangrenta, de jogar-me na frente da última flecha, Elizabeth havia escrito, *de morrer ignorante e, assim, apaixonada. Melhor ser morta por uma flecha do que por palavras daquele em quem eu mais confiava.*

— Aquela carta que você encontrou no quarto dele, é igual ao folheto original de recrutamento de associação. Os *Hledači* os carregam quando estão em missões importantes. É algum tipo de distintivo de honra. Ele deve ter se metido em uma boa encrenca por tê-lo esquecido.

— E quanto às outras cartas? As que estavam debaixo da escrivaninha de Chris. Eram dele, não eram?

Ele hesitou, depois deu de ombros.

— Elas não importam.

— Importam para mim. — Eu precisava saber se Chris tinha feito parte daquilo.

— Não eram dele — respondeu Eli. — Você precisava de incentivo para se envolver.

— *Você?* Você as plantou.

Ele não respondeu.

— Então a outra carta, você a plantou também.

— Não. Eu nem sabia que ele a tinha até você me mostrar.

Bufei.

— Então só posso acreditar em você.

— Aquela carta pertencia a Max. Pense nisso. Ele te trouxe para Praga, você e a carta de Elizabeth. Ou você pensou que aquele dinheiro da bolsa de estudos, que convenientemente chegou na hora certa, foi apenas uma forma do universo dizer obrigado por ser uma amiga?

— Como você sabia disso?

— E não parece estranho para você que os *Hledači* nos deixaram convenientemente sozinhos para rastrear as peças da *Lumen Dei*, depois apareceram no momento exato em que não havia mais nada para encontrarmos?

— É quase como se eles tivessem um infiltrado — falei, de maneira explícita, mas ele estava em uma fase de sucesso e sorte.

— E ontem à noite. O jantar foi ideia dele. A ponte foi ideia dele, e como você disse, eles estavam nos esperando. Ele nos entregou diretamente nas mãos deles. Nós e todas as peças da *Lumen Dei* que conseguimos encontrar, porque *ele* insistiu em carregá-las.

— Então por que matariam ele?

— Eles devem ter traído ele. Talvez tenha sido castigo pela confusão que ele provocou.

— A confusão. Quer dizer o Chris.

Ele assentiu.

— Onde está a faca? — perguntei.

— Nora, eu juro, não estou aqui para machucá-la. Eu...

— Então não vai se importar que eu fique com a faca. Enquanto conversamos.

Ela era maior do que eu imaginava, e mais pesada. Senti-me melhor segurando-a.

— Eu lhe diria mais se pudesse — disse ele. — Acredite em mim, mas, quanto menos você souber, mais segura vai estar. — Ele tocou na pasta. — Nem era para você ver isto.

— Então por que me mostrou?

— Você precisava saber.

— Quem é você? — perguntei outra vez, embora dissesse a mim mesma que a resposta não importava mais. Ele era um mentiroso, e dos bons. Um mentiroso e um falsificador, que sentia prazer com a dor.

Ou não era.

— Vamos dizer à Adriane que sou um investigador particular contratado pelos pais do Chris para encontrar o assassino dele — disse ele.

— Mas isso não é verdade, é?

— Não.

— Quer que eu minta para ela.

— Quero.

Porque mentiras não eram nada para ele.

— Por que eu faria isso? — indaguei.

Max era um péssimo mentiroso, lembrei-me. Ele ruborizava; ele ficava inquieto. Ele contava verdades que ninguém queria ouvir.

Ele disse que me amava.

As pessoas mentiam por um motivo. Mentiam para preencher uma necessidade — para ganhar, para fugir. Mas eu não tinha nada de que ele precisasse.

Ele disse que precisava de mim.

— Posso protegê-la — disse Eli. — É por isso que estou aqui.

Outra mentira, e esta dava para ver na cara dele.

— Não quero sua proteção — falei. — Quero sua ajuda.

— Dá na mesma.

— Ajude-me a ir atrás deles. Os *Hledači*. Para destruí-los.

Vi a resposta dele antes que a expressasse, nos músculos tensos de seu pescoço, os olhos estreitos, debaixo de suas mentiras, uma verdade:

— É tudo o que quero.

— Por quê?

— Não posso lhe dizer.

— O que você pode me dizer? — perguntei.

— O que você quer saber?

Eu queria des-saber, des-ver. Entregar a pasta de volta sem abri-la. Deixar o cartão-postal no túmulo do meu irmão, ficar em Chapman, imaginando se um dia veria o Max de novo, acreditando que ele iria me salvar. Queria não questioná-lo quando ele não pudesse mais responder. Queria não duvidar. Não queria saber.

Queria acreditar.

— O que o padre disse para você, naquele primeiro dia? Aquele que brigou com você na Igreja de São Boécio.

Dava para ver que eu o havia surpreendido.

— Também não posso lhe dizer isso — respondeu ele. — Sinto muito.

— Tudo bem. Então me diga o que os *Hledači* quiseram dizer na ponte, sobre meu destino. — A palavra da qual haviam me chamado, a palavra que havia aparecido no e-mail de Max. O que era, supostamente, o e-mail de Max. — O que é *vyvolená*?

— *Escolhida* — respondeu ele. — *A escolhida.* Você.

A única gargalhada veio espontânea. Ele não abriu um sorriso.

— Os *Hledači* acreditam que *ta, která ho najde, bude jako ta, která ho ukryla.* — disse ele. — "Ela que a descobriu será igual àquela que a encobriu."

— Ninguém a descobriu ainda — comentei. — Não é esse o principal problema deles?

— Você encontrou o mapa — explicou ele. — Eles o tem procurado há séculos. Acreditam que Deus guiou sua mão, que você deve ser a herdeira espiritual de Elizabeth Weston. *Lumen Dei má v krvi, její krev je v Lumen Dei.* "A *Lumen Dei* é o sangue dela, assim como o sangue dela está na *Lumen Dei.*" O sangue dela. Seu sangue.

— Acredite em mim, não sou parente de Elizabeth Weston.

— Você está pensando literalmente — disse ele. — Eles estão pensando espiritualmente.

— Então eles não querem, literalmente, meu sangue.

— Bem...

— Que ótimo.

— Foi por isso que Max se aproximou de você — explicou ele. — E por isso que ele a convenceu a ir para Praga, por isso fingiu ajudá-la a achar as peças. Porque eles precisavam que fosse a *vyvolená* que encontrasse a *Lumen Dei.*

O Hoff já sabia, me dei conta. *Você*, ele havia dito. *Eles vão mentir. Mas não vá!* Será que ele quis dizer que *Max* mentiria, mataria, faria qualquer coisa para me levar para Praga e realizar meu suposto destino?

Max, eu me lembrei, foi quem o encontrou.

— Isso não explica por que você fingiu ajudar — falei. — Ou como você sabe de tudo isso.

— Sabia um pouco no começo. Sei mais agora. E falei para você. Estou aqui para protegê-la...

— Porque eu sou a *vyvolená*. Certo. Então você também é maluco.

— Como eles acham que você é a *vyvolená*, você está em perigo. Vão querer usá-la, assim como o Max usou.

— Max me amava.

— Isso não quer dizer que ele não estava usando você.

— E você? O que tem feito esse tempo todo? Fingindo se preocupar com o Chris? Com... qualquer coisa?

— Usando você — respondeu ele.

Não senti nenhuma satisfação com a confissão. Presumi que demoraria muito para eu sentir alguma coisa outra vez.

— E você se arrepende?

— Eu... me arrependo da necessidade.

— Não é a mesma coisa.

— Sei disso.

— Você é um deles? — perguntei.

— Não.

— Está mentindo?

— Não.

— Quer que eu acredite que tudo sobre o Max era uma mentira. Tudo o que ele disse, tudo o que ele fez. Tudo entre nós. Tudo mentira. Que ele era um assassino. E todos aqueles meses com ele, eu nunca notei.

— Ele era bom — disse Eli.

— E o quanto você é bom?

— Se o plano deles fosse o meu plano, não estaríamos aqui agora — disse ele. — Apenas entregaria a eles o que mais querem.

— Eu.

— Você.

— Com suas habilidades incomuns de ninja.

— Foram úteis.

— Quando você quer que sejam — falei. Se Max fosse um *Hledači*, e Eli soubesse, era provável que tivesse perdido pouco tempo tentando salvar o Max deles, dos homens que o empurraram para a beirada da ponte e o jogaram na água. Se Max fosse um *Hledači*, se tudo inimaginável fosse verdade, então talvez eu devesse ter me sentido grata.

Ainda sentia frio.

— Saia agora. Por favor.

— O que vai fazer? — perguntou ele.

— Ah, sinto muito, mas acho que não posso lhe responder. Tenho certeza de que você me entende.

— Estou tentando ajudá-la.

— Neste exato momento você precisa fazer isso em outro lugar.

— Nora...

Joguei a pasta. As provas incriminadoras esvoaçaram e sacudiram, caindo delicadamente no chão.

— Vá.

Assim que fiquei sozinha, peguei as páginas de onde haviam caído e as enfiei na minha mochila. Depois voltei para a cama, catei os fios soltos na colcha floral manchada, imaginei o peso dele no colchão, em mim, o rangido das molas da cama debaixo de nós, o alvoroço das mariposas e a fuga precipitada de ratos nos cantos sombrios, as coisas que ele sussurrava para mim no escuro.

As melhores mentiras, as mentiras mais verossímeis, eram, na maior parte, verdade. Li isso uma vez, em algum lugar.

Em um mundo sem verdades absolutas, a verdade era aquilo em que escolhíamos acreditar. Li isso também. Mas nunca entendi como se escolhia. Ou não se escolhia.

Adriane voltou do banho, refrescada e radiante.

— Você está bem?

Levantei-me.

— Eli não é quem ele disse que era.

— Então quem ele é?

Eu podia admitir que não sabia, e não sabia se isso importava.

Ou podia mentir.

7

— Sério, que tipo de investigador pessoal não carrega uma arma? — reclamou Adriane. Ela colocou o capuz, deixando o rosto no escuro.

— Se tudo correr bem, não precisaremos de uma arma — disse Eli. Era estranho ver os mantos pretos ondulando ao redor deles, mais estranho ainda era sentir a lã áspera de meu próprio manto esfregando em meus tornozelos, espiar debaixo do capuz que impedia toda a visão periférica. Então era assim que o mundo parecia para os *Hledači*: estreito e contornado de escuridão.

— Bem, nesse caso, tenho certeza de que ficaremos bem — disse Adriane. — As coisas têm sido muito tranquilas para nós até agora.

Eli parou. O Letohrádek Hvězda, o Palácio Real de Verão, estava à nossa vista, um oásis brilhante de seis pontas no campo escuro. Era uma noite sem luar, e nosso caminho estava iluminado apenas pela tela do celular dele.

— Se não quiser fazer isso, pode esperar aqui. Mas decida agora.

Adriane ergueu as mãos, palmas para cima, pesando as opções.

— Hum. Entrar às escondidas na casa de marimbondo ou ficar aqui, sozinha e indefesa, esperando os marimbondos me pegarem.

Não prestei muita atenção ao bate-boca deles. Os dois estavam com medo, e era assim que o escondiam. Mas eu não. Eu havia enterrado meu medo junto com meu pesar. Era grande demais — perigoso demais. Sentir qualquer coisa significaria sentir demais.

— Vamos — disse Adriane, a seguir, enquanto caminhávamos pelo gramado em direção à colmeia dos *Hledači*, e acrescentou: — mas, no caso das circunstâncias me impedirem de dizer isso mais tarde, deixe-me acrescentar algo com antecedência: "Eu avisei."

Eu tinha dado a ela uma escolha. Não a verdadeira, claro, mas uma escolha, apesar de tudo. Eli, o investigador particular, queria cuidar daquilo sozinho, falei para ela. Procurar as autoridades para comunicar a morte de Max, os *Hledači*, tudo. Tudo o que ela sabia, pelo menos. Não podia contar sobre a pasta. Seria humilhante demais, se ela acreditasse na prova, se erguesse aquele olhar dos e-mails e das fotos, cheio de pena da fracassada ridícula que foi tão facilmente enganada. E se não acreditasse na prova, se acreditasse em Max... o que isso diria sobre mim e sobre a fraqueza, seja lá qual fosse, que me deixava tão ansiosa para duvidar?

Eli cuidaria das coisas, sugeri, e voltaríamos para casa.

— Eles podem vir atrás de nós com a mesma facilidade com que podem vir aqui — disse ela. — Vejam o Chris. Não vai acontecer comigo.

— Então, o que você quer fazer?

— Vamos atrás deles — respondeu ela. — Recuperamos tudo.

As pistas, as peças roubadas da *Lumen Dei*.

Nossas vidas.

Não perguntei qual.

O Letohrádek Hvězda, uma atração turística diurna, ficava trancado à noite, mas Eli, o falso investigador particular sem uma arma de verdade, tinha uma faca e um clipe de papel, e, em questão de minutos, estávamos lá dentro.

Não conseguia imaginar como teria parecido na benevolente luz do dia, mas à noite, com seus ângulos perturbadores e deuses em pedra de baixo-relevo, observando-nos de cada superfície, era fácil demais entender por que uma seita de fanáticos religiosos havia escolhido o Palácio Real de Verão como base domiciliar. O avô de Rodolfo o havia construído como um alojamento de caça sagrado e de prazer sexual, perfeito para quais fossem os rituais estranhos e místicos que ele — e aparentemente cinco séculos subsequentes de crédulos e malucos — tivesse escolhido experimentar. A fundação do prédio foi feita na forma da Estrela de Salomão, melhor para conectar com as formas poderosas do macrocosmo e tudo o mais — o número de andares, as cores do piso, as paredes pintadas e os tetos em estuque esculpidos, representando os heroicos deuses gregos —, foi exclusivo para alinhar com os quatro elementos e, dessa forma, transformar o prédio em algum tipo de para-raios mágico para ilusionistas aprovados pelo divino. Os *Hledači* — como, ao que parecia, todos os que eram alguém no meio da sociedade secreta sabiam — acreditaram completamente naquela história. De acordo com Eli, quer dizer. Outra coisa que não contei à Adriane: a possibilidade significativa de que Eli ainda estava mentindo, e estávamos caindo em uma armadilha.

Acreditei que Eli os odiava — que, por motivos próprios dele, que não tinham nada a ver com nos ajudar, ele estava, apesar de tudo, nos ajudando.

Mas se tornava claro que minhas convicções não deviam mais ser confiáveis.

Foi fácil conseguir os mantos. O plano era simples: desceríamos até as profundezas do Palácio Real de Verão, nas câmaras secretas supostamente cavadas debaixo de seus porões, e, vestidos como membros dos *Hledači*, poderíamos passar pelos guardas a postos na entrada escondida, nos infiltraríamos no ninho de abelhas ocupadas de maneira mortífera, depois procuraríamos provas incriminadoras que pudéssemos fotografar, gravar ou roubar.

O plano de reserva era mais simples: fugir.

8

Não precisamos fugir. Os mantos provaram ser a única senha de que precisávamos, e, dentro de um aglomerado de câmaras e corredores parecidos com cavernas, iluminados apenas por lanternas a gás fracas e luz tremeluzente de velas. Os *Hledači* passavam por nós com urgência, e mantivemos as cabeças abaixadas, nossos corpos curvados para a frente, como se estivéssemos ocupados com uma conversa intensa e não quiséssemos ser incomodados, e ficávamos mais perto da sombra enquanto continuávamos.

Havíamos nos jogado nas mãos de nossos supostos assassinos e, mesmo assim, eu não estava com medo.

Adriane segurava o celular, a câmera ligada, o dedo no obturador. E nos juntamos ao fluxo dos *Hledači* para dentro de uma câmara escura e redonda, sendo que o prédio acima de nós era pontiagudo. Em cima de um altar dourado havia um homem cujo manto era branco e cujos olhos, de onde andávamos de um lado para outro atrás da multidão, pareciam insondáveis e negros. A pedra atrás dele tinha um símbolo familiar inscrito: um olho atravessado por um raio, pintando de vermelho escuro, a seis metros de altura.

Eu não esperava uma multidão.

Havia imaginado os *Hledači* como um grupo desordenado de excêntricos, os restos decadentes do que um dia havia sido um exército fanático e que agora se limitava a dez ou quinze, no máximo. Eli havia me informado do meu engano, mas ver era diferente. Agora eu acreditava: os *Hledači* ainda eram um exército, centenas de vezes mais fortes. Um culto, um povo, todos vestidos com o mesmo preto pesado, suas vozes aumentando a um canto uníssono, suas palavras ecoando na pedra curva, expandindo para preencher a câmara, até que caíram em um silêncio repentino ao sinal do punho erguido de seu líder. Ele gritou em tcheco, e a multidão se agitou.

Adriane escondeu o celular debaixo do manto. A função de gravação captava a voz do líder, que aumentava e baixava em um ritmo hipnotizante, e Eli sussurrava a única tradução de que precisávamos:

— Ele disse que os convocou porque a *Lumen Dei* está mais próxima do que jamais esteve e eles precisam apenas de mais uma peça para encontrarem seu destino. Que nada irá impedi-los.

Então o homem parou, e seu povo preencheu o silêncio deixado por ele com um novo canto, que não precisava de tradução, pois no meio das palavras desconhecidas havia uma que eu reconhecia, uma que era repetida, e um rufar de tambor exasperado os levava a um estado de extremo arrebatamento.

Vyvolená!

Vyvolená!

VYVOLENÁ!

O medo tinha voltado. E todas as vezes que diziam aquela palavra, ele aumentava.

— Talvez seja melhor darmos o fora daqui — sussurrou Adriane.

Dessa vez não ouve bate-boca.

Com os *Hledači* absortos em sua reunião sedenta por derramamento de sangue, as outras câmaras ficaram basicamente vazias, nos dando total liberdade para perambular, procurando por algo que pudéssemos usar para influenciar a polícia ou os próprios *Hledači*. E encontramos atrás de uma porta de madeira esculpida com uma mulher montada em um centauro. A sala, suas paredes revestidas por livros desgastados e encadernados com couro, devia ter começado como uma biblioteca, mas agora era óbvio que funcionava menos como depósito da sabedoria antiga do que como repositório de informações na busca da *Lumen Dei*, começada no século XVI, terminando conosco.

Era isso que não havíamos ousado esperar; poderia salvar nossas vidas.

Adriane tirava uma foto atrás da outra enquanto Eli e eu folheávamos pilhas de arquivos de dossiês do pessoal, jornais esfarelados, artigos de revistas sobre o manuscrito Voynich, pinturas e fotografias daqueles que o haviam estudado, possíveis *vyvolenás* da Londres do século XIX, da Alemanha nazista, do Japão imperial; todos eles descartados sem cuidado ou organização, feito lixo, em favor dos documentos e fotos que cobriam a parede dos fundos. Era a parede da loucura encontrada em cada covil de um assassino em série de Hollywood: fotos de vigilância de Chris, Adriane e eu. Nossas certidões de nascimento, nossos boletins. Fotocópias dos símbolos Voynich. Diagramas com setas nos conectando a cada um, ao Hoff e ao livro dele. Fotos no meio da multidão circuladas em vermelho-sangue, marcando meu rosto. Fotos íntimas capturando as expressões que poupávamos para quando estávamos sozinhos.

Não havia fotos de Max.

Tínhamos tirado os capuzes para manusear o tesouro encontrado, então quando a porta se abriu, o homem de mãos magras e sobrancelhas louro-esbranquiçadas — que parecia ser apenas poucos anos mais velho do que nós e, em outra vida, podia ter sido um bibliotecário de verdade, encarregado de uma coleção de livros, em vez de um plano de assassinato — nos reconheceu pelo que éramos exatamente: o inimigo.

Ele falou algo rápido em tcheco e, como Adriane estava mais perto, agarrou o punho dela, virou-a em seus braços, segurou com uma das mãos a cabeça dela e com a outra o ombro.

— Diga o que estão fazendo aqui — falou de forma hesitante, em nossa língua, quando não obteve resposta com o tcheco —, ou quebro o pescoço dela.

Adriane ficou pálida.

Eli, que estava do outro lado da sala quando o *Hledači* entrou, arrastou-se devagar pela parede, fora de vista, em nossa direção, mas ainda estava longe demais para deter a torcedura dolorida dos músculos e o estalar dos ossos, se chegasse a esse ponto. Ele pegou a faca.

O *Hledači* arrancou o celular da mão de Adriane e o atirou no chão de pedra, triturando com o calcanhar até que a capa de plástico barata partisse. Não parecia ser importante. A prova não nos ajudaria se não vivêssemos para usá-la.

— Largue-a — falei. Não implorando, mas ordenando.

Quando falei, seus olhos encontraram os meus e se arregalaram.

— *Vyvolená* — sussurrou.

— Isso mesmo. *Largue-a.* — Não conseguia acreditar na voz dominadora que saía de minha boca.

— E esta é a outra — disse ele, voltando-se para Adriane, que ainda estava imobilizada por ele —, a amiga da escolhida. — Encostou os lábios no ouvido de Adriane e cochichou alguma coisa. Seja lá o que tivesse sido, fez Adriane respirar fundo e ficar mais pálida do que antes.

— Não vou machucar a *vyvolená*, nem seu grupo — disse ele em voz alta, e soltou-a.

Adriane voou em minha direção, e no mesmo instante, movendo-se tão rápido que parecia continuar parado, Eli estava do outro lado da sala. Agarrou o *Hledači* por trás e colocou a faca em sua garganta.

— Sem gritar, entendeu?

— *Ano* — disse o homem. — Sim. — Seu olhar continuava fixo em meu rosto.

— Adriane, vá para a porta. Nora, encontre algo para amarrá-lo.

Usamos os cadarços dele. Enquanto Eli segurava a faca firme na garganta do homem, puxei os braços dele para trás, amarrei os cadarços uma vez, duas vezes, focalizando os pequenos pelos brotando das juntas dos dedos e as unhas imundas e quebradas. Aquelas mãos deviam ter segurado o Chris, pensei. Imobilizei-o enquanto a faca era retirada.

Aquelas mãos deviam ter obrigado o Max a saltar da ponte e cair na água.

Apertei mais o nó, o máximo que consegui. Os cadarços marcavam sua pele. Ótimo.

— O que ele disse a você? — Eli perguntou à Adriane.

Ela sacudiu a cabeça.

— Não sei — murmurou ela, como se não conseguisse respirar direito para falar. — Foi em tcheco.

— O que você disse a ela? — Eli perguntou ao *Hledači*.

O *Hledači* ficou calado.

— Não está a fim de conversar? Ótimo, porque agora nós todos vamos sair daqui devagar e com calma, e se você fizer um barulho sequer, ou fizer qualquer coisa para alertar qualquer um de seus amigos, vou enfiar esta faca bem nos seus rins. *Oddělám tě na ulici a vykuchám tě jako rybu*. Entendeu?

O homem assentiu.

— Quer levar *ele* com a gente? — perguntei.

— Não podemos ficar aqui. É muito arriscado, mas precisamos de informação, e precisamos de provas, e nosso novo amigo quebrou a câmera. Então peguem quantos arquivos conseguirem e enfiem debaixo do manto. Eu fico com *ele*.

O rosto de Adriane ainda estava sem cor. Mas ela não discutiu, e nem eu.

— Podem ir à frente — disse Eli. — Vou logo atrás. Com a faca. E só para garantir que nosso amigo não tenha nenhuma ideia brilhante...

A faca cintilou. Um risco fino e vermelho surgiu no escalpo do *Hledači*. A mão de Eli cobriu a boca do homem a tempo de abafar o grito dele.

— O que você *fez*? — perguntou Adriane com a voz em choque, enquanto uma cortina de sangue escorria do corte. O homem piscava sem parar e lançava a cabeça para a frente e para trás enquanto um riacho de sangue escorria em seus olhos.

— É superficial, mas deve mantê-lo sem enxergar e dócil pelo menos até o tirarmos daqui — respondeu ele.

— E como você sabe disso?

— Vi em um filme. Vá por mim.

Adriane desviou o olhar. Mas eu observei o sangue enevoar os olhos dele e, mais uma vez, fiquei imaginando se aqueles olhos tinham visto o sangue de Chris jorrar do corpo dele, se viu e depois deu as costas e o deixou morrer.

— Não devia ter feito isso — comentei. Mas enquanto o *Hledači* ofegava de dor, senti algo crescendo dentro de mim: um sorriso.

9

O quarto que encontramos ficava cinco andares acima, e era alugado por hora. Havia assistido episódios suficientes da série *Law & Order* para imaginar para que fim ele era usado, mas, se não tivesse, suas manchas multicoloridas, a umidade e o perfume passado teriam dito tudo. Fedia a suor e sexo. Nós três tínhamos conseguido facilmente meio arrastar e meio fazer andar o *Hledači* para fora do Palácio Real de Verão, descer dois quarteirões vazios, e subir a escadaria decrépita. O homem dormindo na escada nem mesmo se mexeu quando passamos por cima dele.

Uma persiana cinza e surrada tapava a única janela. Uma única lâmpada do teto vazio projetava mais sombras do que luz. Amarrado em uma cadeira, o *Hledači* foi amordaçado com uma fronha que Eli havia enfiado na boca dele. Parecia exagero. O quarto transmitia sua mensagem em cada centímetro de tinta descascando e em cada tábua de assoalho podre: mesmo que alguém pudesse ouvi-lo gritar, com certeza ninguém se importaria.

Eli caminhou, segurando a faca que havia prometido usar de novo. Falou em tcheco, lançando perguntas rápidas, depois tirou a mordaça.

O homem apertou os lábios.

— *Mluv!* — gritou Eli.

— Falo com a *vyvolená* — disse ele hesitante, em nossa língua. — Não com você.

— *Nemusíš se rozhodnout* — repreendeu Eli.

Dei um passo à frente.

— A *vyvolená*, sou eu, certo? Então aqui estou eu. Fale.

— Eles virão.

— Ninguém virá atrás de você — disse Eli.

— Não é por mim. É pela *vyvolená*. Você não irá impedi-los.

— Na verdade, nós vamos — falei. — E você vai ajudar.

— Respeito a *vyvolená* — disse ele. — Você nos guiará para a luz.

— E como é que vou fazer isso? — perguntei. — O que estão pretendendo fazer logo que vierem atrás de mim?

— Você nos guiará para a luz — repetiu ele.

— Digamos que não estou interessada em fazer isso. O que vai ser preciso para vocês nos deixarem em paz?

— Podemos pagar — disse Adriane. — Muito dinheiro.

— Só precisamos da *vyvolená* — respondeu ele.

— E o resto da *Lumen Dei* — completei. — Não haverá nenhuma luz sem isso, não é? Então, se ela ficar escondida, vocês estarão ferrados e não precisarão de mim.

— Sempre precisaremos de você.

— Trouxemos você aqui para nos ajudar — disse Eli. — Se não puder fazer isso, não servirá para nada. — Ele manuseou a faca, passando o polegar pela lâmina. — Acha que seus amigos sentirão inveja quando você se encontrar com Deus, cara a cara? Você não precisa de uma máquina. Só precisa disto. — Ele ergueu a faca.

— Você não vai me machucar — disse o *Hledači*.

— Então onde foi que você conseguiu esse corte horrível?

— Você está parado tão longe — disse o *Hledači*. — Tem medo de mim?

Eli atravessou a sala em três passos rápidos. Deu um golpe com a faca, faltando pouco para cortar a carne do homem.

— Você tem medo de mim?

O homem jogou o corpo para a frente, apoiando a cadeira somente em dois pés, e agarrou com as duas mãos a camisa de Eli, puxando-a para baixo com tanta força que deu para ver a tatuagem escura sobre o coração dele. Eli se esquivou e se soltou dele.

O *Hledači* cuspiu no rosto de Eli.

— Você é uma criança — disse ele. — Mas mesmo assim é escória. Nunca irá nos deter.

— Nora. Adriane. É melhor saírem agora — pediu Eli, circulando o *Hledači*. — Não vão querer ver isso.

Talvez eu soubesse que acabaria ali. Provavelmente eu devesse me importar.

— Concordamos que... — Mas a objeção morreu em meus lábios.

— Ele sabe de coisas — disse Eli. — Ele vai nos contar o que eles são.

— Ah, sim, sei de muitas coisas. Sei o que você é. *Kolik toho vědí? Co když jim řeknu všechno?*

— O que ele está dizendo agora? — perguntei.

— Confie em mim — respondeu Eli. — Saiam.

— Fiquem — gracejou o *Hledači*. — Tenho muitos presentes para vocês.

— Nós vamos embora — disse Adriane, me puxando para fora da porta, e eu deixei, porque fechar a porta significava que não fazíamos parte daquilo, seja lá o que fosse. Nossas mãos estavam limpas.

10

Ninguém gritou.

Vozes abafadas, pancadas, ruídos de arranhões, vidro quebrando.

Uma mancha escura encobriu quase todo o teto do corredor, sangrento em contraste com as paredes cor de ferrugem. Apenas água, disse a mim mesma.

— Quanto tempo esperamos? — perguntou Adriane.

Dei de ombros.

— O que acha que ele está fazendo lá dentro? — perguntou ela.

— Você se importa?

— Não.

11

No devido tempo.

— Eli?

Bati com mais força.

— Eli?

Ninguém respondeu. Nenhum som por trás da porta.

Voltei-me para Adriane.

— O que você acha?

— Acho que ainda gostaria que ele tivesse uma arma.

— Vou entrar — falei.

Ela abriu os braços: *à vontade*. Depois pegou a chave de uma Mercedes estacionada a seis mil e quinhentos quilômetros de distância, agarrando o metal denteado como se fosse a menor faca do mundo.

— Sério?

— Falei para você que a aula de autodefesa um dia seria útil.

— Na verdade, você me falou que a única parte difícil foi fingir prestar atenção enquanto babava por causa do Treinador Bonitão.

— Você sabe que sempre fui boa em interpretação. — Ela ergueu a chave. — Lembre-se: mire no tecido mole. Ou nas bolas. — Ela cantou de forma desafinada: "Olhos, garganta, nariz, virilha: é assim que você os faz gritar." O Treinador Bonitão não era muito bom em rimas.

Abri a porta.

A cadeira estava vazia. A janela estava quebrada. Eli deitado de bruços, o rosto virado em nossa direção, olhos fechados. Testa sangrando.

Eu não conseguia respirar.

Adriane correu para o lado dele, e, pouco depois, eu a segui, os lábios formando a palavra *por favor*, mesmo que eu me odiasse por pensar nela, porque se desejos, orações ou seja lá o que fosse não tinham salvado o Max, nem o Chris, nem o Andy, também não queria que o salvasse. Mas mesmo assim: *por favor*.

— Pulso — disse Adriane, com os dedos na garganta dele.

Nós o viramos, observando seu peito subir e descer. Adriane o chamou pelo nome e depois lhe deu um tapa.

— Adriane! Não.

Ela deu outro tapa. Nada.

— Quer levá-lo lá para fora? Ou deixá-lo aqui? Ou talvez ficar por aqui até que nosso amigo apareça com reforço?

— Eli — gritei. — Acorda!

Suas pálpebras mexeram, fechando novamente por um momento, depois abrindo para revelar seus olhos grandes, redondos e confusos. Ele piscou devagar, duas vezes, e gemeu.

— Ele fugiu.

— Ele não perdeu a noção do óbvio — disse Adriane. — Isso só pode ser um bom sinal.

— Consegue ficar de pé? — Peguei o braço dele. Ele deixou-me ajudá-lo a se sentar.

— Ele me acertou com alguma coisa. — Eli esfregou o sangue que secava em sua testa. — Eu estou bem. Só — tentou ficar de pé, depois pensou melhor — me dê um minuto.

— Podemos não ter um minuto — falei. — Eles sabem que estamos aqui...

— Como ele se libertou? — perguntou Adriane.

— Eu não... Simplesmente se libertou — respondeu Eli.

— Uh-hum.

— Deixe-o descansar um segundo — falei para ela.

— Não parece meio estranho para você? — indagou Adriane. — O cara está prestes a contar tudo, Eli nos expulsa do quarto, e, quando você vê, ele foi embora?

— Certo. Eu o desamarrei, joguei pela janela e depois feri minha própria testa. Fica melhor assim?

— Até onde eu sei, você pode ter feito picadinho dele e depois o enfiado no armário.

Eli olhou ao redor, explicitamente para as quatro paredes vazias e a nítida ausência de esconderijos.

— Ou, tudo bem. Debaixo da cama. Para fora da janela. Onde quer que seja. Faz tanto sentido quanto ele, por mágica, se desamarrar.

Eli levantou-se.

— Estou bem agora. Vamos embora daqui.

Adriane não discutiu. Na verdade, não disse nada enquanto descíamos pela rua correndo e passando por uma rota intrincada em Praga, voltando para o hotel só depois de termos certeza de que ninguém havia nos seguido.

— Vamos para o nosso quarto agora — disse Adriane a ele, quando voltamos para o que agora era como se fosse nosso lar. — E vamos ficar trancadas lá dentro até pensarmos no que fazer depois. Não ligue para nós, ligamos para você, e tudo mais. Vamos, Nora.

— Estou do lado de vocês — disse ele. — Vocês sabem disso. Nora, você sabe disso.

— Cometemos um erro — falei. — Foi um plano idiota.

— Então vamos criar outro.

— Não, *nós* vamos criar outro — contestou Adriane. — Quando precisarmos de você, vamos avisar. — Ela deu meia-volta e começou a ir para a escada lúgubre, pelo jeito supondo que eu a seguiria.

— Nora... — Com o olho roxo e a testa cortada, ele parecia docemente ridículo, como um bichinho de desenho animado com a orelha dobrada. Hesitei. Adriane não sabia de tudo.

Mas, então, nem eu sabia. E de quem era a culpa?

— Devia descansar — falei para ele. — Depois conversamos.

— Mas leve isto — pediu ele, e tirou uma página dobrada do bolso. — Encontrei na biblioteca. Antes de o cara aparecer.

— O que é?

— A prova de que estou tentando ajudar você — respondeu ele.

Aceitei a oferta, mas não me incomodei em olhar.

— Mais alguma coisa que queira me dizer?
— Sobre o quê?
— Sobre o que aconteceu naquele quarto. Ou qualquer coisa... sobre qualquer coisa. Sobre você. Quer provar algo para mim, tente começar com algumas respostas.

Ele endireitou as costas.

— Tem razão. É melhor eu descansar.
— Certo.
— Estou tentando — disse ele.
— Tente mais.

12

Não pense em Max.
Não pense em Max.
Não pense em Max.
Eu também estava tentando.

13

O latim sempre havia feito sentido quanto nada mais fazia. Essa era a questão para mim. O idioma como uma equação matemática, designando uma palavra por outra, trocando posições, somando, subtraindo, substituindo, aplicando uma regra rigorosa após a outra, até que, por fim, do emaranhado de letras, um significado único e verdadeiro emergisse. Um significado, escondido sob todos os erros e voltas erradas. Um enigma, uma solução. O latim era uma questão que fornecia sua própria resposta.

— Por que você está se incomodando? — perguntou Adriane, jogada na cama, olhos fechados contra o sol nascente.

— Porque poderia ajudar.

Ela suspirou.

— Eles a queriam; nós a temos. Isso tem que ser importante.

— Não, Nora. Não é.

Ignorei-a e voltei para a página que Eli havia me dado, o final da história de Elizabeth, a beirada irregular encaixava perfeitamente na página rasgada que encontramos em Strahov.

A página rasgada que Eli tinha encontrado, ou alegado que tinha. Mas se ele mesmo tivesse roubado o resto, por quê? E por que devolvê-

-la para mim agora? Se estava apenas fingindo nos ajudar, por que não estava fazendo um trabalho melhor?

Parei de pensar sobre isso e me concentrei nas palavras. *Mihi dixit se fecisse pecuniae causa.*

Era o dinheiro, ele me disse. Permitiu que ele imaginasse um futuro, antes que tivesse alguém com quem pudesse imaginar isso.

Mas não era apenas o dinheiro.

Não foi por acaso, disse ele, que Václav o procurou. Václav conhecera Thomas quando criança, não muito bem, mas o suficiente. Václav vira a família de Thomas consignada à pobreza porque seus ancestrais haviam sido tolos o bastante para irem contra o império, e contra a Igreja. Assim como Václav, Thomas vinha de uma linhagem um dia eminente, que quase foi extinta pelas mãos dos Habsburgo, somente porque eles almejavam um relacionamento mais íntimo com o Senhor, mais íntimo do que a Igreja podia permitir.

Václav pediu a ele que pensasse no que aconteceria se o imperador Habsburgo, líder secular da Igreja, ganhasse os plenos poderes da divindade. Reinasse com o poder de Deus, em vez de apenas o imprimátur divino Dele.

— *Ele me pediu para salvar meu povo e me salvar.*

E ele pagou a você, eu disse.

— *E ele me pagou.*

Tudo o que Thomas precisava era informar a respeito de minhas ações, um simples pedido antes dele me conhecer. Assim que me conheceu de verdade, assim que tivemos significado um para o outro, ele não podia fazer nada. Václav era perigoso, não só para Thomas, mas para mim.

Então ele continuou a espionar.

— *Eu não conhecia outro jeito. Se tivesse lhe contado a verdade...*

Ele andava com medo, eu sabia, mas não de Václav. Tinha medo de mim, e do que eu faria, se ele confessasse. O que nós dois perderíamos.

Você sabia o que ia acontecer esta noite, perguntei a ele, o que exigiriam de mim?

— *Sei que Václav acredita que precisa de você. Ele acredita que a Lumen Dei deve ser entregue de boa vontade. Por você.*

Thomas agarrou minhas mãos e prometeu me salvar, para acabar com isso, para se redimir.

— Não.

Eles tinham me dado uma escolha, aqueles covardes que escondiam o rosto. Eu não abdicaria disso. Destruiria a **Lumen Dei**, ou me uniria a Groot para apresentá-la ao imperador, ou a faria sumir por mágica e a entregaria para Václav, obtendo meu próprio prêmio. Nenhuma dessas escolhas poderia garantir minha vida, mas qualquer uma seria minha. Nossa, Thomas corrigiu-me, jurando que ficaria ao meu lado.

— Não. Minha.

Eu o deixei lá, na escuridão da igreja, penitente. Deixei-o para trás, e, quando o vi novamente, era tarde demais.

Durante dois dias, fui torturada pela escolha que estava diante de mim e pela traição que estava atrás. Querido irmão, quantas vezes desejei que você guiasse minha mão, mas a escolha foi só minha e, por mais que tenha sido péssima, eu a fiz.

Groot alegrou-se com a chegada dos cálculos de Kepler e, com orgulho, mostrou-me o dispositivo que havia construído em minha ausência. A **Lumen Dei** era tão gloriosa quanto prometido, e com o trabalho de Kepler em mãos, Groot e o imperador poderiam facilmente alinhá-la com os céus e rogar ao Senhor.

Não ousei ir para casa, temendo que o padre zangado voltasse. Não ousei me aventurar pela cidade, temendo que os homens de Václav ficassem impacientes. Não ousei encarar Thomas. Fiquei no laboratório de Groot e lá dormi, em uma cama de palha e penas, fingindo, quando cruzava o caminho com Václav, que não sabia do segredo dele, nem ele do meu. Ousei apenas pedir orientação a Deus, mas, como sempre, só recebi o silêncio em troca.

Talvez seja por isso que fiz minha escolha. Talvez tenha ficado impaciente esperando a resposta Dele. A **Lumen Dei** precisava ser entregue de boa vontade, Thomas havia dito, e foi assim que eu a entreguei. Não foi por dinheiro nem para poupar minha vida que levei a **Lumen Dei** para longe da cidade naquela noite e entreguei o legado de nosso pai. Se fosse deixado com Groot, o dispositivo seria destinado ao imperador, e, perdoe-me, mas não poderia conceder tal presente para o assassino de nosso pai. Não poderia dar a Rodolfo e a seus herdeiros o poder sobre este mundo e o próximo, assim como não poderia entregar o Continente a um milênio sob o governo Habsburgo.

Acreditava que estava fazendo o certo. Não podia saber o que ia acontecer.

É isso que digo a mim mesma, naquelas horas de insônia antes do amanhecer. Eu não podia ter sabido.

Mas sei de uma coisa. De todos os meus arrependimentos — e, se medido por lágrimas, há o suficiente para inundar um rio —, arrependo-me mais por ter deixado Thomas para trás naquele dia sem contar a ele a verdade. Arrependo-me que as últimas palavras que tive de dizer a ele foram duras, e ele nunca saberá que eu o perdoei assim que a confissão escapou de sua boca. Que eu não tinha outra escolha.

Ela o havia perdoado. Inexplicavelmente, impossivelmente, ela o havia perdoado. Fiquei indignada. E talvez, contra meus princípios e duas décadas de educação feminista, um pouco envergonhada, porque eu sabia que eu não poderia ter feito aquilo. Ela o amava o suficiente para perdoá-lo, não importava o que ele houvesse feito. E depois o perdeu de qualquer forma.

É provável que estivesse melhor assim.

Eu podia roubar de Groot, meu irmão, mas não posso roubar de você. Este é o único motivo de eu não ter despedaçado a Lumen Dei, *mas a desmontei com cuidado e guiei você por esse caminho perigoso. Você agora possui os cálculos de Kepler, e tudo o que lhe resta é construir a espinha do dispositivo, as entranhas de latão e madeira da máquina que não pode mais causar mal a mim, mas pode causar uma quantidade incontável a você e ao seu mundo. Nós dois sabemos o quanto é fácil ignorar uma advertência. Aprendi que também é tolice. Mas talvez seja tolice advertir tanto, enquanto que, ao mesmo tempo, dou-lhe tudo o que precisa para seguir em frente.*

São tão poucas as coisas eternas neste mundo, mas parece que minha insensatez está entre elas.

Seu caminho termina aqui...

O restante estava em minha língua.

QUE SEJA TUDO MENOS O MAL VERDE, O MITO ANDA.
ATRAI UM CÉU RARO.
COMO, PAI? VISITE. VENÇA.
BOCA ESPANCADA, SEJA ESPINHO.

Eu já conhecia Elizabeth bem o suficiente para saber que sua poesia nunca era apenas poesia. Ainda mais quando se tratava de ser tão poético quanto um cartão do Dia das Mães colorido com lápis de cor por um aluno do jardim de infância. Joguei com as palavras sem sentido, experimentando substituí-las por diferentes algoritmos, procurando no resto da carta um número, uma pista, algo que revelasse a resposta. Não havia nada.

Estávamos tão perto. Mais uma peça, era só o que os *Hledači* precisavam para realizar quatro séculos de sonho, e essa era a chave para detê-los. Elizabeth não havia me convencido de que valia a pena matar pela *Lumen Dei*, ou que ela seria mais perigosa nas mãos dos *Hledači* do que em um aterro sanitário, então talvez não houvesse nenhum motivo para eu me preocupar. Mas eu me preocupava. Era quase a única coisa ainda importante para mim — era a única coisa que restava. Eles haviam tirado o Chris de mim; haviam tirado o Max. Eles *não* tirariam Elizabeth ou seu legado. Mesmo que a *Lumen Dei* valesse o mundo ou apenas fosse inútil, eles não a teriam.

Não depois do que haviam feito.

Li rapidamente a carta outra vez, mas talvez a resposta não estivesse lá. Talvez estivesse nas próprias palavras sem sentido. Talvez fosse simples assim.

Um anagrama, um jogo infantil. Meu pai gostava de brincar com eles, na época em que brincava. Cada frase é um mentiroso, ele costumava dizer. Pelo menos os anagramas são mais acessíveis.

QUE SEJA TUDO MENOS O MAL VERDE, O MITO ANDA.
ATRAI UM CÉU RARO.
COMO, PAI? VISITE. VENÇA.
BOCA ESPANCADA, SEJA ESPINHO.

Havia letras suficientes para uma eternidade de tentativas malsucedidas de começar algo. *Maré Trinta Volt Dedilhar... Um Sol Mais Vazado Preocupação... Um Torno Imediatamente... Problema Décimo Quem.*

Cada linha tinha um número absurdo de permutações. Porém eu tinha uma paciência infindável e um vazio para preencher e, de vez em quando, encontrava uma palavra que parecia certa. Parecia-se com Elizabeth.

Direito nato. Sabia. Amor. Deixei o instinto me guiar. Não deveria ter dado certo, mas:

SEU DIREITO NATO SOB O POMBO ESTÁ A REPOUSAR,
ONDE EU SOUBE REALMENTE O QUE ERA AMAR.

O primeiro beijo deles, pensei. Em uma torre de pedras que havia desmoronado séculos antes.

Ou o primeiro momento íntimo deles, em um campo coberto de relvas em algum lugar no mapa vazio entre Praga e Graz.

No primeiro lugar em que ele pegou sua mão, no primeiro lugar em que ela o olhou nos olhos, no primeiro lugar em que ele a abraçou e encostou sua testa na dela, com o olhar fixo em seus lábios, e sussurrou, porque era somente para eles: "Amo você."

Max.

Adriane havia amassado a jaqueta dele, a que ele havia jogado sobre os ombros dela naquela última noite, e a colocado debaixo da cabeça. A jaqueta dele, debaixo da cabeça dela, como se fosse um travesseiro, como se não fosse nada. Não falei coisa alguma. Provavelmente estava com o cheiro dela agora, de qualquer forma.

Ela merecia saber.

— Adriane...

Seus olhos estavam fechados, mas estava acordada. Havíamos dividido muitas noites juntas para eu não saber como era.

— Está na hora da soneca — disse ela, sem abrir os olhos, com um pouco de sono na voz.

— Preciso...

— O quê?

Contar uma coisa para você.

— Perguntar uma coisa.

Parei. Nós duas esperamos. E então:

— Que é?

— Quando foi que você soube que estava apaixonada? — perguntei.

Ela espreguiçou, como um gato, direcionando o corpo para a luz do sol que diminuía. Um leve sorriso surgiu em seu rosto. Talvez estivesse com sono no final das contas, porque, quando falou, parecia quase como se estivesse descrevendo um sonho.

— Foi no Canto — disse ela. Foi o nome que havíamos dado ao trecho de terra estreito que se estendia em direção ao centro do lago Chapman. Protegido pela sombra dos bordos, com ondas leves e azuladas na margem, acessível com apenas vinte minutos de caminhada da estrada e descoberto por engano, era o lugar perfeito para nadar no verão, fazer piqueniques no outono e passar as noites com brisa debaixo de um cobertor, sob as estrelas. O tipo de lugar que fazia a gente se sentir como se estivesse em um filme impossivelmente chato sobre o impossível verdadeiro amor. Era o nosso lugar, de nós quatro, se bem que Max e eu muitas vezes íamos lá sozinhos, às escondidas. Pelo jeito não éramos os únicos.

— Nem estávamos fazendo nada. Só deitados lá. Ele tinha feito uma coroa grosseira de ervas daninhas para mim, e fiquei com medo dos insetos prenderem em meus cabelos, mas, tirando isso, foi perfeito. Foi quando eu soube.

— Jura? Só no último ano? — Descobrimos o Canto algumas semanas antes das aulas começarem, quase dois anos depois de ela e Chris começarem a namorar.

Ela abriu os olhos e sentou-se.

— Não, claro que não. Bem antes disso.

— Mas então como foi no Canto?

— Ah. Entendi. — Ela pausou. — Odeio dizer isso, mas... conheço aquele lugar desde sempre.

Sacudi a cabeça.

— Descobrimos o Canto juntas. Naquele dia em que nos perdemos...

— Era o que você queria pensar, porque dava uma boa história. Então deixamos que pensasse.

— O quê? Por que você mentiria sobre isso?

Ela deu de ombros.

— Por que eu mentiria sobre isso?

— Tudo bem. Você mentiu. Todo mundo mente, não é? Esqueça.

— Qual é, não fique zangada. — Era sua voz chorona imitando criança, aquele "quem, eu?" de responsabilidades descartadas, livrando-se da culpa. — Você precisa me perdoar; sou sua melhor amiga. — Quando era conveniente. — Está no livro de regras.

— Perdoo você — falei de forma mecânica, com a cabeça em outro lugar. Havia lido as cartas manchadas de sangue de Elizabeth tantas vezes que quase sabia de cor, ainda mais a última frase: *Posso perdoá-lo por quase tudo, meu irmão, mas não posso perdoar isso.*

Ela não podia perdoá-lo por tê-la deixado para trás; jamais daria para amar alguém o suficiente para isso, mas qualquer outra coisa, ela podia perdoar, porque o amava — assim como havia amado Thomas, de qualquer forma.

Eu o perdoei assim que a confissão escapou de sua boca.

Quando foi que ela soube de verdade o que significava amar?

Aquilo não podia estar certo. Algumas coisas tinham de ser imperdoáveis, não importava como. Algumas coisas, quando quebradas, ficavam como estavam.

Mas não importava o que eu achava. Aquele era o jogo de Elizabeth. E Elizabeth havia acreditado no perdão.

Levantei-me.

— Sei onde está.

— O quê?

— A *Lumen Dei*. A última peça. Vem comigo?

— Por que se incomodar? — perguntou ela. — Você ouviu o cara *Hledači*. Mesmo que encontre alguma coisa, isso não pode nos ajudar.

— O que houve com o "Vamos atrás deles" e "Recuperamos tudo"?

— Fomos atrás deles — disse ela, sem rodeios. — Não deu certo.

— Isso não significa...

— Temos os arquivos que pegamos. Podemos entregar para a polícia.

— E depois? Cruzamos os dedos e esperamos que seja o fim de tudo? Esperamos eles virem?

Adriane se espreguiçou de novo, suspirando enquanto abria os braços e apontava para os cantos do colchão, como se o que estávamos discutindo não tivesse importância e estivesse atrapalhando sua soneca urgente.

— Quer saber o que aquele cara cochichou no meu ouvido?

— Você disse para o Eli que ele falou em tcheco.

— E agora estou dizendo para *você* a verdade. Ele disse: "Vão para casa e esqueçam isso, e não seguiremos vocês. Temos o que queremos." Significa que teremos nossas vidas de volta, Nora. Significa que se largarmos isso e formos embora em silêncio, talvez possamos sair daqui com alguma coisa que restou.

Não perguntei o que tinha restado para nós, porque a única resposta era: uma à outra. Não sabia se era o suficiente.

— E você acredita neles? — perguntei. — E quanto ao lance da "escolhida"?

— Não é mais um motivo para dar o fora? Não podemos enfrentá-los, Nora. Achei que podíamos, mas depois que vi todos juntos... — Ela sacudiu a cabeça. — Eles são muitos e são loucos demais. Para mim chega. Você pode ir fazer o que precisa fazer, mas eu vou ficar.

— Não vou deixá-la aqui sozinha. Não é seguro.

— E vai ficar seguro com *você*? A "escolhida", cutucando o leão com vara curta? Acho que vou me arriscar com as baratas e com o cara da recepção.

— Tem certeza de que não se trata de outra coisa? Porque nada mudou, com exceção de que estamos muito perto.

— Nora, você sabe o quanto não quer falar sobre o que aconteceu, e estou respeitando isso e dando a você seu estranho espaço, exatamente como sempre faço.

— Meu estranho espaço?

— Que tal você me dar algum? Termine sua caça ao tesouro. Depois vamos para casa.

— Posso ficar com você.

— Não, não pode. — Ela não parecia zangada, só decidida. — Então você também pode ir encontrar seu tesouro. Talvez até esteja certa. Talvez isso vá ajudar.

— Tudo bem, entendi — falei e tentei.

— Espero que encontre, Nora — disse ela, quando eu já estava quase saindo.

— Por que você se importa?

— Porque você se importa.

— Achei que nós duas nos importássemos — comentei. Depois, sem perguntar, fui até ela e puxei a jaqueta de Max.

— Não está tão frio lá fora.

— Está o suficiente.

14

Eli estava esperando no saguão, deitado todo esparramado no sofá sujo, olhos meio fechados, fazendo um excelente trabalho em fingir não vigiar a porta. Deu um pulo quando passei.

— Aonde nós vamos? — perguntou ele.

— "Nós"?

— É claro que não vou deixar você passar por aquela porta sozinha. Não é seguro.

— E você é?
— Tinha outra pista, não é? — perguntou ele. — E você a descobriu. É o único motivo para você se arriscar a sair.
— Talvez meu condicionador tenha acabado. É um erro ignorar o valor de uma hidratação.
— Sabe que vamos juntos, ou vou seguir você.
— Em outras circunstâncias, mandaria você para aquele lugar.
— Mas...
— Mas, nesse caso em particular, você pode ser útil.
— Então o que estou ouvindo é: *por favor, Eli, poderia fazer a gentileza de me dar sua assistência, porque preciso desesperadamente de você?*
— Vai por mim, você ainda está ouvindo um *vai se...* — falei.
— Sem problemas. Esperamos por Adriane?
— Não. Não esperamos.

15

— E o que a faz pensar que posso dar um jeito de chegarmos à cripta? — perguntou Eli, olhando para a parte exterior cinzenta da igreja. A Kostel sv Boethia, onde um padre havia nos contado a primeira lenda sobre os *Hledači*. A Kostel sv Boethia, onde Thomas havia confessado o pior de si para a mulher amada; onde Elizabeth o amara o suficiente para perdoá-lo.

Às vezes, uma coincidência era apenas uma coincidência. Às vezes, não.

— Talvez, se pedir com educação, seu amigo padre nos dê permissão — falei.

— Estamos falando de uma cripta sagrada onde enterraram os ossos de seus mártires. Não acho que um *por favorzinho* vai dar conta do recado — disse Eli.

— E ele não é seu amigo — falei. — Esqueceu essa parte.

Ele não retrucou.

— É melhor tentarmos os fundos.

Atrás da igreja: uma rua vazia, um muro comprido de pedras com dois copos de plástico com cerveja pela metade, uma porta trancada.

— Não é problema. — Eli procurou em várias partes de uma sarjeta e voltou com um pedaço de arame dobrado, que entrou facilmente na fechadura e girou em seus dedos certeiros. Alguma coisa clicou.

— Fácil assim?

A porta se abriu.

— Fácil assim.

Entramos na ponta dos pés e descemos uma escadaria estreita, penetrando na terra. Uma lâmpada fraca, como uma luz noturna sagrada, iluminava as paredes cor de ferrugem e o teto baixo e arqueado. Havia candelabros apagados, rostos de pedra gritando das pilastras, manchas misteriosas se espalhando dos túmulos construídos no piso. Toda a estrutura de um filme de terror barato, incluindo adolescentes idiotas tropeçando no escuro, caçando e sendo caçados.

E, entalhado em baixo-relevo no vértice de um arco de pedra, um pombo, com um galho de oliveira pendurado no bico.

Apontei para o pássaro de pedra.

— O lugar é aqui.

— É um símbolo católico do Espírito Santo. Encontrar um pombo em uma cripta é o mesmo que encontrar uma cerveja em um estádio de beisebol. Sem falar que você nem sabe se solucionou o código de forma correta.

— Claro que sim. — Apertei os dedos na escuridão entre as pedras logo abaixo do pombo. Alguma coisa moveu.

— Está solto — observei. — Tem que ser aqui.

Eli parou minha mão.

— Tem certeza disso?

Encarei-o.

— O pombo. A igreja, a mesma igreja. Do que mais precisamos?

— Não, quer dizer... — Ele desviou o olhar. — Aqui é solo sagrado. Não podemos arrancar as tábuas do chão como se fosse o porão dos seus pais.

— Não é isso que vamos fazer.

— Você jamais teria cavado no cemitério. Você que disse.

— Tudo bem, mas...

— Tem pessoas enterradas aqui também.

Eu estava fazendo o maior esforço para não pensar naquele detalhe.

— Não vou desenterrá-los.

Ele não pareceu convencido.

— Escuta, você insistiu em vir comigo. Se quiser ir embora, vá. Mas vou fazer isso.

— Eu só... — Ele fechou os olhos e baixou a cabeça, movendo os lábios em silêncio. Só por um momento, e depois olhou para mim outra vez. — Pronto. Vamos logo com isso.

Não perguntei se ele estava rezando, ou para quem, para o quê. Nem me permiti pedir que Deus me perdoasse enquanto tirava as pedras soltas de seu lar sagrado. Até parece que um dia Deus me pediu para perdoá-lo.

Havia uma camada escura de terra e fuligem debaixo das pedras. Aninhada ali, como um caixão, havia uma caixa de madeira e ferro, três vezes maior do que a que havíamos descoberto debaixo da Mihulka. Eu sabia que estava certa; mas só depois de colocar minhas mãos na caixa que acreditei de verdade. Era isso, o sangue e as entranhas da *Lumen Dei* — não só um monte de terra ou uma promessa de transmutação de alquimia, mas os verdadeiros blocos de construção da máquina, o ferro ou madeira ou ouro que daria a ela aparência e forma.

O silêncio caiu sobre nós.

Eli assentiu. *Vá em frente.*

Quatrocentos anos antes, Elizabeth havia selado sua herança dentro daquela caixa. Ela havia abdicado da riqueza e do poder que a *Lumen Dei* prometia dar — mesmo que não passassem de engrenagens e alavancas inúteis, ela poderia tê-la trocado por uma casa, por um futuro, por uma vida independente de um homem que não amava. E se fosse o bilhete de ouro que todos acreditavam que fosse, se pudesse iluminar a mente dos homens com uma luz divina, cumprir sua promessa, conceder onisciência, onipotência, a última resposta... ela também havia abdicado disso. Deixado para trás, para a única pessoa em quem ela confiava, para um irmão que havia cometido uma traição única, final e imperdoável, para um fantasma.

Ou talvez para mim.

Abri a caixa.

16

Václav Kysely, para a feiticeira Elizabeth Weston.
O que você pensou? Que poderia fazer seu abastado cão da corte me jogar na prisão do devedor para eu apodrecer lá dentro? Que poderia enterrar seus segredos no chão e que ninguém jamais o desenterraria?

Segui você, como já deveria saber que eu seguiria. Vi você cavar seu buraco e enterrar seu tesouro roubado, e esperei até chegar o momento certo. Agora tenho a peça mais importante do dispositivo e logo descobrirei onde você escondeu as outras. Terei êxito onde meu mestre falhou. E, quando isso acontecer, livrarei a Terra de seu flagelo de usurpadores. Começarei por você.

Esta é sua advertência, Westonia, como gosta de ser chamada, empinando o nariz como se ninguém fosse saber da lama de onde você saiu, ninguém fosse sentir o fedor de excremento que ainda exala de você. Eu sei. Eu me lembro.

Ressuscitarei a Lumen Dei, *e escaparei dos erros de meu mestre. Ele acreditava que a* Lumen Dei *era uma parte de você, e por isso insistiu que ela fosse entregue de boa vontade. Mas por muito tempo acreditei que não era o dispositivo que precisava ser entregue. Era seu sangue. E seu sangue eu terei.*

Tenha certeza disso, mocinha, como pode ter certeza de que tornarei inteiro o que você rasgou em pedacinhos. Um dia, ouvirá o chamado da máquina e voltará a este buraco escuro de covardes em busca dela, e encontrará apenas minhas palavras preenchendo o vazio.

Ouça minhas palavras agora e ouça-as no escuro, noite após noite. Irei atrás de sua máquina. E, quando encontrá-la, irei atrás de você.

O símbolo inscrito debaixo da assinatura tinha a cor de ferrugem, e era muito familiar. Os *Hledači* — os primeiros *Hledači* — tinham chegado ali primeiro. Tirando a carta, a caixa estava vazia; a *Lumen Dei* havia sumido.

— Eles estavam com ela esse tempo todo? — falei, não querendo acreditar. — Fomos atrás de cálculos astronômicos e *terra,* e esse tempo todo já estavam com ela praticamente construída e pronta para funcionar? E nós, basicamente, demos a eles todo o resto de que precisavam.

Fracassamos — fracassamos antes mesmo de começarmos. Não só fracassamos como também *os* ajudamos a prosperar. Se Max havia dado a eles os outros componentes de boa vontade, ou se os tivessem arrancado à força, não mudava o fato de que, provavelmente, havíamos entregue a *Lumen Dei* completa para os *Hledači* de mão beijada. Eu tinha esperado que Elizabeth, de alguma forma, me salvasse do além-túmulo. Em vez disso, eu havia conseguido, quatrocentos anos após sua morte, ajudar as pessoas que haviam arruinado sua vida. Havia ajudado as pessoas que assassinaram Chris. Eles o haviam tirado de mim, tirado Max de mim — e em troca, dei tudo a eles.

— Tudo não. — Uma voz com sotaque carregado veio detrás de nós. — Você não.

Quando me virei, a imagem era tão incongruente que levei um tempo para processar o que estava acontecendo. Um padre. Segurando uma arma.

— De joelhos — ordenou ele, levantando a arma. — Os dois.

— Pensei que não falasse nossa língua — comentei. No escuro da cripta, o padre Hájek parecia mais velho do que antes. Antigo. Mas a arma era uma peça brilhante da tecnologia, e a mão dele não tremia.

Seu sorriso enrugado não combinava com os olhos.

— Faço-me ser entendido quando é conveniente.

Eli disse alguma coisa em tcheco.

O padre sacudiu a cabeça e fez um gesto com a arma.

— No chão. Estou esperando.

Eu me ajoelhei. Logo após suspirar, Eli fez o mesmo. A caixa vazia estava entre nós.

— Não — Eli murmurou, respondendo a questão que não me incomodei em perguntar. —Não fui eu. Juro.

Mas não importava mais — não é? — se Eli tivesse nos levado a uma emboscada ou não. Estávamos ali. Perdidos.

— Como eu disse aos seus amigos, não posso ajudá-los. Não sou sua *vyvolená*. Não sou ninguém. Então é melhor seguir em frente e atirar. — Não conseguia acreditar no quanto era fácil falar. Talvez porque nada disso poderia, possivelmente, ser real. De alguma forma, depois de tanto tempo, eu ainda estava esperando para acordar.

— Nora...

— O quê? Estou cansada de fugir, e estou cansada de esperar. Chris está morto por minha causa. Max está morto. Porque me queriam. Agora estão comigo. Só estou fazendo com que a gente chegue mais rápido a uma conclusão lógica.

O padre deu um sorriso largo.

— Você não contou a ela.

— Nora. — Eli engoliu seco. — Ele não faz parte dos *Hledači*.

A corrente de ouro grossa no pescoço do padre devia estar lá desde a primeira vez que o vi, mas era claro que naquele dia eu não tinha nenhum motivo para perceber a cruz dourada cheia de pontas pendurada nela, uma cruz que parecia mais com uma espada. E quando vi aquela cruz tatuada sobre o coração de Eli, não liguei uma coisa à outra. Talvez não tivesse querido fazer isso.

— *Fidei Defensor* — falei, com meus olhos fixos no rosto de Eli. Vi algo ali que nunca tinha visto antes: a verdade nua e crua.

Sinto muito. Seus lábios formaram as palavras. Não emitiu nenhum som.

Nada mais inútil do que uma oração por perdão.

— Se ela sabe disso, sabe demais — disse o padre.

Não consegui me segurar: soltei uma gargalhada.

— Sério?

O padre Hájek inclinou a cabeça, confuso.

— Os psicopatas assassinos, o telefone de Deus, a *vyvolená*, tudo bem. É loucura, mas estou nessa. Eu aceito. Isto? Você é um padre. Com uma arma. Falando como se estivesse em um filme da máfia.

— Nora, não.

— Ou o quê? Ele vai me transformar em presunto? Marcar uma hora com o todo-poderoso? — A gargalhada saiu sem querer e uma voz baixinha no fundo de minha cabeça sugeria com timidez que a histeria, provavelmente, era um reflexo de sobrevivência pouco útil, mas, como não havia sugestões mais úteis, resolvi calar a boca. — Por que não pede para o seu amigo ali me iluminar? Vai dar menos confusão.

— Você não me falou sobre a boca — disse o padre.

Não era de se estranhar que Eli tivesse se esforçado tanto para me convencer de que Max estava fazendo o papel de Thomas, o traidor, em nossa pequena remontagem da Renascença. Então o que o fato de que eu tivesse acreditado nele, sem demora, dizia a meu respeito?

— Você mesmo rasgou a carta, não foi? — perguntei. — Por quê? Só queria mais tempo para me ver agonizando antes de me entregar para ele?

— Já falei para você, juro que eu não...

— A Kostel sv Boethia marca o fim do caminho para aqueles que buscam a *Lumen Dei* — disse o padre Hájek. — Então esperamos aqui, observamos, e eles se entregam em nossas mãos. Assim como você fez.

Eli fez uma pergunta em tcheco.

O padre sacudiu a cabeça.

— Fale no idioma dela, por favor. Deve perdoar a falta de delicadeza dele, *vyvolená*. Ele é jovem.

Eli pigarreou.

— Perguntei: "Por que a arma?"

— Avisei a você que isso terminaria como necessário. Você escolheu não ouvir. Ela é um perigo.

— Acha que sei demais? Acredite, não sei de nada — falei. — E com certeza não sei nada sobre você. Ou nada disso. Estou feliz em manter tudo do jeito que está.

— É o que você sabe. E também o que você é.

— A *vyvolená*.

Ele assentiu.

— Você é uma inocente, e, pelo que devo fazer, imploro o perdão Dele...

— Sinta-se à vontade para implorar o meu também.

— ... mas é preciso ser feito.

— Nós a tiramos do país — disse Eli. — Você sabe que pode dar um jeito, escondê-la onde eles nunca a encontrarão.

— Até o dia em que ela for até eles. *Kdo je moc zvědavý, bude brzo starý.*

— A curiosidade matará você — murmurei.

— Está vendo? Você sabe muito. — O padre suspirou. — Deite-se, por favor. Vai querer fechar os olhos.

Fazer alguma coisa.

Fazer qualquer coisa.

— Ajude-a — ordenou o padre.

Eli colocou as mãos em meus ombros. Agarrou-me com gentileza, mas a pressão era firme. Deixei que me empurrasse para o chão de pedras. Abri os braços para os lados, pressionei a bochecha na fuligem fria. O padre usava tênis chamuscado de lama por baixo da batina. Debaixo da escultura de um santo, uma aranha deslizava pela teia. As pedras se juntavam com suas beiradas denteadas, afiadas e ásperas como no dia em que foram colocadas ali — sem pessoas passando para aplainá-las durante os séculos. Nenhum visitante na cripta, com exceção dos poucos que vinham para cultuar, os poucos que vinham para se esconder, os poucos que vinham para morrer.

Não ia fechar meus olhos.

— Por favor — pedi. — Eu odeio os *Hledači*. Odeio a *Lumen Dei*. Não acredito em nada disso, não tenho curiosidade alguma. Deixe-me ir, vou embora e nunca, nunca mais mesmo vou voltar.

— Há sempre uma chance. E não podemos correr esse risco.

— Porque seria errado demais para nós, enfim, sabermos? — perguntou Eli. — Temos desperdiçado nossas vidas há séculos, pelo quê? Porque temos tanto medo do que aconteceria se alguém enfim fizesse a pergunta e obtivesse a resposta? Nunca teve curiosidade? Nunca se perguntou se podíamos estar enganados?

— Ela corrompeu você.

— Não é ela — disse Eli zangado. As mãos apertando meus ombros. — Sou eu, é isto, tudo isto.

— Deus exige fé, filho. Não cabe a você perseguir certos conhecimentos. Deus nos quer para preservar a santidade dele.

— Então ela tem razão. Deixe que Deus a mate — disse Eli. — Não é seu dever.

— Você é jovem, e há concessões a serem feitas — disse o padre. Depois, sua voz ficou fria. — Mas você deve se lembrar do seu juramento. Segure-a no chão.

O padre Hájek ajoelhou-se diante de mim e retirou um pequeno frasco debaixo de suas vestes. Derramou um líquido claro na mão, depois esfregou dois dedos molhados em minha testa.

— *Per istam sanctan unctionem et suam piissimam misericordiam, indulgeat tibi Dominus quidquid per visum.*

Por esta santa unção e pela Sua infinita misericórdia, Deus te perdoe tudo que fizeste de mal pela vista.

Pressionou seus dedos oleosos em meu ouvido.

— *Per istam sanctan unctionem et suam piissimam misericordiam, indulgeat tibi Dominus quidquid per audtiotum.*

Por esta santa unção e pela Sua infinita misericórdia, Deus te perdoe tudo que fizeste de mal pela audição.

A extrema-unção.

Eli aproximou sua cabeça da minha. Avancei contra ele, lutando para me soltar. Se isso ia acontecer, não seria enquanto eu estava deitada indefesa no chão, tolerando seus pedidos ridículos de desculpas. Ele apertou mais forte. O padre entoou.

— *Per istam sanctan unctionem et suam piissimam misericordiam, indulgeat tibi Dominus quidquid per odorátum. Per istam sanctan unctionem et suam piissimam misericordiam, indulgeat tibi Dominus quidquid per gustum.*

Eu ia mesmo morrer.

— Prepare-se — sussurrou Eli.

Eu não ficaria parada; não fecharia meus olhos.

Por favor. Minha boca formou a palavra, mas não falei. Não imploraria.
O sacramento chegava ao seu inevitável fim.
— Agora — sussurrou Eli.
Prendi o fôlego, e ele me soltou.
E atirou-se contra o padre.
E o jogou no chão.
E ouviu-se um tiro.
E eu estava em pé e correndo, subindo as escadas, saindo pela porta, descendo o beco, para longe, sem sangramento, viva, livre.
E o tiro ecoou em meus ouvidos, e fiquei imaginando.
Não olhei para trás.

17

Precisava voltar para o albergue.
Não podia voltar para o albergue.
Precisava avisar Adriane.
Não podia levá-los a Adriane.
Fiquei em conflito comigo mesma; mas, ao mesmo tempo, estava correndo e, quando parei, me vi diante do Leão Dourado, porque não havia outra escolha.
O quarto estava vazio.
Devia ter ficado com ela, pensei. Por um milhão de motivos, devia ter ficado.
Não devia ter agido como se estivesse sozinha.
Porque agora eu estava.

18

— Aquela outra garota deixou isto para você — disse o cara da recepção, de mullets no cabelo, girando o anel do nariz com uma das mãos e entregando um pedaço de papel rasgado com a outra. — Ela falou para eu não entregar para ninguém, só para você.
Ela havia se arriscado com ele, no final das contas.
Estava segura.

Vieram procurar você. Me escondi. Te encontro às 9 no último lugar em que fomos nós. Livre-se de Eli. Proteja-se. A

No último lugar em que fomos nós: era em um país diferente, em uma vida diferente. Mas eu sabia o que ela queria dizer, e ela sabia que eu era a única que saberia. O restaurante onde tivemos nosso último jantar, onde tivemos nossa última noite com Max, e talvez ela o tivesse escolhido porque era conveniente e de referência fácil, estando no primeiro plano de sua mente, mas talvez ela precisasse voltar — para se lembrar, uma última vez, de sermos nós, ou para superar os fantasmas —, antes que voássemos para o aeroporto e nunca mais olhássemos para trás. Talvez nós duas precisássemos disso.

Mas nove da noite ainda ia demorar, e eu não podia ficar onde eles me encontrariam. Podiam me encontrar em qualquer lugar.

Então me mandei.

19

O céu estava sem cor. O nevoeiro cobria a cidade; os pináculos se infiltravam no céu enfumaçado. As pedras da rua cintilavam, escorregadias com a chuva. Caminhei sem rumo. Meus pés patinavam na pedra molhada. Gotas pesadas caíam nos santos, nos relógios, nos ombros curvados, nas capas amassadas e nos espetos de carne. Porém, do topo de cada torre, lampejos fortes, câmeras feito vaga-lumes, turistas vendo a chuva cair e a cidade se mover.

Sempre, em Praga, alguém estava observando.

Meu pai havia me ensinado sobre os palimpsestos, manuscritos manchados pelo tempo que foram reescritos repetidamente, uma camada de significado espiando debaixo da outra e mais uma debaixo dessa. Nada era apagado nunca, ele havia me dito uma vez, não muito tempo antes de Andy partir. Sempre havia traços; sempre havia sinais.

Isso era Praga: um palimpsesto. Épocas mortas como peles de cebola, uma sobre a outra, pós-comunista sobre o comunista, sobre a *art nouveau*, sobre o Barroco, sobre a Renascença, sobre o fim da Idade Média, sobre o início da Idade Média, e de volta sobre a colonização original, os boêmios zangados e sua rainha guerreira. Igrejas góticas grafitadas, fachadas cubistas nos edifícios da Renascença, músicas de Lady Gaga jorrando de alto-falantes minúsculos na base de uma vitrine barroca, expondo uma seleção de marionetes com estilo do século XIX, provavelmente fabricados na China. Era a versão de Picasso de uma cidade, todos os narizes, cotovelos e testas projetando-se em ângulos impossíveis, camadas de óleo sobre camadas de papel de jornal, sobre lonas; lindos e assustadores ao mesmo tempo.

Não eram apenas os prédios; eram as pessoas. A história passava muito rápido aqui, varrendo a cidade com uma maré alta que recuava, dia após dia, cada onda deixando seus detritos característicos para trás: os nazistas, os soviéticos, o mundo ocidental. Imagine ir dormir em uma cidade e acordar em outra, ainda na mesma cama, ainda na mesma casa, mas com novas leis, novos uniformes, um novo dia do outro lado da janela. Os idosos que colocavam seus netos nos ombros, as mulheres recurvadas que coletavam ingressos, um dia haviam sido crianças em uma cidade que espionou a si própria, que se escondeu da polícia secreta, que perdeu os empregos por protestar ou reduziu seus empregos por contar mentiras, que foi interrogada, mas foi trancada, que se escondeu em salas escuras à procura de transmissões de rádio ilegais, que dançou nas ruas enquanto os tanques de guerra passavam, que falou russo e odiou o gosto do idioma em suas línguas, que esperou que todos os dias fossem iguais ao próximo... até que um dia, não foi. Esses homens, essas mulheres, invejavam as gerações de amnésicos obstinados nascidos no capitalismo, liberdade e plenitude, e acreditavam que a vida sempre foi desse jeito? Era fácil imaginar, porque seria o que eu teria desejado para mim. A capacidade de esquecer. De apagar, ficando pura e tranquila, a cada nova onda, sem ontem nem amanhã. Não dava para apagar as camadas; só ter esperanças de ignorá-las.

Enfiei as mãos no casaco para me proteger do frio, e meus dedos se fecharam em um pedaço de papel no bolso, no bolso de Max. *Espere por mim*, estava escrito, de forma inexplicável, com a letra de Max. Joguei-o na sarjeta e fiquei vendo suas palavras dissolverem na chuva.

O tempo passou, a chuva caiu, eu andei. Não havia onde estar, além de estar perdida. Sem intenção, me vi a caminho do cemitério.

O cemitério estava fechado, protegido do crepúsculo atrás de seus muros de pedras, mas havia algum conforto em saber que ele estava lá, as lápides desgastadas pelo tempo, e o vento batendo nas árvores a poucos metros de onde me sentei no chão molhado, pernas cruzadas, encostada em uma pedra, me esforçando para ouvir um cântico ao longe ou melodia ou oração vinda de um culto vespertino ali perto, mas só ouvia sinos, igrejas distantes ainda batendo outra hora. Ouvi, respirei e me certifiquei de que ainda estava viva e fiquei ali sentada vendo o céu escurecer, sem saber por quê. Talvez estivesse esperando por ele.

E, por fim, foi onde ele me encontrou.

20

— Você queria saber se eu estava arrependido — disse Eli.

Eu não sabia por que eu não tinha fugido. Em vez disso, deixei que ele se abaixasse ao meu lado. Não queria olhá-lo, mas dei uma olhada de canto de olho. Sua mão esquerda estava com uma atadura, e ele retraiu-se ao trocar o peso do corpo para a perna direita. Não vi nenhum ferimento de bala.

— Desculpe-me.

— Então você me seguiu. De novo.

Ele afirmou com a cabeça.

— Imaginei que estaria aqui. Você tem um fraco por cemitérios.

Foi a pior coisa que ele poderia ter dito. Como se estivesse dentro de minha cabeça, abrindo caminho e penetrando em lugares que pensei serem seguros.

— Não — disse ele. — É o sexto ou sétimo lugar que procurei. Foi sorte.

Imaginei o que ele havia lido em meu rosto, que ele sabia.

— Esse é o momento em que você me avisa para não gritar? — perguntei.

— Não precisa ter medo de mim.

Forcei uma risada.

— Esqueceu a parte em que salvei sua vida?

Ignorei-o. Com os museus da sinagoga trancados durante a noite, Josefov estava desocupado. A chuva havia estiado, mas a melancolia pairava sobre a rua vazia. Não devia ser mais do que cinco ou seis da tarde, mas parecia a calada da noite.

— Desculpe-me — repetiu ele. — Não tive a intenção de... — Ele parou e colocou a cabeça entre as mãos. Estavam trêmulas. Mas, quando ergueu a cabeça novamente, seu rosto não denunciou nada. — Você quer me ouvir? Chega de segredos. Responderei tudo. Apenas me ouça primeiro.

— A verdade — falei brincando.

— A verdade — falou ele, sério.

Provavelmente mais mentiras, pensei, e já havia tido o bastante delas. Mas e se não fossem?

— Então fale.

— Nem tudo foi mentira — disse ele. — Tudo o que contei sobre minha família, a forma como fui criado, é verdade. Meus pais são tchecos, mas também são *Fidei*. Como meus avôs e bisavôs, tataravôs. *Et cetera*. Nascemos para jurar e lutar, é nisso que eles acreditam, e foi isso que me ensinaram. Fé absoluta, obediência absoluta. A Igreja repudiou os *Fidei* há séculos. Eles só sobreviveram com a imposição de um nível insano de disciplina. Você faz o que é mandado. Não faz perguntas. Assim como meus pais não fizeram perguntas quando os *Fidei* os mandaram para os Estados Unidos.

— Somente seguem ordens — murmurei.

— Não é assim. Os *Fidei Defensor* juraram suas vidas para proteger a alma do mundo. Eles realmente acreditam que a *Lumen Dei* poderia destruir todos nós. Seja trazendo o ódio de Deus por ultrapassarmos nossos limites humanos, ou explodindo todos nós quando as pessoas como os *Hledači* botarem as mãos no fusível. Eles farão qualquer coisa para impedir isso.

— Inclusive atirar aleatoriamente em adolescentes americanos.

Ele enrijeceu.

— Eu disse a você que entendia, sobre querer uma vida normal. Meus pais só estavam fingindo serem normais, fingindo se adaptar. Mas eu queria. Você não sabe o quanto. A faculdade, uma vida, tudo. E este ano eu finalmente os convenci disso. Eu saí. Conheci pessoas que não tiveram seus destinos prescritos para eles no século XVII. Pessoas que assistiam à TV e se embebedavam enquanto eu estava memorizando os pontos de pressão que incapacitariam os inimigos da fé. Eu ia fazer isso. Dizer ao meu pai que queria sair para sempre, que tudo era loucura.

— E o que aconteceu?

— Como assim?

— Você queria sair. Para fazer o quê? Quem você seria, se não fosse Eli Kapek, guerreiro demente da fé?

Ele ficou inexpressivo.

— Eu... — Deu um riso ácido. — Não faço ideia. Ridículo, não é? Gosto de Stephen King. Gosto de *kickboxing*. Gosto de lavar minhas roupas. Não é bem uma receita para uma vida plena e feliz. Não existe sonho adiado, Nora. Não há nada além do que meus pais me deram, que foi nenhuma escolha. Em relação a nada. Desde o primeiro dia. Eu estava cansado. E finalmente ia falar para eles. Foi quando recebemos o telefonema.

— Sobre mim?

— Sobre o Chris. Os *Hledači* vigiam os estudiosos do Voynich. Nós vigiamos os *Hledači*. O ataque ao seu professor foi um sinal de aviso. O assassinato foi uma confirmação. E como as únicas pessoas que sabiam de alguma coisa eram um bando de adolescentes...

— Enviaram você.

— Deveria ser uma honra — disse ele, de maneira amarga. — Era para eu agradecê-los por isso. Que se dane.

— Mas você fez o que mandaram.

— Fiz. Como um bom soldadinho da fé.

— E usou a lembrança de Chris para me fazer confiar em você. O que é repulsivo.

— Eu perdi mesmo um primo que mal conhecia, para os *Hledači*. Isso foi verdade.

— Mas não era o Chris.

— Não. Não era o Chris.

Todas as coisas que falei para ele, as histórias de nós dois — e as coisas que falei sobre o Andy, sobre mim. Coisas que não contei para ninguém. Por um momento, quis que ele morresse. Não por raiva, ou vingança, mas porque era a única maneira de apagar o que ele sabia. Para transformar os segredos outra vez em segredos.

— E os pais do Chris?

— Estão seguros, como lhe falei. Eles acham que somos do FBI, e estão se escondendo da máfia.

— Então você estava lá para encontrar os *Hledači* ou algo assim? Era por isso que tinha todos aqueles arquivos sobre o Max?

— Mais ou menos.

— Como assim "mais ou menos"?

— Quando cheguei lá, Max já havia ido há muito tempo. Nós sabíamos disso. Não me mandaram para o Chapman por causa dele. — Ele parou.

— Mandaram você por minha causa.

— Foi.

— Por causa dessa besteira de *vyvoléná*.

— Porque eles sabiam que os *Hledači* voltariam para pegar você, e isso faria eles aparecerem.

— Então fui uma isca. — Esperei que a fúria tomasse conta de mim, mas ou eu não conseguia perder meu tempo me esforçando para isso ou alguma parte de mim sabia que eu não tinha muito direito de me sentir surpresa, muito menos traída, como se ele me devesse alguma coisa, muito menos a verdade. Tinha sido bem clara que ele não podia ser confiável, e, no final das contas, ficou claro que ele não era quem disse que era. Se falhei em chegar a uma conclusão final, não foi porque ele não havia deixado migalhas de pão suficientes.

— Falei para eles que deveríamos tirar você do país assim que pegássemos o Max. Que era o bastante.

— Ao que parece, você não tem muita influência no alto-comando dos *Fidei Defensor*.

— Você não quis ir embora — ele me lembrou. — Queria vencer. Então eu tentei...

— A carta rasgada. Foi você.

Ele assentiu.

— Você roubou a outra metade, para nos impedir de encontrar qualquer coisa, e depois... o quê? Mudou de ideia?

— Fui contra o juramento. E depois... o que fiz hoje.

Percebi que não eram apenas as mãos dele que estavam tremendo. Seu queixo tremia de leve, como se cada músculo tivesse se esforçando para oprimir alguma explosão interna. Sua pele, pálida nos melhores dos dias, havia ficado branca feito papel. Suas mãos estavam escondidas na manga, com as pontas dos dedos aparecendo como se fosse uma criança que havia roubado o agasalho do irmão mais velho, e sua expressão combinava com o crime, culpado e atento. Era o rosto de um garoto esperando para ser castigado.

— O padre Hájek era, tipo, seu chefe ou algo assim?

— Pode-se dizer que sim.

— E meu palpite é que hoje não vai fazer de você o empregado do mês.

Seus lábios tremeram mais quando ele tentou sorrir. Ele não contou nenhum detalhe sobre em que condições havia deixado o padre.

Engoliu em seco.

— Então essa é a história. Alguma pergunta?

— Por quê? — perguntei. — Por que você me ajudou?

— O que eu devia fazer, deixá-lo atirar em você?

— Não, hoje não. Quer dizer, sim, hoje. Mas quando mudou de ideia sobre esconder a última carta. E mesmo antes disso. Naquele primeiro dia na igreja quando estava discutindo com o padre Hájek. Estava tentando ajudar, não estava? Convencê-los a parar?

— Eu não disse isso.

— Não, não disse.

— Talvez eu não acredite em tudo o que deveria acreditar — disse ele. — Talvez não acredite há muito tempo.

— Então você acredita que eu sou a *vyvolená*?

— Não acreditava — respondeu ele. — Não no começo.

Suspirei.

— Qual é.

— Foi quando você me contou sobre seu irmão.

— Foi por isso que você ficou estranho — falei.

— É uma coincidência. Seu irmão; o irmão de Elizabeth. Mas é mais a conexão entre vocês duas. Posso sentir isso. Sei que você sente.

— Nunca falei que...

— Não precisava. É o jeito que você fala dela. O jeito que trata as cartas. O jeito que não desiste dela. Do quanto tinha certeza na cripta.

— Vim atrás do Max — falei. — Continuei por causa do Chris. E para me salvar. Não tem nada a ver com Elizabeth Weston, ou alguma conexão imaginária entre nós duas.

— Você não sente mesmo nenhuma conexão com ela?

Eu não queria sentir; não queria sentir mais nada. Então me obriguei a rir, depois ergui a mão.

— Deus não está guiando isso. Acho que eu saberia.

— Se é o que diz. — Ele levantou-se, limpando a fuligem e, ao mesmo tempo, qualquer indicação de vulnerabilidade. — Temos que tirar você daqui. Fora do país. Esta noite. Eles não vão parar de persegui-la, e nem os *Hledači*. E não vou deixar que machuquem você.

Levantei-me.

— Adriane está me esperando. Preciso garantir que ela fique segura.

— Ah. Adriane.

— O que tem ela?

— Temos de conversar sobre isso também.

— Cuidado, Eli.

— Ela falou para você encontrá-la em algum lugar, não falou?

— Porque seus amigos malucos foram atrás dela. O que mais ela deveria fazer?

— Aposto que falou para você não me levar junto.

— Ela não confia em você — comentei. — Chocante, sei disso.

Não podia ter essa conversa, porque ela significava sentir alguma coisa, significava pensar em Max e duvidar de Adriane, e significava dor. Mais dor. Eu estava cansada demais.

Adriane estava me esperando, e minha única prioridade era encontrá-la, ter certeza de que estava a salvo e levá-la para casa.

— Escuta, sinto muito — disse ele. — Talvez você tenha razão e não seja nada. Mesmo assim, vou com você. E vou ficar com você até tirarmos você daqui.

Não discuti. Enquanto ele estivesse comigo, eu podia ter certeza do que ele estava fazendo, mesmo que não soubesse o motivo.

Não tinha nada a ver com querer a proteção dele.

Não tinha nada a ver com querê-lo por perto.

— Tenho mais uma pergunta — falei, enquanto caminhávamos.

— Pergunte.

— O que vai acontecer agora? Quer dizer, com você? Depois do que você fez?

— Por que se importa? — perguntou ele, com a voz baixa.

— Você falou que contaria tudo o que eu quisesse saber. É isso que quero saber.

A ponte surgiu à nossa frente, um bando de gente. Apertei o casaco de Max em meu corpo, enterrando os dedos na lã áspera. Uma rajada de vento frio veio do leste.

— Quebrei meu juramento — disse Eli com calma. — Não é um pecado que eles perdoam. Meus pais sempre deixaram isso bem claro.

— Mas eles são sua família.

Ele afirmou com a cabeça, mas não concordando. Foi mais como se tivesse perdido a vontade de manter a cabeça erguida.

— É. Eles eram.

21

Ele havia, no final das contas, salvado minha vida. Então fiz a vontade dele. Adriane estava esperando para me encontrar às nove; chegamos às oito. A praça vazia que cercava o restaurante oferecia poucos lugares para se esconder, mas Eli achou que duas latas grandes de lixo debaixo de uma arcada de pedra eram boas o suficiente, e, então, me sentindo como uma idiota, me agachei com ele atrás das latas de plástico marrom e esperei. A posição nos dava uma visão clara da praça e da entrada do beco que ia dar no restaurante, e trechos indistintos de diálogos flutuavam em nossa direção enquanto as eventuais pessoas que iam jantar iam em direção do cheiro da comida. Mas, àquela hora, não havia muitas delas. E, como era de se esperar, nenhum sinal de Adriane, que nunca chegou mais cedo na vida.

— Isso é ridículo — sussurrei enfim, com câimbra nas pernas.

— Então entre. Vou esperar aqui.

— Certo. Vou confiar que você vai ficar esperando por ela.

— Você sabe que eu não...

— Esqueça. Vamos esperar juntos. Assim estarei aqui para dizer que te avisei quando nada acontecer.

Ela apareceu quando os sinos estavam batendo oito e meia. Meia hora mais cedo, mas correu para dentro da praça, com as bochechas rosadas e sem fôlego, girando devagar, seu olhar parecia a luz de um farol examinando a área — nos procurando, pensei, embora não houvesse nenhum motivo para estarmos lá. Ao vê-la, sabendo que não tinha perdido a última pessoa que tinha deixado, sabendo que Eli estava enganado, que, apesar das mentiras de todo mundo e dos planos secretos, Adriane ainda era simplesmente Adriane, enfim pude respirar de novo. Foi então que vi meu engano.

Na verdade, primeiro eu ouvi, reconhecendo a inflexão irritante de palavras pouco antes de reconhecer a voz, que tantas vezes havia ouvido, falando com ela.

— Você está atrasada.

A mão de Eli cobriu minha boca antes que eu pudesse arfar. Ou gritar. Ou seja lá qual fosse a reação adequada para seu namorado morto abraçar sua melhor amiga e enfiar a língua em sua boca.

Eli segurou meus ombros, mantendo-me no lugar, ou talvez apenas me segurando. Ele não me conhecia tão bem quanto pensava, se achou que eu fosse cair.

Não deveria ter sido uma surpresa, pensei, pela segunda vez naquele dia, enquanto eles se encontravam, o corpo superperfeito de Adriane se contorcendo ao redor do dele, os braços flexíveis fazendo carícias, Adriane em pé encostada no muro, empoleirada nos quadris dele, a língua voraz de Max passeando em seus lábios, em sua nuca, acima, abaixo.

Não deveria ter sido uma surpresa, pensei, porque Eli estava certo sobre os sinais — Eli os tinha visto, Eli os tinha lido, Eli não ficou cego pelo seu desespero de não saber. O que mais eu havia decidido não saber? Que outros fatos, sólidos feito pedra, de minha vida eram uma mentira, e quantas pedras poderiam rachar antes que a fundação desabasse, e eu caísse no vazio abaixo, seja lá qual fosse?

Não deveria ter sido uma surpresa. Mas foi.

Espere por mim, dizia o bilhete no bolso, o bolso da jaqueta que Max havia colocado nos ombros de Adriane, embora fosse a mim que ele alegasse amar e fosse eu quem estivesse com frio.

— Estava preocupada — murmurou Adriane.

— Falei para você que eu ficaria bem — disse Max. — Fez o que pedi?

— Ela vai estar aqui.

— Sozinha?

Adriane assentiu, depois o beijou de novo. Obriguei-me a não fechar os olhos. Estávamos muito perto e perigosamente óbvios, espiando em um canto igual a detetives de desenho animado: tudo o que precisavam fazer era decidir olhar — mas eles estavam se entreolhando. Éramos invisíveis.

— Estarei na entrada de serviço — disse Max. — Não espere muito tempo.

— Entendi. Mas ainda não entendo por que precisamos...

— Já falei, é mais seguro se você não souber. Mais seguro para ela também. Prometi a você que daria um jeito em tudo isso, se confiasse em mim, não prometi?

— Sim.

— E você acredita em mim, não é?

— Acredito.

— Então estamos bem?

Ela o beijou.

— Pelo jeito isso é um "sim" — disse ele.

— Assim que tudo acabar, contamos a ela sobre nós, está bem?

— Com certeza. Assim que todos nós estivermos seguros e isso tiver acabado. Esperamos tempo demais.

— Ela vai entender. — Adriane parecia incerta. Isso era uma mentira que nem ela conseguia levar a cabo.

— Faremos com que ela entenda — disse Max. Não havia incerteza na voz dele.

A pior parte não era vê-los de mãos dadas, ou imaginar as coisas que eu não tinha visto, as coisas que tinham feito juntos, as coisas que tinham dito sobre mim — ou pior, não se incomodaram em dizer. Podia ter sido a gota d'água, mas não era a pior parte.

A pior parte era saber o que isso significava. Era tudo verdade. Max havia simulado a própria morte. O que significava que Eli estava certo, e que Max estava associado com os *Hledači*. O que significava que Max havia cumprido a ordem deles, havia me atraído até Praga, havia se feito de vítima, havia nos manipulado para encontrar a *Lumen Dei*, só havia se importado com as pistas, as cartas, o mapa. O que significava que Max estava me usando desde o início, por minha condição especial de *vyvolená* e minha carta roubada. O que significava que Max, que havia mentido sobre quem ele era e o que queria conosco, só queria a *Lumen Dei*; o mesmo Max que havia gaguejado poesias, ruborizado com meu toque e declarado seu amor em um estacionamento do Walmart havia matado o Chris.

Fiquei imaginando o que Adriane tinha para ele tomar.

Um tempo infinito depois, Eli agarrou meu cotovelo e me arrastou para longe da vista dos dois que se devoravam.

— A entrada de serviço — sussurrou ele, e eu assenti, em obediente silêncio, feliz por seguir alguém que tinha uma sugestão para onde eu deveria me dirigir, de como eu deveria passar os próximos vários segundos e os demais depois disso.

Ele deu a volta no restaurante, e eu o segui.

Ele deslizou para dentro de uma brecha estreita entre duas máquinas grandes de metal que zuniam: refrigeradores ou freezers ou geradores de reserva, eu não sabia. Só sabia que a área inteira fedia a peixe e frutas podres, e que o segui até lá também, me espremendo ao seu lado.

— Que inferno fresco é este? — murmurei, mas Eli só olhou para mim, confuso. Imaginei se Max recitava poesias para Adriane também, ou se guardava essa técnica exclusivamente para as garotas ridículas e apaixonadas que ele cortejava ao comando dos *Hledači*.

— Você sabia? — Fiquei olhando de um lado para outro entre a entrada de serviço, o estacionamento e o rio que o cercava, evitando Eli, que havia me visto vendo eles, o que era coisa demais.

— Não sabia que ele estava vivo.

— Não é isso.

— Suspeitava de alguma coisa. Falei para você.

— Mas você *sabia*?

Silêncio.

— Você não queria ouvir isso de mim.
Senti a bile subir outra vez, forte e amarga. Eli tocou meu ombro.
— Não.
— Nora.
— *Não.*

A chegada de Max calou a nós dois. Ele encostou-se a um caminhão com batatas caricaturais e brilhantes pintadas na lateral, que estava parado perto da porta de serviço, e checou as horas. Depois checou outra vez, trinta segundos depois, e trinta segundos depois disso.

Meus músculos estavam gritando por liberdade: para saltar do esconderijo e atacá-lo, prendê-lo no chão, interrogá-lo, com meu joelho pressionando seu peito, ou talvez suas bolas, obrigando-o a me dizer quem ele era, como havia sobrevivido à queda, por que Adriane, por que eu. Se alguma parte havia significado alguma coisa. Ou talvez eu simplesmente apertasse sua traqueia até o tempo esgotar.

Esse não era o tipo de coisa que as pessoas faziam no mundo real.

No entanto, havíamos deixado o mundo real para trás. Ele estava ocupado com excursões pelo Louvre e violação do toque de recolher e cochiladas durante as palestras sobre a Revolução Francesa. Neste admirável mundo novo, meu mundo, evidentemente não havia restrições sobre os tipos de coisas que as pessoas faziam umas às outras.

A mão de Eli apertou meu punho. Deixei que ficasse. Max vigiava a porta, que, depois de quinze minutos, trinta minutos, uma hora, nunca abriu. E em algum lugar além dela, supostamente, Adriane estava sentada em uma mesa vazia preparada para dois, tomando seu drinque, esperando por sua melhor amiga ingênua.

Também poderia matá-la, pensei. Sufocá-la durante o sono, o casaco de Max pressionando seu nariz e boca, mas não os olhos, porque isso seria me negar o prazer de vê-los se encherem de surpresa, depois de confusão, entendimento, culpa e terror, antes de envidraçarem em vazio final.

Um olhar vazio e impiedoso como o sol, pensei. Yeats.

Max teria ficado orgulhoso.

Era óbvio que havia algo errado comigo.

Por volta das dez, a escuridão havia tomado conta da área dos fundos, uma única luminária pendurada sobre a entrada delineava Max na cor laranja. Adriane saiu, seus cabelos negros com um brilho roxo debaixo da luz.

— Ela não apareceu.

Que lindo, pensei. Falou como se quase se importasse. Claro, provavelmente se importava — pelo bem de Max.

Eles discutiram. Ele falou que ela havia prometido, que havia estragado tudo. Acusou-a de me avisar, ou de me contar muito cedo boa parte da verdade. Então ela chorou, e ele a abraçou, envolvendo um braço em sua cintura, puxando-a para o seu lado, caminhando com ela, a cabeça no ombro dele, foram em direção à traseira do caminhão, murmurando o que eu só poderia supor serem palavras doces e insignificantes, e preparei-me para o final inevitável em preliminares.

Eli havia relaxado a mão em meu punho, e seus dedos eram apenas uma leve pressão em minha pele, mais um lembrete do que um aviso.

Quando aconteceu, não estávamos preparados.

— Sinto muito — ouvi Max dizer. — Não tenho outra opção.

As portas do caminhão abriram, e os *Hledači* fervilharam. Ela desapareceu no meio da horda, e eles voltaram para dentro do caminhão com a mesma rapidez com que tinham saído. As portas bateram. Os pneus cantaram. O caminhão acelerou, Max no volante. Rápido assim, ela desapareceu.

22

Um momento. Isso foi tudo.

Um pensamento — não, nem mesmo um pensamento, um impulso. Instintivo e incipiente.

Deixá-la.

Poderia virar de costas. Entrar, sentar e jantar em silêncio, embarcar em um avião, deixar tudo para trás.

Podia inventar uma história para a polícia; vender as cartas no eBay, peças raras e certamente valiosas do passado que poderiam pagar minha faculdade em algum lugar longe, onde eu poderia me formar em algo prático e insignificante que não precisasse de bagagem e não exigisse tardes longas e silenciosas em uma biblioteca mofada, sozinha com meus pensamentos. Algo como contabilidade, biologia ou artes gráficas, que garantiriam uma vida segura e monótona que não tivesse nada a ver com o passado.

Ela havia se metido naquilo, seja lá o que fosse. Ela que se virasse sozinha.

Um momento, foi só isso, e depois passou. Um momento, um impulso, desapareceu quase tão rápido quanto apareceu.

Mas se nada nunca era apagado, como é que algo poderia ser perdoado?

23

Haveria um bilhete de resgate nos aguardando no Leão Dourado, deduziu Eli, e havia, embora não fosse a mensagem de malucos com letras recortadas de jornal que Hollywood havia me induzido a esperar. Eli — tendo me proibido de voltar lá e, quando ressaltei o que aconteceria na próxima vez que ele tentasse me proibir de fazer alguma coisa, me lembrado de que os *Hledači*, e mais provavelmente os *Fidei*, estariam esperando — pegou o bilhete enquanto eu esperava no cemitério, dizendo a mim mesma que era a mim que eles queriam, não Adriane, e assim que me tivessem, talvez a soltassem.

Claro. Porque até agora eles, com certeza, haviam demonstrado estar no final piedoso e generoso do âmbito de assassinos psicóticos.

— Alguma coisa? — perguntei assim que vi Eli.

Somente quando o vi foi que percebi o quanto tinha ficado apavorada que ele não fosse voltar.

Ele assentiu.

— Mas, primeiro, posso lembrá-la do que você viu lá no restaurante?

Como se eu fosse esquecer.

— Dá aqui.

— Você não sabe há quanto tempo isso vem acontecendo — disse ele. — Max matou o Chris. Você sabe disso agora.

Era a primeira vez que um de nós havia dito aquilo em voz alta.

— Até onde você sabe, Adriane pode ter feito parte disso.

— Não é possível.

— Como você pode ainda ser tão ingênua, *agora*?

Ele não podia entender, porque todos nós éramos estranhos para ele. Mas Max e Adriane não eram iguais. Max era uma soma desconhecida, um estranho que havia entrado em nossas vidas e tinha sido bom demais em ser bom demais para ser verdade. Eu conhecia Adriane havia anos. Tinha jantado com os pais dela e ficado acordada até as três da manhã ouvindo os discursos dela sobre a intromissão deles; havia feito as unhas dela quando ela torceu o pulso e não conseguia fazer sozinha;

havia massageado as costas dela quando ela vomitou depois de passar a noite bebendo vodca. Sabia a combinação do armário dela, seu desodorante favorito e o nome do primeiro bicho de estimação: uma tartaruga que morreu quando ela estava com sete anos, porque ela esqueceu que o animal precisava ser alimentado. Eu não sabia de tudo, isso estava claro. Mas sabia o suficiente.

— Ainda existe essa coisa de impossível — falei. — Ela não é uma assassina.

— Você está em negação.

— Espero.

— Tudo bem. Digamos que ela não esteja envolvida. Ainda poderia ser uma armadilha.

— Claro que é uma armadilha. Deixe-me ver o bilhete.

— Quer dizer, poderia ser a armadilha dela. Você poderia estar salvando alguém que não precisa ser salvo.

Mas ele me entregou o bilhete.

Vyvolená. Estamos com sua amiga. Traga o mapa para Letohrádek Hvězda, amanhã ao pôr do sol, e devolvemos a garota.

— É óbvio que é uma mentira — disse Eli.

— Não necessariamente.

— Perdeu a noção das coisas? Eles não querem o mapa, querem você.

— É provável que queiram os dois — falei. — E se conseguirem, talvez libertem Adriane.

— Não farão isso. Vão matá-la. Assim que tiverem você. Eles são assim.

— Você não é bem um observador imparcial.

— O Chris era.

— Não vai conseguir usá-lo outra vez — falei. — Nem mesmo diga o nome dele.

— Mesmo se estiverem dizendo a verdade sobre soltá-la, e daí? Você está mesmo disposta a trocar sua vida pela dela?

Até mesmo eu fiquei surpresa por achar a resposta tão simples. Adriane não fazia parte daquilo, não de verdade, e não importava o quanto tivesse dormido com Max — isso não mudaria. Não se tratava dela, e nem mesmo se tratava de Chris, não mais. Tratava-se de Elizabeth, e se tratava de mim: se eu não os procurasse, eles continuariam indo atrás das pessoas que eu amava, ou pensava que amava. Não parariam até que eu os parasse, ou até conseguirem o que queriam.

De qualquer forma, terminaria naquela noite.

— Não — disse Eli. — Você não sabe o que farão com você.

— Vão me usar para fazer a *Lumen Dei* funcionar, certo? Não é esse o acordo com a *vyvolená*? É com isso que você está realmente preocupado? Em manter a humanidade pura e ignorante, adiando o apocalipse?

— Estou preocupado com você — disse ele.

— Também não precisa fazer isso.

Ele suspirou.

— Se é para fazermos isso, vamos precisar de ajuda.

— A polícia? — perguntei, embora soubesse que não era.

— Se pensar que acreditariam na sua história e viriam correndo para o resgate. Temos o bilhete do resgate...

— Também temos um mandado de prisão contra nós e algum tipo de alerta de mais procurados da Interpol. Então nada de polícia. Você quer que eu me junte a malucos para ir contra outros malucos. Que, não por acaso, também me querem morta.

— Deixe-me cuidar dos *Fidei* — pediu ele.

— Já me sinto melhor. — Permiti-me dar um leve sorriso. — Adriane tinha razão, sabe. Parece que alguém como você, que faz esse tipo de coisa de forma regular, deveria mesmo ter uma arma.

— Engraçado você comentar isso. — Ele enfiou a mão no bolso e tirou um revólver preto do tamanho da palma da mão, que reconheci, pois algumas horas antes eu estava olhando para a boca da arma, esperando por um tiro. — Agora eu tenho.

24

— Não estou vendo eles — falei, mais nervosa do que pensei que estaria. Havíamos saído do metrô em uma parada a alguns quilômetros da Letohrádek Hvězda e estávamos pegando uma rota tortuosa em direção ao ninho de vespas. Esta sou eu sendo corajosa, pensei, vendo meus pés traiçoeiros me carregando, um passo após o outro, em direção a seja lá o que fosse acontecer a seguir.

— Porque eles são bons no que fazem — disse Eli. — Mas estão de olho. Assim que encontrarmos Adriane, eles vão aparecer.

— Vai esperando.

— Podemos confiar neles.

— Você quebrou seu juramento — lembrei-o. E ainda tinha o padre Hájek, do qual eu ainda não havia perguntado. Mas Eli tinha a arma dele. — Não são exatamente seus maiores fãs. Nem meus.

— Não se trata de nós. Eles nunca deixarão os *Hledači* ativar a *Lumen Dei*. Destruiriam o local com um incêndio primeiro.

— Com nós dois dentro — murmurei, mas continuei. O mapa estava enfiado no porta-dinheiro outra vez, preso com segurança entre meu quadril e meu jeans. Não porque eu acreditasse que os *Hledači* tinham algum interesse no código de Elizabeth agora que já tinham o que queriam, e não que eu acreditasse que ele me traria sorte — no mínimo, a carta havia provado ser uma Maria Tifoide, presenteando todo mundo que a tocava com uma bela porção da peste —, mas porque a carta havia sido o início, e parecia certo que ela estaria presente no que prometia ser o fim.

Um quarteirão depois, nos deparamos com um paredão de pessoas, alinhadas na alameda larga, lado a lado, enquanto comiam bolinho frito, bebiam cerveja e berravam de emoção, enquanto um cortejo descia pela rua, amazonas radiantes com trajes de guerreiras medievais lançando flechas de borracha em uma horda de bárbaros. Um carro alegórico passava de forma majestosa no meio da batalha, com seus alto-falantes tocando um tipo de música tcheca de guerra para a multidão alvoroçada. Em cima do carro alegórico, uma rainha da Boêmia acenava de seu trono dourado, a própria Libuše, observando suas fiéis donzelas derramarem o sangue que marcava o nascimento de Praga. Não era um espetáculo turístico — aquelas eram crianças tchecas nos ombros de seus pais tchecos, sacudindo bandeirinhas tchecas e gritando e ceceando encorajamentos em tcheco para os guerreiros tchecos que passavam. Mas, com exceção da ausência de algodão-doce e pessoas falando mal dos Yankees, poderia ter sido qualquer parada da Nova Inglaterra em qualquer dia tedioso e frio de lá. Causando dor de cabeça nas melhores das circunstâncias. Quase causando um assassinato nesse caso. Ainda mais quando a multidão aumentou repentinamente na lacuna entre mim e Eli, e ele desapareceu no meio do mar de pessoas suadas e loucas por açúcar.

Avistei sua cabeça surgindo no meio da multidão, poucos metros à frente.

— Eli, espere! — gritei, tentando abrir caminho à força no meio das pessoas, dando uma cotovelada de cada vez.

De alguma forma, ele me ouviu entre os trompetes e os gritos de guerra, e virou-se no momento exato em que um bastão de aço golpeou sua cabeça.

— Eli!

O bastão acertou em cheio. Seus olhos arregalaram, sua boca se contorceu quase num sorriso, como se, sendo o especialista que era naquele tipo de coisa, ele não pudesse fazer nada além de apreciar a eficiência do ataque, e depois sumiu de vista.

— Socorro! — gritei, minha voz desprezível e pequena no estampido da multidão, e abri caminho, vi Eli no chão, um círculo de curiosos se formando ao redor dele, vi a mão que segurava o bastão, que era de um homem com uniforme de policial, um homem que me viu e sabia que eu percebia seu traje pelo que realmente era. Senti uma dor aguda na parte de trás da minha cabeça, e vi, embora sempre houvesse acreditado que era só história, pontinhos, brilhantes e faiscantes, dançando diante de meus olhos embaçados, e depois não vi mais nada.

25

Ossos brancos incandesciam à luz de velas. Cortinas de ossos de perna balançando na brisa fria, ossos de dedos e vértebras apoiando o teto abobadado, quatro colunas piramidais de crânios, cada um com uma vela branca grande colocada na mandíbula, a luz tênue amarela tremeluzindo pelas cavidades da órbita ocular. Ossos, misturados, denteados, amontoados do chão até o teto; uma parede de ossos, os fragmentos quebrados servindo de argamassa, camadas e camadas de crânios no lugar de tijolos. Um candelabro de ossos pendurado acima. Um mosaico de ossos à minha cabeça, um altar de ossos aos meus pés. Uma igreja de mortos e, ao meu redor, em cinco pontos, arautos da morte, um em cada braço e perna esticados e — embora não conseguisse vê-lo com meu pescoço amarrado, podia sentir sua mão fria em minha bochecha — um em minha cabeça. Seus capuzes foram retirados para revelar seus rostos com olhos ocos e a carne esticada sobre seus crânios, como se estivessem mortos, também, como se não fossem mais que sangue e ossos.

Minha cabeça doía.

Tiras de couro ao redor de meus tornozelos, punhos e pescoço, me prendendo em uma tábua dura de madeira, suspensa a poucos metros do chão. Podia ouvir meu coração bater. As tiras permitiam pouco movimento, mas eu conseguia mexer a cabeça para a direita e para a esquerda, distinguir os homens que me rodeavam e a multidão reunida logo atrás deles, Max e Adriane na frente. Dois homens com mantos a seguravam no lugar; levei um segundo para me lembrar de onde a tinha visto com aquela expressão congelada antes, e então consegui: a noite do assassinato. E depois disso. No hospital psiquiátrico. Havia uma coluna de ossos nos meus dois lados. A da esquerda se elevava sobre um estranho dispositivo de madeira e ouro, com mecanismos parecidos com um relógio, cercado por órbitas douradas como os epiciclos de um planetário. Ao redor delas, tubos de rodas hidráulicas espiraladas, aguardando o fluido que lhes daria vida. Era maior do que eu havia imaginado, com espaço para um homem enfiar a cabeça entre as esferas e, com cuidado, alinhar seu olhar com a esfera transparente central, que possuía uma bolsa de terra sagrada. Então era ela, a *Lumen Dei*, paga à custa do sangue de Chris. E havia sido intencionalmente, não havia? A máquina unia os quatro elementos: era preciso sangue para fazê-la funcionar. O que explicava a pequena mesa de jogo à minha direita, contendo dois objetos bem mais simples. Um frasco de vidro e uma faca.

A voz perto de minha cabeça falou em tcheco. Entendi apenas uma palavra: *vyvolená*.

O homem aos meus pés respondeu categoricamente. Seu manto era branco e estava amarrado na cintura com uma fita dourada. Já tinha visto ele, em um altar; de perto, seus olhos eram mais vazios ainda.

— Não! — gritou Max, alarmado. Depois disse algo em tcheco e, embora fizesse todo o sentido que aquele ainda fosse outro segredo guardado por Max, o menor e menos prejudicial de todos, fiquei surpresa ao ouvir a voz familiar se enrolar de maneira desajeitada com as palavras estrangeiras. De alguma forma, significava que tudo era real; Max era um estranho.

— Seu tcheco dói em meus ouvidos — reclamou o líder *Hledači*, de forma agradável em nossa língua. — Sua mãe o ensinou muito mal.

Max mostrou os dentes, depois caiu na real de forma visível. Curvou-se de joelhos, um gesto ridículo de reverência.

— *Má slova neumí vyjádřit moji věrnost.*

— *Ne!* Não fale em tcheco!

— Perdão, meu mestre. Ela me treinou o melhor que pôde. Se meu idioma é fraco, minha lealdade é forte.

Max nunca havia me contado muito sobre a mãe dele. Imaginei se ele havia crescido como o Eli, criado em uma casa de tradições e segredos, educado para mentir.

— Não é a força de sua lealdade que me preocupa, mas o motivo. — Fez um gesto com a mão, de forma preguiçosa, para os homens ao lado de Max. — *Zabij ji*.

— Você jurou poupá-la — disse Max alarmado, e levei um tempo para perceber que não era a minha vida que ele estava defendendo. Adriane não reagiu. O homem ao lado dela enfiou a mão debaixo do manto e pegou uma arma.

— Só você é culpado por todos esses eventos estarem acontecendo.

— Eu estava fazendo o que me mandaram! — Seu queixume o fez parecer uma criança assustada, mas não do tipo pela qual a gente sentia pena; o tipo que punha fogo nos cabelos da irmã, outra vez, e depois fingia chorar quando era castigado.

— Mandamos você recuperar o mapa. Não matar o garoto...

Com isso, Adriane virou-se para Max com os olhos arregalados. A mão de alguém agarrou seu braço, mas ela pareceu não perceber.

— Você falou que não fez nada. — Era uma voz de oração, abafada e receosa.

— Juro que eu não... — Max hesitou, os olhos de um lado para outro entre sua amante e seu mestre. — Eu não queria. Foi tudo um acidente. Eu não consegui evitar.

— No entanto, deixou essa daí viva — disse o líder.

— Garanti para que ela não se lembrasse do que aconteceu.

— Você? Foi *você*! — gritou Adriane. — Nora, eu não sabia, eu juro, ele mentiu para mim, ele me disse que não fez nada e eu não sabia que iam fazer isso com você, me desculpe! — Ela se atirou em minha direção, mas a seguraram, chutando e se debatendo. Foi feio, visto que Adriane nunca havia sido feia, deselegante, desajeitada e brutal. — Por favor! — gritou ela, quando uma mão cobriu sua boca, e uma arma encostou-se à lateral de seu corpo. Então só houve um choramingo e lágrimas.

O líder continuou como se nada tivesse acontecido.

— A toxina não é confiável. Você sabe disso. E mesmo assim... — Ele sacudiu a cabeça. — Você nos trouxe o que prometeu, e sinto muito mesmo que não testemunhará nossa glória final. *Zabij je oba*.

Quando os homens com mantos se moveram para os dois lados de Max, o significado do comando foi inconfundível.

— Parem! — gritei.

O tapa foi tão forte, que eu quase desmaiei outra vez. Senti o gosto forte de ferro do sangue em meus lábios. A sala ficou totalmente parada. Um relato mordaz cortou o silêncio, e, atrás de mim, um gemido e um baque. O líder *Hledači* colocou de volta em seu manto um pequeno revólver.

— Você é a *vyvolená* — disse ele. — Não pode ser tocada. — Virou o rosto para a pequena multidão reunida para a cerimônia. — *Je to jasný?*

Eles concordaram rápido. Entendido. Então eu tinha mais valor para ele do que seu próprio povo. Isso precisava valer alguma coisa.

— Não pode matá-los — falei.

Ele caminhou em minha direção com uma graciosidade transparente, seu rosto aproximando-se do meu, cada verruga e ruga sendo revelada de forma inigualável pelas velas que cercavam meu corpo. Ele havia atirado em um de seus próprios homens por me bater, mas eu não conseguia me esquecer da faca. Ou das tiras que me prendiam no lugar se ele escolhesse passar a lâmina em minha garganta.

— Você é a *vyvolená*, mas eu sou o mestre. Você não me dá ordens.

— Sim. Eu sou a *vyvolená* — confirmei, torcendo para que minha voz não tremesse. — O sangue de Elizabeth Weston corre em minhas veias. O que significa que a *Lumen Dei* é parte de mim. É nisso que você acredita, não é?

O rosto do líder não revelou nenhuma surpresa com minhas palavras. Não revelou nada.

— Alguma coisa deu errado da primeira vez que tentaram usá-la, certo? — Eu estava falando rápido, pensando rápido, mas era uma corrida para lugar nenhum, porque tudo o que eu podia ver no final era a morte. — O sangue do sacrifício não foi dado de boa vontade.

— Um sacrifício de boa vontade não é necessário.

Firme.

— Tem certeza? Porque a própria Elizabeth Weston disse o contrário. Esse é o segredo da criação do pai dela. Somente alguém com uma conexão espiritual com a máquina pode julgar alguém digno de usá-la.

— São mentiras. — Mas ele não pareceu ter certeza.

— Sem a purificação espiritual, não poderá haver nenhuma ascendência. Deus tem seus critérios.

— O que você sabe sobre Deus?

— Você sabe que roubei o mapa. Não lhe ocorreu que havia mais cartas? Talvez algumas das quais eu não tenha contado para o seu lacaiozinho? Você mesmo disse que ele é incompetente. Ele perdeu algumas coisas. Coisas importantes. — Era mentira; também era, de alguma forma, a verdade. Eu sabia mais do que devia, mais do que ele devia, porque eu conhecia Elizabeth. E eles estavam certos sobre uma coisa. A *Lumen Dei* era parte dela.

O líder sacudiu a cabeça. Mas:

— O que você propõe?

— Estou disposta — respondi. — Fico honrada por assumir meu direito por nascimento. Você acha que estavam jogando comigo, mas não acha que aqui é exatamente onde eu queria estar? Neste lugar, neste momento, com a *Lumen Dei*. — Ele ia querer acreditar, eu esperava, porque com certeza preferiria uma *vyvolená* que aceitasse o manto com orgulho. — E enfrentaremos a eternidade juntos, mas somente se ela viver.

— O que você está fazendo? — gritou Adriane.

— Calada, Adriane. — Mas era desnecessário. Eles já tinham a amordaçado de novo.

Aquilo era loucura; aquilo era o certo. Minhas palavras soavam verdadeiras. Eu estava amarrada em uma mesa, dentro de uma igreja de ossos. Ele possuía a faca, mas — eu podia sentir — eu possuía o poder.

— Sua amiga. — O líder assentiu. — A garota, não é? E o garoto?

Virei minha cabeça em direção a Max. O Max que havia me trazido para aquele lugar, e visto eles me amarrarem. Que havia me beijado com carinho sob a luz das estrelas, meu rosto entre suas mãos, envolvida em suas promessas sussurradas. Que havia enfiado uma faca no peito de Chris e despedaçado o que não podia ser consertado.

— Ele também — falei. Não por ele, mas por mim. — Ele vive.

26

Não doeu tanto quanto eu esperava. E depois, quando a faca cortou mais fundo, doeu mais. O líder segurou meu braço direito com cuidado, e eu não lutei. Juntos, observamos o sangue do corte superficial pingar, pingar e pingar dentro do frasco de vidro. Ele franziu as sobrancelhas e fez um corte mais profundo. O pingo transformou-se em fluxo. Eu devia ter comido mais naquele dia, pensei, somente com um pouco de histeria.

Aquela não parecia uma doação de sangue que seria recompensada com um biscoito doce.

O frasco se encheu de vermelho.

— Chega — disse ele, e amarrou um trapo sujo em meu braço. Ainda bem que os riscos de infecção a longo prazo pareciam outra coisa com que eu, provavelmente, não precisaria me preocupar mais. Ele se virou para os *Hledači* e disse algo em tcheco. Eles caíram de joelhos, cabeças baixas. Então ele também se ajoelhou diante da *Lumen Dei*, com o frasco do meu sangue na mão.

— *Děkuji, vyvolená*. Nós e nossos ancestrais esperamos durante séculos por este dia. Lutamos muitas batalhas. Resistimos a muitas tempestades.

Assassinaram muitos inocentes.

— E agora chegou a hora.

Chegou, e eu estava preparada.

— Dou a você meu sangue de boa vontade — falei. — Agora lhe dou meu julgamento. E eu o julgo... não digno.

Houve uma rajada de vento frio, como se a própria sala tivesse levado um susto.

— Eu sou a *vyvolená* — falei. — E não posso mentir. Você não é digno da *Lumen Dei*.

— Somente o Senhor pode me julgar.

— Talvez sim — comentei. — Talvez não. Mas quem sabe um de seus amigos possa ser mais digno...

— *Ne!* — retrucou ele, como previ que faria. — Serei eu. E será agora.

Ele enfiou o frasco de sangue na abertura em forma de funil no topo da máquina. O líquido escorreu pelo tubo, colocando as rodas em movimento.

Não funcionaria, disse a mim mesma. Claro que não funcionaria. E quando falhasse, eles acreditariam que era por minha causa. Acreditariam que minha vontade havia sido revelada.

Não era um plano e tanto.

O líder dos *Hledači* colocou a mão em uma pequena alavanca na lateral da máquina e inspirou fundo.

— *Pater noster, qui es in caelis, sanctificetur nomem tuum. Adveniat regnum tuum. Fiat voluntas tua.*

Pai nosso, que estais no céu, santificado seja o vosso nome. Seja feita a vossa vontade assim na terra como no céu.

Ele puxou a alavanca.

Por um momento, nada aconteceu. Depois as engrenagens ganharam vida, e as esferas douradas começaram a girar. Devagar, primeiro, depois com uma velocidade impressionante. Eu não conseguia entender o que estava fornecendo energia ao dispositivo — não havia bateria, nem motor, nada além de engrenagens, o líquido de alquimia que as cobria, a terra no centro, o sangue. Era impossível. E, de repente, tive medo. Não da faca, não dos cultistas malucos, nem do que iria acontecer quando os *Hledači* descobrissem que a máquina não funcionava.

Tive medo do que aconteceria se ela funcionasse.

A *Lumen Dei* começou a brilhar. Os *Hledači* murmuraram de leve, como se fossem um, seus rostos erguidos refletiam a luz misteriosa.

— *Fiat volunta tua, fiat volunta tua.*

O líder soltou um gemido orgástico, e de repente a máquina escureceu, e ele ficou brilhando, como se tivesse sugado a luz para dentro do corpo. Ele brilhava por todos os orifícios, seu rosto parecia um sol, iluminado quase de forma translúcida, de dentro para fora.

Então ele começou a derreter.

Primeiro, pensei que fosse um truque da luz, mas ele cambaleou para trás e agarrou meu pulso, seus dedos quentes e grudentos. Em um jato repentino, o sangue jorrou de seus olhos, ouvidos e nariz, um chafariz de vermelho que respingava sobre mim como uma chuva quente. Gritos encheram o local, depois passos e o chocalhar de ossos, enquanto os *Hledači* se espalhavam em pânico. Mas eu estava presa debaixo de seu corpo avultante, seus braços e pernas agitando como se estivessem desligados do sistema nervoso e ansiosos para escaparem do corpo. Seu rosto havia ficado oco, bochechas, nariz e testa cederam e, por um momento, sua boca formou um O perfeito de terror, seu rosto longo de modo anormal, a carne esticando como caramelo sobre seus ossos, ele parecia uma obra de arte pavorosa, a materialização inumana do medo em formas e cores que só poderiam existir quando se imaginava um pesadelo — e então a boca desmoronou e, com ela, o resto de seu corpo. Não houve nem mesmo uma pancada quando ele caiu ao chão, foi mais parecido com o som de um líquido, feito uma pilha de trapos encharcados.

— Ele não era digno — falei em voz alta. — Quem é o próximo?

Houve uma explosão. Virei minha cabeça para trás o máximo que consegui. A porta da igreja havia se soltado das dobradiças. Os *Fidei Defensor* invadiram o local, Eli na frente. Os *Hledači* enxamearam. Gritos ecoavam enquanto eles se enfureciam uns com os outros, os *Hledači* se concentrando diante da *Lumen Dei*, uma frente unida para impedir que os *Fidei* se apossassem do tesouro deles. Os tiros repicaram. Velas caíram. As chamas lambiam os ossos. Os mantos formavam vagalhões e rasgavam; homens santos brigavam uns com os outros no chão, e, de alguma forma, sobressaindo no meio do rumor, a voz de Max.

— Fuja!

Seus dedos brigavam com as tiras de couro, lutando para desamarrá-las enquanto seus irmãos lunáticos estavam absortos. A contenção em meu pescoço primeiro, depois meus braços, assim pude me levantar e libertar minhas pernas, mal conseguindo acreditar que, seja lá o que fosse acontecer, eu não ia morrer naquela mesa, por aquela faca.

— Mandei fugir! — Max gritou nervoso, mas sua pegada em meu braço de repente ficou dolorida, e ele estava com uma arma na mão, enfiada em meu estômago. Adriane ficou diante de nós, as lágrimas escorrendo no rosto, braços abertos, palmas para cima em súplica, a cabeça sacudindo de um lado para outro em um "não" persistente e furioso. Então entendi: ele não estava gritando para mim.

— Siga-nos e eu a mato — ele disse para Adriane. — Saia daqui.

Ela não fugiu. Ela não seguiu.

Max agarrou a *Lumen Dei* e enfiou a arma no meio das minhas costas.

— Tem uma porta à esquerda da entrada — rosnou ele, com os lábios em meu ouvido. — Vamos ficar junto da parede. Fique esperta.

Nenhum movimento repentino, ele quis dizer. *Não faça nenhuma besteira*, ele quis dizer. *Isto não é um filme de ação*, ele quis dizer, e eu não deveria cometer o erro de acreditar que eu tinha o poder de salvar o dia. Saímos rapidamente, parecendo caranguejos, com as costas na parede, a arma nunca se desviando do alvo, qualquer *Hledači* que nos via era abatido pelos *Fidei*, e vice-versa. Vi Eli, parado em cima de uma pilastra de ossos caída, defendendo-se de uma faca dos *Hledači*. Vi que ele me viu, e vi o entendimento que surgiu em seu rosto quando percebeu que fosse lá onde Max estava me levando, ele não poderia seguir.

— Não faça isso — falei, repetidamente. — Sou eu, Max. Por favor.

Ele me empurrou por uma porta baixa atrás da nave, depois subimos uma escadaria estreita até chegarmos a outra capela, onde nem sequer paramos.

— Ali — disse ele, me empurrando em direção a uma porta suja que estalou ao abrir, revelando uma escada.

— Max, qual é, você não vai atirar em mim. — Mas não era o Max atrás de mim. Era o assassino de Chris, a pessoa que o havia esfaqueado seis vezes e o deixado morrer em uma poça de sangue coagulado. Subi.

— Não queria matá-lo — disse ele, atrás de mim. Era o queixume de uma criança que não havia conseguido as coisas do seu jeito. — Ele só precisava me entregar a carta, mas não quis. Se apenas tivesse feito o que eu mandei fazer, tudo teria sido diferente. Teríamos feito isso da maneira certa. Não era para ser desse jeito. Era para ser lindo.

Chegamos a uma torre pequena e destruída, seu parapeito irregular parecia uma boca cheia de dentes quebrados. Um cemitério ínfimo se espalhava pelo terreno da igreja, vários andares abaixo de nós. O amanhecer tomava o lugar da paisagem rural marrom que se estendia no horizonte. Pequenas cidades formigavam nas colinas ondulantes e, ao longe, pináculos góticos apontavam no meio do nevoeiro.

— Desça — ordenou Max, e, caso eu não entendesse, me empurrou no chão, abrindo a porta de madeira com um chute atrás de nós. Era um lugar apertado, com espaço para um pouco mais que ele, eu, a *Lumen Dei* e a arma. Essa última eu poderia ter dado um jeito de pegar e, com sorte, aproveitado o elemento surpresa para apontá-la para ele e puxar o gatilho sem hesitação ou ricochete. Mas, na outra face dessa ideia brilhante, estava uma bala na minha cabeça, ou uma viagem longa e rápida até o chão.

Eu não podia atirar nele.

— Abri mão de tudo por isto. Fiz tudo o que me mandaram fazer. Encontrei a *vyvolená*! Não mereço isto?

— Max, me escute. Não existe "isto". Você viu o que aconteceu lá embaixo. A *Lumen Dei* é uma piada. Ou uma arma. Tanto faz. Não é o que você pensa que é.

Ele ergueu a arma em minha têmpora.

— Diga que sou digno — mandou ele.

Por que eu, simplesmente, não conseguia deixá-lo morrer?

— Ele não usou o suficiente — disse Max. — Esse foi o erro dele.

— O suficiente de quê?

Em resposta, Max me empurrou em direção à *Lumen Dei* e, arranjando uma faca do nada, cortou meu pulso, um corte único e profundo que percorreu longitudinalmente meu antebraço. Em algum lugar bem distante, havia dor, mas eu estava paralisada pelo sangue que vazava do ferimento, um rio de sangue, saindo de mim e entrando na máquina.

A porta bateu e sacudiu com a força de punhos esmurrando-a.

Atrás dela, Eli gritou meu nome.

Adriane gritou.

A porta manteve-se firme.

O sangue fluiu.

— Você está matando nós dois — falei para ele. — Por uma fantasia.

Os pontinhos voltaram diante de meus olhos, embora dessa vez se parecessem mais com estrelas, alfinetadas brilhantes dançando no rosto de Max.

— Diga-me que sou digno — repetiu ele.

— Por que é que você se importa? Era mentira, Max. Tudo é uma mentira. — Só que nem *tudo* podia ser mentira, porque o homem tinha derretido bem na minha frente, incendiado por dentro devido a algum tipo de fogo profano. Porque eu havia recusado minha bênção? A máquina não era piada. A ideia de que eu podia controlá-la, de que eu tinha mesmo algum poder: essa era a piada. Eu não tinha poder sobre Max.

— Por favor, Max. Esse não é você.

— Você não me conhece. Até agora não se deu conta disso?

— Ninguém mente tão bem — falei. — Você não precisa mais fazer o que eles mandam. Pode fazer sua própria escolha.

— Nora. — Esfregou as costas dos dedos em minha bochecha, tão gentil, tão familiar, e, apesar de tudo, contra minha vontade, meu corpo relaxou com seu toque, e, por um breve segundo, fui enganada outra vez. Elizabeth o perdoaria, pensei. Ela acreditava em Deus, no amor, na penitência e na redenção. Mas ele não estava procurando redenção.

— Eu escolhi. Escolhi há muito tempo. Você diz que me conhece. Então você sabe, sou digno. Diga-me.

— Se eu disser, você vai me soltar?

Ele colocou a mão em meu queixo e encostou meu rosto no dele.

— Preciso do seu sangue. Dele todo, se for preciso. Deus amará você por seu sacrifício. Eu amarei você.

Cuspi em sua cara.

Seus dedos se afastaram, e seu toque seguinte não foi nada gentil. Minha cabeça bateu com força no peitoril de pedra.

— Diga-me! — berrou ele.

Sirenes ao longe. A porta batendo e sacudindo nas dobradiças. Adriane ainda gritando, gritando. Sangue, bombeado por um coração que me traía a cada batimento, jorrando do ferimento. E Max, por quem fiquei de luto duas vezes, para quem eu teria dado tanto; Max, a barata que ainda vivia quando Chris estava morto, me pedindo pela única coisa que ele realmente merecia.

Podia sentir meu sangue saindo de mim, ossos e músculos secando em consequência disso, minha cabeça pesada sobre meus ombros, meu braço livre fraco; o braço que ele segurava, pulsando com a vida que escoava e, ao mesmo tempo, morto, uma vareta pálida, de carne, que poderia muito bem ter pertencido a outra pessoa. Eu havia esperado demais para pegar a arma, mas não precisava dela.

Eu não era a *vyvolená*. Não era Elizabeth. Algumas coisas eu não podia perdoar.

— Você é digno — falei para Max, enquanto Eli atravessava a porta e Adriane tropeçava atrás dele.

— Amo você — disse Max, para alguém.

Ele puxou a alavanca.

27

Ele estava certo sobre o sangue.

Mais sangue, mais poder.

À medida que a *Lumen Dei* zunia ao entrar em ação, a luz jorrou dentro dele, e ele soltou um leve suspiro. Era possível que eu tivesse imaginado as palavras que ele disse ao expirar, o "obrigado" sussurrado, antes de as chamas irromperem de seu corpo, e o mundo pegar fogo.

O calor queimou minha garganta quando enchi os pulmões de fumaça negra. As lágrimas escorriam de meus olhos que ardiam. Os cabelos de Adriane eram uma conflagração de chamas alaranjadas e dançantes. A fumaça carregava um cheiro fartamente doce e podre do que só podia ser carne queimada. Eli gritou meu nome, então seus braços estavam ao meu redor, e estendi a mão para Adriane, que segurava com firmeza uma criatura coberta de bolhas e em combustão, que um dia tinha sido Max, que de alguma forma ainda respirava, resistia e gritava, embora não passasse de uma chama, um golem de fogo que vivia somente porque havia se esquecido de como morrer.

O sangue ainda jorrava de meu pulso, mas ainda restava força suficiente em mim para Adriane, e quebrei a corrente humana, puxei-a para longe dele, enquanto Eli tirava a camisa e abafava as chamas serpeantes na cabeça dela.

— Fuja — disse ele, e dessa vez ela obedeceu, saindo rápido pela porta e descendo a escada. Eu estava na metade da descida quando minhas pernas falharam.

Eli me pegou.

— Agora você me deve duas coisas — disse ele, enquanto chegávamos à capela superior. A tosse forte sacudia seu corpo. A fumaça formava vagalhões que saíam da pequena torre. Ele enrolou a camisa chamuscada em meu pulso, amarrou, e nós dois vimos a mancha de sangue crescendo no tecido branco. — Precisamos sair daqui.

— Só estou esperando por você — disse, ou tentei dizer, depois caí no chão.

Ele me carregou pela escadaria, minhas pernas penduradas em seu braço, minha cabeça apoiada em seu peito, e, enquanto corríamos das chamas, passando por piras de ossos e soldados de Deus caídos, o sangue de *Hledači* e *Fidei* cobrindo o chão, ele sussurrou para mim uma ladainha de conforto, mas não foi sua voz que ouvi. Foi a de Max. Eram seus gritos roucos e murmurados enquanto ele queimava internamente. Era seu adeus final. Era gratidão; era acusação.

Estava silencioso quando aconteceu, quando saímos da igreja e fomos impelidos por policiais e paramédicos, e, enquanto Eli, de forma relutante, me entregava para eles, enquanto mãos me deitavam na maca, me prendiam, o fim voltando ao início, eu só conseguia olhar para a torre acima, que havia se tornado uma coluna de fogo, para as chamas com a forma de Max que se lançava sobre o peitoril de pedra e ia caindo, o fogo jorrando atrás dele como a cauda de um cometa. Não houve um último grito. Apenas a queda resplandecente, e as chamas se espalhando.

28

Quando voltamos à igreja dois dias depois, a polícia insistiu em nos acompanhar. De qualquer modo, fiquei surpresa por terem nos deixado ir, entretanto, eles tinham sido muito prestativos desde o início, concordando em esperar antes de alertarem as autoridades internacionais até que tivessem nos colocado em um avião de volta aos Estados Unidos. A polícia de lá também não nos causaria muitos problemas, alegou Eli, e eu estava tentando acreditar nele, pelo menos um pouco. Os *Fidei Defensor* tinham uma grande influência, e nos deviam uma.

Com a *Lumen Dei* destruída de uma vez por todas, eu não significava mais uma ameaça para os *Fidei Defensor*, ou para a alma do mundo, e Eli os havia convencido de que Adriane e eu sabíamos muito bem que ninguém acreditaria em nossa história. A polícia teria uma história diferente, impecavelmente combinando com um perfeito bode expiatório. Os *Hledači* — que, junto com a maioria dos *Fidei*, tinham escapado assim que a polícia apareceu, nenhum deles jamais esperando que um dos seus recorresse às autoridades seculares — estavam separados e sem propósito, e, pelo jeito, eu era a menor de suas preocupações. Era o fim. Voltaríamos para os Estados Unidos, para nossas famílias e nossas vidas, e iríamos...

Bem, esse era um problema que os *Fidei* não poderiam resolver.

Eu precisava ver uma última vez. Os destroços da igreja, seus ossos infestados revelados para os elementos da natureza, seu cemitério cheio de cinzas. Foram os ossos que nos salvaram. Os ossos e Elizabeth. Ela havia escrito sobre os *Hledači* — ou seja lá o que veio antes disso — terem-na levado para uma igreja que cheirava a crânios decompostos, uma igreja ao lado do rio Vrchlice. De alguma forma, exausto, abalado e quase pisoteado por uma multidão em frenesi patriótico, Eli havia juntado as peças e convencido os *Fidei* a se juntarem a ele no Ossuário de Sedlec, fora da cidade de Kutná Hora, às margens do rio Vrchlice — o Ossuário de Sedlec, repositório de ossos de setenta mil vítimas de peste, seiscentos anos de idade, e agora um monte de entulho. Tinha sido só um palpite, disse ele. Havíamos tido sorte.

Não era o que parecia.

— Como você sabia o que ia acontecer? — perguntou Adriane, com calma. Tirando os "sim" e os "não" que ela havia dito à polícia, era a primeira coisa que dizia desde o incêndio. Na maior parte do tempo, ela chorava. Não tentei confortá-la; não queria saber se estava chorando por causa de Max.

— Não sabia. — Nós três ficamos diante da fita da polícia, a uma distância segura entre nós. Nossa escolta policial aguardava no carro. — Elizabeth disse que a *Lumen Dei* tinha o poder de acabar com o mundo. Acho que quis dizer com o mundo dela. Acho que quis dizer o Thomas.

As lágrimas escorreram outra vez, mas ela deu um jeito de disfarçar com um sorriso.

— As cartas da garota morta salvaram o dia. — Ela balançou a mão enfaixada, depois passeou com os dedos sobre os cabelos tosados. Era desconcertante ver Adriane sem seus cabelos perfeitos. Eles cresceriam outra vez, mas ela não seria a mesma. — Pensei que eu o amasse — disse ela, olhando de forma fixa para as ruínas da igreja, longe de mim. — Ele não era parecido com ninguém que conheci. E me tratava feito... — Seja lá o que fosse, ela engoliu em seco.

— Só me diga quando. Antes de Chris morrer, ou...

— Antes. Isso melhora alguma coisa? Ou piora?

Não lhe devia uma resposta; não tinha uma.

— Por quê? — perguntei, porque era tudo o que eu conseguia.

— O Chris era seu. Ele sempre foi seu. Pensei que...

— Pensou o quê?

— Pensei que com isso ficaria tudo bem. Que o Max era meu. Pensei que no final eu estava fazendo um favor para todos nós.

— O Chris amava você — falei, e a verdade era quase uma dor física.

Ela não olhava para mim.

— Não, não amava. E uma hora ou outra ele teria descoberto isso. E você também. E aí onde é que eu ficaria?

— Não aqui.

— Queria contar para você.

— Mas não contou.

— O Max falou que deveríamos esperar.

— O Max falou muitas coisas.

— Sinceramente? Não achei que ficaria surpresa — disse ela. — Sei o que você pensa de mim.

— Achei que você fosse minha amiga — comentei.

— Não, não achou.

Adriane percebia tudo, lembrei-me, mesmo quando estava fingindo não perceber. Eu pensava que ela era mimada, egoísta e uma excelente mentirosa; ela havia saído pior do que a encomenda.

Ela abraçou a si mesma, tremendo.

— Eu não sabia — sussurrou. — Ele prometeu que podia nos salvar. Acreditei nele.

Ela não era a única, eu podia tê-la lembrado disso. Podia tê-la abraçado e lhe dado permissão de chorar.

Não conseguia tocá-la.

— Fico feliz que ele esteja morto — acrescentou ela. — Eu mesma queria tê-lo matado.

— Não — falei. — Não queria.

Ela se virou. Seus ombros sacudiam.

— É melhor irmos — disse Eli. — Levaremos algumas horas até a cidade. Não queremos perder o avião.

— Você não precisa ir com a gente — falei para ele. — Você disse que os *Fidei* cuidariam da polícia.

— Até parece que tenho outro lugar para estar.

Meus pais estariam esperando por mim no aeroporto. Como um pelotão de fuzilamento, talvez, rígido e frio e — eu só podia imaginar, tinha imaginado vividamente demais — me acusando de afastá-los um do outro, quando ainda continuavam juntos por tanto tempo, em um relacionamento parecido com um livro velho, com suas páginas caindo, presos apenas por uma fita adesiva e pelo uísque com gelo. Ou seriam calorosos, tão calorosos quanto se permitiam ser, e eu me deixaria acreditar que os havia subestimado, que estavam de volta e não desapareceriam de novo, mas então haveria os abraços desajeitados, as indecisões e aquele olhar apático nos olhos de minha mãe, e o cheiro de desespero pairando ao redor de meu pai, enquanto ele ansiava voltar a se esconder. Eles desapareceriam — e eu seria deixada sozinha para encarar as pessoas no colégio, os repórteres, Adriane e todos os lugares onde Max havia segurado minha mão ou respirado em meu ouvido ou dito que me amava, e o vazio que costumava ser o Chris.

Mas pelo menos meus pais estariam esperando.

— Nunca lhe agradeci de verdade — falei.

— Estou esperando.

Ele sorriu.

— Certo. Obrigada.

— Não há de quê.

— Você está arrependido? — perguntei.

— Por salvar sua vida? Duas vezes?

— Sobre... — apontei para os escombros — ... isto. Tudo isto.

— Fico imaginando — disse ele. — A *Lumen Dei*. O que ela realmente poderia fazer.

— Falei para você o que ela podia fazer. Devia ficar feliz por não ter visto nada.

— Mas talvez você tivesse razão. Talvez eles não fossem dignos. E se...

— Não — falei. — Não. Acabou. Ponto final.

— Alguém tentará reconstruí-la — disse ele, e havia algo em sua voz, uma pitada de curiosidade, que me deixou com medo. *Kdo je moc zvědavý, bude brzo starý.* — Conhecendo Deus, tocando o supremo... não é fácil se afastar disso.

— Não é mais problema seu — falei, e desejei que fosse verdade, para nós dois. — Você está livre. Para viver uma vida normal, lembra? *Kickboxing*. Lavar roupa. Tanto faz.

— A questão nunca foi ser normal — disse ele. — Não de verdade. Eu só queria que fosse a minha vida. Queria escolher.

— E escolheu.

— Escolhi — disse ele.

Então ele pegou minha mão. Seus dedos estavam calejados; sua palma estava quente. Ele apertou, uma vez, uma pergunta. Apertei a mão dele, somente por um segundo, só de leve, mas o suficiente para uma resposta. Um sim.

Adriane nos observava, os olhos vermelhos. Nós dois, ela sozinha: nada era do jeito que deveria ser.

Talvez nada nunca fosse.

— É melhor irmos — repetiu Eli.

O rosto de Adriane ficou pálido de pânico. Sua mão boa estava agarrada na fita da polícia, como se fosse um cobertor de segurança.

— Não posso fazer isso — disse ela baixinho. — Nora, o que é que eu vou fazer agora?

— Você vai para casa — respondi, a mão de Eli quente na minha. Não podia dar a ela minha outra mão. Ainda não conseguia tocá-la. Não conseguia sorrir. Não ali, onde o cheiro de grama e folhas estava modificado com um toque ácido de fumaça, onde crânios nos observavam das pilhas de tijolos e pedras derrubados, onde uma bandeirinha vermelha marcava a terra queimada onde o corpo de Max tinha incendiado até sumir. Ela havia tirado muita coisa, e, se não teve a intenção, se não queria, ainda era a única que restava para levar a culpa.

Mas ela era a única que tinha restado, e eu não podia abandoná-la também.

— Vamos para casa.

29

Nenhum sinal da *Lumen Dei* jamais foi encontrado. Nenhum parente de luto apareceu para declarar Max um membro da família. Ninguém foi preso pela destruição do Ossuário de Sedlec, que foi escrito no jornal tcheco como, oficialmente, um acidente trágico que tirou a vida de um inocente.

Havia tirado um pouco mais que isso.

Tentamos não falar sobre o que a *Lumen Dei* havia feito e por quê. Se havia sido sobrenatural, demoníaco, divino, ou apenas a força combustível de produtos químicos de quatrocentos anos, eu não queria saber. Tentar encontrar a resposta seria muito parecido com tentar outra vez.

No meio das cinzas e dos ossos, os investigadores encontraram uma carta, milagrosamente intacta, que no final das contas foi doada para a biblioteca do mosteiro de Strahov.

Eli a havia encontrado para mim. Eu estava com muito medo de perguntar-lhe se ele ainda se importava, ou por quê. Quase estava com muito medo de ler a carta. Mas eu precisava saber.

Eu precisava saber, irmão. Precisava ver. A máquina era uma parte de nosso pai e, sendo assim, era parte de mim. E depois de tudo o que fiz para trazê-la a este mundo, precisava saber o que seria feito com ela. Václav me fez entregar a Lumen Dei *em uma casa decadente não muito longe de onde nosso pai um dia vivera em Nové Město, e foi lá que voltei, dia e noite, observando e esperando, até que fosse a hora. Minha recompensa, os homens dele disseram, chegaria assim que eles tivessem ativado a máquina e tivessem provado que eu a entregara intacta. Até lá, não ousei encarar Groot, não ousei encarar nossa mãe ou Thomas, e então tornei-me um fantasma, assombrando minha própria vida, e assombrando os ladrões que haviam ajudado a roubá--la. Por uma pequena grade na base do muro ocidental, espiei o covil sombrio deles e vi tudo.*

Václav não era o líder deles, entendi isso imediatamente. Ele havia traído Groot somente para cair aos pés de outro mestre, um homem com olhos tão prateados quanto seus cabelos, cuja face reconheci daquelas sessões espíritas de muito tempo atrás que nosso pai fazia, e, deste modo, outra máxima de nosso pai provou ser verdade: o pior inimigo de um homem era seu melhor amigo. Pairando em minha memória, havia uma imagem dele inclinado sobre um caldeirão fumegante, seu rosto iluminado pelo brilho dos metais dentro dele — seu rosto e os rostos de Groot e de nosso pai —, mas, quando eu estendia a mão para tocá-la, a imagem explodia, delicada como uma bolha de sabão, sumia para sempre. O nome dele me escapou, mas não importava naquela época e importava muito menos agora.

As obras da máquina os deixaram confusos, até mesmo Václav, que havia sido tão prestativo em sua criação, mas eles rapidamente encontraram a cura para aquela aflição, no próprio Groot. Vi o grandioso homem cair de joelhos, amarrado e amordaçado, amaldiçoando Václav e Praga e o imperador e Deus, e depois o silêncio, pois, enfurecido por suas recusas, seu leal criado cortou sua garganta. Em seu último suspiro, ele os amaldiçoou e a mim também.

— A garota. Ela o salvará. Ou o destruirá.

A morte o levou, e eu nunca saberei o que ele quis dizer. Mas não duvido de meus poderes de destruição.

O homem de cabelos cor de prata falou e acenou para a escuridão.

— Sabemos o suficiente para começar. Preparem a fonte.

Eu precisava ver, mas faria qualquer coisa para desfazer aquilo. Thomas, amarrado. Thomas, trêmulo. Thomas, arrastado das sombras e colocado diante da **Lumen Dei**. Ele não lutou. Nem mesmo quando viu a faca.

O som que invadiu a noite foi o som de meu coração, gritando seu nome. Dizem que a vida é um círculo interminável, a cobra que devora o próprio rabo, e deve ser verdade, pois ali estava eu de volta outra vez, de forma covarde e escondida, enquanto as forças das trevas ameaçavam aquele que eu mais amava. Falhei com nosso pai. Não falharia com Thomas. Não era um pensamento, mas uma necessidade que me fez andar e entrar na casa, lançando-me sobre o homem de cabelos grisalhos, Václav, Thomas, meus braços estendidos em uma súplica inútil, meus pulmões explodindo com o grito ridículo. Não. Não. Não.

Eu não tinha uma arma. Não tinha poder. Não tinha nada além do desejo de salvá-lo. E isso não foi o suficiente.

— Leve-a para fora e livre-se dela.

Foi o homem prateado que, sem dúvida, tocou de leve meu ombro e acariciou minha cabeça quando eu era criança, que falou. Mas foi Václav que me agarrou com seus dedos parecidos com garras e me arrastou para fora. Thomas me olhou apenas uma vez durante seu pesadelo, e foi nesse momento que a faca cravou em seu coração.

A faca, empunhada pelo homem de cabelos grisalhos. Em sua outra mão, ele segurava um cálice prateado que pegava o jato de sangue.

Os gritos me abandonaram. Era como se a própria vida tivesse me abandonado, esgotando-se tão rápido quanto se esgotava de Thomas, um rio infindo de cor vermelha.

Nunca saberei o que Václav teria feito comigo naquela noite, nem evitar pensar se escapar com vida era um presente ou uma maldição.

Eu não podia chorar por Thomas. Thomas, eu sabia, morrera.

E mesmo assim, como se o universo estivesse de luto com sua ausência tão intensamente quanto eu, a noite encheu-se de gritos.

As chamas irromperam de dentro das paredes de pedra. Chamas que dançavam com um calor branco diferente de tudo o que eu já vira.

Atrás deles, dos homens que assassinaram Thomas, vinham uivos de agonia enquanto o fogo os consumia.

Václav libertou-me e deparei-me com a noite, gritando que eu era uma feiticeira, que havia destruído o mestre dele e destruído tudo. Como eu havia feito. Eu não podia fugir. Não podia fazer nada além de ver o fogo e ouvir os gritos. Imaginei, naquele coro infernal, que podia ouvir a voz de Thomas e, quando fecho os olhos, é assim que não consigo deixar de me lembrar dele. Ensanguentado e atormentado enquanto seu corpo queimava e aquela a quem ele amava não fazia nada para salvá-lo.

O prédio queimou a noite inteira. Gritos e pânico tomavam conta das ruas. Famílias fugiam, carregando seus pertences em trouxas, esperando o fogo queimar toda a região. Mas as chamas nunca se espalharam. Nem foram diminuídas pela água quando uma brigada de homens corajosos tentou apagá-las com baldes e mais baldes. O fogo era impermeável, e logo até mesmo o mais corajoso havia fugido em virtude do poder das chamas.

Eu fiquei, esperando que ele me consumisse, esperando por algo ao qual não conseguia dar um nome, até que as chamas desapareceram, e deparei-me com o entulho. Não havia cadáveres. Nada reconhecidamente humano, nem com vida. Nada além da **Lumen Dei**. Ela estava intacta. Esperando por mim.

Não pude resgatar Thomas. Só pude resgatar a máquina que o matou.

Vê agora, querido irmão, por que pensei em despedaçá-la. Por que ainda desejo fazer isso.

Por que tenho medo de tentar.

Somente Václav sobreviveu naquela noite. Sei disso porque o vi, me seguindo em cantos escuros e becos estreitos. Agora ele é o fantasma, e eu sou a assombrada. Mas não o temo. O que ele pode tirar de mim? O que restou?

Somente você e somente isto.

Enterro seus últimos vestígios aqui.

Confesso, meu irmão, que ainda preciso decidir se um dia guiarei você a esta carta. É o legado de nosso pai, sim. Mas é um legado da morte. Foi esse o propósito final dele, desde o início? Talvez o presente de meu pai para Rodolfo não fosse tão diferente daquele que eu teria desejado. Talvez, tivesse eu confiado nele e seguido seus últimos desejos, Thomas estaria comigo agora, e tudo seria diferente.

Mas os princípios por trás do dispositivo são firmes, e devo acreditar que nosso pai, fossem quais fossem suas intenções com o imperador, perseguiu um propósito maior. A mente de Deus é conhecível, mas a **Lumen Dei** é o caminho para o conhecimento. Então, talvez não fosse o dispositivo. Talvez fosse o sangue. O sangue de Thomas, tirado à força, tirado com ódio. Não conheço nenhum Deus que aceitaria tal oferta, e a recompensaria com Sua graça. Nenhum Deus, isto é, que eu escolhesse acreditar.

Não sei no que acreditar.

Fiz minha escolha e escolhi mal.

Agora a escolha será sua, e conto a você minha história para que entenda o que essa **Lumen Dei** pode fazer. Não só com muros de pedra, mas com corpos, com mentes, com a lealdade e com o amor. Hoje coloco a fera para repousar e confio que você a ressuscitará somente se puder domá-la, e temo que não possa. Confio em você mais do que confio em mim mesma.

Perdi tanta coisa e, mesmo assim, todos os dias, ainda respiro. Todos os dias saúdo um novo nascer do sol. Eu como e falo e, talvez um dia, até mesmo rirei outra vez. Perdi tanta coisa e ainda vivo, porque não tenho outra escolha, e somente porque uma coisa é verdade, e me agarro a essa verdade com minha vida. Esse monstro jamais consumirá outra alma. Ninguém mais perderá o que perdi. A **Lumen Dei** transformou Thomas em cinzas. Transformou em pedra. Mas não consumirá mais nada. Termino agora.

Termino aqui.

15 de novembro de 1600.

Se ela tivesse quebrado a máquina, em vez de preservá-la como direito de nascimento do irmão; se tivesse confiado em suas próprias escolhas, em vez de deixar a escolha para ele; se tivesse entendido que criar havia lhe dado a permissão e a responsabilidade para destruir; se não tivesse acreditado que a *Lumen Dei* estava escondida com segurança debaixo da terra; se não a tivesse deixado lá, mesmo quando seu irmão morreu, mesmo quando não havia motivo para não despedaçá-la, a menos que, secretamente, suspeitasse que um dia ela iria querer tentar de novo; se não tivesse vacilado tanto assim; se nós não tivéssemos; se eu não tivesse.

Essas eram coisas que eu não me permitia pensar.

A *Lumen Dei* tinha sobrevivido a um incêndio; eu não iria me permitir pensar que podia ter sobrevivido a outro. Eu tinha visto os escombros com meus próprios olhos; peritos em incêndios criminosos tinham revirado tudo com pás e lupas; não restava nada.

Era provável que Elizabeth tivesse morrido acreditando que havia terminado com ela, acreditando que tinha acabado. Ela havia colocado um monstro na terra e dito a si mesma que estava segura, para se casar com um homem que não amava e fingir que a vida que ainda lhe havia restado era o suficiente. Era como ela dizia, havia feito o que precisava para sobreviver e talvez até mesmo para esquecer. Havia mentido para si mesma.

Dessa vez, era a verdade. O fogo havia feito seu trabalho. O monstro havia desaparecido, para nunca mais surgir outra vez.

Estávamos a salvo, disse a mim mesma. Dessa vez, tinha acabado para valer.

E escolhi acreditar nisso.

POSFÁCIO

Dizem que Praga foi fundada por uma bruxa — uma lenda apropriada para uma cidade que foi, durante décadas, o centro da alquimia renascentista, de astrologia, de misticismo e da magia natural. A Praga do século XVI foi um lugar estranho e fantástico, com partes iguais de esclarecimento filosófico e destruição sanguinária.

Seu discreto líder, o imperador Rodolfo II, colecionava quadros, relíquias, monstruosidades, curiosidades — mas, acima de tudo, pessoas. O alquimista Edward Kelley e sua filha adotiva, Elizabeth Jane Weston, estavam entre elas. Quando Kelley foi para a prisão, onde morreu sob circunstâncias misteriosas, Elizabeth e sua mãe caíram na pobreza. Pouco se sabe sobre a juventude de Elizabeth, ou como superou suas condições para se tornar uma das poetisas mais famosa de sua época — espero que ela não se importe de eu usar minha imaginação para preencher algumas das lacunas.

As cartas e os eventos neste livro são totalmente imaginários, mas com o máximo de informações possíveis de pessoas reais, lugares e ideias que formaram o mundo de Elizabeth. O *Kunstkammer* de Rodolfo era infame, seu filho ilegítimo e sociopata, dom Giulio, também era. O golem do rabino Judá Loew ben Bezalel é apócrifo, mas sua intendência da comunidade judaica de Praga durante uma era dourada é bem real. Cornelius Groot, embora fictício, é baseado em Cornelius Drebbel, um excêntrico inventor holandês que se tornou especialista em mecânica e curiosidades sobre os mecanismos dos relógios na Praga renascentista.

O manuscrito Voynich também é real, porém seu código ainda espera para ser desvendado. Muitos o chamaram de o livro mais misterioso do mundo e, embora décadas de historiadores, criptógrafos e entusiastas amadores o estudem, o livro guarda seus segredos até hoje.

Somente a *Lumen Dei* e seus aliados e inimigos — os *Hledači* e os *Fidei Defensor* — são pura ficção. Mas gostaria de pensar que naquela época — com seus golens e magos, seus alquimistas de olhos arregalados em busca da pedra filosofal, seus cientistas e filósofos reformando o conhecimento humano, seus fundamentalistas religiosos jogando um ao outro pelas janelas e assassinando hereges nas ruas, sua conquista no Novo Mundo e a recuperação da antiguidade, seus unicórnios e dragões, seus anjos e demônios — possam ter existido aqueles que tentaram combinar a natureza e o artifício em busca de um objetivo final, e aqueles dispostos a fazer de tudo para impedi-los.

Descubra mais sobre as pessoas por trás dos personagens e a verdade por trás da história no site bookofbloodandshadow.com.

※ ※ ※ ※

AGRADECIMENTOS

Eu não teria escrito este livro sem meu cartão da biblioteca usado e as pilhas de livros que ele me permitiu juntar em meu apartamento, inclusive os especialmente proveitosos livros *Elizabeth Jane Weston: Collected Writings* (organizado por Donald Cheney e Brenda Hosington), *Prague in Black and Gold* (Peter Demetz), *The Magic Circle of Rudolf II* (Peter Marshall), *O livro dos códigos* (Simon Singh), *Codebreaker* (Stephen Pincock), *O problema da incredulidade do século XVI — A religião de Rabelais* (Lucien Febvre), *Rudolf II and Prague: The Court and the City* (Eliška Fučiková et al.), *Rudolf II and His World* (R. J. W. Evans), *The Alchemy Reader* (Stanton Linden), *Alchemy Tried in the Fire* (William R. Newman e Lawrence M. Principe), e *A história do ceticismo: de Erasmo a Descartes* (Richard Popkin).

Esses livros proporcionaram informação para a história; *Os sonâmbulos* de Arthur Koestler a inspirou. Há quinze anos, este livro mudou minha vida e, de certa forma, *O livro de sangue e sombra* é uma história que venho tentando contar desde então.

Ao contrário de Elizabeth, não sou poetisa, ou nada parecido, e o mapa em latim poema-com-tesouro na carta de Elizabeth foi escrito por Robert Groves. O fragmento de uma fórmula de alquimia que Elizabeth enterrou foi retirado de um verdadeiro texto do século XVII, *The Booke of John Sawtre a Monke*; as partes dos títulos são de uma data mais recente, cada uma emprestada de William Butler Yeats.

Também sou grata a Marta Bartoskova e Jacob Collins por suas respectivas traduções do tcheco e do alemão, e, mais uma vez, a Rob Groves, que forneceu todo o latim e pacientemente respondeu às minhas várias perguntas perturbadoras sobre as logísticas da tradução.

Um enorme obrigada à minha editora, Erin Clarke, cuja convicção impetuosa neste livro obrigou-me a acreditar nele também, e a Nancy Hinkel, Kate Gartner e o restante da equipe na Knopf. Também devo toda a gratidão, e com certeza alguns *cupcakes*, a Holly Black, Libba Bray, Sarah Rees Brennan, Cassandra Clare, Erin Downing, Maureen Johnson, Jo Knowles e Justine Larbalestier por lerem as primeiras versões do livro, e ao meu agente, Barry Goldblatt, por me convencer de que eu podia escrevê-lo.

Por fim, e acima de tudo, quero agradecer aos meus professores de história, principalmente Steve Stewart, Jim Gavaghan, Joan Gallagher, Owen Gingerich, David Kaiser, Margaret Jacob e Norton Wise — e a todos os outros, desde os professores do ensino médio que me aguentaram quando achei que toda a tentativa seria uma perda de tempo (e expliquei isso em voz alta, em todas as oportunidades), para os professores da faculdade que mostraram meu engano e aos orientadores da pós-graduação que me ensinaram o que realmente acontecia e toleraram minha tendência a imaginar, *mas e se?*

A maioria deles, tenho certeza, não se lembra de mim. Mas eu me lembro de tudo.

※ ※ ※

Impressão e Acabamento:
GRÁFICA SANTA MARTA